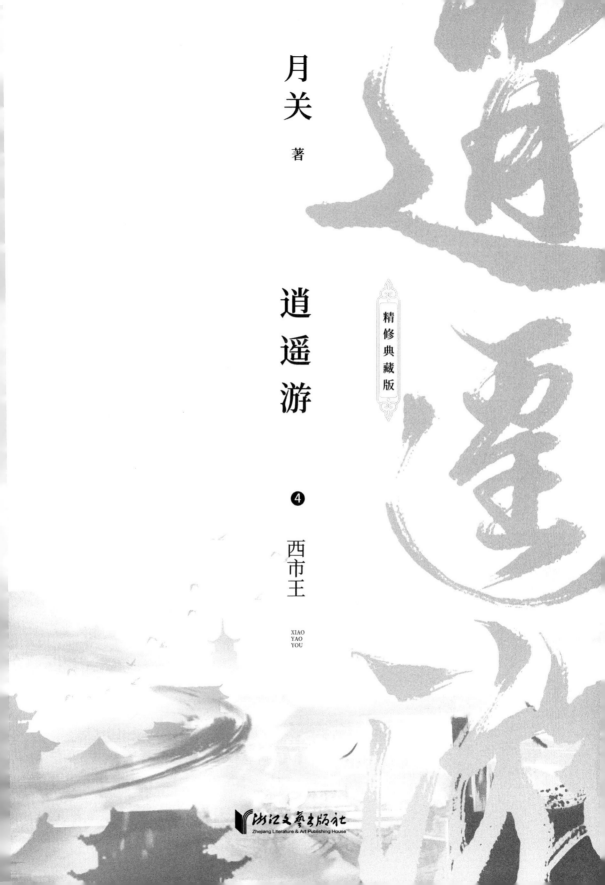

月关 著

逍遥游

精修典藏版

❹

西市王

XIAO
YAO
YOU

浙江文艺出版社
Zhejiang Literature & Art Publishing House

第一章
取代

楼上楼，中堂。

常剑南正和乔大梁说着话，所说的内容已经转到了西市的经营上面。

诸如西市出现了一伙大老千，专门坑从大食、波斯等遥远异域来到长安的商贾。这些人手脚干净，手段高明，相关重要人证常常在事后逃之夭夭，官府无法取得有力证据，害得那些异域人求告无门。

诸如晋阳大商贾常舒欣近来勾搭上了陇右第一皮货商人龙傲天，想垄断长安的皮货生意，东市已经同意由其负责提供皮货，也就是说他成了东市皮货的总经销，他给西市也开出了很优渥的合作条件。

类似的许多事情，其实乔向荣都有权处断，只需在事后行文呈报常剑南备案。如果常剑南觉得有所不妥，及时下令改正就是。

从这个角度来说，四梁就相当于常剑南的文官集团，八柱则是他的麾下猛将，而常剑南的确就是一个地下王国的皇帝，批阅奏章，处断国事，驾驭着他的商业帝国。

如今既然正好来了，有些正要决定的事情且先问问，处理起来也就更有把握。

常剑南随口评断着："由着这等人作恶，口碑传扬开来，还有人敢自万里之外，辛苦跋涉，来此经商吗？这样的蛀虫务必找出来，官府需要证据，我不需要，一旦确定，立即除掉，杀一儆百。不能让这样一群蠹虫，毁了西市这座容纳万国商贾的基业。

"常舒欣……这个人我知道。晋阳常家昔年也算是一方大商贾了，富可敌国。可惜了，押错了注，保了太子李建成，结果当今皇上继承大统，常家一落千丈，幸亏这常舒欣，上下沟通，四方奔走，常家才渐渐恢复了元气。"

"是！我担心的就是，如果我们与常家过从太密……"

常剑南摆了摆手，不以为然："你以为，东市张二鱼是个白痴？东市只卖奢侈之物，与王侯将相交往更密切，耳目消息更灵通，如果与晋阳常家过从甚密会触怒今上，你以为张二鱼会点头？"

常剑南呷了口茶，又道："还有聂欢。这小子，控制着东西两市之外的一切，包括关中地区所有的商帛运输。老常要打通关节，第一个就得拜他的码头，东市既然已经同意了，那么，就说明聂欢那儿他也打通了。我西市怕什么？"

乔大梁欣然道："老大说的是，我本来还想再琢磨一下，如今有了您的指示，那我尽快与他取得联系便是了。"

常剑南道："今上是何等胸襟，岂会与人商贾一般见识？晋阳常家当初站队太子，其实当时天下间站队太子的又何止他一个？太子嘛，谁都以为将来坐天下的必定是他啊。结果秦王上位，这些人走了眼，赶紧重新改换门庭就是，又不是什么心腹大患，你以为皇上坐拥四海，会有闲工夫跟他们计较？太子麾下魏徵，屡屡进言太子，说秦王威胁甚大，应予除掉，结果秦王登基后，还不是对他百般招纳，引为己用？哎……"

常剑南想起自己在道德坊勾栏院里随口一句玩笑，就被饶耿闹出那许多事来，不禁深有感触地道："常家倒霉过一阵子，我想，皇上当时纵有略施惩戒的意思，也没有打压得常家再不能复起的念头。最可怕的就是，每一个大人物身边，总有一些自作聪明的蠢货，揣摩上意，胡乱行事，上面的人不知情，下面的人以为正合上面的意，于是更加变本加厉……"

他刚说到这儿，四女两男六个人就进了中堂。

四女是良辰、美景，深深、静静。两男则是李鱼和陈飞扬。

李鱼是被四女拎着双手双脚给抬进来的。

良辰、美景小脸蛋红扑扑的，好像刚喝了酒，又像是涂了淡淡的胭脂，模样分外好看。二人进了中堂，马上把手一松，站在后面抬脚的深深和静静还来不及放下，李鱼扑通一声，又摔在了榻上。深深和静静心疼得不得了，却敢怒而不敢言。

常剑南愕然向他看了看，瞧他一副鼻青脸肿的模样，目芒不由一厉："果然是他？"

李鱼已被打成这副模样，不问可知，良辰、美景必是确定了他的身份，这才出手。不料常剑南一问，良辰和美景脸上却满是尴尬。美景瞟了一眼良辰，良辰硬着头皮道："我二人也怀疑是他，可是没有任何证据，实也无法确定是他。"

常剑南指了指李鱼，奇怪地道："无法确定，为何把他打成这般模样？"

这一问，良辰登时涨红了小脸，愤愤然道："他欠打啊！"

美景附和道："打他都是轻的！"

常剑南茫然道："这是为何？"

良辰、美景异口同声："因为他犯贱啊！"

常剑南无奈地扶住了额头："你们两个，就不能给我一个明白的理由吗？"

良辰、美景哪能说出真正的理由，羞也羞死了。良辰道："这理由还不够充分吗？"

美景道："你看，你看，他的脸，天生就是一副欠揍的模样啊。"

常剑南无奈地道："说话呢，你要跟人说个明白才行。我打个比方，我问你，我的那块玲珑玉佩放在哪儿啦？你说，放在几案上。这样就不行。是哪儿的几案呢？书房？卧房？中堂？就说这中堂吧，就有好几张几案……"

良辰、美景互相看看，一脸纳闷。

良辰道："老大在说什么呢？"

美景道："跟咱们打人有关系吗？"

乔向荣一直没有说话，他知道常老大特别宠这对小丫头，记得当初这对小丫头刚到老大身边时，他也误以为老大是找了对极品姊妹花享用，后来才发现常老大对她们极是宠爱，当成女儿一般。

如今老大教女，他也不好插嘴，所以一直忍耐，直到常老大都露出痛心疾首的表情了，这才插言道："咳！却不知两位姑娘一番调查，查到了些什么？"

良辰精神一振，便把她勘查现场所见所闻以及她的分析逐一说来，说罢，还自鸣得意地瞟了常剑南一眼，显然是想得到老大的赞美。常剑南听在耳中，心中确实暗暗赞许，可脸上却没露出一丝态度来。

良辰刚一说罢，美景便张开小嘴，叽里呱啦语速极快地把她的调查说了一遍，不过她所说的，主要是对深深和静静两位姑娘的调查，至于当事人李鱼，她则一字未谈。

结果，常剑南和乔大梁听罢，情不自禁、异口同声地道："那李鱼本人呢，他怎么说？"

美景道："这两位姑娘说他喝醉睡着了，所以他什么都没说。哼，想瞒我？我细细听过他的呼吸，他在装睡，心中若是无鬼，他为何要装睡？"

常剑南和乔大梁又听不懂了，二人对视一眼，常剑南发问道："你说他喝醉睡着了……"

美景插嘴道："是那两位姑娘说的，不是我说的。"

常剑南道："是是是，她们说他喝醉睡着了，你说他是装醉假睡。然后呢，为何……他身上伤痕累累？"

美景理直气壮地道："我要叫起他问话，他装睡不起，我还能轻饶了他？"

乔大梁瞠目道："结果，他被姑娘你打成这般模样，依旧不醒？"

美景略有些尴尬，淡淡地应道："醒……倒是醒了，不过我下手略重了些，结果他就昏倒了。"

常剑南皱了皱眉，终于淡定不下去了。这两个丫头，刚被送到他身边时，就是这样一副模样。天真烂漫，活泼可爱，十分招人疼。

问题是，就算是长伴膝下的儿女，总有一天也得长大，何况她们自从被送来的那天起，就已被他暗暗赋予了重要的使命。

所以，常剑南耐下心来，苦心调教，现在对她们是越来越器重了。良辰擅长从一应细节，包括他人的神情举止来分析判断事情。而美景则有些男孩子的格局，能够抓大放小。

她们俩又是孪生姊妹，可谓是相辅相成，绝妙的一对。可今儿出马，实在是大失水准，就连性情脾气都有点儿失常，她们刚刚在外面究竟经历了些什么啊？

常剑南吩咐人把李鱼带下去弄醒，目光便落在了深深和静静身上。就是因为这个女孩的杂技表演，自己开了个男人通常都会开的玩笑，结果就……往事不堪回首啊。

等等！

常剑南脑海中电光石火般一闪，盯着深深问道："姑娘在勾栏院的诨名叫什么来着？"

虽然此时看着常剑南，并不觉得此人如何可怕，但是想到他的身份，深深依旧满怀怯意，遂小心地答道："十八深。"

常剑南略一沉吟："十八深，擅吞剑……"

他深深地望了深深一眼，又看向静静："姑娘你呢？"

静静低声答道："奴奴擅长柔术，诨号蛇骨静。"

常剑南微微垂下了眼帘，思索片刻，轻轻招了招手，已然换到他身后站立的良辰忙弯下腰，常剑南侧着头，掩着嘴巴对她耳语几句，良辰点点头，便向外走去。

常剑南嘘了口气，又看了看一直被人忽略了的陈飞扬，微笑道："你，又是什么人？"

陈飞扬干笑两声，道："我……我是利州人，如今来长安讨生活。托了您老麾下的张小海，本想投奔到饶大哥的门下，不想……出了这样的事，小的就被糊里糊涂地带来了。"

常剑南依旧微笑地看着他："你听到李鱼之名时，失声惊呼。良辰询问于你，你却推说是误以为鱼脍，是吗？李鱼也是利州人，你们……应该认识吧？"

陈飞扬此时懊恼得只想扇自己一嘴巴，当时太过小心了，结果自作聪明，这矫饰落在有心人眼中，反而成了毛病。

陈飞扬只好道："这……是，不瞒常爷，小的是见那位良辰姑娘身后跟着的人都凶狠得很，所以一时胆怯，胡言乱语了几句。小的，的确是认识李鱼小郎君。"

"小郎君？呵呵，却不知这李鱼，在利州是何等情形啊，我想听听。"

"这……"陈飞扬犹豫了一下，大感头痛。他现在已经见到李鱼了，可李鱼一直昏睡着，两个人连眼神都没交流过，他实在不清楚李鱼现在的状况，也不知道哪些话能说，哪些话不能说，这该如何是好？

常剑南看着他，始终满面微笑，但目光已经渐渐冷下来。他的目光一冷，整个中堂的温度似乎都降低了，冷飕飕的。

"糊弄不过了……"陈飞扬暗暗咬了咬牙，硬着头皮把李鱼在利州的光辉事迹一一供述了出来。

只不过，李鱼曾再三交代过，切勿提起他的"占卜之术"，所以提及这一块时，陈飞扬就说是李鱼的骗术伎俩，反正眼前这一位也不是什么见得了光的正道人物，乌鸦落在黑猪背上，谁能比谁更黑啊，说呗！

陈飞扬是个帮闲，有眼力见儿，会来事儿，手脚勤快，口齿伶俐。让他说李鱼在利州的诸般事迹，岂会说得干巴巴的，一桩桩、一件件，都被他说得栩栩如生，绘声绘色。一时满堂皆静，人人入神。

良辰姑娘按照常剑南的吩咐赶回饶耿毙命之处，遵照她的吩咐，那血案现场还不曾收拾，不过饶耿、麦晨、荣旭三人的家人已闻讯赶来，在二进院子里号啕不已。

良辰也不理会，径直到了那内室，绕到屏风后面，仰头看了看，又出去提了张几案回来，竖在那里，纵身跃上几案，一块块地探摸屋顶承尘，忽然发现有一块能够松动，尝试了一下，将那承尘板推开，果然露出一个洞口。

良辰蹙了蹙眉，这入口倒是能把头探进去，但里边通道太过狭窄，怎么可能通过？不要说是成人，就算只是一个身体尚未长开的七八岁的孩子，如果不会小范围内蠕动腾挪的技巧，钻进去后也是寸步难行。

不过，她还是按照常剑南的吩咐，探头进去，仔细观察了一番，当她的目光落在那管道中时，神色顿时一凛。

良辰伸出手去，轻轻抹了抹那管道的下面，又扭头看了看管道入口另一侧，有了对比，看得更加清楚。管道中的浮尘明显不一样，一侧是天长日久落下的浮尘，约有指甲厚度，而另一侧，就像有人拿了一个巨大号的鸡毛掸子扫过了似的，而且看那痕迹，非常新。

"真的有人能从这里边钻出来？"良辰喃喃自语，始终不敢置信。她不知道这管道通向何方，也无法做进一步的检查，站在那儿呆思片刻，便缩回了身子，将承尘板还原，跃回地面，将几案也放回了原处。

良辰姑娘匆匆赶回楼上楼，心中想到那时李鱼屈服于常老大，被旁人鄙视，再想到今天饶耿之死，对李鱼于钦佩之外竟然由衷地产生了一丝敬畏。

她跟在常剑南身边，见惯了真正的人上人，是一个有见识的人。徒具一身卓绝超凡的武功的人，她不怕，那种人想怼天怼地，纵横天下，简直是妄想，弹指间就能被人灭了。

真正可怕的人，是有谋略的人。如果智勇双全，那就更加可怕。如果这个人不但智勇双全，而且心性沉稳，心思缜密，能屈能伸，谋而后定，那就极其可怕，一旦成为敌人，绝对是一个让你寝食不安的可怕对手。

在良辰姑娘心中，此时已经做出了这样的判断：如果饶耿真是李鱼杀的，非万不得已，绝不与此人结怨。一旦结怨，定要不惜一切代价，在最快最短的时间内把他干掉，否则，从此永无宁日。

良辰姑娘怀着这样的想法，匆匆赶回楼上楼，推开房门，就见那陈飞扬站在大厅中间，神采飞扬，唾沫横飞，指手画脚，仿佛……在说书？而大当家的盘膝坐在几案之后，歪着头，托着腮，听得津津有味。

除了美景俏生生地站在大当家的背后，其余诸人也早在两侧榻后坐定，大堂中间只有两个人，一个站着，一个趴着。站着的是陈飞扬，趴着的是李鱼。

就听陈飞扬道："话说小郎君端着一勺子金汁，走到任刺史面前。任刺史骇得面如土色，咬紧了牙关不敢开口。小郎君命我捏开任刺史的嘴巴，不理任刺史怨毒无比的目光，将勺子往任刺史嘴巴上一堵，就灌了下去！"

"好！"美景姑娘听得来了劲儿，登时鼓起掌来，大声欢呼。

深深一双粉拳握在胸前，兴奋无比："李鱼威武！"

静静眉开眼笑："小郎君太棒了！"

常剑南哈哈大笑："灌得好！灌得好！当浮一大白！"说罢端起酒碗，咕咚咕咚就喝了起来。

良辰呆了一呆，怎么这才一会儿工夫，他们就说起书来了？

良辰诧异地看了看陈飞扬，陈飞扬正眉飞色舞地继续说下去。

良辰绕到常剑南身边，弯下腰去，刚要开口禀报，不料常剑南抬起手掌，示意她莫要开口。良辰见他眼睛都没往自己这边看，笑吟吟地只是盯着陈飞扬，只好满腹郁闷地站定了身子。

片刻之后，良辰也是两眼放光，陷入了故事当中。

接下来，陈飞扬就讲起了李鱼如何取得吉祥姑娘的卖身契。那一段经历，他可是全程参与的，李鱼如何设计，如何行动，一波三折，跌宕起伏，当真是时时意外，步步挫折，但李鱼居然过五关斩六将一路闯了过来。

常剑南和乔大梁听着李鱼如何以一介白身，撬动利州官场，把武都督和柳下司马都牵扯进来，让整个利州官场为之震荡，直至被灌过金汁、对李鱼恨之入骨的一州刺史居然不得不低头屈服，当真是心胸舒畅。

而深深、静静、良辰、美景四位姑娘则为吉祥姑娘揪得心尖都颤了。那样无良的父母姊妹，任刺史为她掘好的可怕火坑，这个可怜姑娘的命运让四位听书的姑娘泪光莹莹，感同身受。

待听得李鱼运筹帷幄、巧妙布局，逼得任刺史临阵倒戈，亲手拆了自己布下的险恶杀阵，向李鱼"臣服"，吉祥姑娘也终于解开了亲孝的枷锁，与家庭划清了界限，四个姑娘揪得紧紧的一颗心才算放了下来。

她们情不自禁地嘘了口气，一时间只觉得祥云朵朵，阳光灿烂，从心眼里透亮。这样的结局，太叫人开心了！

李鱼醒了，陈飞扬讲到李鱼进入武都督府的地牢，软硬兼施，逼庞妈妈屈服的时候他就醒了。只不过，没人注意他，所有的人都在看着陈飞扬，陈飞扬可不仅仅是说，这眉尖一挑，那语气一沉，这手势一扬，那唇角一抿，把每一个角色，甚至一个在他故事中只出场一次的小龙套都演绎得栩栩如生。

此时此刻，他才是主角！

而真正的主角，趴在那儿，竟没有一个人注意到他的醒来。

更要命的是，这故事还没完，照理说坏人吃了瘪，好人得偿所愿，这该是圆满大结局了，可谁知道陈飞扬话锋一转，马上就开启了新任务：武都督夜宴遇刺，李鱼郎远走他乡。

偏偏这一幕依旧是一波三折，扣人心弦，惊险无比，刚刚松了口气的众人又为李鱼、吉祥和潘氏能否顺利脱身揪紧了心。李鱼总觉得这个时候咳嗽一声唤醒众人，会有一种罪恶感，所以只好趴在那儿，静静地听陈飞扬说书。

陈飞扬毕竟是读过书的人，晓得利害轻重，关于荆王那一段，他是绝不会牵扯到李鱼身上的。事实上在他的叙述中，压根就没提及荆王，饶是缺少了如此精彩的一节，整个故事依然是节奏紧凑，转折重重。

终于，陈飞扬说完了。所有人同时舒了口气，常剑南和乔大梁，良辰和美景，深深和静静，各自频频点头，面带微笑，偶有点评，必定得到对方热烈的回应。

李鱼慢慢坐了起来，四下看看，貌似……还是没人理他。李鱼终于咳嗽了一声，中堂里马上静了下来，所有的目光都集中到了他的身上，气氛一下子变了。

故事里总是美好的，置身于外，倾听故事，那是一种感觉。而故事里的主人公就在你的面前，还是你要惩办的人，那就是另一种感觉了。

每个人都在看着他，神情都有些古怪起来。

李鱼轻轻摸了摸后脑勺，微微露出痛苦模样，一脸疑惑地道："老大？我……怎么在这里？"

这句话，没毛病！

李鱼既然是在二楼雅间稀里糊涂地被敲晕了，乍一醒来，茫然地这么一问，再正常不过了。

可问题是，刚刚从感动、兴奋、激动、钦佩中渐渐冷静下来的众人再度品味陈飞扬所说的一切，满脑门萦绕着的都是腹黑、狡猾、阴谋，再看李鱼，众人的感觉就是：一个屁俩谎儿，一眨眼睛都是算计，这样一个人……

众人再看他时，神色当然就变得更加古怪起来。

虽然看到了灰尘痕迹，但依旧不太相信会是李鱼所为的良辰姑娘此时也改变了看法，她谨慎地瞟了一眼在她看来一定是在装模作样，实际上也确实是在装模作样的李鱼，凑到常剑南耳边，悄声道："通风管道内确有爬过的痕迹！"

常剑南点了点头，雄狮般的目光，登时就盯上了面前那只貌似无辜的小狐狸。

常剑南盯着李鱼，淡淡地道："李鱼，今日午后，乔大梁、杨大梁摆酒，为你和饶耿说和，以释前嫌。酒宴散后未久，饶耿在他的住处被杀，此事你可知情？"

李鱼"大惊失色"："什么？饶耿死了？怎会如此？他是怎么死的？属下……完全不知道啊。这究竟是怎么回事？"

李鱼左右看看，突然露出恍然神色，登时又惊又怒，满腔悲愤："难不成常老大以为饶耿之死与属下有关？"

常剑南微微眯了眯眼睛："这么说，饶耿之死，与你无关？"

李鱼叫起了撞天屈："当然与属下无关！属下不擅饮酒，可当着两位大梁和饶大哥，若是不喝，岂非显得倨傲无礼。是以属下多喝了几杯，大醉当场。及至醒来，莫名其妙地……哎哟！"

李鱼摸了摸后脑勺，一脸痛苦："就被人打晕了，接着就被带到了这里，属下什么都没做过啊。饶耿身居何处，我全然不知，却不知老大何以认定，此事与属下有关？"

李鱼说到被人打晕时，良辰和美景同时俏脸一红，各自想到了不堪的一幕。美景还好，自己虽然被人袭胸，好歹姐姐也强不到哪儿去，大胯都被人钻过了，想想都要羞死，良辰可不知道妹妹的遭遇，只当只有自己落得那般难堪。

姐妹俩彼此一看，各自心虚，红着脸躲开了目光。

常剑南盯着李鱼，看了良久，脸上忽然绽起一丝笑容："李鱼，你想多了，我只是例行一问，东篱下固若金汤，只要我不愿意，一只苍蝇都飞不进来。饶耿被杀之处，虽是东篱下的外围屋舍，但也极是严密，你就算有心，也进不去。"

常剑南说到这里，瞟了一眼乔向荣，道："老乔，你觉得呢？"

乔向荣咳嗽一声，拈着胡须向李鱼瞟了一眼，缓缓地道："凶手是要抓的，不过，这等事却非乔某所擅长。西市秩序，一向由饶耿负责，现如今饶耿遇刺，属下只顾虑自己负责的事，西市四万余店铺，十余万商家，没个得力的人打理，恐怕要出乱子啊。"

常剑南失笑，指了指乔向荣道："老乔啊老乔，你是负责坊市生意的，这一门心思啊，可就全放在这儿啦。我这里还在纳罕什么人用了什么样的办法，刺杀了饶耿，你关心的，却就只是你负责的那点子事。"

乔向荣笑道："老大此言差矣，我这可不是那点子事，西市是咱们立足长安的根本，岂容有失？若是任何一环出了问题，损失就得在百万钱之上，属下既蒙信任，掌管西市，岂敢不如履薄冰，小心谨慎。"

常剑南道："那你有何意见？"

常剑南向乔向荣深深地一瞥，乔向荣便转头看向李鱼，道："今日饮宴，与李鱼有过一番接触。这个年轻人，有勇有谋，谈吐伶俐，是条忠义汉子，从他为了康班主的勾栏院出头，也足以看得到他的担当。我很喜欢，如今饶耿没了，我这儿可是折了一员大将，我想向老大把他讨来，接替饶耿之职。"

乔向荣此言一出，众人皆是一怔。每个人都知道，饶耿是他的心腹，饶耿死了，最不肯善罢甘休的人就是他，想不到他居然会提出这样一个要求。

常剑南面露难色："这……老乔啊，这你可难为我了。李鱼是老杨的人，老杨的臭脾气你也是知道的，从他手里抢人，不合适吧？"

乔向荣翻了个白眼，道："老杨那里的事，什么人干不得？李鱼这般人物，难道去跟他学盖房子？忒也浪费了。我这儿的难处可是已经跟老大你说过，你要是不给我人，这边若出了什么纰漏，到时可别怪我。"

常剑南一脸无奈，挥挥手道："罢了罢了，人给你了。老杨那里，我去向他赔个不是算了。"

乔向荣笑逐颜开，连忙拱手道："多谢老大，属下一定打理好西市。"

两个人你一言我一语，其他人全都听呆了。

李鱼站在那儿，一脸愕然，对于事后情形，他已做了种种揣测，唯独不包括现在这种结局。杀了饶耿，便取而代之？难怪这西市王的宝座不稳当，据说常剑南之前的西市王，没有一个稳稳当当坐上三年的，他这门风也太奇葩了些吧。

常剑南说到这里，便向李鱼等人挥挥手："你们退下吧。李鱼明日先往乔大梁处报到，由他带你，走马上任吧。"

李鱼看着常剑南，目瞪口呆。

常剑南眸中露出一丝有趣，笑道："怎么，还有事？"

李鱼被他一问，清醒过来，赶紧道："啊？啊！属下没事了，属下……告退。"

李鱼一脸茫然地往外退，深深和静静还有陈飞扬忙也跟着退下。等那中堂大门一关，李鱼站在外面，犹自做梦一般，呆呆半晌，忽然抓过深深的小手，按在自己的肋下："来，你掐我一下！用力掐！"

中堂之上，李鱼一行退下，便只剩下了常剑南、乔向荣和良辰、美景。乔向荣脸上浅浅的笑容马上化去，挂上了一层淡若冰霜的冷意："老大，我的人被杀了，你却把杀他的最大嫌疑人塞给我，这不是真的吧？"

"啊……是真的！"门外忽地传来李鱼的一声尖叫，听到"是真的"那三个字，堂上四人的脸皮子情不自禁地抽了抽。良辰不用吩咐，已经掠向门口。

门外，李鱼一声尖叫，急忙揉着肋下，瞪着深深："死丫头，你这么用力啊。"

深深期期艾艾地道："是……是小郎君你叫我用力的。"

李鱼瞪她一眼："是不是我叫你干什么你都听啊？"

深深有点儿"小害羞"："有些事……就不大好吧？"

障子门拉开了，良辰瞪着一双乌溜溜的大眼睛站在门口："走远点儿！"良辰又向廊中侍卫扬了扬下巴："轰他们出去。"

障子门一关，良辰姑娘回到了堂上，耸耸肩，带着一丝忍俊不禁的笑意："没什么，那个夯货以为他在做梦，叫人掐他一下，掐他那姑娘……也着实实在了些。"

听到这个答案，常剑南和乔向荣的脸颊都抽搐了一下。

常剑南道："此人过往种种，你都听那陈飞扬说过了。道德坊那桩事，更是你亲自经历的。你觉得，这个李鱼，人品如何？谋略如何？性情如何？可堪造就？"

乔大梁认真思索了一阵，轻轻点了点头，道："胜饶耿百倍。"

常剑南笑道："既如此，我送你一个大才，你不谢我，还要埋怨？"

乔大梁道："不追究他杀人，反而提拔他。这番话大当家的自己不说，而是把这个人情让给属下，叫他领我的情，感我的恩，一番苦心，我自然是明白的。只是……听了他那些匪夷所思的事迹，虽然我不清楚他是如何杀的饶耿，可饶耿之死，十有八九就是他所为，这件事——"

常剑南打断了他的话，把当初无视饶耿之罪时对杨思齐说过的话搬过来，又送给了乔大梁："饶耿自作聪明，本就该死，我不杀他，是念他毕竟是出于孝敬我的一番心意。可旁人因此杀了他，我也没必要为这么一个蠢材去讨公道。只要你我看破不说破，外边的兄弟谁知其中端倪？"

乔向荣点点头，又摇摇头，苦笑一声，起身道："我知道了，这个人，且用用看吧。"

乔向荣向常剑南拱了拱手，一脸苦笑地走了出去。

常剑南一手拄在几案上，抚着额头思索一阵，对良辰姑娘道："改档，李鱼有勇有谋，忠义无双，可堪大用。"

良辰姑娘眨眨眼道："他在老大眼皮子底下做手脚，杀了老大的人，反而得以提拔重用，此时指不定有多得意呢，说不定还在暗地里笑话老大你太蠢，咱们就这么算了？"

常剑南笑了笑，道："你能确定是他干的？"

良辰姑娘道："其实……我还是不确定，那么窄的管道，没可能的啊。可是，那里边的痕迹，确实是刚刚有人爬过的样子。再听那人说起此人古灵精怪的那些主意，我觉得……就是他！"

常剑南嗯了一声，淡淡地道："李鱼身边那两个姑娘，原本就是勾栏院里的艺人。她们两个，一个绰号'十八深'，擅长吞剑，另一个绰号'蛇骨静'，柔术无双。"

美景啊了一声，恍然道："老大是说，李鱼特意带了她们来，就是为了利用她们之中的一个把兵器带进来，再利用另一个替他打开前往饶耿所在的后门？"

良辰较真地道："就算会吞剑，剑柄也得露在嘴巴外面吧？旁人岂能看不见。再说那管道奇窄无比，就算另一位姑娘懂得柔术，可她毕竟已经成年，体态摆在那里，如何钻得过去？"

常剑南道："长安是什么所在？能在这里凭一技之长立足，且能颇负盛名，那本领又岂能小了？术业有专攻，你不擅长的，旁人未必就不能练到出神入化炉火纯青。切记，凡事谨慎，不要轻视了任何人。"

良辰、美景齐齐顿首，领教道："是！"

常剑南忽而又是一笑，道："我虽不理会他杀饶耿的事，可也不能叫他自鸣得意，看低了我。你们马上跟上去，点拨点拨他。"

常剑南没有说得太细致，良辰、美景跟在他身边已经有数年了，现在已经不用手把手地指教，只要告诉她们自己想要的效果，这两人自然会知道该怎么做。

两个小妮子听说要她们去"恐吓"李鱼，登时来了兴致，二人答应一声，便兴致勃勃地走了出去。

李鱼与深深、静静还有陈飞扬一离开东篱下，静静就拍了拍胸口，兴奋地道："吓死我了，吓死我了，没想到小郎君真的闯过去了，居然还因此高升，真是太开心了。"

深深不想让陈飞扬知道其中底细，怕静静口无遮拦，急忙拉了下她的衣袖，向陈飞扬努了努嘴，向她递了个眼色，静静会意，吐了吐舌头，急忙闭口。

这时陈飞扬拉着李鱼，兴奋地道："小郎君，你不是往江南去了吗，怎么来了长安？"

李鱼道："与你分手后，任刺史率人追赶太紧，车子又坏了，无奈之下，我只好把娘和吉祥托付给恰好经过那里的袁天纲，请他先把母亲和吉祥捎来京城，而我则引开追兵，一路辗转去了陇右，绕道过来的。"

陈飞扬喜道："太好了！我原就说要来长安见一见世面。如今世面是见到了，可惜却是无一技傍身，谋不得什么营生。现如今常大爷重用了小郎君，小郎君可不能丢下小的不管，飞扬依旧给您做帮闲，鞍前马后，效犬马之劳。"

李鱼笑道："你我兄弟，同生共死过的，我有饭吃，还会让你饿着？这种话，本就不必说。"

李鱼说到这里，微微敛了笑容，轻轻点头道："能成一方豪杰的，果然没有一个庸人。幸亏我没有看低了常老大，否则，只怕自己是怎么死的都不知道。"

陈飞扬疑惑地压低了声音道："小郎君，那个饶耿之死，真的——"

他还没有说完，李鱼就深深地望了他一眼，道："有些事，知道得越少，活得便越自在。"

陈飞扬赧颜道："是！小的明白了！"

李鱼将三人带到杨府门前站住，转身看向深深和静静，刚要说话，静静便抢着道："人家已经没钱住店了，还望小郎君怜惜。"

深深幽幽地看着李鱼，怯生生地道："那饶耿想必也有些知交故旧，却不知道会不会因为他的死迁怒于人。奴奴和妹子弱质女流，手无缚鸡之力，若没有小郎君庇护，下场只怕……"

这对姐妹倒也干脆，静静直接声称没钱，言外之意，只能吃你的了。深深年长近一岁，心眼多些，还懂得委婉，把人身安全问题提出来求保护。

李鱼略一沉吟，点头道："也罢。这儿是杨大梁的府邸，如果有人心怀歹意，也不敢到这儿来撒野，你们暂住于此，安全许多。"

二女一听，喜上眉梢。陈飞扬笑道："我自有住处，不劳小郎君费心。今天来，且认认门，明日起，还来这里，供小郎君驱策。"

李鱼笑道："你这伶俐劲儿，可是半点儿未减。走吧，你们跟我进去，杨大梁醉心于机关术的研究，一向不理俗事，只要安静些，他什么都不管的。除了杨大梁，这府里就只有我娘和吉祥了，她们都极好相处的。"

李鱼一面说，一面领着二人进了院子。吉祥闻声出来，喜滋滋的，刚要招呼李鱼，忽然看见深深和静静，登时站住，睁大一双杏眼，诧异地看着她们。李鱼迎上前道："吉祥，我来给你引见一下——"

李鱼还未介绍，吉祥已然惊讶道："深深姐？"

深深扑上去一把抱住吉祥，眼泪扑簌簌地流下来："吉祥妹子。"

吉祥初到长安，去颉利可汗处表演舞蹈，因是外乡人，初时常受其他伎人排挤，深深对她却颇为照顾，所以两人成了好姐妹。但之后接连发生了许多事，两人也是许久未见了。

吉祥惊喜道："深深姐，你怎的寻来此处了？我自搬了家，再未往颉利家去过，时常想你，还琢磨着找机会去看看你呢。"

李鱼一拍额头，这才想起两个人是认识的。这倒可以省了许多唇舌，便道："吉祥，勾栏院被一场大火烧了个干净，深深姑娘和她的妹子静静无处安身，恰又被恶霸地痞们欺负，我便想让她们暂时寄身于此。"

吉祥微微一怔，若她知道深深遭难，自然也是要伸出援手的。但这番话由李鱼说出来，她就不能不多想了。郎君怎么知道道德坊勾栏院走了水？听深深姐说过，她那院子，几百号人在里面讨生活呢，怎么郎君偏偏就只把她们姐妹俩给领回来了？

吉祥微笑道："奴奴平日里操持家务，服侍大娘，一直想去探望深深姐姐，却苦于没有空闲呢。却不知郎君几时去勾栏里看过戏，对深深姐的遭遇竟如此清楚，早知道郎君会去，奴家一定会缠着郎君带我同去呢。"

李鱼打个哈哈，道："我哪有时间去勾栏里闲逛，只因那勾栏院的康班主与我曾同囚于天牢，是相处极融洽的狱友，我去看他，不想正逢大火，烧尽了院子，百余人都无处容身——"

李鱼还没说完，吉祥就吃惊地道："天！竟然发生了这样的事？那康班主呢？院子里那么多的人呢？怎么……小郎君就只领回了深深姑娘还有……她的妹妹？"

李鱼暗暗头痛，温柔如吉祥，感觉自己受到了威胁的时候，也是竖起了一身钢针的小刺猬，她这是话里有话啊，可这一时半晌的如何解释清楚？

李鱼正琢磨如何筹措说辞，静静已经笑盈盈地迎上去，亲热地抱住了吉祥的手臂："这位就是吉祥姑娘了吧？我常听深深姐说起你，阿姐大你七天，大我九个月，我得叫你一声姐姐呢。我叫静静，不瞒姐姐，我和阿姐遇到了大麻烦，唉！内中事由，实是一言难尽，亏得小郎君慈悲。其实，寄人篱下，我们姐妹俩心里忐忑得很呢。不过小郎君说，吉祥姐姐心地善良，是天下间一等一的好人，叫我们姐妹不用担心。姐姐也说，在颉利家时，姐姐的舞蹈最受欢迎，遭人嫉妒，姐姐有心为你打抱不平，你还替那些人说话，性情温柔，最是与人为善……"

静静为了有口饭吃，为了绑定李鱼这张长期饭票，可是抖擞精神，十分卖力。这一席话，不只是李鱼听得发呆，便是一向认为妹妹口拙嘴笨，没有心机的深深姑娘也是听得目瞪口呆。

李鱼暗暗腹诽道："这女人和女人站在一起的时候，个个都能变成戏精！"

吉祥被静静小嘴巴拉巴拉一通说，眼看就要把自己捧成活菩萨了，实在有点儿吃不消，正想张口说句话，门口传来一句带着笑意的女孩声音："哟！这庭院里竟如此热闹？"

众人循声望去，就见院门口俏生生地站着两位姑娘，衣着一样，模样一样，颊上都带着一对浅浅的酒窝，仿佛一个模子里印出来的两张画。李鱼一愕，讶然道："良辰、美景？两位姑娘怎会来此？"

吉祥心中顿时警铃大作，那自幼养成的缺乏安全感的一颗心哪，跳得七上八下。这怎么……才一会儿的工夫，又来了两个俏皮可爱的大姑娘？小郎君在外面这究竟是惹下了多少风流债啊？

深深和静静做贼心虚，看到良辰、美景，却是一张小脸都唬白了。

良辰目光往她二人脸上一扫，似笑非笑地道："我们姐妹俩，有几句话要跟李鱼说，诸位是否可以回避一下？"

吉祥一听气就不打一处来，深深本就与她相识，而且还曾照顾过她，这静静也懂得放下身段，自己怎么也不能把人家拒之门外，有什么担心，也得先把人家安顿下来再说，可这刚登门的两个姑娘怎么如此跋扈？

吉祥刚想上前理论一番，深深和静静一左一右，一把就拉住了她。

深深道："吉祥妹妹，咱们先离开，我再把自家遭遇说与你听。"

静静挽着吉祥的手臂，道："这院子看起来又干净又精致呢，吉祥姐姐，你快领人家四处转转。"

二人不由分说，拖起吉祥就走，吉祥还没弄明白怎么回事，就被两人拖走了。

陈飞扬左看看，右看看，实在不知道自己该去哪儿，一眼瞅见院角有一口井，井栏上还放着一个桶，急忙挽起袖子，自告奋勇道："小郎君你们且聊着，我去打水！"

李鱼看众人都离开了，便转向良辰、美景，道："两位姑娘因何而来？"

良辰笑吟吟地道："自然是跟着你的脚印走过来的。"

李鱼眉头一皱，道："姑娘说笑了，在下不是很明白你的话。"

美景踏前一步，冷笑道："那我就说得明白一些。足下做事，的确高明。只是可惜了，手脚不够干净。若是雪上行走，留下脚印，想要隐藏行踪，偏又不曾下雪，不曾有风，那还可以寻一把扫帚，把走过的路扫干净。通风管道内爬行，经年累月所落的灰尘被擦掉，这可如何掩饰呢？李鱼，你也没有办法了吧？"

良辰冷冷地道："也许不是没有办法，而是自以为手段高明，没人能发现他的手段。"

姐妹俩说着，向左右一分，手掌一提，已经形成了合围攻击之势。

先单刀直入，说破李鱼的手段，乱他的心神，惊他的胆魄，再做出动手姿态，迫他狗急跳墙主动出手，然后狠狠揍他一顿。如此一来，李鱼智略不足为恃，武功不足为恃，这时再说出主上的故意宽容，还怕他不心悦诚服，从此归心？

两个人料定，她们说到这一步，又摆出如此姿态，李鱼以为真相已被揭穿，常剑南动了杀心，立时就得出手反抗。

孰料，李鱼左看看，右看看，忽然走到廊柱下，捡起了竖搁在那儿的一件东西。又从花圃里掬了一把土放在上边，走到良辰、美景两姐妹面前，有节奏地轻轻晃动起来，那上面的土便从细细的孔眼中纷纷落下。

良辰、美景大大地张着美丽的眼睛，惊奇地看着李鱼的动作。

良辰结结巴巴地道："你……你这是在做什么？"

美景美眸一闪，又惊又怒："我明白了！你故意留下的破绽，是不是？"

良辰听美景这么一说，顿时也恍然大悟："不错，你有这东西在手，都无须掩饰整条通道，只消在入口处布下灰尘，我们无人钻得进去，只看那出入口，休想找到丝毫破绽。"

美景怒道："你好大的胆子，这是在向我们老大挑衅吗？"

良辰道："他不是在挑衅。他很清楚，如果老大想杀他，根本不需要什么确凿的证据。他故意留下破绽，就是想考较一下咱们老大，看我们是否能够找到证据。"

美景冷哼一声，道："你有杨大梁为你设计的精妙机关，想要弥补漏洞，确实易如反掌。我们找不到证据，又有什么了不起？！"

美景说到这里，换成李鱼发呆了。

良辰诧异道："你为何这般表情？"

李鱼咳嗽一声，干巴巴地道："十指不沾阳春水的两位俏姑娘，大概没见过这东西。这东西是每户人家都有的，并非杨先生设计的机关，它有个名字……叫筛子。"

美景惊奇地道："筛子？这就是筛子吗？这不是杨大梁设计的精妙机关吗？每

户人家都有？为何我从未看到过？"

李鱼听了心中也不禁浮起一丝疑惑，他要打东篱下的主意，可是正经下过一番功夫了解过东篱下的。良辰、美景两个姑娘是四年前出现在楼上楼的，此前她们生活在什么地方，没人知道。而筛子是每户人家都必备的一件工具，她们……怎么可能没见过？她们究竟是什么身份，一直生活在什么环境之中？

美景好奇心起，还想上前拿过筛子仔细研究一番，良辰嫌她丢人，已经一把拉过她，转身就走。

任务已经失败，再留下岂非更尴尬。

两个姑娘不告而来，不告而别，片刻工夫就没了踪影。

陈飞扬站在水井旁，打起一桶水，再倒回去，再打一桶，再倒回去。正百无聊赖地消磨时间，一见她们走了，连忙屁颠屁颠地赶到李鱼身边，巴巴地问道："小郎君，她们做什么来了？"

李鱼把筛子塞到了他的手中，笑道："应该……只是随便来看看。"

李鱼转身行去，他可不知道深深和静静拉了吉祥离开，会对她说些什么，得赶紧去看看，随时准备灭火。

陈飞扬看看李鱼的背影，再回头看看门外，心中只想："那两位姑娘莫非是听我说了小郎君的诸般事迹，心仪于小郎君的智慧手段，对他动了春心？这样说来，我可是小郎君的大媒人，哈！哈哈……"

良辰、美景坐在车中，默默行了一阵，美景道："这小子……为什么要故意留下破绽？"

良辰缓缓地道："因为，他不想让老大对他存了芥蒂。虽然明知道是他干的，如果不能得到明确的答案，猜忌还是不可避免的。上位者对下位者心怀猜忌，这对一个做下属的人来说，早晚必成祸患。"

美景黛眉一蹙，道："既然如此，他向老大当面承认不就好了？"

良辰道："有些话，彼此都明白就好，却是不能宣之于口的，否则，那就真的尴尬了。"

美景忽地想到了什么，呀的一声惊呼，小屁股在座位上一蹾，险些跳起来。

良辰嗔怪地瞪她一眼："一惊一乍的，又怎么了？"

美景愤愤地道："咱们被他给唬了！"

良辰道："怎么？"

美景道："试问，就算那个破筛子能掩饰唯一的破绽，可他如何带进去呢？"

良辰怵然道："你是说，他是被我们拆穿后，临时想到的对策？这……不会吧，他不会有如此可怕的应变急智吧？"

　　良辰歪着头想想，摇头安慰自己道："不会，谁能随机应变一至于斯？那还叫人吗？我想过了，那筛子的奥妙不在于那个圆形的竹圈子，而在于那张细细的网，如果拆掉外沿的竹圈，把那软绵绵的一团缠在身上，一样带得进去，一样可以使用。"

　　美景一听，松了口气，拍拍胸脯道："一定是这样，幸好是这样。真吓死我了！"

第二章
安　置

李鱼在杨家大院里匆匆地转悠了一圈，始终不见吉祥和深深、静静三人，李鱼一脸纳闷地回到前堂，陈飞扬屁颠屁颠地跟了半天，眼见李鱼现在无心与他说话，便道："小郎君，反正这门我也认得了，明儿一早，我再来听用？"

李鱼道："成！反正咱们来日打交道的机会多着呢，你先回去，我这里……"

陈飞扬龇牙一笑，道："小的明白！小的明白！姑娘们多了，自然就麻烦。小郎君还是得早早立下门风规矩才对，要不难免生乱。"

陈飞扬说完，就颠着屁股告辞了。李鱼被他这句话弄得一愣，老子只是好心安置两位姑娘落脚罢了，何曾想过要把她们收入房中？不过，跟陈飞扬也犯不着解释。

李鱼独自一人，又转悠一阵："奇怪，这人……"

李鱼刚说到这儿，忽然听到母亲房中传出轻轻的抽泣声，李鱼急忙推开房门进去，就见母亲潘氏坐在榻上，吉祥坐在旁边的锦墩上，两个人面露戚容，老娘还拿着一块小手帕，不时擦一擦红了的眼睛。

深深和静静分别站在潘氏和吉祥身边，轻声安慰着，抚着她们的后背。李鱼又看呆了，这什么情况？无家可归、孤苦无依的不应该是深深和静静两个人吗？怎么自己的老娘和吉祥这般伤心的样子？

“咳，你们……这是怎么了？”李鱼忍不住问了一句。

潘氏抬头看到李鱼，眼泪汪汪地迎上来：“儿啊，深深和静静两位姑娘实在是太命苦了。从小没了娘，在勾栏院里混饭吃，多不容易。你看她们，水灵灵的跟新剥的香葱似的，不知多少臭男人打她们坏主意，又得谋口食，不能得罪客人，又得洁身自爱，避免受人欺负，太不容易了。”

吉祥也迎了上来，道：“大娘说的是。郎君收留她们，功德无量。反正这府邸够大，杨先生又整天闷在后院里不肯出来，到处空落落的，一到晚上就跟鬼屋似的没个人气，就叫她们住我隔壁吧，彼此也有个谈心说话的人儿。”

李鱼一脸蒙，深深和静静究竟说了什么啊，居然把一向泼辣的老娘和古灵精怪的吉祥感动成这般模样？不过，娘亲和吉祥这一关过了，对他来说是莫大的好事，李鱼自然不会那么不开眼，非要问个清楚明白。

李鱼忙道：“啊！你们已经知道了？她们两个，现在再与勾栏院那些人在一起有诸多不便，所以我才把她们领回来。不过，杨先生虽然好说话，毕竟是此间主人，咱们可不能擅作主张。”

潘氏摆摆手，做主道：“这个不用担心，那怪人不会理会的，我跟他打声招呼就行了。”

李鱼道：“征得此间主人同意才合乎礼仪，我还是带两位姑娘去见见杨先生吧。”

当下，李鱼领了深深和静静出来，吉祥也一同出来。李鱼和吉祥在前，深深和静静在后，向后宅行去。

李鱼悄悄扭头，向后瞟了一眼，见与深深和静静隔着几步距离，便对吉祥小声道：“她俩对你们说了什么啊，害得你们落泪？”

吉祥道：“还不是说起她们姐妹俩无依无靠，相依为命的辛酸事。穷人才知穷人的苦，叫人心疼。”

说到这里，吉祥忽地想起了什么，瞪了李鱼一眼，警告道：“有大娘和我心疼她们就行了，你可不许……心疼她们！”

李鱼顺利解决了深深和静静入住杨府的事，心中正觉舒畅，看到吉祥这副模样，忍不住笑着逗她道：“不许我干吗？”

吉祥嗔怪道：“明知故问。”

李鱼微微侧了身子，挨近了她肩膀，嗅着她身上好闻的处子香味，小声地道：“放心啦，你这颗甜漾蜜汁的王母桃儿我还不曾啃过，怎么会打她们主意？两枚绿李儿罢了。"

别看这三位姑娘中，深深最是年长，吉祥小她七天，静静小她九个月，可三人的生活阅历却大不相同。深深和静静一直生活在勾栏院那一方小天地里，其实生活环境要比外边的大社会简单得多。

而吉祥是随着父亲从别处迁到利州的，见多识广，又从小受到继母虐待，小小年纪就出去打工赚钱，做过许多行业，阅历较二女丰富许多，所以谈吐气质相对成熟些，风韵体态也便显得更有女儿风情。

吉祥听他这么说，一双漂亮的杏眼登时瞪了起来："好呀你，人家要是被你吃掉了，你就该打她们主意了？"

李鱼笑道："这可不好说，除非某人侍候得本大爷舒舒坦坦的，天天被掏空，也就没力气再去拈花惹草了。"

"你……"吉祥咬了咬唇，气鼓鼓的样子，酥胸起伏，煞是好看。不过，她没再说什么，看那模样，一颗小脑袋瓜早不知在合计什么了。

李鱼暗笑，垄断必然导致服务意识低下，引入竞争才是王道啊。瞧这丫头，一有了危机感，都不敢跟我呛嘴了。

杨思齐此时正在后院里，拿着个榔头，围着他打造的一座建筑模型，一边嘀嘀咕咕的，一边转来转去，也不知在说些什么。

看那建筑模型，应该是一座恢宏的大殿，只是既没上色也无牌匾，缺少装饰，不知道是宫殿还是佛寺。整个模型，全是榫卯结构，不用一颗钉子，但依旧严丝合缝，结结实实。

李鱼和吉祥站住，示意深深和静静上前，对不修边幅、蓬头垢面的杨思齐道："杨先生。"

杨思齐听到声音，直起腰来看向他们，只不过两眼的焦距全没对在他们身上，显然神思一时半晌的还没从他的建筑研究中抽离出来。

李鱼道："深深、静静两位姑娘现下无处安置，在下冒昧，想着府上空房舍还挺多的，想让她们在府上住些时日，却不知杨先生能否应允。"

杨思齐挠了挠头，几片木屑从头发上掉落下来："啊？哦。"

李鱼欣然道："先生这是答应了？深深，静静，还不谢过杨先生。"

深深和静静此前随李鱼赴东篱下之宴，已经与杨思齐打过照面，不过那时的杨思齐看来正常得很，见她们生得俏丽，还打趣过她们一句，这时神不守舍的模样二女可不曾见过。

她们急忙上前，向杨思齐福礼，莺声呖呖地道："奴奴谢过先生。"

"啊！哦！"杨思齐的眼神渐渐正常过来了，向她们木讷地笑笑，"欢迎，欢迎。嗯……"

杨思齐看向李鱼："你们坐，你们坐吧。"

杨思齐一边说着，一边扭头看他那榫卯结构的建筑模型，一副想要招待客人，又不舍得放下手头工作的模样。至于深深和静静两个姑娘要在府上住下的事情，他明显是听到了，不过也很明显地完全没过脑子。

瞧他一副心不在焉的模样，吉祥忙道："先生正忙着，我们就不打扰了，您先忙。"

杨思齐松了口气，笑道："好，你们随便走动。吉祥啊，给大家拿点儿瓜果出来，沏壶好茶。呵呵，随意，随意！"

杨思齐说完，很抱歉地向众人拱拱手，转过身去，盯着那建筑模型又开始了碎碎念。李鱼见状，忙招手叫众人退出去。几人蹑手蹑脚地退到外面，深深忐忑地道："小郎君，杨先生好像不太高兴啊。"

李鱼还没说话，吉祥已然安慰道："你别多想，杨先生就是这样的一个人，讷于言辞，不喜应酬。不过人特别好，你待几天就明白了。"

李鱼听了深深地望了吉祥一眼，这丫头，明明也有她的小心机，也有她的担心与忐忑，可事到临头，还是对他人充满关切，真是温柔善良啊。

不过，李鱼的凝视，被吉祥看到后，换来的却只是大大的一个白眼。

深深和静静被安排在了吉祥住处的左右，这是一排三间的房子，原本是一大间，后来不知何故又做了隔断，但只是为了储物方便，没想过住人，因为杨家原本就只杨思齐一个人，一到晚上，真跟鬼屋似的。

这隔断不够厚实，基本上声音略大一些，隔壁房间就听得见。而吉祥把深深安排在了她左边的房间，静静安排在了右边房间。看到这样的安排，李鱼暗暗决定，收回吉祥温柔善良的评价，这小妮子，鬼着呢！

等到把两人安置下来，也快到了晚饭时间，吉祥忙赶去帮潘母的忙。这个准儿媳在准婆婆面前，可是一向乖巧。趁这工夫，静静钻进了深深的房间，深深正在房间里这摸摸、那碰碰，一脸新奇。

自幼居住在勾栏院中的深深，这可是生平头一回拥有一间完全属于自己的房间，头一回拥有这样的一处有门有窗、有墙有梁的私密空间。

"姐，这儿好棒，没想到咱们也能有自己的床、自己的屋，那感觉，就像有了一个家，跟以前住在帐篷里的感觉完全不同。"静静一屁股坐在深深的榻上，喜滋滋的。

深深淡定地缩回准备去揭马桶盖的手，从遮挡马桶的屏风后面走了出来："少开心啦，这只是暂居之地，可不是咱们的家。"

"说的是呢！"静静跳起来，垮下了小脸，突又双眼一亮："咦！姐，你看那位杨先生怎么样？人多老实，话还不多，要不，你就嫁了他吧？你要嫁了他，这就是咱们家了。"

深深没好气地白了她一眼："为了让你有饭吃，有屋住，就把姐卖了是吧？"

静静涎着脸凑到她面前："你不是喜欢成熟大叔嘛。之前那位苏先生，你跟我说过好几回了。这不，杨先生也是一个大叔。"

深深没好气地道："这能比吗？要是这样，我宁可选李鱼了。"

静静指着深深道："哈！狐狸尾巴终于露出来了吧？"

深深板着脸道："你究竟明不明白我在说什么啊？老姐要跟你抢男人，你不怕？"

静静挺胸道："不怕！小郎君这样有本事的男人，早晚是起居八座、建衙开府的大人物，妻妾成群再寻常不过。若是姐姐与我跟了同一个男人，咱们彼此照应着，要讨夫君喜欢，岂不比别人容易些？"

深深脸儿嫩，可没有静静这般没羞没臊当众表露心意的习惯，这个话题她实在不好聊下去了，忙转移话题道："刚刚在潘大娘和吉祥妹妹面前，你干吗说得那般凄惨。咱们固然穷困，可班主对咱们还好，不至于受欺到那般程度吧？"

静静道："哎呀，你怎么这么笨呢，同病……才能相怜啊。"

深深呆呆地看着她，叹道："我一直以为你这妮子年纪小，屁事不懂，看来是我错了，你这丫头，分明就是一只小狐狸嘛。"

静静极妖娆地扭了一下她的小蛮腰，屁股一翘，向深深媚笑道："真……的……吗？"

深深举起一只手，道："不！我错了！你不是一只小狐狸，你呀，就是一只狐狸精！"

"李鱼迟滞不归，定是被什么狐狸精给迷住了！"双龙镇，客栈上房厅中，龙大小姐拎着皮鞭子，挺着微凸的肚皮。其实此时她已经有六七个月的身孕了，只不过她身段高挑，不太显怀。

八个龙家寨的大汉双手背在身后，挺胸凸肚，站立两侧。

龙大小姐气咻咻地发狠道："待我到了长安，发现果真如此，定要那抛妻弃子的不良子好看，我剥他的皮、抽他的筋，把他和那小妖精捆在一起浸猪笼——"

龙大小姐刚说到这里，一个翠衣小丫鬟一溜烟儿地从外边跑进来："大小姐，大小姐，奴婢向镇上权里正打听过了，咱们家姑爷受右武候大将军褚龙骧褚大将军器重，被带去长安做幕僚了。"

小丫鬟说到这儿，偷偷瞄一眼龙作作："听权里正说，他还带了一个刚收的小女奴，一身白衣，俏得跟一朵刚吐蕊的梨花儿似的，漂亮得紧。"

龙作作的一双柳眉慢慢立了起来，仿佛一双欲待出鞘的鸳鸯宝剑。

掌柜的正在前堂噼里啪啦地打着算盘，客房中，突然传出龙大小姐穿透力无敌的霸道呐喊，吓得他一哆嗦，生生拨乱了珠子："马上出发，给我杀去长安城！"

用过晚餐，李鱼假意在院中散步消食，窥见院中无人，一个箭步，便钻进了吉祥的卧房，顺手就把障子门拉上了。

晚餐的时候，饭桌上一下子变成了五个人，潘娘子见了很开心，不停地说："这样子家里才有人气嘛！瞧，这样多热闹，这么大的一幢宅子，人口少了可不行，镇不住，阴气重哪！"

在潘娘子看来，哪有把两个俏生生的大姑娘领回自己家，还说彼此清白得很，毫无关系的？要真没关系，人家大姑娘也不可能去他的家。

当然，潘娘子明显低估了深深和静静的脸皮厚度，在李鱼看来，就深深和静静这两个丫头，很可能他拿点儿猫粮逗引着，就能让她们乖乖跟着走。

虽说此前已经听深深和静静说过了她们的悲惨遭遇，但在潘大娘看来，至少儿子这边对两位姑娘是有意的，两位姑娘看起来也不是很反对。

站在做母亲的角度，潘娘子当然希望自己的儿子媳妇越多越好，这样才能多子多孙，人丁兴旺。李家如今就只剩下李鱼这一根独苗苗了，只有多子多孙，枝叶繁茂，李家才能壮大起来。

所以，对潘大娘而言，对于儿媳妇是很希望多多益善的。别看平时潘大娘跟吉祥好得跟亲娘儿俩似的，这种时候，对李鱼的疼爱、对于家门兴旺的强烈企盼，可就占了上风。

潘大娘这番话既是对深深和静静的一种鼓励，也是对吉祥的一个提点：闺女啊，一只羊也是赶，两只羊也是放，反正我儿在陇右都有一房媳妇了，也不差再多两房，你就想开些吧，为了咱们李家香火旺盛，你多担待。

吉祥虽然也明白潘大娘的立场，换作她是母亲，此时带了两位姑娘上门的是李家小小鱼，她恐怕说出来的话跟潘大娘也会一般无二，可同样的事放在自己身上，难免觉得不太舒坦。

她露出的笑容虽然只有一丝小小的不自在，旁人看不出来，李鱼还能看不出来吗？对于这个小媳妇儿，李鱼可是最疼最宠最在意的，再加上吉祥自幼的遭遇，使她性情敏感，极度缺乏安全感，李鱼可就担上了心，不想她落下什么心事。

吉祥坐在榻上，盘着双腿，痴痴地正在出神，也不知在想些什么。忽然门扉一响，李鱼闯了进来，吉祥吃了一惊，失声叫道："这个时辰，郎君来做什么？"

李鱼嘘了一声，竖指于唇，向她做了个噤声的动作。吉祥连忙压低了声音，下地趿鞋，迎上前，小声道："你来做什么？"

李鱼拉着她回到榻边坐下，伸手去抱她的小蛮腰，吉祥一扭腰肢，负气地道："左右住着人呢，别……"

李鱼不管不顾，霸气地把她揽在怀中，吉祥扭怩了一下，也就从了他了。

李鱼在吉祥耳边道："今儿晚上有点儿不高兴啦？"

吉祥一双眼睛秋水似的定在他的脸上："没、有、啊！"

李鱼苦笑："瞧瞧你现在这副样子，当我看不出来？瞎子都看得出啊。你别误会，我跟深深、静静两位姑娘，并没有关系。"

吉祥幽幽地道："就算郎君与她们有什么关系，人家也不敢言语呀。人家孤苦伶仃，孤身一人，没人疼，没人爱，全指着郎君垂怜，能有个地方住、有一口饭吃呢，哪儿敢说什么？万一惹得郎君不高兴了，把人家轰出门去，那人家除了一死，也就无路可走了。"

李鱼又好气又好笑地道："看你说的，我是那样的人吗？深深和静静呢，你也知道，确实可怜，现在她们既不容于康班主那边一班人，又惹得饶耿旧部不高兴，你说，能叫她们去哪儿？杨大梁这儿安全嘛，那些人，是不敢来这儿惹事的。"

吉祥吸了吸鼻子，道："是吗？那么下午那对孪生姊妹，又是怎么回事呀？"

李鱼登时一脸凝重，道："你说那两个人啊，那两位姑娘可就厉害了。她们是西市王的贴身侍卫，武功高强得很。你别看她们笑靥如花，十分俏皮可爱，实则可是一对女罗刹，真要杀起人来，眼都不眨一下的。"

吉祥有些吃惊："她们这么可怕？"

李鱼深沉地点头："不错！！我跟东篱下，现在关系很复杂。照理说呢，凭着杨大梁的关系，我也算是东篱下的一员了，不过，可以预见，不服我的人一定不在少数，想暗中算计我的人恐怕也不少。下午那两位姑娘过来，就是想抓我把柄的。"

李鱼轻轻嘘了口气，抚着吉祥的头发，沉重地道："明儿我去东篱下，可想而知，危机重重，一个不慎，就得栽在里边。人常说，伴君如伴虎，这西市王常剑南，俨然也是一方暴君了，那两位姑娘就是他的爪牙。

"我今天让她们铩羽而归，女孩子嘛，心眼儿小，她们不对我怀恨在心才怪。等我去了东篱下，她们一定会处处找我的碴儿，我得时时小心才成，否则，必有杀身之祸。"

善良的吉祥姑娘被这一番话给吓住了，紧张地抓着李鱼的手道："这么危险？那……那咱们不去东篱下了呗。咱们马上就走，离开长安，去陇右吧，郎君不是早就打算离开吗？"

李鱼执住她的手腕，正色道："没错，我本来就想走的。而且，距九月九已经不足两个月时间了，我不可能等到那一天才离开。不过，道德坊勾栏院的惨事你也听说了……"

李鱼把吉祥的头揽到自己胸口，目视前方，神情庄重，语气沉沉地道："如果不是我插手，他们也未必会落得这般下场。我就这么离开，那百十号人怎么办？不瞒你说，此前我已托付他人，给他们找了一份工，不过那终究不是长久之计。既然还有时间，我可以利用在东篱下做事的便利，把他们安顿下来！"

李鱼这番话，半真半假。

半真，是他对勾栏院那些人真的有一份负疚之心。那些人遭此劫难，他心里清楚，与他关系很大。饶耿那班人，虽然嚣张跋扈，但轻易也干不出这等惨绝人寰的事来，之所以最后动用如此极端的手段，其实最主要的原因就在于他。

是他吓退了饶耿那班人，令这些一向跋扈的泼皮颜面尽失，那些人横行坊市，恫吓百姓，最在乎的就是他们的脸面，可在李鱼面前却只能灰溜溜地离去，恼羞成怒之下这才纵火泄愤。

这一点，旁人可能没想到，而且饶耿等人与他发生冲突，并被他亮出的背景吓退的事，勾栏院里知道的人并不多，但李鱼自己心里有数。他不是圣人，可是如果是他造成的后果，他也绝不回避。

李鱼把这一百多号无家可归者未来的生计责任挑在了自己肩上，李鱼为他们复仇，持刀直闯东篱下，失败后又费尽心机想出妙计干掉饶耿，所有这一切，都因为他心中对勾栏院这些无辜的市井小民心存歉疚。

他从来就不是一个铁肩担道义的侠者，可是对于应该由他来承担的一切，他也从不推诿。

他的娘亲，他得奉养起来，以尽孝道。他赢得了吉祥的芳心，所以他得担负起照料她、呵护她，给她一个家的责任。

他插了手，结果让勾栏院酿成更惨烈的后果，那些被无辜烧死者的仇恨，那些无家可归者的生计，他就得承担起来。他做事，没有那么多的大道理，简而言之就一句话：一生做事，不背良心！

做圣人难，做一个对得起自己良心的平凡人，说来简单，又有多少人做得到？

而那假的一半，却是故意虚张声势，引起吉祥的紧张与担心，从而转移她的注意力，免得她在深深、静静两位姑娘的事上纠缠不清。李鱼了解吉祥，用这些伎俩对付她，简直是屡试不爽。

李鱼这一招果然奏效，吉祥现在满脑子转着的都是自家郎君周游于虎狼之间，步步杀机、险恶重重的可怕画面，而李鱼这一番颇有担当的话，更是令她既为自己的男人感到骄傲，又为自己感到暖心。

试想，这个男人为了一些素昧平生的陌生人，都能如此侠义心肠，他会亏待了自己吗？

"对不起！郎君承担这么多，这般辛苦艰难，我还无事生非，惹你烦恼。我真是太不应该了。我……"吉祥又是愧疚又是难过，一双美丽的大眼睛里已然是泪光莹莹。

"别这么说……"李鱼按住了她的唇，含情脉脉。魔鬼的尾巴在他屁股后面已经悄悄地翘了起来，"我知道，你是因为在乎我，所以才担心。其实我的吉祥善解人意，温柔体贴，生得又是如此美丽，能够得到你的垂青，我心中不知有多满足。"

有几个男人会对女人如此甜言蜜语？吉祥眼泪汪汪地看着他，感动得恨不得马上替他去死。

李鱼微笑着，嘴里的獠牙也慢慢地龇了起来。只是这魔鬼的獠牙吉祥姑娘看不见，她已经醉倒在李鱼春风般温柔的笑容里了。李鱼将吉祥轻轻揽在怀里，在她耳畔柔声道："我现在……特别难受。"

吉祥抬起头，紧张地问道："怎么了？郎君哪里不适？"

李鱼道："美人在抱，软玉温香，你说我血气方刚的，能不难受吗……"

李鱼涎着脸儿贴到她发烫的耳朵根上："我的乖吉祥，好吉祥，你看咱们再过俩月去了陇右，也就该正式拜堂成亲了。既然做定了夫妻，你看你能不能……"

可谁知就在这时，左壁房中咕咚一声，仿佛倒了一条凳子，还传来一个女孩家哎哟一声痛呼。

紧接着，右壁那厢似乎也有人受了影响，啪的一声，仿佛一个碗摔在地上，之后，就是左右两厢一串急忙从墙边逃开的脚步声。

吉祥刚刚推却李鱼时，其实双臂软绵绵的全无力气，正如李鱼所料，烈女怕郎缠哪，只要他再下些水磨功夫，今晚必能得偿所愿。

可这两厢声音一出，吉祥骇得腾的一下跳了起来，力道极大，一下子就从李鱼怀中逃开，向他连打手势，又是示意他赶紧离开，又是双手合十，满面祈求，只求这个害得她从此没脸见人的坏家伙赶紧出去。

"完蛋了！左右有两个好奇宝宝在听墙根，今日是无论如何也没办法蜜里调油，一偿所愿了。"

李鱼沮丧地抬起头，整一整衣衫，做淡然从容状，从房中走了出去，经过如释重负的吉祥身边时，还不甘心地在她怀里掏了一把。

结果就是李鱼刚一出门，屁股上就挨了吉祥羞怒交加的一脚。好在吉祥房中除了地板就是卧榻，吉祥一直赤着脚儿，软绵绵的不痛不……倒是有点儿痒。

两侧房间的门缝儿不约而同地拉动了一下，把那一道缝儿掩上了，李鱼眼角往左右一睃，把这一幕都看在了眼里。

真是……坏我好事！

李鱼气咻咻地提臀、收腹，掩饰停当，提高嗓门自语道："明日一早，我就要去东篱下接收饶耿的那个烂摊子了，却不知到时候会有哪个不开眼的东西来挑衅我。哼！若是有人不识相，有他的好果子吃！"

李鱼说罢，昂然离去。

左右房中，又拉开了一道门缝儿，各自露出一双眼睛。

扒着门缝儿的深深、静静酸溜溜地想："小郎君腻在吉祥房里，不知在做什么羞羞的事情，还好意思恐吓我？当本姑娘是吓大的吗？喊！"

陈飞扬一大早就赶到了杨府，顺道还蹭了顿早饭，打着饱嗝儿就跟着李鱼出了门。

"你这是几天没吃饭了，瞧那穷形尽相的。"

"我天天……嗝儿，吃！这不是因为大娘做的饭菜……嗝儿，香嘛！"

陈飞扬屁颠屁颠地跟在李鱼后面："又能为小郎君鞍前马后，小的真是太开心了。哎，也不知道狗头儿在利州怎么样了，如果他也在这里就好了。"

"狗头儿……"李鱼的神思一下子回到了利州，走了片刻，才轻轻一叹。他还记得临行前对狗头儿许下的承诺，他说过，总有一天会回去，带上狗头儿走天下。人无信不立，说出的话不是放出的屁，岂能言而无信。

不过，这长安城他很快也要离开了，现在势必不能把狗头儿找来。等临行之际，倒是可以问问陈飞扬的心意，如果他愿意跟着走，就让他绕道回利州一趟，找到狗头儿，一块去凉州。

二人一路行去，渐渐进入西市。

此时时间尚早，但西市中已是人来人往，十分热闹。

陈飞扬不禁有些忐忑起来："小郎君，您接替了饶耿的位子，饶耿那些部下，会不会服气？咱们去了，他们会不会找您的麻烦啊？"

李鱼信心十足地道："当面顶撞的，恐怕是没有。毕竟，咱们上头还有人。不过，阳奉阴违、两面三刀的可就难说了。到时候，这样的人中，找出几个来，杀一儆百……"

说到这里，前方正有一个俏姑娘经过。是个胡姬，栗发黑眸，高鼻梁大眼睛，才只十七八岁年纪，纤巧柔美，偏又充满异域风光，她头上垫着软垫，又顶了只水坛，一手扶着，袅娜而过。

李鱼目光一滞，随着胡姬动人的步态直追到她进入一家店铺，才道："你放心，李某人挑软妹子……啊不！挑软柿子的眼力极好的，整治了一个，其他人也就服帖了。"

第三章
风 雨

陇州之西，一辆轻车，十余匹健马，沿着黄土道儿轻驰向东。

道路干燥，车马行过，激起一路轻尘。

一过了大震关，就没有大股的马匪了，至于小股的毛贼，是不敢对这样一支队伍下手的。

别看那骑士只有十几个人，但骏马高大，鞍鞯齐备，马上挂有骑盾、长枪，骑士腰间佩刀，背后有箭，如此武装到牙齿的全副装备，哪是那些剪径毛贼敢惹的。

十几名骑士，俱都身形矫健，神采奕奕，护着轻车前行。

这车名师打造，轻便结实，惯跑长途，而车子减震效果也好，车上更是垫了厚厚的几层褥子，颠簸摇晃虽然不可避免，但坐在软绵绵的车上，只要是不晕车，坐着其实也还舒服。

"大小姐，咱们是否到陇州歇息？"一个骑士圈马赶到车旁，大声询问。

车中传出龙作作杀气萧萧的声音："不停！过陇州，赶到陈仓再歇宿！"

那骑士答应一声，挥着马鞭吆喝向前："大小姐吩咐，陇州不停，陈仓歇息！"

骑士们听了，估算了一下脚程，便加快了马速，赶车的大把式把长鞭奋力一摇，在空旷的荒野中炸了一个响亮的鞭花，催促拉车的四匹健马也加快了速度。

车厢内，一个小丫鬟屈膝而坐，贴着厢壁，另一个小丫鬟坐在另一边，龙作作高卧在榻上，神情不悦。

一个小丫鬟劝道："姑娘，您怀着身子呢，可别生气，要是伤了身子，对小郎君可不好。"

另一个丫鬟也道："就说呢，老爷子再三阻拦，其实姑娘你真不该千里迢迢自己去长安的，叫老爷子派人去不就行了。"

龙作作瞪眼道："我不要脸面的吗？男人不要我了，我还待在家里安心给他生孩子，我这是多没心没肺啊！"

一个小丫鬟道："姑娘，寨子里的人都说李家郎君有情有义呢，不会是这样的人，没准儿是有什么事耽搁了，不会是刻意不归。"

另一个小丫鬟帮腔道："就是！姑娘您现在生气，等到了长安，晓得冤枉了郎君，可不后悔死，为了腹中的孩子，还是该宽心才是。"

龙作作道："我冤枉他？哈！我也希望是我冤枉了他！等着吧，咱们到了长安再说，要是叫我发现他拈花惹草，欠下许多风流孽债！哼！哼哼哼！无情，唱首歌儿来叫我宽宽心。"

两个小丫头都被龙作作取了名字，一个叫无情郎，一个叫负心汉。无情听她吩咐，无奈地向对面的负心对了个眼色，启唇唱道："手里拿着袜底底，我坐到门前等女婿。东来的，西去的，都是扛锄下地的，就是不见心近的……"

龙作作高卧榻上，闭目听着，懒洋洋地道："没出息，等啥人哩？负心，你唱！换个娃儿爱听的。"

"哦！"负心听了，向无情撇撇嘴，拍着巴掌唱起了儿歌，"猴娃猴娃搬砖头，砸了猴娃脚指头。猴娃猴娃你不哭，给你娶个花媳妇。娶下媳妇阿达睡？牛槽里睡。铺啥呀？铺簸箕。盖啥呀？盖筛子。枕啥呀？枕棒槌。棒槌滚得骨碌碌，猴娃媳妇睡得呼噜噜……"

龙作作抚着肚子，脸上露出了笑容。这丫头，气性大，但气性来得快去得也快，负心这么一唱，龙作作忽然就来了兴致："欸，你们说，我怀的是男娃还是女娃？"

两个丫头对视一眼，期期地道："男娃吧……"

龙作作一脸幸福神色："我觉得也是！男娃有力气，以后等我老了，打不动他爹了，就让我儿子揍他，嘻嘻……"

无情和负心对视了一眼，暗暗苦笑。

大地颤动，蹄声隆隆。前方逃命的骑兵已然精疲力竭，可追兵却似猛虎一般叱咤而来。

大地猛烈地颤抖着，蹄声仿佛已经在耳边轰鸣。追兵还未至，箭已似暴雨般倾泻而来，逃亡者不得已，只得回身死战。否则以他们现在的速度，只能在逃跑中被逐一歼灭。

然而，当他们发现追兵从三面追击包抄而来，滚滚如铁流漫卷，而且气势如虹，都是以逸待劳的精锐时，他们绝望了……

这不是一个部落的兵，而是至少四个部落的人，他们的衣袍略有区别，外乡人看不出来，可本地人一看就能区分出来。

三面洪流，包抄而至，箭矢如骤雨，标枪似电闪……

如同潮水般涌来的铁骑瞬间就把这支败军淹没了，包围、穿插、切割、屠杀。

已经疲惫不堪的渤海部逃兵士气在动摇，意志在崩溃，旋踵间，防御就已土崩瓦解，士兵们一哄而散，不听将令，各种逃命去了。

实际上，放弃了有组织的反抗，他们只会死得更快，可是恐惧已经令他们丧失了理智，没有一个人听从将领的呐喊，只管像受了惊的兔子似的四散奔逃。

一员骁将策马如闪电，疾冲过来，还隔着百米之远，一口马刀就高高地举了起来，马刀背厚刃薄，刀身细长略有弧弯，劈砍凶狠，击刺轻灵，锋锐威猛。一瞬间，那骁将已至近前，刀刃带着厉鬼夜泣般的凄厉劲风斜劈而下！

纵马猛冲时，借马匹冲奔之势挥刀斜劈，其势至为威猛，不要说人，甚至其胯下马，都有可能被一劈两半！

不过，这员败将身上穿了两层皮甲，减缓了部分刀力，那一刀斜劈而下，血光迸现，败将甚至没有反抗，只带着一丝凄然的笑。

渤海部最精锐的力量啊，在这场大决战中损失殆尽，渤海部落本有一统辽东的能力，可如今已尽化泡影。

活着，他也愧对族人，死，就死了吧！

刀锋掠过，他已被一劈两半，胯下马没有被劈开，但马脊已被斩断，马儿轰然倒地，悲鸣一声，也是活不久了。

主将一死，逃兵更无战意，被追兵尽情杀戮。马刀凌空，每次落下都划出一道寒光，鲜血飞溅，势如破竹，惊心动魄的惨叫声，踢踏如雷的马蹄声，狂暴热烈的呐喊，尖锐惊怵的刀啸声……

残存者纷纷滚鞍落马，弃械投降。他们很清楚，一旦投降，就只能沦为奴隶，沦为这些曾经是他们奴隶的人的奴隶，到时处境比一般的奴隶更为不堪，但是为了活命，他们已别无选择。

呜——

苍凉的号角声响起，正在打扫战场的勇士们为之一静，纷纷伫马或站立，向号角声处望去。

五六骑雄骏的战马，驮着几个首领模样的人缓缓走向这修罗战场。

思慕部落头人、喜失牵部落头人、窟说部落头人、莫曳部落头人、乌惹部落头人，还有……他们的战神，铁骊部落的头人，铁无环！

离开陇右时，铁无环告诉李鱼，他已亡族三年七个月零六天。

李鱼判断渤海部落既然灭了铁骊，吞并该地，就像一头尝过了人血的狼，绝不会就此止步。其他部落接下来就会步铁骊的后尘，渤海的远交近攻之策彻底破产，铁无环看似无望的复族就有了希望。

于是，李鱼教了一套在中原政治场上早就没有技术含量的策略给铁无环，这套策略在那些尚属蒙昧状态的原始部落间，居然极其奏效。尤其是李鱼还教给铁无环一套极富煽动力的说辞。

各部落头人们听了这套说辞，简直跟打了鸡血似的，嗷嗷叫着就跟铁无环走了。于是，铁无环成了战神，创造了铁骊复族的一个奇迹。

铁骊部落与渤海交战历时一年零两个月被灭族，三年零七个月后，铁无环游说诸部，组成联军，招纳旧部，只用了三个多月就把已成公敌的渤海部落打得丢盔卸甲，夺回全部失地。

"大哥，我们赢了！"铁无环的一个族弟策马赶到他的面前，滚鞍落马，跪地禀报，双手一抓，掬起一捧血淋淋的土地，号啕大哭，"这是我们的家园，我们的领土，我们……夺回来啦！"

铁无环目光莹然，轻轻点头。

喜失牵部落头人抚着花白的胡须，呵呵笑道："经此一战，曾经最强大的渤海部落已然是元气大伤，无力外侵了，我估计，不出三天，他们就会派人来向咱们乞和。铁头人，你打算提些什么条件，这口肥肉，咱们得好好啃它一口，哈哈……"

铁无环微微一笑，微微抬起头，望向远方。

喜失牵部落头人见了不禁微微一惊，难不成铁无环还想杀进渤海部落，也给它来一个灭族？要知道，瘦死的骆驼比马大，渤海部落虽已无力外侵，但自保之力还是有的。该部落甚至拥有了几座城池，如果反攻入对方境内，殊为不智。

他正想出言劝阻，铁无环凝视着远方，缓缓地道："我等诸部联盟，攥成了一个拳头，除非联盟瓦解，否则渤海部将再难有所作为。我的族人收复了故土，也可以安居下来了。而我自己，心愿已了，受降之后，也该离开了。"

喜失牵部落头人大吃一惊，失声道："什么？离开？这就是你的家，你的部落啊，你要去哪里？"

其他头人也纷纷惊讶地向铁无环望来，铁无环依旧凝视着远方。

众头人不约而同地随着他的目光向大地的尽头望去，心中浮起一个问号：那儿，有什么？

第四章
上任

东篱下！

李鱼这是第三次来。

第一次来，他欲杀人，未果。

第二次来，饮宴谈和，杀人。

而这第三次，他却登堂入室，成了东篱下的一员。

只不过目前他的办公之所还只是依附于这座庞大建筑的外沿建筑，他在东篱下的地位，也大抵如此。

站在东篱下，李鱼习惯性地仰望了一下那巍峨的牌匾，带着陈飞扬，举步走了进去。

街对面一座茶楼，茶肆二楼正有人吃早点。

临窗有一人，正是苏有道。

苏有道独据一张小方桌，跪坐在榻上，窗口正及臂弯，可以很容易地看到外面的一切。李鱼驻足于东篱下，再举步进去的一幕，被他看了个清清楚楚。

苏有道微微一笑，道："水往低处流，这是水的本质之一。所以，如果你掘开一道向下的沟渠，那么你根本不需要去替那水考虑它该如何流动，它自然而然，就会沿着你的安排走下去，或许在一些细微处会有些出乎意料，但大方向总是不会错的。"

另一张小方桌与他的方桌儿抵着，桌后那人却正被墙壁挡住，只不过他若探探头，依旧能看到窗外情形，若是一缩头，窗外的人便看不到他了。

他的桌几上所摆的早餐与苏有道相仿，十分清淡。此时，他正端着一碗香喷喷的粳米粥，就着高邮咸鸭蛋，吃得津津有味。

米是卢城稻米，取自渤海郡。由于渤海一带动荡，以及产量有限，天下间知道它的人不多。

但这个人却知道，因为他去过渤海部落，还曾在那儿买过几个奴隶，其中包括铁无环。于是有幸在那儿品尝到了这种米，之后不惜重金，每年从该部落订购，反正他常舒欣有这样的财力。

这座茶楼，就是他的产业，也是他在长安城的落脚点之一。所以这样的米，现在也只有他和苏有道才吃得到。米香四溢，坐在很远的位置都闻得到，不过其他食客虽然会好奇地向这边望上一眼，却不会冒失地过来询问。

老常剜了一口流油的蛋黄，将最后一口糯软香甜的米粥吃下去，放下小碗儿，向前微微探头，习惯性地斜着眼儿向外瞟去。

此时街头行人还不多，一个老妪、一个带着两个娃儿的妇人、两个牵着骆驼的胡人……

老常一瞟、再瞟、三瞟，瞟得风情万种。

苏有道咳嗽一声，道："他已走进东篱下了。"

常舒欣"哦"了一声，缩回头，看向苏有道："李鱼这个年轻人，我在陇右遇见他时，就很欣赏。想不到，天下之大，如此之小，终究是叫他落入你的法网了。"

苏有道的脸皮子抽搐了一下。

常舒欣掩唇轻笑："啊！口误口误！是落入你的法眼了。那么接下来，你打算怎么办呢？"

苏有道疑惑地看着他："什么怎么办？"

常舒欣道："这水，已经沿着你挖好的沟渠淌下去了，不过，它可未必就能为你所用。来日，小溪潺潺是它，洪水滔天，也是它！"

苏有道恍然，莞尔一笑，道："不急！你我看他，只见一斑。他究竟能不能在西市王眼前展露峥嵘，还要看他接下来如何去做、做得如何。且观察下去。"

常舒欣追问道："如果他接下来的表现很令你满意呢？"

苏有道微笑道："这就是我来找你的原因了。本来还想着提前安排人接近他，一旦与他做了兄弟，此人重情义，再诱之以高官厚禄、大好前程，不怕他不为我所用。你与他有旧，岂非最佳人选？"

常舒欣皱了皱眉道："我只是个商人！"

苏有道淡淡地道："这就是一桩买卖！"

"西市街衢洞达，阗阎且千，包罗万象，货别隧分，阛城溢郭，旁流百廛，红尘四合，烟云相连，市内货财二百二十行，四面立邸，四方珍奇，皆所积集，共计大小店铺四万余家，沿街摊贩八万余处，在籍商贾逾十二万人，再加上他们雇的伙计、帮闲，总人数得超过四十万……"乔大梁说起这一切，如数家珍，"其中米行、绢行、铁行等划有专门区域，集中售卖。官府有市令、小史，纠察治安，管理度量器物，维持坊市秩序。不过他们人数极少，看顾不过来，而且这西市的坊正、市令，是我们的人！"

乔大梁自得地一笑："所以，这西市，实际上是我们的人在管。官府不可能管得过来，也不可能派遣足够的官吏来打理一个贸易商市。

"这里有四十万人，牵涉的却是百余万家的生计，民以食为天，对官府来说，这里十分重要，这也正是朝廷倚重我们，而且轻易不会触动我们的原因。更何况，官府每天都要从这里收取极庞大的一笔税赋，谁舍得砸了自己的聚宝盆？"

李鱼听得眉毛直跳。陈飞扬如果听说有这么庞大的一个市场要交由他来管理，只怕得兴奋欲狂。李鱼却很清楚，要管理这么庞大一个市场是一件多么艰难的事情。

真难为了乔大梁，能掌管偌大一个坊市，这得头脑何等精明，心思何等缜密，能力何等出色？！

李鱼满怀敬畏，小心翼翼地问道："那么，在下要管理多大范围？不会……这么庞大的一个市场，都交给在下负责吧？"

乔向荣失笑道："当然不会！"

李鱼一听，顿时松了口气。

乔向荣看在眼里，对李鱼便有了几分好感。旁人唯恐权不够大，利不够厚，交代此人事情，他最先想到的却是责任，是能否力所能及，能否把它打理好，有这样态度，才是可用之人。

本来，饶耿是乔大梁面前极听话的一个部属，饶耿死去，乔大梁很有些懊恼，此时却觉得，或许这个李鱼会更加令他省心、放心。

乔大梁道："原本我西市有八柱，分掌八片区域，后来坊市不断扩建，商贾也越发增多，已然无暇顾及，所以八柱之下，又设十六桁。饶耿，就是十六桁之一。他负责的区域在西北方。这里，就是今后由你负责的地盘……"乔大梁走到墙边，指着壁上一幅巨幅西市地图，手指缓缓滑到西北方向，在毗邻群贤坊、醴泉坊的地方画了一个圈，"在籍商贾一万余人，从业者近四万。编号，十三街区！"

李鱼茫然问道："我手下有多少人？"

原本一副胸有成竹、睿智沉稳模样的乔大梁登时一怔，迟疑了一下才道："这个，一会儿我陪你去上了任，且问你部下吧。我只要你按时足额缴纳税赋，不出纰漏，其他的事，概不过问。"

李鱼听了这样的回答，不禁一脸错愕，天子脚下，京畿重地，管理居然如此粗放？这位乔大梁的神经未免也太大大条了吧！乔大梁精明睿智、纬地经天、胸怀甲兵十万的人设，在李鱼心中轰然坍塌！

"走，我带你去你处嘱咐一声，以后，那儿就是你当家了。"乔大梁笑眯眯地向外走去。门外，陈飞扬正站在那儿，一见人家出来，赶忙点头哈腰，龇牙一笑。

乔大梁也不理他，径直向外走去，李鱼随后出来，陈飞扬屁颠屁颠地跟在了后面。

饶耿这处办公之地说是三进院落，可纵深着实不小，因为每一进院落，左右两厢都是长长一排屋舍，各种大小头目依据职能分据其间，如同官府的签押房，来办事的各色人等进进出出，十分繁忙。

昨儿这里发生了两件事：饶大爷死了，李大爷上位。

人人都知道这件事，所以各房头目今儿一大早就全都来了。他们的神色倒还平静，你想，连西市王平均担任时间都不过两年，也就常剑南坐了十年了，依旧稳稳在上，更何况现在只是换了个小头目，这些人已经司空见惯了。

乔大梁领着李鱼到了这处府邸前，赫然看见门楣上挂着一副牌匾：西市署！李鱼之前虽然拿着杨思齐那儿的图纸把这幢建筑研究了个透彻，却不包括这些附着的东西，这也是他头一次来到饶耿居处正门，见到这个牌匾。

李鱼心道："好大胆子！堂而皇之就挂上了西市署的牌子，当你是官府吗？"

李鱼刚想到这里，就听一声凄厉的尖叫："奸贼，还我郎君命来！"

李鱼霍然抬头，就见一个妇人浑身缟素，十指尖尖，两眼红肿，厉鬼般向他扑来，后边还跟着几个披麻戴孝的家人。那妇人颇具姿色，只是眉梢斜吊，颧高唇薄，未免影响了她的美感。

李鱼一看她奔跑之姿，就晓得是个不会武功的普通妇人，而且听她一喊，就晓得必是饶耿的妻室。这样倒是不便动以拳脚了，李鱼正犹豫不知该如何应对，那妇人已恶狠狠扑到面前，尖尖十指似乎要挠上李鱼的眼睛。

李鱼脚尖一沉，正欲疾退，一旁突然冲出七八条大汉，两人一个，将那妇人及其家人拧臂捂嘴，迅速拖走。

片刻之后，一条小巷内就传出呵叱声、叫骂声、殴打声，阳光斜照，映在墙上，还能看见地上挣扎的人影，施以拳脚的壮汉的"英武之姿"。

乔大梁淡淡一瞥，不动声色地看向李鱼，李鱼往那巷中一瞟，也是神色淡定，毫无异样。乔大梁心中对李鱼的评价又高了几分，微微驻足，束手道："请！"

虽然他的地位远高于李鱼，但今后李鱼才是此间主人，再加上对他正器重，得给足他面子，乔大梁竟尔相邀，与他并肩而入。

李鱼微微一笑，这时不是礼让的时候，便上前一步，只是向他拱了拱手，以示尊重，便并肩走进去。

迎在门口的那些大小头目互相递了个眼色，这位新头领在他们心目中的分量比之前的估计便加重了几分。

李鱼其实一开始确实有些诧异，不过他毕竟事先已经考虑过今日上任有可能遇到的各种事情，有些心理准备。再看那些大汉扑出来的时机，马上就明白过来，这不过是西市署的人故意纵容，为的就是称一称他李鱼的斤量。否则那妇人就算有胆子来这里吵闹，也断然不能靠近。

乔大梁与李鱼并肩入内，在第一进院落里就有一座大堂。这三进院落均有厅堂，每往里一进，厅堂规模越小，名为大堂、二堂和三堂。饶耿遇刺之处就是三堂，已是极私密的所在了。

乔大梁到了大厅，并不就座，只是潇潇洒洒地一站，笑吟吟地道："常老大吩咐，这西市署，今后就是李鱼负责了。一会儿，你们跟李鱼彼此见见，今后齐心协力，还当为常老大尽力办事。"

众人乱哄哄应诺一声。

乔大梁又转向李鱼，向上指了指，道："咱们这儿，常老大之下，有四梁、八柱、十六桁。四梁八柱是上边人，十六桁与你平起平坐，除此之外，都算是下边人。

"另外呢，饶耿这边，较其他十五桁还有些不同，官府那边的职司，也是饶耿这边的人兼着的。这些事千头万绪的，一时也说不清楚，你先跟兄弟们熟悉一下，慢慢来。三两个月的，搞清楚就好。"

李鱼心道："三两个月？我哪有那么多时间，争取一个月内，把勾栏院那班人安排妥当，我就得远走高飞了。"

甩手大掌柜乔向荣说完这番话，点点头道："得嘞，我那儿杂务太多，就不多耽搁了，这是你的地盘儿，你跟手下兄弟们亲热亲热吧，我走啦！"

除了李鱼一愣，其他众人都习以为常似的拱手轰然一声："送乔大梁！"

李鱼忙不迭要送出去，乔向荣摆摆手："你们聊你们的。"便一步三摇，跟只鸭子似的晃悠了出去。

此时，道德坊勾栏院"遗址"处，深深和静静两个姑娘正站在康班主面前，刘云涛和华林站在康班主左右，康班主身后都是勾栏院那些无家可归的伎人。

深深和静静刚把李鱼的安排跟他们说完，康班主两眼发呆，脸上红一阵、白一阵的，过了半晌，突然狠狠一记耳光扇在自己脸上："我错了！我这双老眼，真是瞎了啊！怎么就怀疑了李家郎君，李郎君义气千秋，我不该误会了人家呀。"康班主说着，已是老泪纵横。

刘云涛手里拈着一把磨了一半的尖刀，上次去东篱下的武器已经被没收，不曾发还，也不知他从哪儿淘弄来一把锈刀，此时已经磨得锃亮，只是锋刃上豆粒大的缺口尚未完全磨好。

刘云涛哆嗦个不停，刀从手中忽然滑落，刘云涛"扑通"一声跪在地上，号啕大哭："娘子、乖囡，你们听到了吗？咱们的大仇人已经死了，你们可以瞑目了，可以瞑目了啊……"

华林一张秀气白净跟女孩儿似的脸庞，涨红得跟刚会下蛋的小母鸡似的，双手藏在背后，袖子里有一个写着李鱼名字的小布偶，上边扎着针。华林摸摸索索地把针拔了，双手扭呀扭呀，直到把那小布偶撕成了缕缕碎片，才偷偷扔到地上。

康班主抬起袖子，用力一抹眼泪，道："我误会了李家郎君，我得去向他当面请罪。"

深深急忙拦住他，道："小郎君叫我们来，只是怕大家伙儿担心前程，想叫大家放心。小郎君今日刚往东篱下去上任，还不知要面对什么样的局面，此时不宜相见。"

康班主道："今日若不请罪，我这良心放不下。西市我不便去，那……"康班主的目光定在了深深和静静脸上，"你们如今是住在李家郎君府上吧，领我去，我去李家门前候着，等他回家！"

"对！李郎君，大恩人哪！他为我们，做了太多事了，我们得当面向他道谢！"

勾栏院这班人沸腾了，男人一个个涨红着脸，妇人很多都抹起了眼泪，簇拥到深深和静静身边，二人招架不住，忙不迭地向后退去。

西市署大账房是个留着一撇鼠须的三旬中年人，尖下巴，瘦削脸儿，身材也不高，眼睛狭长，就算睁到最大也只是露出一道缝隙，不过那缝隙中偶尔露出的光芒却满是油滑精明之色。

此时，他已兼了幕僚师爷的身份，笑眯眯地给李鱼介绍着："老大，咱们中院儿，左厢各房，属于西市署。右边各房，属于平准局。前院儿，主要是各肆的肆长，各区的胥师、贾师、司暴、司稽、质人、廛人、司门、司关、税吏……"

陈飞扬恶狠狠地盯着这个大账房，卑微小人物也是有理想的，他的理想就是有朝一日从这位大账房手中夺过师爷的职位。不过，现在大账房说的这些职务，他还不明白都是干什么的。

大账房介绍道："总管各个区段的是胥史，肆长是负责交易和管理的，贾师是负责物价的，司暴与司稽是负责市内治安的，质人是管理市场交易书契的，廛人是管理邸舍和仓储的，司门是负责启闭市门的，司关是管理货物出入的，税吏当然就是负责征收税金的……"

李鱼越听越不对劲儿，怎么听着像是官府的职能？

李鱼忍不住向他询问，那大账房怔了一怔，失笑道："本来就是官府设立的职务啊。官府不把这些职务交给咱们，这西市咱们如何打理？"

李鱼听得眼珠子都快掉出来了，这满堂高矮胖瘦、满脸横肉的汉子们，居然都他娘的是官？李鱼忍不住问道："这……都是官府委任的？"

大账房解释道："自然不是，像我们呢，都是有岗位而无编制的人。"

李鱼这才明白，敢情这些歪瓜裂枣儿都是临时工，早说不就明白了。

大账房道："咱们西市署归太府寺管辖。由太府寺官方任命下来的有品秩的官儿就三个！不过呢，这些官儿其实都是由咱们常大爷决定的，用谁，向太府寺报备一下就成，所以虽有官印，跟一般的官儿还是大大不同的。"

李鱼问道："那咱们这西市署由官方任命的官儿都是谁呢？"

大账房脸色一窘，讪讪地道："他们三个……昨儿都暴毙了！"

李鱼听了更窘："呃……"

大账房屈指数道："由太府寺任命的西市署官员，只有两丞一长。这左右两市丞呢，原本就是麦晨、荣旭。现在他们的职位正空悬着，得由您来决定让谁继任，再报备太府寺一声即可。"

李鱼讶然道："我决定？"

大账房理所当然地点头："当然！因为您是市长啊！"

侧方屏风后，前来考察李鱼赴任情况的良辰、美景瞧见他一脸茫然的神情，美景忍俊不禁，急忙掩住嘴巴才压住笑声，小声对良辰道："姐，你看他傻傻的样子，多好玩！"

良辰道："新官上任三把火。他这第一把火还没烧呢，耐心瞧吧，傻不傻，那时才知道。"

那大账房向李鱼介绍完了在场的大小头目，又向李鱼介绍起了由他们负责的十三街区。

若是依照官方身份，李鱼算是整个西市的市令，负责整个市场的管理。但实际上，真正的西市主宰是常剑南。就算没有常剑南，也一定会冒出一个常剑西、常剑北来，如此庞大的市场，如此巨额的利润，不可能真由一个太府寺任命的小小市令来把持。

所以，实际上李鱼控制的只有十三区，那大账房也就重点向他介绍十三区。这十三区处于整个西市的西北角，是后开发的一片区域，乔大梁为了整个西市能够统一管理，把相邻、相近的一些生意全都集中到了那里。

十三区共分四大功能板块，一个是生活服务区，诸如箍桶的，掌鞋的，刷腰带的，补角冠的，修扇子柄的，淘井的，做司仪的，算卦的，修发净面的，卖丧葬用品的……

第二个板块是生活用品区，例如柴米油盐、肉食、医药、成衣、小吃等，还有角抵、戏车、斗鸡、傀儡戏等即兴小型娱乐表演项目。

第三个板块是花果时新、海鲜野味、水陆八珍、食物宠物，简而言之就是花鸟鱼市兼水产品市场。

第四个板块是铁行、秤行、牙行兼人才市场。这人才市场可不只是一群秀肌肉的糙汉子，各种手艺人都集中于此，除了力工和手艺人，还有一门利润丰厚的买卖，就是"女仆"交易。

阳光之下，黑白之间，总会有一片灰色地带的存在，这"女仆"交易当然不仅仅是正常的雇佣交易，隐藏于表象之下的，还有人口买卖。这儿的女奴基本上都是西域、南洋、东瀛等地商贾们带来的异国女子。

因为大唐如今虽然还有半奴隶性质的部曲从属，但是已经没有真正的奴隶制度，本国人口贩卖一旦被发现，卖主买主都会受到严厉惩治。而异国女子，语言不通，逃跑不易，一旦被发现，因为是异国人，惩罚力度也小，大多罚款了事。而且官府没办法把那异国女子遣返回去，大多也就默认了买家对她的拥有。所以这生意虽隐在暗处，实则很是红火。

李鱼听大账房介绍，感觉自己所辖业务倒还真是多姿多彩，包罗万象，不过，他也注意到，珍奇珠宝、皮货裘衣、瓷器丝绸等高档货物在自己辖理的区域内一点也没有。

西市与东市不同，东市专走高档路线，穷鬼直接滚蛋，中产只能看看，真正的富豪权贵才有实力在其中消费。

西市则走全民路线，三教九流无所不容，货物也是高中低档具备，所以西市一样有高档珍奇，但李鱼负责的十三区并没有这些东西，显然他所辖区域并不是西市利润最高的核心区域。

饶耿敢自夸西市之虎，应该是十六桁中排名第一、实力最强的，但他掌管的区域却不是最好的，那么最好最肥的地盘应该是掌握在八柱手中了。

李鱼暗暗分析着，对众人道：“承蒙常老大、乔大梁抬爱，李某今后就要与各位兄弟共事了！”

众人向他乱哄哄地拱一拱手，李鱼又道：“拜托各位如何扶持关照李某、李某如何投桃报李、有所担当的话，我就不多说了，李某人品如何本事如何，与诸位交情如何关系如何，都是处出来的，不是说出来的，大家说是不是？”

就这一句话，众人对李鱼便有些刮目相看了。任谁上了位，哪怕肚子里再没墨水儿，也一定得啰里啰唆面面俱到地说上一气，跟老太太的裹脚布似的又臭又长，新官上任嘛，惯例如此。

在场这些人都知道这位新老大与前老大有些私人恩怨，据说……前老大就是被这位新老大干掉的，干得干净利落，手段诡奇，以致大家只能传说而无法验证。

因为这些，所以大家认定李鱼到来后必有一番精心准备的赴任宣言，肯定会先撇清谋杀前任的嫌疑，再含威不露地恫吓大家一番，最后再封官许愿，给大家一个甜枣儿，软硬兼施，收买人心。

谁料李鱼竟是如此表现，不走寻常路的李鱼，着实是令人耳目一新的一股清流啊。

这个老大……不寻常！

众头目叉手而立，唯唯诺诺，心底却对李鱼暗暗做着判断，李鱼的城府、气度、境界，无形中在他们心里又拔高了一层。

如果他们知道李鱼之所以不屑撇清，不屑说什么彼此扶持、相互关照的套话，只是因为李鱼很快就会离开长安通往陇右，所以懒得拉拢他们，不晓得会不会玻璃心碎了一地。

李鱼又道："坦白说，今日与诸位兄弟刚刚相见，一下子听了这么多的名字，这么多的身份，见了这么多的面孔，李某现在是根本记不住，但是，来日方长，我……总会认得、记得的，是吧？"

李鱼的目光向众人脸上轻轻一扫，众人被李鱼这样一看，再听到他这句大有意味的话，不由得心头一凛，反复品咂，竟发现李鱼这句话似乎大有玄机，心中更是凛然。

李鱼把陈飞扬拉到面前，拍了拍他的肩膀，笑道："我，李鱼。这位，是我兄弟，陈飞扬，以后也要与大家一起共事的。就只两个名字，两张面孔，相信大家都记住了吧？"

陈飞扬被李鱼一介绍，登时满面红光，胸脯高挺，只是令他遗憾的是，李鱼并没有宣布让他担任幕僚或者干脆任一个市丞。

李鱼说完，目光再一扫，这次众人竟不约而同地应声答道："老大放心，我们记下啦。"

这句话说得如此整齐，众人说完便是一愕，脸上微微有些发热。毕竟大家也都是有头有脸的人物，再加上他们上一任老大死得蹊跷，此时应该稍微矜持一些的，这么快便表现得过于恭顺……有点丢人。

李鱼拍拍手道："好，今日我与各位兄弟已经见过了，想熟络起来，还得今后多多亲近多多走动。接下来，我想去十三区瞧瞧，看看咱们都打理些什么生意，那儿状况如何，各位都是管事人，咱们一起走着？"

李鱼答应加入西市，一则是为了寻找机会杀饶耿，另一个就是借这便利安排勾栏院那些人未来的生计，现在第一桩心愿了了，只要再把另一桩事办妥，他就可以远走高飞了。

此时早就过了他与作作姑娘商定的返回日期，就龙作作那暴脾气……李鱼也急呀，所以他现在当真是只争朝夕，想着赶紧去自己管辖的地盘瞧瞧，看看有什么行当是方便安排人的。

但李鱼这番心思，这些大小头目可不知道。新官上任，手下人都会根据他的一举一动、一言一行，来揣摩他的性情脾气和他的做事风格，李鱼此言一出，众人会作何想法？

屏风后边，良辰目中微微露出赞赏之意，向美景点头示意了一下，悄然向外退去。二人经由屏风后的侧门退到廊下，良辰便赞道："老大有眼力，此人确实可用。"

美景道："此话怎讲？"

良辰道："如果是你，刚刚履任，你最先做的是什么？"

美景道："当然是搞清楚我手下都有哪些人，这些人都是什么脾气秉性，为人如何，能力如何，察言观色，看他们对我是否恭敬顺从，有那不开眼的就来个杀鸡儆猴，把他们控制住。"

良辰笑道："可那李鱼却不然。他今日到任，众人先来拜见他，接下来他就该让大账房引着，往各房里去走动走动，回访一下，与各房的管事头目们私下里接触接触，众人对他究竟是个什么态度，他才心里有数。可你看他，第一时间要去看的，是由他负责的生意，心思根本没放在那些人身上。"

美景皱了皱眉道："貌似你很欣赏？可我觉得这样是轻重不分啊，再说，任谁也想不到他今日刚刚到任就要去巡视街区，下边人一定没有准备，真要是到了那儿，出了什么难堪，大家面子上都不好看，以后如何相处？"

良辰姑娘莞尔摇头："你说的先抓人后抓事，那是常规情况，并不适用于李鱼，包括之前的饶耿。"

美景道："怎么？"

良辰道："饶耿做事其实很卖力，十六桁中排名第一。可八柱之中本有一个空缺，一直虚悬着，为何老大就是不提拔他？你说，对老大来说，是一个上任后马上把心思放在如何笼络部下，建立自己班底、培养自己心腹的人可用，还是一个脚踏实地，肯干实务，叫老大省心放心的人可用？"

美景摩挲着下巴道："貌似有理，但是，不先抓人，便地位不稳，地位不稳，如何做事？"

良辰道："他这个位子可就在常老大眼皮子底下，谁敢不用心做事？你看那长安、万年两县都是京县，两县县令俱为五品，是所有知县中品秩最高的。地方州县的官儿都努力营建自己的班底，而这两县县令呢？他们最在意的是什么？"

美景噘起了嘴巴："我们一母同胞，一起出生，一起长大，为什么你脑子就比我管用许多，这些道理我就没想过。"

良辰一本正经地道："那是因为昨儿晚上你忙着做小点心去了，而我在给老大烹茶！"

美景扑哧一声笑了出来："哈，真当你突然比我聪明许多，原来是听老大说的。嗯……"美景转了转眼珠，黛眉一蹙，"可按你这么说，李鱼此人，好像太聪明了，这样的人，不好掌控吧。"

良辰姑娘哂然道："笑话！文如诸葛孔明，武若常山子龙，哪一个本领都不是刘大耳朵能比的，他们还不是乖乖听命于刘备。他们的忠，难道是一出娘胎就带出来的？你我是什么身份，还担心有朝一日让那李鱼爬到咱们上面不成？"

美景想了一想，展颜一笑，道："不错，是我多虑了。"

良辰道："咱们走，换身衣裳，跟去十三街区瞧瞧。"

两个姑娘说着，快步向外面走去。

良辰道："十三街区我还从未去过，那里情形如何？"

美景道："你我素来形影不离，你未去过，我又何曾去过？此去一瞧不就知道了？"

第五章
巡街

西市，十三街区，九路，铁行。

东西为街，南北为路，十三街区第九路，就是铁行所在。

小学徒们把风箱拉得呼呼作响，炉火纯青，铁具在炉火中烧得红里透白，放到砧板上，浑身腱子肉的大师傅拿起锤子，一阵叮叮当当极具节奏感的打铁声便传扬出来。

当然，铁具也不都是给人一种傻大黑粗的感觉，比如有的坊里正在制作钢针，这就安静多了。熟铁锻成细条，加热拔丝，搓削光滑后穿眼儿，再放到铁锅里翻炒退火，最后再用松木、木炭、豆豉作渗碳剂，拌以细泥，将针覆盖加热进行渗碳，直至将针在水中淬硬。整个过程比较从容，非常讲究火候的把握。

这条街上的客人不多，因为很少有百姓到这儿来买东西，这些铁匠铺子以批发、定制为主，偶尔也有直接来此零购商品的，以长安一带乡镇的百姓为主。

此时九路第六家，一间兵器铺子处，就有一个带着外乡口音的客人正在买刀。

刀是横刀，这是在汉代的环首刀基础上改进的，去掉了汉刀刀柄尾部的环，并延长了短柄，改为可供双手使用的长柄，就变成了一柄窄刃厚脊的长直刀。

那客人三旬上下，看起来像个练武的，腰带扎得板整，整个人魁梧健壮。

他拔出刀来，用指肚试了试刀锋，又舞动几下，微微点头。回头问道："店家，这刀确是不错，却不知价格几何，可否再便宜一些？"

这时，有两个行人恰好经过此处，一见那刀在阳光下熠熠放光，刀上钢纹精美，刀型款式极是漂亮，不由得两眼放光，一人马上上前道："店家，这刀怎么卖的？"

那客人瞟了他一眼，道："我也是买刀的客人，店家在里边。"

那人马上向店内喊道："店家，这刀，怎么卖的？"

里边走出个矮壮结实的赤膊大汉，懒洋洋地道："这是一口上好的镔铁刀，两千文。"

异乡客人惊道："这就是镔铁刀？"

店家抚须，自得地道："那是自然，你看那刀上在淬炼打磨中形成的钢纹，你在别的铁刀上可曾见过？若非如此，我岂敢要两千文？这刀削铁如泥，是可以传家的宝刀啊！"

时下一斗米不过三五文钱，两千文钱，算是极大一笔开支了。不过，宝刀难得，若是一口上好的镔铁刀，两千文钱也算是极公允的价格了。那本地客人喜道："两千文？给我拿一口来。"

店家道："镔铁刀打造不易，我这店中现时也就这一口，并无第二口。"

那客人道："既如此，我就要这一口。"

店家马上转向异乡客人道："这位客官，请把刀还来。"

异乡客人早知镔铁乃西方大食国传来的上好精铁，这还是头一回看到，顿觉珍贵无比，听他索刀，不禁有些恼怒，道："店家，你是怎么做生意的？凡事总有个先来后到吧？这口刀可是我先看中的。"

店家赔笑道："客官，您别生气。这不是您没出价，人家出价了嘛。"

异乡客人怒道："谁说我没出价？成，不是两千文吗，我买了，把鞘拿来。"

先前那客人听到这里，不禁冷笑："嗨！我说你这人，我不出价，你也不出价，成心抬杠是不是？店家，我出两千一百文，刀拿来！"

异乡客人恼怒起来："我出两千两百文，刀鞘给我。"

两下里激将起来，你一言我一语地抬价，眼看那本地客人把价抬到了两千五百文，那异乡客人悄悄摸了摸缠在腰间的口袋，微微有些迟疑，没有再喊价，那本地客人得意扬扬道："田舍儿，出不起价了吧，店家，把刀给我拿来。"

这时那本地客人的朋友拉了拉，小声道："你疯啦，今儿一共就带了这些钱出来，若买了这刀，囊中再无富余——"

还没等他说完，那本地客人已打断了他的话，小声道："你懂什么，好刀难得。就这口刀，就这长安城里，一转头找个识货的行家，我能卖上三千文，出了关中，还得更贵。"

二人说着，声音虽小，但那异乡客人却也隐隐约约听清了大概，登时把那刀往柜台上一拍，大声道："店家，这口刀，我出两千六百文！那位朋友，你若出得起更高的价，尽管拿去，若是不然，休再纠缠。"

那本地客人听了登时一呆，下意识地也去摸了摸袋囊，脸孔涨成了猪肝色。

店家也机灵，一瞧二人神情，就知道这笔买卖尘埃落定了，连忙取出一把纹饰极为庄重华丽的刀鞘，双手奉与那客人，赔笑道："成交，这口刀，您请收好。"

异乡客人将囊中的钱倾倒在柜上，数出七文，放回怀中，把那刀捧在怀里，得意地向那本地客人横了一眼，那本地客人面红耳赤，被朋友拉着悻悻离去。

店家唤了两个伙计，迅速点清了柜台上的钱，恰好两千六百文，显然那异乡客人对自己袋中钱数早就清楚。两下交讫，各自欢喜，那客人便捧着他的宝贝刀扬长而去。

他来这西市，想来还要买些别的东西的，但这一下子便花得只剩七文钱，也没什么好逛的了，兴冲冲地抱着他的宝刀便要趁早出城，回家去也。

李鱼带着陈飞扬、大账房、肆长、胥师、贾师、司暴、司稽、质人、廛人、司门、司关、税吏……浩浩荡荡一大票人，往十三街区一路走来。十三街区一共九条路，自他们这边过来恰好先到九路。

因为是铁行，道路宽敞，行人不多，街道也整洁，各家店铺售卖铁器，门口都有样品架子，上边是按照官府要求摆放的铁器样品，大多以武器为主，上边插放、悬挂的铁器都是门面，擦拭得锃亮放光。

李鱼一见，印象大好，点头道："不错，不错。这铁行谁打理的？很是不错。"

管理铁行的肆长、胥师、贾师眉开眼笑，斯斯文文上前，揖礼道："市长大人，这一片儿，是我等打理的。"

李鱼一笑，这些人挂着太府寺制定的坊市职务，虽说是不在编的小吏，但是讲究起来，倒还真有些官场中人的做派。

李鱼笑道："走吧，咱们到里边走走，瞧瞧。"

李鱼迈步向前，众人刚要跟上，斜刺里突然冲过来一个人，步伐极快，其疾如风，原本他是要从众人之间的缝隙穿过去，众人向前一走，这人急忙垫步躲了一下，只是这一闪，肩头一下子撞在了李鱼身上。

李鱼正迈步向前，重心本就前移，再吃他这斜刺里一撞，一个趔趄，就冲进了旁边的铁器铺子。那掌柜的正拨着算盘，李鱼一头撞进来，险些冲翻了柜台，把那掌柜的吓了一跳，一把抓起案头一把解骨刀，瞪眼道："你要做什么？"

店里两个伙计顺手抄了墙边一把大锤、一把钢叉，虎视眈眈。

李鱼连忙摆手干笑道："呃，没什么，没什么，我是……被撞进来的。"

那掌柜的眉头一皱："被撞进来的？"

李鱼也不与他解释，已经返身走了出去。外边撞了他的那人匆匆道了一声"对不住"，已经快步走了过去。李鱼出来，一众大小头目连忙迎上来，七嘴八舌地慰问："大哥，你没事吧？"

"那人也太无礼，怎么走路的？"

"把他抓回来，给老大叩头谢罪。"

李鱼忙道："算了算了，多大点事儿。"

李鱼说着，抬头向前看去，恰看见撞他那人急急走进一家店铺，李鱼道："想是那人有急事，不必理会他，咱们走。"

李鱼率先往前走去，那些人见老大不想理会此事，却也不好多说，便都亦步亦趋地跟在后面。

此时那掌柜手里持一口刀，领着铁锤和钢叉雄赳赳气昂昂地冲出店铺，一瞧这一大票人，不禁吓了一跳，赶紧把刀藏到身后，向近前一个司稽点头哈腰道："白大爷，您各位这是干什么呢？"

那姓白的司稽竖指于唇，向他做了个噤声的手势，小声道："新任李市长视察街区，你们这是在干什么？快滚回去！"

那掌柜的扭头看看刚刚"撞"进他店里的那个年轻人，赶紧转身逃回店去，那刀握在身后，这下都亮了出来，看得白司稽眉毛直跳。

李鱼漫步前行，左看右看，铁行不比别处，也不特意安排人出来招揽生意。有些店将门面设在前边，没什么看头。有些店铁匠铺子就设在前面，其实这也算是一种招揽生意的手段了，叫你看着，晓得他们家的铁器都是真材实料，当场打造的。

李鱼眼看踱到了第六家门面处，一片光轮忽地从店中呼啸而出，划出一道弧形，"噗"的一声，刹进了李鱼脚前的地面。李鱼颤颤巍巍地抬起脚，五个脚趾从靴子头上露了出来。

恐怖啊！

剁在地上的是一口刀，只差分毫，李鱼的五个脚趾就得与他的身体分家了。

陈飞扬一声尖叫："杀人啦！抓刺客！"

随着陈飞扬的一声尖叫，一道人影从店里"扑"了出来，半空中张牙舞爪，极是恐怖。李鱼想也不想，飞起一脚，先发制人，一个侧踢，将那人扫向店门侧一排兵器架。

李鱼手下那些穿长袍、戴幞头，一路上都假扮斯文的肆长、胥师、贾师、司稽、税吏，甚至那个大账房，受这一吓，登时现了原形，接下来，就是见证奇迹的时刻了！

只见他们从袖筒内、腰带中、长袍下、靴筒里，迅速变出了长短不一、软硬兼备的各色武器：虎爪、双橛、量天尺、鸳鸯钺、判官笔、分水刺、短匕、软剑、九节鞭、袖箭、双节棍……

最夸张的是陈飞扬，他手捏石灰粉，躲在李鱼背后高喊着："冲啊，杀啊！保护市长，踏平西市……"

"慌什么！"李鱼双手笼在袖中，淡定地向前踏了一步，面不改色，神态从容。不过旁人看不到的袖子里边，暗藏乾坤，他悄悄捏着宙轮，随时准备发动。

他的右脚因为刚刚奋力踢了一脚，五个脚趾露出更多了，已经直接露在了地上，鞋子有往小腿上蹿的趋势。

被他一脚端飞的那人撞倒了兵器架，哎哟地叫着，呻吟着要从地上爬起来。李鱼瞟他一眼，神色忽然凝住了。

"刘啸啸？"李鱼快步赶到那人身边，沉声道，"刘啸啸，是你？"

地上那人挣扎着正要爬起来，一听这话忽然僵住了。他抬起头来，看了看李鱼，也不禁露出震惊神色。

李鱼沉声道："你不是投靠了罗克敌？怎么跑到长安来了？"

地上那人看了一眼李鱼旁边众人，一个个穿着圆领长袍，戴着软脚幞头，很像斯文人，可是一个个满脸横肉，杀气腾腾，手里头虎爪、双橛、双节棍、量天尺、九节鞭……

整个就是一移动的兵器行。

地上那人眼中掠过一丝惊恐之色，急忙摇头道："刘啸啸？什么刘啸啸？足下认错人了吧？"

李鱼双眼微微一眯，道："哦？你不是刘啸啸？那你是何人？"

那人神情有些慌乱，失措地道："我……我是一个游侠儿，江湖人送绰号：

山鸡!"

李鱼听了这话，脸皮子猛地抽搐了几下，竟有片刻的失神。

他清醒过来，目光移动，缓缓落在这人按在地上的右手上。此人的右手没有拇指，而刘啸啸也曾被罗霸道砍去拇指，世上竟有这样的巧合？

看到李鱼的目光，那人像被蜇了似的急忙缩回手，一脸窘迫与恐惧。

李鱼淡定地看着他，一言不发。

这时从那铁匠铺子里冲出六七个人来。这其中有掌柜的，有伙计，还有两人，正是之前与刘啸啸争购镔铁宝刀的本地客人。

原来，这两个本地客人是托，骗了刘啸啸之后，他们兴冲冲地赶回来分赃，却没想到那个异乡客人居然这么快就发现了破绽，冲回来理论，结果一看刚刚悻悻离开的两个本地客人也在，和掌柜的正眉开眼笑地数钱，登时就明白，他不仅买了假货，而且上了大当。

刘啸啸本想与他们理论一番，不想这伙骗子比他还要霸道，冷不防砸飞了他的刀，又一脚把他踹出门来。这些人还不罢休，匆匆追出来，一瞧十三街区的话事人全都在场，倒把他们吓了一跳，登时有些进退两难。

李鱼盯着刘啸啸，刘啸啸的头越埋越低，忽然一个翻身，吓得旁边一个贾师立即端起了袖箭。却不防刘啸啸居然跪在李鱼面前，一个头磕下去，登时泪如雨下。

李鱼听他抽泣着诉说经过，才知道这厮投靠了罗克敌，把罗霸道赶出了陇右，也就失去了利用价值。他的拇指已断，握不得兵刃，这功夫也就等于废了七八成，如何坐得稳七哥的位子？

再加上那位力求上进的庚新从未放弃奋斗与理想，整天与他争权争宠，结果他就被赶出了罗克敌的队伍。

反骨仔在哪儿都不受欢迎的，他本是龙家寨的人，结果投了罗霸道对付龙家寨，等他成了罗霸道的人，又投了罗克敌对付罗霸道，可谓三姓家奴，白道上固然没人要他，黑道上也是人人鄙夷。

无奈之下，刘啸啸只好离开陇右，前往关中谋口食。

依他所言，身上只剩下两千六百零七文钱，暂时倒不虞生计，可终非长久之策，而他从小到大凭着一身武功混饭吃，旁的技艺一窍不通，这才想买一口好刀，或可谋个保镖护院的活计。

李鱼听到这里，好奇地道："你的手已经废了，便有了宝刀又如何？"

刘啸啸泣声道："我也知道，自己已是一个废人。可除了这一身武艺，实在别无所恃。我便想，我现在只是握不住兵器罢了，如果我打造一个固定住刀柄、可套在手上的铁环，便可恢复几分本事，若是一把极锋利的宝刀，那么恢复七八成能耐，还是可以的。"

李鱼想了想，赞道："不错，这个法子倒也不错。"

刘啸啸指着那店家等人，激愤地道："可是他们，他们假扮客人，哄抬价格，若仅是如此，我也认了，可谁知，他们卖我的镔铁宝刀，根本不是镔铁，只是普通的精铁，那可是我今后要赖以求生的家伙呀，我……我……"

刘啸啸说到这里，忽然如梦初醒，看了李鱼一眼，惨笑道："被人骗了，活不下去。想回来讨还公道，却不想又遇到了你，一样是活不了。我认了，这，也许就是我的命吧……"

李鱼有些意外地道："怎么，你不再乞饶了？"

刘啸啸摇摇头，惨然道："刚刚我还怕得要死，可是说着说着，忽然觉得，沦落至此，生不如死，这样活着，莫如死了，还有什么好怕的？"

李鱼盯着他唏嘘的模样，看了许久，缓缓扭头，问道："哪位是店主？"

那店主蒙一位胥师指点，已经知道这个年轻人就是今后的市令，听他二人对话，也晓得他二人是有恩怨的，心中顿时大定，一听李鱼问话，连忙上前，点头哈腰地道："小的就是此间掌柜。"

李鱼道："他的话，你听到了？"

店主一脸尴尬，讪讪地道："听到了，听到了。"

李鱼淡淡地道："他的钱呢？"

那店主有些意外，但还是马上道："还在案上堆着，小的还没收起来。"

店主说着，赶紧一努嘴儿，示意两个伙计去把钱取出来。那钱已经分别装进了三个钱袋，都被提了出来。李鱼接在手中，放回刘啸啸手上，刘啸啸有些意外地看着他，一脸惶惑。

李鱼扶他起来，道："你走吧。"

刘啸啸惊讶地看着他，迟疑地道："你……你放我走？"

李鱼点点头。

刘啸啸不敢置信，生怕一转身就挨了李鱼一刀，再度问道："你真放我走？"

李鱼凝视着他，缓缓地道："打落水狗的滋味，并不好受。以前，你是那么硬气的一个人……我放你一次。"

刘啸啸呆呆地看着李鱼。

李鱼忽地向他展颜一笑："山高水长，后会无期。鸡哥，你一路保重！"

刘啸啸满腹疑窦，却也看出，李鱼是真要放了他，便忙不迭抄起钱袋，慌慌张张地向外逃去。

人群后面，良辰、美景换了男袍，还贴了假胡子，探头探脑地往这边看着。她们去换衣服，就耽误这么一会儿工夫，便错过了之前一场好戏。不过眼下这一幕，她们却都看到了。

良辰眯了眯眼睛，道："这个家伙貌似和李鱼有些恩怨。"

美景好奇地道："要不要留下他，或许……可以挖出李鱼一些事情。"

良辰摸着下巴沉吟了一下，道："你继续跟着李鱼，我走一趟。"

美景点了点头，良辰便折身追着刘啸啸去了。

刘啸啸折出十三街区，来到繁华闹市处，扭头看了看，李鱼果然放他，嘴角不禁露出一丝得意的狞笑。

他刚刚所说，有几成是真的，但又不全是真的。他的确是离开了罗克敌，庚新也的确一直在针对他，搞得他处境尴尬，但他离开的真正原因，不是罗克敌兔死狗烹，而是他偷了罗克敌的刀谱。

罗家刀，本是双刀流的功法。当年罗霸道一脉与罗克敌一脉分家，罗霸道祖上得到了右手刀谱，而罗克敌一脉则得到了左手刀谱，自从刘啸啸知道了这个秘密，右手已废的他，就一直想弄到这套刀谱。

最终，他成功了。如此一来，他在陇右当然就混不下去了。刘啸啸偷了刀谱逃到关中，本想觅个安静地方练成刀法再重出江湖，逛西市时发现一口上好的镔铁宝刀，若再有宝刀在手，本领自然会更上层楼，所以不惜重金买下，谁料却上了当，赶回去理论，却遇到了李鱼。幸好，那厮愚蠢，居然莫名其妙地放过了他。

刘啸啸脸上刚刚露出得意的笑容，四个大汉就出现在他面前，刘啸啸悚然一惊，还未及反应，身后又挤过来四个大汉，紧跟着他的颈上就挨了一记掌刀，未出一拳，就被人一挟，闪进了路旁一家店铺。

路上行人就像流动的水，一块石头抛进水里，掀起一朵浪花，但转瞬也就恢复了平静。

十三街区，九路，六号铁器铺前。

李鱼走过去，从地上拔下那口刀，屈指一弹。刀其实也不太差，精铁打造，钢口极好，打磨得也极锋利，只不过那刀上的钢纹却是伪造的。此时可以明显地看出，方才剁进地面的部分，钢纹已花。

既然不是镔铁，这口刀的价值就要大打折扣了，其价格应该只在五百文至七百文之间，镔铁宝刀要比它贵四五倍。

李鱼看着这刀，轻轻叹了口气。

旁边众人都有些忐忑，就听李鱼道："刚刚巡视这铁行，我还觉得此地打理得不错，很有规矩。现在看来，不过如此，驴粪蛋子表面光啊，这种哄抬物价、以次充好的把戏，应该不是第一回吧？"

那店主被李鱼一说，一张老脸登时红得发紫。旁边几个管理铁行的头目脸上红一阵白一阵的，也甚是难堪。刚刚走进九路时，他们还被夸奖过，此时李鱼这番话说得他们实在是颜面无光。

李鱼向他们扫了一眼，道："依照规矩，像这等不法买卖，该如何处置？"

司稽跳出来，恼羞成怒地道："依大唐律，买卖双方议价时，在场旁人故意哄抬或压低价格惑乱他人，从中取利入己之囊，杖八十！来人啊，把这两个混账给我摁倒了打！"

这司稽向那两个扮客人的托儿一指，后边登时冲出四个大汉，手里提着水火棍子，往那两个托儿膝弯里狠狠一抽，疼得他二人哎呀一声摔在地上，后背马上被人踏上一只脚，防止扭动，随即另一个人就抡起水火棍子抽打起来。

噼啪肉响声中，铁行的胥师也冲上前来，指着那店主道："有行滥短狭而卖者，杖六十。以此获利，计赃论罪。赃重于杖六十者，以盗论。一尺之利，杖六十，一匹加一等。这刀只值五百文，售卖两千六百文，多售两千一百文，一匹绢作价六百文，等于多获利三倍有半，加罪四等，打！给我往死里打！"

登时又有几个彪形大汉冲上去，将那面如土色的店主按住，抡起棍棒，噼里啪啦地打将起来。

李鱼皱了皱眉，听他们说起唐律，对于欺行霸市、坑蒙拐骗显然处治极为严厉。而处罚如此严厉，也从另一个角度证明，这种事情太过猖獗，官府才制定严刑峻法以治之。

其实义商、良商还是很多的，一方面是因为仁义礼智信的道德思想，另一方面也是因为许多商贾都是有固定的店面、固定的客源，你不讲信义，那就是自毁前程。

不过，目光短浅者一样有之，比如吉祥在利州卖酒时的那个掌柜。黑心奸商也不乏其人，比如这六号铁匠铺子的掌柜，只不过他也会有所顾忌，专骗外乡人罢了。

他诈骗客人也不是一回两回了，其实这胥师、司稽什么的也都清楚。可你直接犯到了新任市长手里，这就通融不得了，挨打也是罪有应得。好在这时受刑虽然动辄就是六七十杖，但用的是普通棍棒，施刑者又避开要害，虽然难免皮开肉绽，却不至于有性命之忧。

李鱼此时也没了好脸色了，道："走，咱们再去别处瞧瞧！"

陈飞扬一见李鱼还露着一只脚，赶紧脱了自己的靴子，殷勤地递上去："小郎君，且穿小的这双。"

李鱼瞟他一眼，道："算了，还是你自己穿着吧。"

这时候，那些肆长、贾师、税吏等人已经把他们五花八门的贴身武器都藏了起来，匆匆跟上李鱼。一个个暗暗叫苦：整个十三区，也就铁行这儿因为现场交易的顾客最少，所以显得最有秩序，他们才故意绕了个小弯儿，先把李鱼领到了这里。

就趁着这么一点儿工夫，他们已经派了人前去通知其他八路商家做些准备了。但时间太过仓促，恐怕来不及掩饰什么，李鱼走得又急，无法拖延，这下子，新官上任的头一把火，只怕要烧得他们焦头烂额了。

因此一着，众人对李鱼不免也有所怨尤。这位市长也太不知进退，你与饶老大的事儿大家都含糊过去了，甚是给你面子，毫无难为的举动。礼尚往来，你也该给大家留几分面子啊，至于这样吗？

此时，良辰吩咐人弄走了刘啸啸，便匆匆赶了回来，恰见李鱼大步流星，众头目趋步于后地离开。

美景见她到了，回眸笑道："这李鱼，倒真是一副火暴脾气，看起来，今儿个，他手下那班人都要搞得灰头土脸，面上难看。"

良辰皱了皱眉，道："这么做，会不会太激进了些？看破，莫说破。一旦说破，大家面上难看，也就没了回旋余地，纵然想有所作为，也该徐徐图之才是。看他这般冒失，真不敢相信，巧妙策划、杀死饶耿的人居然是他。"

美景笑吟吟地道："比起咱们老大，他的性子终究是急了些。"

美景语气一顿，与良辰不约而同地道："不过，我喜欢！"

这句话一出口，两人都是一怔，睃一眼对方，又不约而同地解释道："我是说，老大人老成精，太温暾了些。"

这句话长了些，可二人到底是孪生姊妹，竟尔又是不约而同，一字不差。

楼上楼，常剑南正批着东西，忽然打了个大大的喷嚏，以为自己有些着凉。他揉了揉鼻子，正想吩咐良辰、美景给他端一杯姜茶来，一扭头，发现二人不在身边，这才想起她们一早就告了假，兴致勃勃地看李鱼上任去了。

常剑南搁下笔，想着那一双俏皮可爱的小丫头，心里一甜，先是微笑了一下，继而却露出些感伤的神情，这对宝贝，还不知道自己是她们的亲生父亲呢。他推开窗，这扇窗，是他修建楼上楼时，坚持要杨思齐设计的。

从这个方位，一推开窗，棋盘般工整的长安街坊便跃入了眼帘，但常剑南的目光却没有稍作停留，他只微微一抬眼，目光便掠过这宏伟的雄城，眺望向天之中、都之南的终南山。

虽然那山远在八十里外，目光难及，他却仿佛看得清清楚楚。

终南山，青华峰，那里葬着他的一生挚爱，良辰、美景的生身之母："思君如流水，何有穷已时。秀宁，你在那天上，还好吗？"

"张开嘴！嗯，牙口不错。"

"何止牙口不错，客官您瞧，这双大腿，多结实，多有力气。你，蹲下，站起来，来人哪，再给他加个沙包，好，蹲！起！！客官，您看到了吧，这人多有力气。"

这说的可不是牲口，而是一个头发卷曲、肤色黧黑、赤着双脚，只在腰间缠了一块破布的昆仑奴。瞧着他并不十分壮硕，但身体精瘦而有力，背上加了第三个大沙包了，加起来足有两百多斤，他咬紧牙关，居然还是稳稳地站起来了。

"嗯……"买主摸着胡须，满意地点点头，"哎，他听得懂咱们汉话吗？"

"简单的听得懂，反正您买回去也就是当牲口使唤。他看得懂手势就成，您说是不是，再说了，待久了他肯定就能听懂了呀。"

另一边，一个波斯少女有些羞怯地低着头，供客人们用钩子似的目光围观着。她是雅利安人种，蓝眼红发，鼻尖如锥，容颜十分秀美。

叫她略觉心安的是，这些买主都很文明，并没有动手动脚，动的只是他们的眼睛，果如奴隶贩子所说，她能被卖来大唐，那是她的福气。

这个少女的姐姐早就被发卖于波斯当地的奴隶市场，她曾亲眼看到她的姐姐被剥光衣服，赤裸裸地站在无数的买主面前，还得被迫做出各种动作，以展示她美丽的胴体，更有些粗暴的买主直接上前，揉捏她的身体，作为人的尊严丧失殆尽。

而她因为幼小，且更美丽，被一个大商贾选中，成为运往东方的一个女奴。那个奴隶贩子说过，她们能被卖到最文明、最富庶的东方，是她们前辈子修来的福气，那儿的人斯文、儒雅，绝不会把她剥得干干净净，像褪了毛的猪一般展示在众人面前。

现在看来，的确是这样，围着她的男人们并没有动手动脚，也没有剥光她的衣服，像一群择人而噬的野兽般把她摆弄来摆弄去。

实际上，这些西方奴隶主刚到东方时，也想按照在西方的习惯摆设售奴台，不过他们很快就被禁止了。

东方文明与西方文明不同，官方严禁这等有伤风化的事情呈露于大庭广众之下，而买主们也非常不愿意看到这样的事情。

东方的权贵和富有者出于一种西方贵族所不能理解的奇怪观念，羞于大刺刺地赤膊上阵，亲自跑去挑选一个可意的女奴，通常都会派遣心腹的管家一类的人物代替他们出面，这样一来，这些买主的代表就更不会提出一些让人尊严尽丧的要求了。

来自西方的奴隶主们热情地吆喝叫卖着。东方的牙郎则穿梭在人群之中，一俟发现谁左顾右盼，马上就凑上去，客气地问清对方的需求后，便毛遂自荐，引着买主看货、询价、砍价，赚取佣金。

这些牙郎不但要有好眼力、好口才，还得善于交际，见风使舵，可谓个个都是人精。

这时候，李鱼赤着一只脚，大步流星地赶过来了。

李鱼嫌那被砍去靴头的靴子行走不便，干脆就把它脱了。

李鱼刚刚出现在这个人头攒动、十分拥挤热闹的人才市场，后边一大票人就呼啦啦地追了上来。如果只是李鱼一人出现，恐怕都不会有人注意到他的到来，只是他后边还跟了那么多人，看到他们的人顿时肃静下来。

紧接着，肃静就像快速传染的瘟疫一般蔓延开去，远处的人还不知道发生了什么事情，却也不言不动地站在那里，整个闹市顿时好像完全地凝固了。

李鱼双脚一高一低，慢慢向前走去。

路旁一个瘦高的汉子，一手揪着一个昆仑奴的衣领，一手扳着那个昆仑奴的嘴巴，错愕地张大嘴巴，看着李鱼。那昆仑奴嘴巴大张，露出一口雪白的牙齿，因为正仰着头，只能乜着眼睛，惊奇地看着这个拥有某种魔力的男人。

这个神奇的东方男人光着一只脚，穿着一只鞋，成功地石化了整个市场。

一个锦袍佩玉、衣饰华贵的二十岁左右的年轻人,受这气氛影响,也诧异地站在原地不动。在他身后,是一个胸挺臀肥、白金发、白金眉、蓝绿色瞳孔、肤色白得都能看清脸上有几个小雀斑的欧罗巴美人儿。

她很有眼力,一看这买她的公子的打扮,就知道必定是一个大富之家的少爷,而且他显然不是管家亲随一类的人物,而是亲身上阵,自己来挑选可意美人儿的。

也就是说,不出意外的话,她将要侍奉的就是这个男人,所以心里欢喜得紧。可是市场的乍然肃静,再加上那位公子的惊诧,令她不觉忐忑起来,生怕来了一个什么大恶霸,毁了她的美好前程。

不过,那男人瞧着并没有什么凶神恶煞的气派,为什么这里所有的人都好像很怕他的样子?这个显然人生阅历已足够丰富的欧罗巴美人儿也是一动也不敢动,眼珠微微一转,看到了跟在李鱼身后的那些人。

一瞧那些穷形恶相的人物,欧罗巴美人儿顿时恍然大悟,她眼中的李鱼登时与西方那些衣冠楚楚、道貌岸然的绅士画上了等号。

他当然是个恶人!不过,他和那些龌龊、肮脏、伪善的贵族一样,到了一定的地位,就不需要自己去为恶,只需要使唤那些苍蝇般围绕在他身边的凶恶打手。

独在异乡为异客的欧罗巴美人儿胆怯地往那位公子哥儿身后靠了靠,她很喜欢眼下这个主人,他挑选自己的时候,居然还有点儿小害羞呢,这样的人,一定坏不到哪里去,让他开心了,自己以后的日子也就好过得多,她才不要被那个坏到骨子里的伪善贵族看中。

李鱼可不知道在这个大长腿的西方美人儿的眼中,他与那些生活糜烂、伪善歹毒的西方贵族画上了等号,他从人群中慢慢走过,目光渐渐有些疑惑,就他所见,这可不大像是正常的奴仆交易市场,虽说,也能看得到一些明显是婆子、丫鬟、小厮、家仆样的人物。

李鱼皱了皱眉,道:"这儿,都是什么人呢?"

众人正屏着呼吸跟李鱼背后,一听他问,那大账房赶紧上前两步,赔着笑脸道:"奴婢,当然是奴婢。呵呵,市长有所不知,咱们长安,有四分之一的人口都是各色的奴婢贱人,在市上交易买卖才合法。咱们西市有四处奴婢市场,咱们这儿只是其中一处。"

李鱼瞧那些异国人模样,就晓得大账房所言有些不实之处。不过,这种事不比那强买强卖、坑蒙拐骗,想要查证,非常困难。而且这种制度不是一个人就能改变的,西市的奴仆市场已经成了规模,也相对成熟,还好管理一些。

如果他圣母心发作，非得在自己的管辖地盘按照他的想法进行改变，就算东篱下不出面阻止，由着他为所欲为，事实上他也改变不了什么，这些交易自会挪至别处，那些可怜人很可能更没有保障。

　　李鱼斟酌着，思考着，从人群中一步步踱了过去。那些胥师、贾师、司稽、司暴等人还在提心吊胆。之前那个被坑的异乡客人可是这位李老大的仇人，但李老大居然公私分明，还是杖打了那个坑人的卖家，这事儿若是搁在饶耿身上断无可能。

　　由此可见，这位李老大与饶耿可是大不相同。万一他正义感爆棚，再对这人口市场指手画脚一番，大家就不免要为难了。但是李鱼从这头一直走到另一头，却只淡淡地吩咐了一句："天下事，我管不得。但是在这里，不得有虐待行为。"

　　大账房松了口气，连声答应着，目中不觉露出了几分敬意。

　　如果李鱼只是如饶耿一般，行事全凭一己喜恶，为人做事毫无底线，这个大账房会对他生出畏惧，却不会产生敬意。

　　如果李鱼以道德君子自居，不理会西市甚至整个大唐帝国的实际情况，完全活在他自以为是的道德国度里，这个大账房对他不会畏惧，也不会尊敬，那种不切实际的呆子，在他眼中就是一个笑话，在这世上也只能是个笑话。

　　而一个有底线、明是非，却又知进退、务实际的上司，偏又有过智杀饶耿、麦晨、荣旭三人的辉煌历史，他就不得不心存敬畏了。

　　其实不只是大账房，那些胥师、贾师、司稽，虽然只是一些混出了头脸的泼皮头子，却也不乏智慧，李鱼的表现他们都看在眼里，此时对李鱼都开始生出了敬畏。

　　李鱼没有用几个月甚至更长的时间来巩固自己的权力，也没有新官上任头一把火就烧它个轰轰烈烈，拉出几只鸡杀来儆猴。他之前在铁匠铺子一打一放，在这市场一言未发，两种截然不同的选择，就已加重了他在这些人心目中的分量。

　　这些人跟着他巡视十三街区，这是他对自己地盘的一次最直观的了解，何尝不是他这些部下对他最直观的一次了解。

　　试想，在那大堂上时，李鱼随便一句话，他们都能揣摩出许多深意，此刻亲眼观其行止，这些人岂能没有揣摩？

　　众人悄悄对视一眼，再向李鱼望去，那一只赤脚的怪异模样都是那样的风骚，都是那样的与众不同，他的背影似乎也变得伟岸起来。

　　李鱼对众人的看法浑然不知，他一边走一边沉思着，虽然有些事他没干预，有些事有所发现时也没有点出来，可不代表他没有考虑对策。一方面，他是真想给自己的地盘立些规矩；另一方面，他还有一二百号人需要安置呢。

乔大梁可是说过了，他的地盘，只要不出岔子，按时缴足税赋，上头一概不管。这个税赋不用问，肯定包括上缴官府的税赋，和上缴楼上楼的"税赋"。

也就是说，他要无端增加一二百号人工，就得摊薄手下这些人的收入，这势必会导致他们的强烈不满。就算他一直在这个位子上强力压制着，挡人财路，也绝非长久之计。

更何况他很快就要离开，那时这些人必然反弹，勾栏院那帮人还是不得安生，得想个两全其美的办法，才能让勾栏院那班人，真正在西市找到一份活计。李鱼正思索着，忽然眼角瞄到一抹光影。

李鱼急忙抬头，顿时大吃一惊："什么暗器？"

半空中，乌溜溜一片圆形的光影，旋转着，飞翔着，划着一道弧线，李鱼的眼神焦距此时才对回来，察觉那个圆碟状的黑影并非远在天上，而是近在眼前，但是……迟了。

众人正以敬畏的眼神看着这位新老大伟岸的背影，就看见一口黑锅砸到了他的头上，以他的头顶为支点，依旧飞快地旋转着。

众人大吃一惊，刹那间，虎爪、双橛、量天尺、鸳鸯钺、判官笔、分水刺、短匕、软剑、九节鞭、袖箭再度出笼，被他们持在手中，呐喊着冲了上去，可他们只冲出几步，动作就戛然而止，一个个目瞪口呆。

前方是一条横向的大街，街上此时已然乱作一团。几个穿着皮护裙的屠夫一手持着切肉的案板，一手握着解骨的尖刀，以案板为盾，以屠刀为武器，呐喊挥刀，冲向前方。

在他们前面，几十个系着油渍麻花小围裙、裹着青布头巾的胖大厨子操着大勺、菜刀、磨刀杵，风风火火，且战且退。一时间叮叮当当，好不热闹。

李鱼气得发抖，今儿怎么这么倒霉，先是差点儿被刀剁了脚指头，现在又飞来一口黑锅！

李鱼愤愤地把铁锅从头上摘下来，刚要往旁边一扔，忽见一个白案师傅啪地扬出一把白面，趁这工夫，救下一个红案师傅。

那红案师傅也不含糊，刚刚从地上爬起来，就大吼一声："老子跟你们拼啦！"

说罢，这个红案师傅就从围裙夹层里掏出一瓶胡椒粉，奋力向前扬去。只是那胡椒粉瓶口比较小，这向前一扬，直到手臂划出一道弧形，瓶口朝向李鱼方向时，里边的胡椒粉才撒出来。

李鱼正要把铁锅扔到地上，一见这情景，赶紧伸手一抄，把那铁锅又捞了回来，在面前一挡。一把胡椒面飞得到处都是，李鱼立即呛得咳嗽起来："这……他娘的……咳咳咳，究竟是怎么回事？"

众人这才如梦初醒，纷纷冲上前去，一场混乱被他们迅速制止，把屠夫和厨子们都召集到一起，这才问明经过。

原来，在这十三街区的生活服务区，有那么一群厨子，以上门为客人操办婚丧宴席为业。通常是承包，即便是三五百人的盛大酒席，也是由他们包办一切食材，自带学徒小工，上门料理酒席。

今天一群厨子接了一单大买卖，上门给一位大贵人家操办喜宴。这群厨子原是某官宦人家的厨师，主人犯了案子，家道败落，他们就召集了教过的徒弟，跑到西市来谋生。

因为他们是新来的，与这些屠户并不熟识，就被人坑了，卖他们的猪羊肉都是注水的，米麦里掺杂的沙土也多。那小学徒看不出好赖，可东西拿回去给大师傅一瞧，人家自然看得出来。

这些人刚刚转到西市，非常在意自己的名声，如果拿了这样的食材去主人家，岂不是这桩买卖做完就再也不用干了？所以就来寻那屠户、米户理论，这些人当然不承认自己货物掺假，两下里都是暴脾气，结果就变成了全武行。

这些屠夫人数虽少，可战斗力却远在那些厨子之上，居然从屠宰区一直追到了这里。

李鱼摩挲着脸颊，眯着泪眼，时不时还要咳嗽几声，听他们说明经过，又被一个胖大厨师提了一块注水猪肉举在面前，听他眼泪汪汪地控诉一番，便放下手来，冷冷问道："这一块儿，又是哪位兄弟负责的啊？"

李鱼的手之前摸过黑锅却不自觉，摸过了脸再一放下，脸上黑乎乎一片。只是如今情形，却没人敢笑他。几个面红耳赤的肆长、贾师讪讪地站出来，向李鱼叉手施礼："老大，这一片儿，是咱们兄弟几个负责。"

这几人羞恼之下，再加上对李鱼已存了敬畏之心，也不文绉绉地喊他市长了，干脆就叫起了老大。

李鱼冷笑一声，道："那你们说，这种事，该怎么处理啊？"

一位肆长把眉高高地吊起，尖着嗓子喝道："发卖假货，以次充好，按律，当杖七十！来人啊，给我打！"

刚刚在铁行施刑的那几个大汉累得不行，一副汗津津的面孔，冲上去也不按人趴下了，直接抡起大棍就打，打得那屠夫既不敢逃跑，也吃不住痛，就在原地转着圈子逃避。那些施刑的大汉也是发了狠，咬着牙追着打。

李鱼沉着脸，重重地哼了一声，拂袖向前走去。一众随从冲那几个施刑大汉吩咐了一声："打足了杖数再来！"便慌慌张张地跟上了李鱼。

这生活服务区平时情况如何，因为一伙厨子和一伙屠夫打架的事儿，已经看不出来了。那箍桶的，掌鞋的，修扇子柄的，算卦的，淘井的，卖米面的，全都在街上看热闹呢。

李鱼沿着大街，健步如飞，眼看前方就到了生活区，人还未到街口，一股恶臭已经扑面而来，地面上的猪血羊尿，把那地面和得跟猪圈里的淤泥似的，简直肮脏到了极点，蚊蝇乱飞。

李鱼一下子站住脚步，只略一沉吟，陈飞扬就已经巴巴地凑上去，谄笑道："小郎君，可有什么吩咐？"

李鱼咳嗽一声，有些忸怩地道："唔，你刚刚说要借我鞋子穿。我考虑了一下，实在不好拂却你的好意！我就……勉为其难地穿一阵子好啦。"

陈飞扬："……"

李鱼穿着陈飞扬那双旧靴子，踩着稀泥，走在这屠宰一条街上，掩着口鼻，臭味儿依旧钻进指缝，令人欲呕。

他那一帮手下苦着脸跟在后面，长袍都掖在腰里，一开始还高抬腿，轻落步，走得小心，到后来反正鞋子已经脏透，也就不在乎那么多了。

至于陈飞扬……这位仁兄依旧走在李鱼身后，亦步亦趋，昂首挺胸，胜似闲庭信步。李鱼的那只靴子被他捧在怀里，裤腿儿挽得高高的，地上那烂泥他丝毫不在乎。

这位仁兄什么苦日子都过过，打赤脚的时间比他穿鞋子的时间要长久得多，一个常踩狗屎的人还在乎这儿的环境肮脏吗？

长安西市，三产服务业确实发达，但环境卫生却没有得到良好的治理。大量的生活垃圾，包括泔水、鸡毛、鸭毛、鱼的内脏等，直接就倾倒在街道上。商铺翻修，瓦砾碎屑也是直接堆在屋角。流动小贩多，垃圾随手抛，李鱼甚至还看到几片肮脏的纸钱，不知是何人做法事时抛落。

好不容易蹚过这一段，到了下一街口就是花鸟鱼市了，可李鱼只往里走了两三步，就站住了。这里违建扩建的各种棚子雨搭太多了，交错纵横，地上又是各种的瓦罐土盆，这要进去只能钻行，万一有人暗中行刺，旁边连个照应的人都没有。

李鱼刚刚结果了饶耿和他的两个死党，谁知道他们还有没有忠心的手下，不可不防。李鱼慢慢嘘了口气，转身道："罢了，这十三街区，我已看过，咱们这就回去吧。"

李鱼这样一说，那些大小头目也不禁松了口气，脸上刚刚绽出一丝轻松的笑容，李鱼面前的地面忽然被掀开了，从中倏地钻出一个人头。李鱼大吃一惊，果然有刺客埋伏！

如今的李鱼已成惊弓之鸟，他大喝一声："贼子敢尔！"砰的一脚踢去，正中那人面门，那人本来满脸堆笑地钻出来，吃他这一脚，眼睛顿时翻白，晃了两晃，咕咚咚地就摔了下去。

李鱼这才发现，那木板下边居然是个洞，里边还搭着梯子，瞧那光景，不像是有人埋伏，倒像是经常有人进出的模样。

"当家的，当家的，你怎么啦，当家的？"地洞里边传出一个女人惊惶的声音。

李鱼余悸未消，一脸纳罕地道："这……这地洞是怎么回事？"

一个税吏干笑着答道："大哥你有所不知，此间有些买不起房的小商贩，就在店铺处掘一个地洞，作为起居之所。方才那人我认得，叫静官儿，乃是此间卖花的一个店家。"

这税吏还有一句话没说，有些逃犯其实也常在这种地方租用地下室，并称之为"无忧洞"，这种地方藏污纳垢，无所不容。他们这些大小头目收了人家的钱，睁一只眼闭一只眼，只是这个就不能明说了。

李鱼一听，知道自己错踢了良善百姓，心中甚是愧疚，连忙向那洞中道歉："啊！对不住，实在对不住！"一边说着，一边从怀里胡乱掏出一把钱来，手忙脚乱地丢进了洞去，"些许银钱，且请拿去……"

李鱼还没说完，却没注意刚刚抓出的那一把钱中还有一枚金锭子，往洞里一扔，正砸在那妇人头上，那妇人嗷的一声，破口大骂道："哪个天杀的拿石头丢我，头都破了！"

李鱼正慌着，全然忘了自己如今的身份，听那妇人叫骂，吓得他拔腿就走。李市长巡察西市之旅，就这样无疾而终了。

"'大隐于市，不亦乐乎，莫忘信诺，自取烦恼。'聂欢这小子，究竟是什么意思？莫名其妙地给我送来这十六个字，究竟想干什么？"常剑南看着手中一张撇捺似吴钩、墨迹犹淋漓的信纸，轻轻地蹙起了眉头。思绪却是不由自主地回到了当年金戈铁马、烽烟冲霄的战争年代，耳畔似乎又响起了声嘶力竭的厮杀声、铿锵的兵器碰撞声。

那时候，虽然唐军举起了义旗，但他们的队伍依旧采用的是大隋军制，他是鹰扬郎将，张二鱼是他的副手鹰击郎将，而聂欢，那时还只是一个青葱少年，在他军中任一个队正。

一晃就是十几年过去了，如今的他鬓边已经斑白，再不复当日骁勇军将模样，却不知那个意气飞扬的少年已然变成了何等模样。

自从安葬了他们一直追随的、情愿为其奉献生命的那个了不起的女人，能把他们三个桀骜不驯的豪杰维系在一起的唯一纽带也就断了，再不曾相见。

想到那个女人，常剑南情不自禁地又推开了窗，望向终南。

终南何有？有条有梅。君子至止，锦衣狐裘。颜如渥丹，其君也哉！

他们的一段孽缘，缘起于彼，而最终，她选择了长眠在那里。常剑南知道，她是以此举表明她的心迹，她的心中，终究还是爱着他的。

想到这里，常剑南已是泪光莹然，眼中的一切，都模糊起来，依稀幻化成了她英姿飒爽的模样。

渐渐地，那缅怀追忆、无比感伤的神情，换成了有些不屑的冷笑。

体面，皇家的体面啊，呵……

大业十三年，她的父亲在太原起兵。她与丈夫正住在长安，惊闻消息时，她的丈夫正在外面饮宴应酬，大骇之下，顾不得回府知会娘子一声，就独自逃之夭夭了。

皇帝派来灭门的兵马到了，是他和张二鱼、聂欢几个家将，护着尚不知情由的她杀出重围，逃至鄠县。她就此女扮男装，改称李公子，招兵买马，建立了李唐第一支出现在关中的队伍。

而这一切，在公开的消息里是永远见不到的。

那个精心筹划、准备造反的唐国公为了避免消息泄露，对起兵的消息严格保密，根本没有通知远在长安的这个女儿，到后来却成了他曾派遣使者秘密去召她夫妻回来。

真是笑话，她夫妻二人只要不告而别，当时风声鹤唳的大隋王朝皇帝、疑心重重的隋帝杨广，岂能察觉不到李渊的异动？

然而，在官方的说法里，却是李渊早早就派使者去了长安，而柴绍则是斟酌再三，认为一起离开目标太过明显，而她却深明大义地表示，她是妇人，遇到危险容易躲藏，于是，柴绍去了太原，她则潜去了鄠县。

柴绍是男人，她是女人，他二人中谁突然从长安官场中消失更引人注目？既然她留下的目的是为了施放烟雾，又岂有在柴绍离开后，就马上离开长安，躲到鄠县去招兵买马，建立武装的道理？

如果，留下建立武装，接应李唐义军就是他们的任务，为什么当家的那个男人不留下？又或者不一起留下？只留下一个女人独立应对危险，建立武装。这时候，她就不是不宜跟着他逃走的弱质女流，而是独当一面的大英雄了？

之后追随她的那段时光，虽然每天都是戎马倥偬，却是常剑南一生中最快意的时光。他追随着他的女神，招纳何潘仁，征服李仲文、向善志、丘师利，大败屈突通，接连占领鄠县、鳌屋、武功、始平等地，李娘子的娘子军名震关中。

而此时，她父亲的唐军还不曾踏足关中，大隋的根基之地上，一个孤立无援的奇女子，独自面对隋军的围剿，不但率领义军站稳了脚跟，而且愈加壮大，等李渊大军渡过黄河进入关中的时候，她已经拥有了一大片地盘和七万士卒。

之后，她和李世民会师于渭河北岸，共同攻打长安。那时候，那个弃妻独自逃生的男人也跟了回来，但夫妻二人并没有合兵一处，而是各领一军，各置幕府，各行其是。

而他和她，在长期同生共死、并肩作战中滋生的情感，也就是在那时候，在长安城外开花结果。

那时候，正是终南初雪时节……

常剑南想着，眼中的光渐渐黯淡下来。

她的死因，朝廷讳莫如深，但他知道，只不过他知道得迟了些——今年方知。那时节，她的坟上已是野草青青，不过，他还是为她报了仇，也是今年。她的仇，他一天都不会拖延。

常剑南凝视远方的眼睛微微眨动了一下，又落回案上。

自从她过世以后，他们这些旧部被收编的收编、被炮灰的炮灰，剩下的就是他们这些急流勇退的幸存者了。

长安黑道三大亨，西市常剑南，东市张二鱼，东西两市之外，皆属聂欢。三个人自从瓜分了长安市井，一向相安无事，也一向不相来往，但今天聂欢却突然派人送来莫名其妙的一封信，究竟是什么意思？

依照常剑南一向缜密谨慎的性格，他很想找聂欢问个明白，但他更明白，聂欢既然是派人送来一封信，而不是亲自见他，那么即便他找到聂欢，也休想问出什么。

这时，门扉一响，良辰、美景翩跹而入，仿佛一双美丽的蝴蝶。

看到这对可爱的女儿，常剑南心情大好，黯然的思绪一扫而空。

他微笑地问道："回来了，你们所见所闻，如何？"

良辰还没说，美景已捂着嘴巴咯咯笑道："很有趣啊，那家伙先是被人险些剁掉一只脚，又被人在头上扣了一顶黑锅，接着踩了一脚的猪粪狗屎，最后威风八面地踢昏了一个卖花人，然后就灰溜溜地回家了。"

常剑南忍俊不禁地想笑，但还是板起脸，训斥道："你这丫头，又开始语无伦次了。良辰，你说。"

良辰把前后情形对常剑南说了一遍，道："观其举止，是非轻重，还是明白的。他接下来一定会有所动作，打算怎么做，才是考量此人的关键，所以，还应该再观察下去。"

常剑南满意地点点头，瞪了一眼站在一旁、时不时傻笑两声的美景。不用问，这丫头的小脑瓜里还在回想着李鱼的那些糗事，想到可笑处，便有些忍不住。

常剑南道："你这丫头，瞧瞧良辰，一母同胞，孪生姊妹，差距怎么就这么大。"

美景不以为然，这种"贬低"根本打击不到她。她笑嘻嘻地道："反正有姐姐想着，反正我想的跟姐姐差不多，我又何必浪费脑子。"

"出去！"常剑南虎躯一震，瞪起了眼睛，奈何美景这丫头早看穿了他的纸老虎面目，根本不害怕，只是吐了吐舌头，就踮着脚尖儿，很快乐地一溜烟跑掉了。门还没关上，就听到她又"扑哧"一声笑了出来，也不知道李鱼究竟有多糗，以至于让她如此欢乐。

常剑南无奈地摇摇头，对良辰道："那只山鸡，你好好盘问一下。"

良辰点头退下，常剑南又拈起案头那张纸，沉吟有顷，喃喃地道："聂欢、聂欢……"

他的一双大手轻轻一合，再分开时，那张信纸已经变成了一抹不可辨的纸末，纷纷扬扬地飘落到地上，就仿佛终南山上第一抹初雪……

第六章
群英

昔日龌龊不足夸，今朝放荡思无涯。

春风得意马蹄疾，一日看尽长安花。

这首诗讲的是进士及第者的得意之情。不过，这句"一日看尽长安花"，看的是什么花呢？如果你以为看的是牡丹或秋菊，那就要被人笑死了。这位仁兄所说的长安花，不是长在花茎上的花，而是长在平康坊的女人花。

意思是说当初的寻花问柳之举实在不足道，如今哥们进士及第，高官得做，骏马得骑，便也就心猿意马了。一俟查了黄榜，果真进士及第，赶紧骑上快马，去平康坊里找位漂亮妹妹，逍遥快活去也。

这平康坊，位于长安城东区第三街第五坊，东邻东市，北与崇仁坊隔春明大道相邻，南邻宣阳坊，都是"要闹坊曲"。

尚书省官署位于皇城东，于是附近诸坊就成为举子、选人、外省驻京官吏和各地进京人员的聚集地。地方驻京办事处叫作进奏院，崇仁坊内有进奏院二十五个，而平康坊内有十五个。

平康坊和崇仁坊夹道南北，考生和选人每年少则数千，多则数万人，云集京城赴选应举，再加上各地驻京办的官员，因此平康坊也就顺理成章地发展成了青楼胜地。

京都侠少，名妓风流，萃集于此，时人谓此坊为风流薮泽，乃天下第一销魂窟是也。而这天下第一销魂窟里，如今排名第一的则是绛真楼，乃天下第一销金窟也。

这儿的第一名妓，叫戚小怜。看她一眼，就得一百吊钱，所以小怜姑娘的客人不多，因为没有几个人消费得起。

而绛真楼上，除却小怜姑娘，尚有绛真八艳，也是个个绝色，身价高昂，不过相比起小怜姑娘，在这长安城中，还是有诸多权贵富贾消费得起的。

不过，像这样的红姑娘，当然不是简单的侍奉枕席那么简单，那些权贵富贾来找她们，也不是那等急色猴儿，就为图那片刻温存，而是因为人家这些姑娘谈吐风趣，举止优雅，一颦一笑，万种风情，其享受，远甚于肉欲滋味。

不过，今儿个拉了绛真八艳之一的莱儿和苏苏姑娘对坐饮酒的却不是大腹便便的豪绅富贾，也不是八风不动、举止威严的权贵人物，而是两位京都侠少。

侠少属于游侠儿，而这游侠儿也分三六九流。就好比那纨绔，下等的纨绔就是纨绔，身家地位到了一定的级别，能在天子脚下称得起一个"少"字的，那就非同一般了。

此刻拉了莱儿和苏苏姑娘对坐饮酒、附庸风雅的两位游侠儿，就属于上等上上等的侠少：兄曰李伯皓，弟曰李伯轩。

李伯皓被莱儿姑娘的媚眼儿飞得轻飘飘的，忙做风雅状，曼声吟道："春色照兰宫，秦女坐窗中。柳叶来眉上，桃花落脸红。拂尘开扇匣，卷帐却薰笼。衫薄偏憎日，裙轻更畏风。"

莱儿姑娘羞怯怯捧杯："公子吟得一首好诗，且请满饮此杯。"

李伯皓大乐，接过杯来扬扬得意便饮。

李伯轩嗤之以鼻："此诗所述流于形式，意境不足，诗句也过于直白，不好。还是江总这首《梅花落》更叫人品味无穷。"

李伯轩摸了摸还没长出来的胡子，曼声吟道："缥色动风香，罗生枝已长。妖姬坠马髻，未插江南珰。转袖花纷落，春衣共有芳。羞作秋胡妇，独采城南桑。"

苏苏姑娘暗暗撇嘴："两个不学无术的东西，既不应时，也不应景，偏还学人家斯文人，何如欢少，不学无术就是不学无术，粗鲁也粗鲁得有趣。"

心里想着，娇娇软软一个身子，偏还是轻偎过去，同样捧杯，嫣然道："公子好诗，奴奴敬你一杯。"

李伯轩揽着她不堪一握的小蛮腰，笑道："如此敬酒可不成，且来一个皮杯儿先。"

"哎呀，公子好坏……"

"砰！"李伯皓一巴掌拍到了桌子上："老二，你究竟懂不懂事，陈子良这首《新宫词》何等生动形象，你那首《梅花落》怎么比得?!"

李伯轩翻了个白眼儿道："江总这首《梅花落》，意境明明远在陈子良这首《新宫词》之上，大哥你不学无术，自然品呷不透。"

李伯皓被他当着美人儿评说自己不学无术，脸上登时挂不住了，借着几分酒意，将喝了一半的酒一把泼向李伯轩："我不学无术? 来来来，你去考个进士给我瞧瞧。"

"哎呀，说中你的短处了是不是? 居然恼羞成怒?"李伯轩大怒，抓起自己酒杯就泼向李伯皓，李伯皓大怒，抓起莱儿姑娘的酒杯泼向李伯轩，李伯轩抓起苏苏姑娘的酒杯泼向李伯皓，李伯皓抓起酒壶，李伯轩抓起酒坛……

……

琵琶阁上，珠帘密垂，阁里的人从那帘中看得到外面，而外面的人却休想看得到那张一眼千金的容颜。

此时，小怜姑娘正手持水晶杯，轻啜葡萄酒，笑吟吟地看着珠帘外楼阁下打作一团的李家兄弟。

那张完美的面孔当真一笑，便能颠倒众生。她趴在栏杆上，袖子卷了起来，露出一双嫩藕般的手臂，领口微荡，只露一丝雪痕，却也是无比诱人。

这时候，一个男人从她后边走了过来。他长得不算英俊，面上还有一道疤，却有种很特别的气质，叫人忍不住多看几眼。他也不算很年轻了，该有三十上下，但那双眼睛，却充满青春的活力。

这个人就是拔剑欲高歌、有几根侠骨、禁得揉搓的京都侠少们的偶像，"除却东西两市，尽属聂欢"的聂欢。

谁也不会想到，看她一眼就要白银百两，想要睡她或需一座雄城，而且迄今还未听说有谁能成功地一亲芳泽的小怜姑娘闺房中，居然出现了一个男人，而且是既不是朝廷权贵，也不是豪绅巨贾的聂欢。

他不但出现在小怜姑娘的闺房之中，看他赤着脚儿，穿着一身小衣的模样，显然是小怜姑娘的入幕之宾。

"看什么呢，这么有趣?"聂欢听到了下边的叱喝乒乓声，却未向外边看上一眼。

"嘘——别插嘴。"小怜姑娘竖指于唇，连忙叫他噤声。她虽会琴棋书画，堪称当世才女，可是任谁也想不到，她喜欢的居然不是吟诗作赋，而是这种粗汉打架的场面。在她那温柔若水的容颜下，该藏着一颗多么狂野的心。

小怜姑娘带着似笑非笑的表情，翘着她那迷人的屁股，一双迷人的眼睛却仍是饶有兴致地看着外面。

聂欢没好气地在那丰隆滚圆的臀上狠狠揉捏了一把，手指刚刚挑起她绯色褒裙的一角，小怜姑娘的贴身丫鬟小福就蹑手蹑脚地走了进来。

自家小姐与聂欢香艳难述的一幕她仿佛视若未见，只是悄声儿地禀报道："欢少，那位千叶姑娘已经到了。"

聂欢微微一愕："千叶姑娘？"他轻轻一拍额头，恍然道，"是了，约的今日，我居然忘记了。"

聂欢在小怜姑娘的丰臀上又拍了一记，笑骂道："回来再收拾你。"便赤着一双脚，大模大样地走开了。

绛真楼走的是高端路线，整幢楼秀雅精致，一角一隙都别具匠心。推开一扇带着窗棂的门，就是一处雅致的庭院。白墙、黛瓦，一角有小松亭亭，虬枝曲折，对角是方形小几，四张木墩。

仰头一看，飞檐斗角，天宇澄净，偶有白云，轻轻流过，使得此间仿佛独成一片天地，另有一处乾坤。

正值炎夏，蝉唱声声，不过此间设计既不影响采光，明媚依旧，又不至于阳光直射，过于刺眼。斜对角处各有一处角门儿，使得习习之风徐徐流动，既不显急促，又能常保清凉，当真是一处洞天福地。

杨千叶头戴一顶浑脱帽，身着窄袖紧身翻领的长袍，显得秀项颀长，优雅似天鹅，还透着股子俏皮味道。因为坐着，袍衩儿微分，露出下边一条白绫绸的长裤，足蹬的高腰靴，束出了那修长小腿的优美曲线。

墨白焰和冯二止负手站在杨千叶身后，看其装束，就似一个老管家和一个贴身的跑腿。

"啊哈，杨姑娘，慢待了，慢待了。"聂欢穿门而入，朗声笑着，很潇洒地在对面松木墩子上坐了下来，都没等杨千叶起身相见。

杨千叶瞟了一眼聂欢那一身不甚讲究的中衣，以及跷着的二郎腿上稳稳当当地勾挂着的高齿木屐，嫣然道："名震关中的欢少，果然是不拘小节。"

聂欢哈哈一笑，道："乍闻姑娘之名，就觉清新脱俗，今日一见，果然不凡。聂某久居长安，见惯名花，无论妖娆、妩媚、娇艳、秀雅，唯独姑娘这般清丽高贵，独一无二！"

聂欢说着，放肆的目光便在杨千叶身上逡巡起来。她虽穿着一身方便在外行走的胡服，但那种独特的气质却是无论如何都掩饰不住的。女人之美有许多种，气质也有许多种，但凡能浸淫到骨子里，或者说是从骨子里透出某种气质的，才称得上绝世尤物。

这样的女人，在绝色美人儿当中，也是万里挑一。佛陀说，红粉骷髅，皮肉色相。聂欢自见过戚小怜姑娘之后，就认为佛陀这么说，一定是没有见到过妩媚妖娆自骨透发而出的真正美人儿。

今日他又见到了一个，而且她的气质与小怜又大不相同。她就那么款款地坐着，腰杆儿似松柏般挺拔，秀项似天鹅般优雅，那种发自骨子里的空灵清丽，对浪迹花丛的他而言，也是头一回见到。

他甚至在想，如果把这位千叶姑娘还有小怜一起放在平康坊十大名花之中，凑成十二金钗摆在面前，她们是否能够依旧突出。

聂欢脑中只一想，就有点不甘心，因为他忽然觉得，如果真把这两个美人儿与平康坊十大名花摆在一起，男人们一眼扫去，第一个注意到的一定是戚小怜，但回顾再三后，目光一定落在这位千叶姑娘的身上。

小怜就像一团火，就像一轮太阳，无论与多少个美人儿摆在一起，一定是最吸引人的那一个。而眼前这位姑娘，却似悬空的一轮明月，还是轻笼薄雾的时候，透着说不出的优雅神秘。你第一眼注意到的也许不是她，但最终反复端详、品味，欣赏不尽的，一定是她。

自己最心爱的女人居然会被人比下去，聂欢有些不忿，尤其这是他反复斟酌之后，自己得出的结论。

杨千叶被他定定地看着，居然不恼，就那么淡定地坐着，微笑着被他看，居然没有半点不自在的感觉。

倒是墨白焰和冯二止，有些怫然不悦："此人也太放肆，居然盯着殿下看了这么久，当我们殿下也是绛真楼里的红姑娘吗？"不过，一想到自家殿下现在扮的是自东都洛阳而来的珠宝商人，且有求于聂欢，二人就只好忍下了这口气。

杨千叶看着聂欢，看到了他目光中先时的欣赏和之后的愠意，只觉此人喜怒无常，或者说喜怒外露无甚城府，不禁觉得颇为有趣，只这一刹，她忽然记起了一个她绝对不想记起，但却时时都会情不自禁记起的臭男人。

那个家伙与眼前这个聂欢颇有几分相似，那双贼眼，害怕时、惊喜时、心存龌龊时，在眼神中都会多多少少有所展露，只不过，比起聂欢，那个家伙更擅于隐藏，虽有呈现的一面，但最秘密的东西一定藏得深深的。

千叶不知道他想隐藏什么，他有什么好隐藏的，难道他还有比自己的身世更加了不得的隐秘？不可能嘛，但是……她感觉得出，他一定是在向这人世间隐藏着什么。

杨千叶的双眸秋水湛湛，毫不畏惧地迎视着聂欢的目光，令聂欢暗暗折服，必须得承认，这位姑娘内在的气质，真的胜小怜多多，不过想到小怜的温柔手段，以及欢好时的狂野热情，聂欢觉得，还是他的小怜更可爱一些。

转念之间，聂欢又想到了一个女人，那位葬在终南山深处的女人。

终南，忠南，常剑南吗？那个令他仰视的、敬若神明的女人，在他眼中一直是女战神般的存在，而她归去的那一刻，终究还是回归了女人，选择了她心灵的归宿。

聂欢从不觉得常剑南配得上他心中唯一的女神，女神虽青睐了常剑南那老匹夫，却也丝毫不影响她在他心中神圣的地位。想到那位女神，聂欢不忿的心情终于愉快起来。

在他心中，眼前这位杨姑娘，虽然气质上犹胜小怜一筹，但终究比不了她，平阳昭公主，那永远的、唯一的三娘子李秀宁。

只可惜，当聂欢终于想到了一位能压得住杨千叶气质的女人时，杨千叶的眼神儿却没有迎着他的目光了，她的眼波蒙眬，如水扬波，透着一丝先前所不曾见的温柔笑意，但那绝不是冲着他的，他感觉得出来。

聂欢忍不住问了一句："你在想男人？"

杨千叶、墨白焰、冯二止同时一怔，此人说话怎么这般无礼？

不过还未等三人露出怒色，聂欢已急忙摆手道："啊！姑娘恕罪，聂某并无调笑之意。我是说，观你神情，似乎正想到你的情郎，呵呵，却不知这位公子姓甚名谁，竟能得到千叶姑娘青睐，在下有些好奇罢了。"

杨千叶轻轻嘘了口气，努力控制着微微发烫的脸颊，不教它泛起红晕，口气淡淡地道："京都第一侠少，也有长舌妇的癖好吗？"

聂欢老脸一红，讪讪地道："哈！是聂某莽撞了。呃……咱们还是聊聊千叶姑娘此番找聂某的原因好了。"

杨千叶向聂欢示意了一下，捧起茶杯，轻轻呷了一口，道："千叶在东都洛阳开有三家珠宝行，盈利颇丰，然则以东都情况，再想扩展下去，已无余地，思量再三，最好的发展地点，唯有长安，毕竟王侯公卿，天下巨贾，尽集于此。"

"哦？"聂欢目光一闪，道，"若是如此，姑娘该往东西两市，寻那常剑南或张二鱼，找上聂某，可是进错了庙，上错了香。"

杨千叶嫣然一笑，道："东西两市，就像一个久建的王朝，一切都有定规，没有闲置的位子，再想有人进入这个圈子，谋个王侯之位难如登天，或者就得按部就班，熬个资历。千叶经营皆为珠玉，做的不是小本生意，不出人头地，如何有利可谋？若按部就班，那得到什么年月？若要强出头，只怕刚一冒头，就得被人压下去，须得寻个强大的靠山才成。"

聂欢的眼睛微微地眯了起来："东西两市之外，不得有所经营。这是朝廷制度，也是常剑南和张二鱼的规矩，姑娘是希望聂某与他们开战吗？"

杨千叶莞尔道："就算欢少肯开战，奴只是一个生意人，唯恐避之不及呢。奴是想在东市或西市谋得一席之地，但又苦于没有门路。所以，想送欢少一些干股，只求仰仗欢少脸面，少些麻烦纠纷便是了。"

聂欢哈哈一笑，道："聂某若想以此牟利，早不知有多少人送上门来。姑娘不必说了，聂某——"

聂欢还没说完，杨千叶已然道："欢少先别忙着拒绝。奴知道欢少为人大方，一掷千金，手中从无余财，却也不思谋利。只是偶尔为之，却也无伤大雅嘛。"

杨千叶身子微微前倾，道："这干股，奴可以不寄于欢少名下，而是送给小怜姑娘。欢少也不必多做什么，只是闲来无事，能到店里坐坐，足矣！"

"这……"杨千叶这样一说，聂欢不禁迟疑起来。

杨千叶这话，正中他的心病。

在长安黑道上，三大枭雄之中，只有聂欢是没有产业的。他的钱并不少，但他散去的却更多，有时候甚至还要欠别人的账，所以他的兄弟最多，资产却最少。

本来这样的日子他过得倒也逍遥自在，可是自从与小怜姑娘定情，他却不免有了心病。

他没有钱，小怜也不图他的钱，但是小怜姑娘既然把自己给了他，他就不得不考虑该如何安置小怜的未来。没道理那么多兄弟他可以照料得很好，却没能力照顾自己的女人。

况且，小怜名声甚大，官宦权贵、豪绅巨贾但能谋见一面，与她品茗谈笑，听她抚琴长歌一曲，便足堪夸耀，倒也无人敢强迫她侍奉枕席，绛真楼也不想她侍寝陪客，降了身价，可小怜却把自己给了他。

这事儿，能瞒得一时，瞒不了一世，至少，眼前这位洛阳珠宝商人敢以此为条件，说明已经知道了他的事情。一旦这事被外人所知，众人眼中高不可攀的神女地位不再，绛真楼会不要她侍寝陪客吗？

那时他该怎么办？以势压迫，岂是英雄所为？但是叫自己的女人人尽可夫，杀了他也办不到，那时他唯一能做的，就是为小怜赎身，而这可是一笔不菲的钱财。

名震关中的京都第一侠少，没有钱。

杨千叶笃定地看着聂欢，英雄难过美人关，她知道他一定会屈服。

杨千叶在洛阳确实有三家珠宝行，墨白焰既然矢志复国，岂会坐吃山空。他不但在各地培养死士，而且还经营各种生意，一则是为了赚取更多的钱，二则是借此建立情报网络。

所以，杨千叶的潜势力，其实很是不低。

唯独在长安，天子脚下，墨白焰只在灞河边上培养了一群死士，没有在此开店。这种地方，终究是太危险了些，他不想冒险。

然而，他们立足于外围营建势力，再转而袭取关中的策略，却随着大唐的渐渐稳定失去了可能。本来李渊初得天下时是最好的机会，可那时千叶公主年幼，无法统领大局，等她长大成人，最好的机会已经失去。

现在看来，只有让大唐自己乱起来，他们才有机会。而要让大唐自己乱起来，靠利州李孝常那样的地方势力作乱，已经越来越不可能，所以他们的目光只能落在长安。

这样一来，她就需要一个纵然张扬，也不引人怀疑的身份来落脚，之后才能有所谋划。而东西两市第一等的大商贾早就与常剑南、张二鱼建立了密切关系，她一个女人想在其中插上一脚，不剑走偏锋是没有机会的。除非她以美色，成为常剑南或张二鱼的女人，但这又是她所不愿意付出的。

如此一来，她最好的选择就只有聂欢了。

聂欢思量许久，想到小怜对他的一往情深，终于英雄气短，缓缓扬眸，看向杨千叶："这里可是长安，自西域而来，珍奇无数。你确定，纵然我给你机会，你便能在这里站稳脚跟？"

杨千叶心中一喜，聂欢这么说，那就是答应了。

杨千叶道："奴自有海上渠道，可获得不逊于西域的奇珍，甚至更有胜之的珠玉宝贝。"

聂欢眉头一皱，似乎不信。

杨千叶一伸手，一只镶羊脂玉、红蓝宝石的金累丝簪已然出现在掌中。看那宝石质地，看那制作手艺，确系极上品无疑。

聂欢拿过去，端详片刻，缓缓地道："这似乎就是我中原风格，并非番夷品味。"

杨千叶嫣然道："欢少好眼力，奴只是自海上输入珍奇宝物，至于匠师，却是聘请的中原名家。"

聂欢沉吟片刻，轻轻点头："好！你去西市，择地开业吧。开张之日，我会出现！"

绛真楼上，因为楼中护院打手的干预，李氏双雄的"手足相残"终于结束，鼻青脸肿的一对活宝被轰出了楼去。虽然他们有钱，可绛真楼却不欢迎这样的客人。

"大哥，咱们打得这么辛苦，也没引出小怜姑娘啊。你失算啦！"李伯轩顶着一对打得乌青的熊猫眼，垂头丧气地对李伯皓道。

李伯皓愤愤然道："那帮闲对我说，小怜姑娘其实不喜欢骚人墨客，只喜欢江湖豪杰，我才想出这个办法引她出来，瞧瞧她到底是怎样的颠倒众生。现在看来，是上了人家的当啦。"

李伯皓说着，揉揉肿起一块的脸颊，往二弟李伯轩脸上一看，忽然忍不住笑起来："哈哈，也不亏，也不亏，头一回把你打成这般模样，也不伤兄弟和气。瞧你这副模样，跟一只貔貅似的，太搞笑了。"

李伯轩呛啷一声，拔出他那骚包无比的宝剑，照了照自己的脸庞，登时大怒："好哇你，原来你假公济私，占我便宜！"

李伯轩挥剑就砍，李伯皓早已一纵身，稳稳落在他拴在楼前的宝马背上，挥剑砍断缰绳，双腿一夹，便狂笑着策马而去。

"贼子休走！"李伯轩怒不可遏，急忙也纵身跃上马背，挥剑砍断缰绳，追着李伯皓去了。

二人这一追一逃，便信马由缰，及至延康坊某条路上，忽见前方人头攒动，近三四百人拥塞，兄弟二人急忙勒住马匹。

一路追打嬉闹地赶到此处，李伯轩早忘了本来追赶大哥的原因，此时一瞧前方人头攒动，不禁抻长了脖子，自马上望去，纳罕道："咦？这么多人拥堵于街头，有什么热闹好瞧？"

李伯皓自以为是地道："想是有人家正在嫁娶办喜事？"

李伯轩抬杠道："为什么就不能是办丧事？"

李伯皓怒道："办丧事怎么没人撒纸钱，没人吹奏丧曲？"

李伯轩道："你说是办喜事，可也没人吹奏喜乐，没人披红挂彩啊？"

李伯皓恼怒道："那你说，这么多人站在街上，既不是办丧事，又不是办喜事，那他们在这里做什么？难不成是闲极无聊，站在这儿卖呆？"

李伯轩道："你这恼怒太没道理，说办喜事的是你，说办丧事的是我，什么叫我说既不是办喜事也不是办丧事？"

李伯皓大怒道："孝服呢？纸钱呢？"

李伯轩也勃然大怒："要是办喜事，早就吹吹打打了，不是办喜事，那肯定是办丧事！"

李伯皓冷笑："孝服呢？纸钱呢？"

李伯轩大怒道："这都是亲戚朋友在这儿等着他家老太爷断气，只要人家一断气，马上就举办丧事，行不行？"

李伯轩这句话刚说完，就见足足一两百号人轰然一声，跪在尘埃里，只剩下旁观群众一二百人袖手站在路边。

李伯轩大喜，用马鞭向前一指，道："你看你看，人已经死了，马上大家就该哭起来了。"

李伯轩话音刚落，号啕声果然此起彼伏地响起来，李伯轩更加得意，鼻孔朝天地道："如何？还是我说得对吧？"

李伯皓不忿地道："你说得对……对……对……"

李伯皓"个屁"两字一直没说出口，李伯轩只当大哥果然服输，当即仰天大笑三声，低头向前一看，忽然也跟他大哥一样结巴起来："他……他……他……"

就见那跪地号啕的一二百人前面，就只站着一人，不是李鱼还是哪个。

第七章
帮手

"你们这是干什么？起来，快起来！"一百多号人当街一跪，李鱼大惊，赶紧伸手去扶。

深深和静静跪在康班主左右，屁股上像扎了钉子似的，那个难受。

她俩没想跪，可一瞧大家伙儿都跪下了，包括她们亦师亦父的康班主，便下意识地跟着跪了下来。这时一见李鱼去扶康班主，二人才回过神来，忙一左一右帮着搀康班主起来。

康班主老泪纵横，哽咽道："康某自己无能，还要误会小郎君。如今，我等血海深仇，全赖小郎君。我等未来生计，还要赖小郎君安排，老康我……实在是羞愧至极，无颜相见啊。"

"不要这样，康班主，你我是什么交情，再这样说，我可要无地自容了。刘大哥，华林，你们起来，你们都起来。"

李鱼扯起这个再拉那个，好不容易叫众人都站了起来，看看这一百多号人的盛大声势，尤其是其中还有年迈的老苍头、老婆子，还有七八岁的孩子，正在吃奶的孩子，不禁为之头大。

"你们怎么都来了？这府邸虽然宽绰，也容不下这么多人，而且这也不是我的家……"李鱼苦笑不已。

康班主抬袖擦擦眼泪，破涕为笑："我等从早上便候在这里，只为向小郎君道一声谢，哪里敢再多叨扰。谢过了小郎君，我等心里就安稳了许多，这就要回去了，小郎君忙碌一天，着实辛苦了。"

刚刚众人一跪，陈飞扬就"嗖"的一下蹿到旁观人群里去了，这时拖着一双满是淤泥的脚丫子走过来，一边走，脚上的泥巴一边往下掉。

人家跪的是李鱼，明白事理的人都会赶紧避开，免得受了不当受的礼。不过陈飞扬如此识趣，还有一个原因，他认为自己命贱，当不得这么多人膜拜，没有足够深厚的福缘，受这么多人跪拜，那是要折寿的。

这时候众人都站起来了，陈飞扬才走回来，怀里还抱着李鱼的那只靴子。靴子虽只一只，却也不能丢弃，须知这双靴子的价钱可不低，再说了靴子是不分左右脚的，到时拿着这只靴子去找鞋匠照样儿再做一只，那就又是一双。

陈飞扬捧着鞋子，跟捧着金元宝的财神爷似的，笑容可掬地过来，道："小郎君今儿个可是真的辛苦了，巡查十三街区九条大路，还险些被争执的商贾给误伤了。"

康班主、刘云涛等人一惊，急忙看向李鱼，李鱼忙道："这小子就喜欢夸大其事，你们不要担心。"

李鱼顿了一顿，瞧瞧这人多势众的架势，忙一拉康班主，又向刘云涛和华林示意了一下，把他们三个拉到一边，小声道："关于如何安置勾栏院诸人，我心中已经有了计较，如今回来，就要盘算此事。你们这么多人在这里殊为不便，且回去等我，不出三天，我这里就可以做出安排！"

康班主连连点头："小郎君放心，我们来，就只为一跪、一谢！心意了了，这儿才舒坦。"康班主拍了拍自己的心口，又道，"我这就领他们回去，不在此处多作叨扰了。"

李鱼点点头，又向刘云涛和华林看了一眼。刘云涛眼含热泪，只向他拱了拱手，什么都没说。刘云涛本就不善言辞，不过看他那激动的神情，只怕现在李鱼往阴沟里一指，他都会毫不犹豫地跳进去，淹死了事。

而华林也向李鱼拱了拱手，同样没有说话，只是一张白净的脸庞涨得皮儿都要破了似的。他嘴唇嚅动了一下，才憋不住说出了很想与李鱼分享的一句话："小郎君，我爹已经原谅我了，我能重返家门了。一样住在延康坊里，你有任何吩咐，只管叫人到华府知会我一声。"

李鱼一听，也替他高兴，连连点头道："好！好！"

这厢康班主张罗着，领着感恩戴德的勾栏院众人，列着队一边道谢一边离去。

那些汉子、妇人也就罢了，还有那些颤颤巍巍的老头老太太、小丫头小小子，七嘴八舌，作揖的合十的，招手的叩头的，把李鱼弄得手忙脚乱。好不容易把这些人都应付走了，李鱼刚刚舒了口气，才发现深深和静静一左一右站在他身后，捧着鞋子的陈飞扬已被挤到了一边。

不过陈老兄甘之如饴，人家是女人，而且是很漂亮的女人，聪明的陈老兄拎得清，他们之间，永远不会存在什么竞争关系。

李鱼向深深和静静一望，深深马上道："我们当然还是要住在这里。"

静静道："大娘和吉祥姐姐很喜欢我们的，人多点儿，不烦闷。"

李鱼还未及接话，陈飞扬已凑上一步，道："小郎君，常老大身边就伴着一对儿孪生姊妹花，小郎君现如今是西市之长，十六桁之首，身边也当有两位漂亮姑娘随从才是！"

"对啊对啊！"深深、静静异口同声，再看向陈飞扬时，顿觉此人顺眼得很，就连他两只满是紫黑色泥巴的脚丫子看着都可爱得很了。李鱼看看深深和静静，深深和静静眼巴巴地看着他。

李鱼问道："你们……会武吗？"

深深和静静一起摇头，仿佛两只可爱的小狗。

李鱼又问："那么……你们识字？"

深深和静静自卑地低头。

李鱼仰天长叹。

陈飞扬赔着笑脸道："小的是识字的，有些东西，小的可以来。两位姑娘……嗯……我觉得总会有用处的。"

静静连连点头："是啊是啊，你看上次去东篱下，我们俩不就起了大作用吗？"

李鱼深深地看了她一眼，静静连忙掩口。

李鱼道："成，你们跟着我吧。飞扬！"

陈飞扬赶紧上前一步："小的在！"

李鱼道："找一位西席先生，每天教她们识字、读书！"

陈飞扬赶紧道："是！"

李鱼心中发狠："奶奶的，不能允文允武，那我就自己调教！不只她们，吉祥也不识几个字的，我也给捎上，全领在身边。嗯……我得想办法让她们更积极地学习！只可惜，无法速成，我在长安这剩下的两个月，她们是起不了什么作用了。"

李鱼暗暗地叹着气，举步往府门处一走，深深和静静赶紧跟上。对于读书，她们还是很期待的，这可是极其难得的机会，她们当真是求之不得。

这时候，李伯皓、李伯轩已经牵着马儿走过来，李伯皓哈哈大笑："小郎君，别来无恙啊！"

李伯轩道："山水有相逢，我们又见面了啊！"

李鱼一见二人，登时大喜过望，就像一个困得眼皮打架的人，突然看到一只高矮软硬最是适度的荞麦枕，而且人家还奉送了一个大抱枕。谁说无人可用，这两个免费劳工可是既允文又允武啊。

李鱼登时热情无比，冲上去就给了李伯轩一个大大的拥抱："哈哈，伯皓兄，别来无恙啊！"

李伯轩道："我是老二，我是伯轩哪。"

李鱼面不改色，道："我知道，这我还认不出来吗？我是没有三头六臂，只好与你相抱见礼，再与令兄打声招呼！哈哈哈……"

李鱼说着，放开他，又与李伯皓亲切地拥抱了一下。一见李鱼如此亲切，李氏兄弟心里也暖洋洋的，殊不知腹黑的李鱼已经开始琢磨要如何把他们留下，替他打工了。

李鱼热情地道："哎呀，你们怎么来了，任刺史已经送上任了？能在这里看到你们，我真是太高兴了，走走走，府里请，咱们今晚，不醉不休！"

李伯皓笑道："好啊！能在这里看到你，我们也是开心得紧。嚯，这才多久，你在长安已经置下一幢宅子啦？不错不错，挺不错的一处所在。"

旁人只能看看这宅子大小，装修是否精美，李伯皓可是门阀高姓出身，一眼就看得出这宅子内在的许多讲究。

李伯轩则瞧了瞧深深、静静和怪异模样的陈飞扬，赞道："李兄好福气，走到哪里都不乏美人儿呀。这两位姑娘，秀外慧中，体态轻盈，甚是美丽！至于这位……"

李伯轩看了看陈飞扬，实在不知道该怎么夸他，只好道："这位仁兄，举止奇异，特立独行，想来也不是平凡人物。"

李伯轩这一夸，三人俱都眉开眼笑。

李鱼眼珠一转，故作淡然地道："这两位姑娘，是我的贴身侍女，文也习得，武也习得，堪称我的左膀右臂。至于那位陈飞扬陈兄，乃是市井间一位奇人，运筹帷幄，胸藏甲兵，乃李某麾下第一幕僚，陈军师！"

深深、静静和陈飞扬一听李鱼如此给他们抬身价儿，登时就谨言慎行、举止端庄起来，唯恐失了高人身份。李伯皓和李伯轩却不知道李鱼是在给他们挖坑，听他如此一说，对这三人不禁更是另眼相看了。

只不过，他们刚一进院子，陈飞扬就露怯了。

陈飞扬光着脚丫子走进院子，一眼瞧见井口放着桶水，马上欢喜地走过去，走过去时，还注意着保持市井奇人的风范，步伐稳健，举止端庄。

可他从桶里舀水濯足，脚上干掉的泥巴一化，奇滑无比，井沿上又有滑腻的青苔。陈飞扬抬起一只脚只顾拿瓢浇水，脚下重心一失，"哎呀"一声就把双臂呼呼地甩动了起来。

他那双臂挥得跟风车一般，手中的瓢脱手飞出，高高地飞出了院子。而他也终于止不住倾倒的身体，就听这位市井奇人惨叫一声："救命！"然后众目睽睽之下，就"扑通"一声，摔进了井里。

晚餐的时候，杨府里的人口更壮大了。

潘氏、李鱼、吉祥、深深、静静、李伯皓、李伯轩、陈飞扬……济济一堂。

饭菜很丰盛，那是潘氏和吉祥两人炮制的一桌晚宴。当然，家里的菜肴是没有备那么足的，不过在厨下插不上手的深深和静静自告奋勇，飞奔着去买了很多食材回来，这一下食物就十分丰富了。

这两个吃货，不出所料，买的基本都是肉食，好在这年头并不是谁家都能天天吃肉的，没人腻味肥美的肉食。

即便是李氏兄弟，虽然出身大族，不虞吃穿，不过他们正当壮年，因为习武，消耗大，同样是大胃王，所以一时间是皆大欢喜。

李鱼看得出，众人之中吉祥此时是最为欢喜的，因为人多，热闹。

自从李鱼到了长安，她就辞了工，不再抛头露面了，可这样一来，她也就无所事事了。她在家里，除了帮着娘亲洒扫一下屋舍，几乎就没有任何事情可做，这对精力极旺盛的年轻人来说，只能是一种煎熬。

李鱼很能理解她心中的这种苦闷，心中暗暗拿定了对她有所安排的主意。不过眼下急于解决的却不是吉祥的问题，而是正大快朵颐的李氏兄弟的问题。

李鱼向敬陪末座的陈飞扬递了个眼色，被人从井里捞出来，暂时穿了杨思齐旧袍的陈飞扬会意，马上配合李鱼演起了双簧。陈飞扬抹了抹油嘴，惊叹道："原来这两位小郎君竟然是陇西李家的人。"

李伯皓矜持地向他笑了笑。

陈飞扬道："两位小郎君此番进京，可是为了秋闱之试吗？"

李伯轩眉开眼笑："哈！你怎么知道？"此言一出，李鱼和陈飞扬双双一怔，真是进京赶考来的？他们不是好武而不习文吗？这答案跟预估不符啊，那接下来怎么搭茬？

陈飞扬刚把求助的目光看向李鱼，李伯轩已然道："不过，这是我们哄瞒家里的说法。我们说要来京城科考，家父开心得很，就赶紧给了我们一大笔钱，把我们打发来了。"

李伯皓打个酒嗝儿道："我们兄弟一拿起书来就头痛，平生志向就是做个纵横天下的侠客，怎么可能参加科考。"

李伯轩道："就是！这要真考中了怎么办？想想我们要穿上官袍，满口之乎者也，每日处理案牍文章，就叫人胆战心惊，那哪是人过的日子啊？！"

众人听了李伯轩所言，不禁面面相觑，这种冷笑话……真的笑不出来啊。

李伯皓瞧他们脸色，放下酒杯，自得地道："你们可是不信？我兄弟二人不喜读书、不喜拘束不假，却不是不学无术之徒。我们二人，可都是以生徒名义赴京赶考的。"

陈飞扬是读过书的，一听就明白了，所谓生徒，指的是由官学荐送来的学子，由州县荐送的叫乡贡。他们是生徒，显然是曾经就读于长安的某一官立学府。

陈飞扬呵呵一笑，道："那是，那是，两位小郎君乃陇西李氏高门，要谋个生徒身份，那自然容易得很。只消令尊一句话，旁人苦读一世也得不到的资格，两位小郎君就唾手而得了。"

虽然陈飞扬是一副羡慕的语气，可这话谁爱听？

李伯皓和李伯轩脸上登时挂不住了，二人把脸色一沉，瞪眼道："你这是什么意思？我们虽然厌学，却不是不学无术，我们的生徒身份，可是实实在在考出来的，不是倚仗家世得来的。"

陈飞扬干笑道："两位小郎君误会了，你们所说，我自然是信的，两位小郎君一定是考出来的，考出来的。"

他虽嘴里这么说，可那脸上的表情……不只是他，吉祥、潘氏、深深、静静几人的表情大抵相同，脸上全都写着四个大字："我不相信！"

李氏兄弟好不郁闷，却又没办法解释，登时食欲大减，连酒都不想喝了。

吉祥一看，急忙打圆场道："两位小郎君多想了，便是生徒身份不是凭本事考来的，又有什么关系？两位志在游侠天下，读书本就不是你们的志向嘛。"

这话倒是在帮他们圆场，只是听着……怎么叫人更不舒服了呢？

兄弟俩正郁闷着，深深姑娘一脸憧憬地道："不错！书呆子有什么好的，我就喜欢快意恩仇的大英雄，两位小郎君游侠江湖，铲奸除恶，一定做过很多大事吧？"

"呃……"李氏双雄讷讷起来。这时吉祥、深深、静静，三位漂亮姑娘不约而同，以满脸倾慕、崇拜的神情看着他们，被三个姿容妩媚、俏美可人的姑娘这么盯着，李氏双雄压力山大。

李伯皓结结巴巴地道："呃……是的，我们……我们在利州，曾经帮着武大都督挫败过刺客的阴谋。"

李伯轩松了口气，忙也卖弄道："在陇右大震关附近，我们还曾经击败过欲杀任刺史的一股马匪。"

李氏兄弟说罢，扬起下巴，扬扬自得起来，一副"快夸我、快夸我"的表情。

潘娘子连连点头，道："这个妾身是知道的，两位小郎君曾经替武都督保家护院，原来你们后来又跟了任刺史啊！"

李氏兄弟笑容一僵，吉祥、深深、静静三个妹子马上一脸的失望："原来你们是给官宦人家保家护院啊，我们还真以为是游侠江湖呢。"

三个妹子举起杯来互相敬酒，再不看向李氏兄弟一眼，李伯皓、李伯轩两兄弟那张脸啊，登时燥得跟猴腚似的。

李鱼把脸色一板，训斥道："这叫什么话，什么保家护院，你们哪里知道，两位小郎君对付的，那都是江湖中一等一的高手。"

李氏兄弟哪知道所有人都是受了李鱼教唆，联起手来坑他们，登时把李鱼当成了大大的好人，感激地看他一眼，恨不得以身相许了！

李鱼继续道："两位小郎君只是因为出身高贵，一直不得机会接触真正的江湖罢了。若是有这样的机缘，我敢断定，不出三年，两位小郎君就要名震江湖，四海豪杰无人不知其名、无人不识其面！"

"知己呀！"李氏兄弟快要感动得掉眼泪了，马上斟酒，准备敬李鱼一杯。

他们刚端起酒杯来，陈飞扬那厢又道："呵呵，真正的江湖，和倚仗官府身份做事，那是截然不同的。两位小郎君武艺高强，我是信的，可真要入了江湖，未必就不会灰头土脸。听说前些时日有两位江湖高手闯进东篱下，结果丢盔弃甲，败得一塌糊涂，便是佐证！"

吉祥忽然惊喜道："对啦！小郎君，你不是任了西市之长吗，何不引两位小郎君上道，让他们接触接触真正的江湖。”

李鱼脸色一沉，道：“胡闹！我之所处，虽是江湖，却只是一片小天地，哪里容得下这样两位尊神，两位小郎君那是叱咤风云、啸傲天下的大英雄，岂能屈尊于此？”

“懂我！”

李氏兄弟更加把李鱼当成贴心人了，马上举杯：“李小郎君，我们敬——”

二人还没说完，深深抢白道：“呵呵，一室之不治，何以天下家国为？”

说完这句话，深深马上暗自得意起来：“小郎君教的这句话，我背得滚瓜烂熟，一字不差！哎呀，读书是好，说出话来，跟我平时就是不一样，直咬舌头，嘻嘻。”

静静噘了噘嘴儿，心道：“姐姐太可恶了，抢我的词儿，我好不容易才背下来的。”

无奈之下，她只好接过本该由深深继续说的台词，道：“就是！如果连一个小小的西市都镇不住，还谈什么闯荡天下？”

李鱼瞪她一眼道：“人家是何等样人物？陇右第一高门，岂能屈尊到我麾下做事，你们两个丫头不知天高地厚，这种话再也不要说……”

李鱼还没说完，李伯皓把酒杯重重地一顿，大声道：“这位姑娘所言有理！如果一个小小西市我们都闯荡不出来，还闯什么天下！”

李伯轩把满满一杯酒一口干了，豪气干云地道：“对！我们就跟着你干了！真正的江湖？呵呵，就凭我们兄弟的本事，我就不信闯荡不开。”

李鱼连连摆手，正色道：“万万不可，你们两位乃陇右高门，我哪里指挥得动，折煞我了，折煞我了。”

李伯皓怒道：“休要再提陇右高门，我们兄弟闯荡江湖，靠的可不是家门出身！我们就要跟着你干，偏要跟着你干，你不要都不行！不就是一个小小的长安西市吗？我就不信，我们两条过江龙，会折在这小阴沟里！”

李鱼为难地道：“这个……不妥吧……”

李伯轩大声道：“妥！妥得很！就这么定了！我们要是在西市闯不出一番名堂来，立即封剑回家读书，从此安心顺从家里安排，科考从仕，永不言江湖之事！”

陈飞扬击掌赞道：“好！我相信，凭两位小郎君的本事，只需一年半载，名头就能盖得过京都第一侠少聂欢！”

两条缺心眼的傻龙上当了，李鱼欢喜之至，马上又给他们套了一层枷锁。李鱼叹口气道：“既然如此，那李某真是受宠若惊了。实不相瞒，我们这西市虽属江湖，可还是有点官府身份的，在下已被委任为西市市长，尚有两个市丞虚悬，品秩虽然不高，好歹也是官身，两位……"

"我们不需要！"李伯皓一口回绝，被在座这些人明嘲暗讽一番，他们现在特别忌讳有官府背景，"我们就跟着你干，不以官身，不以出身，但凭我二人本领，且看在这江湖之上，我们立不立得住脚跟！"

李鱼为难道："江湖不易闯啊，二位不要官身，那便是自由之身。如果厌了，说走就走，李某这里……"

李伯轩瞪眼道："大丈夫一诺千金，安能言而无信？我兄弟二人在此立誓，此去西市，从此效命于你，甘从驱策，除非你开口，我二人绝对不离不弃！"

李伯皓也是血气上涌，当即与李伯轩扣三指于掌心，举起右手高声宣誓。二人誓言宣罢，并不放下手来，只是把挑衅地向陈飞扬、吉祥等人望去，眼见众人已被震慑，心中得意不已。

这时候，杨思齐跂着一双肮脏的高齿木屐，穿着一袭邋遢的道服，绾着一个懒人髻，上边还挂着些刨木花，似醒不醒，捧着只用过的饭碗，从后堂走了出来。

一眼瞧见堂上这么多人，杨思齐吓了一跳，茫茫然的一时不知说什么好。

潘娘子急忙站起迎了上来，轻声嗔怪道："你看你，刚做了几天的袍子，怎么又弄得这么脏？"

杨思齐腼腆地一笑："这不……干起活来，就忘了。蹭了些油腻，对不住、对不住！"

潘娘子又好气又好笑地从他手中接过碗，道："没吃饱啊？"

杨思齐点点头："嗯！今儿干的活儿颇费气力，饭量就长了。"

潘娘子叹口气道："哎，你呀！算了，别盛饭了，坐下一起吃吧。"

独处惯了的杨思齐一听很不自在，忙摆手道："不不不，你们吃，你们吃，我再盛些，往后院里去吃就好！"

潘娘子无奈地摇头，回身给他盛了饭，又从菜盘里挟了些肥美肉菜堆在上边，回身递给杨思齐。杨思齐从潘娘子手中接过饭碗，拘谨地向众人笑笑，端着饭碗转身走了。

李伯皓和李伯轩面面相觑，李伯轩道："大娘宅心仁厚，对你们家用人真好。"

这句话一出口，堂上众人笑容皆是一僵，片刻之后，李鱼讪讪然道："呃……方才那人，不是府上仆佣。咳，我等其实也只是寄住于此，方才那人，才是这座府邸的主人，杨思齐杨先生。"

刚刚立完誓、依旧举着手的李伯皓和李伯轩两兄弟互相看看，心里忽然有点发毛：鸠占鹊巢，都到了这个份儿上了？此间主人被欺负得都不敢上桌。他刚刚说什么？今天干的活儿颇费力气。这是拿主人当用人使了啊。

　　两人齐刷刷看向李鱼，恶奴欺主一至于斯，我们俩……不会被这么欺负吧？

第八章
整顿

西市有个李青天

铁面无私辨忠奸

江湖豪杰来相助

深深和静静在身边

李伯皓身轻如燕

李伯轩是条好汉

……

李鱼身处大厅正中，踌躇满志，意气风发，那种感觉，与昨日大不相同。

李伯皓、李伯轩、深深、静静、吉祥、陈飞扬、华林、刘云涛、康班主……

有了这些人在，今日的李鱼与昨日孤单形象截然不同。

李鱼一上任就招来大票亲信，在所有人看来，都是理所当然的，正所谓"一人得道、鸡犬升天"，上位者任用亲信再正常不过。

不过，像李鱼这般甫一上任，连个过渡和运作的过程都没有，立马就把自己的人全都拉出来，也有些冒险，至少那些大小头目此时看着这些人已是满脸的戒备，如果李鱼想强势换血，立马来个一朝天子一朝臣，肯定要招来强烈反抗。

李鱼倒是淡定得很，他坐在正上首，一身男儿袍服的深深和静静肃立于身后左右，粉妆玉琢，明眸皓齿，瞧来就像两个粉团团的兔儿相公，好男风的公子哥儿们若是见了，只怕当场就得流下一地口水。

陈飞扬和吉祥则分列于左右上首，吉祥同样是一身男儿袍服，和深深、静静一样，都是小翻领的胡服，头戴浑脱小帽，俏皮、俊俏。再往下则是刘云涛、康班主等人。

不过李鱼最大的倚仗，却是李伯皓、李伯轩两人。文有华林、陈飞扬，武有李伯皓、李伯轩，杂有最熟悉市井的康班主、刘云涛，内务有三个贴身小美人儿，这种搭配，哈——哈——哈——！

李鱼在心里奸笑三声，迅速端正了颜色："各位，昨日巡查十三街区，问题多多啊！"李鱼一本正经，神态严肃，"长安两市，以我西市规模最大。但就是这样一个举世闻名的庞大商贸之地，却是肮脏、混乱、杂而无序！藏污纳垢，混乱不堪！尤其令我担心的……"李鱼看看众人，"不是那浪迹其间的泼皮，不是隐匿行踪的逃犯，不是欺行霸市的商贾，而是肮脏的环境和混乱的建筑……"李鱼忧心忡忡："如今正值夏日，你们看那街市之间何等肮脏，何等气味！当然……"李鱼加重了语气，制止了想要说话的大账房："这只是部分地区，尤其是肉食屠宰区和花鸟鱼市区，有些地区是比较干净的，但是，就是这些肮脏混乱的地方，一旦造成瘟疫，蔓延开来，岂非一场莫大的灾难？"

李鱼站起来，用手势加强着语气："至于乱搭乱建、旗幡交错、建筑混乱的情况，就不分街区，比比皆是了。人不得顾，车不得旋，但有一处引起火灾，那会造成多么严重的后果？所以，我决定……"李市长正了正颜色，道："以我直接负责的十三街区为试点，进行改革。如果证明我的改革行之有效，我会请求上边在整个西市推而广之！"

因为李市长明着的上级是太府寺，实际上的上级是东篱下，所以这里李鱼含糊了一下，没点明是哪个上边。

一个肆长实在按捺不住了，开口问道："不知老大意欲进行何种改变呢？"

李鱼道："为了扭转十三街区形象，还民众一个井然有序、干净清洁的经贸环境，我决定，对十三街区做如下改革。第一，在整个十三街区所有街道入口，立桩阻止各种车辆、骡马骆驼等牲畜进入，十三街区，划为步行街。"

众头目面面相觑，本来以为李鱼是打着他们管理不力的名头要把他们踢下去，换自己人上台，大家伙儿正憋着劲儿要跟李鱼硬抗呢，可李鱼这做法……貌似真是针对西市管理，并不是针对他们啊。

步行街？

这个说法倒新鲜，众头目比其他任何人都了解西市状况，仔细一想，如果能阻止各种车辆、牲口进入，街道就不会那么拥塞，牛马就不会随地方便，确实能清洁许多。谁不希望自己的地方干净一些？

众头目想了想，纷纷点头，连连称是。只有大账房担心地道："大人，顾客行人不得驱车入内，不得骑骡马入内倒也罢了，但其中有大量商户，尤其是肉食区，他们不得驱车入内，如何运载货物？牲畜不得入内，他们如何屠宰？"

李鱼成竹在胸地道："街区内可以准许商户拥有载运商物的板车，货物运至街区门口，搬至板车上，人手运至店铺。如果店内伙计不敷使用，你们在各自负责的地段，难道不会成立专门为商户运载货物的车行吗，嗯？"

大账房听了这话，眉毛挑了两挑，两道鼠须慢慢翘了起来。

李鱼这一句话，他马上就想到了一条新的生财之道。

谁没有亲朋故旧需要照料，李鱼一人得道，鸡犬升天，他们也是一样啊，可哪有那么多的位置安排他的亲故和他亲故的亲故，只能择那关系最近的到身边当个帮闲，其他人就爱莫能助了。

如今李鱼这一句话，无疑给他增加了几十个工作岗位，要知道，这十三街区说是街区，其地却极其庞大，辖下八千多家商户，共分九条路，也就是每条路段近千户商家，招几十个车夫力夫都嫌不够用呢。

那大账房笑容满面，连声道："老大英明，老大英明！"

这时候，那些反应慢的也都反应过来，纷纷应和，人人脸上带笑，全都拥戴起来，堂上气氛登时缓和了许多。

李鱼又道："强买强卖、坑蒙拐骗现象，也会严重影响西市商誉，以后要严加管理。按照市令制度，但有这种现象，俱都大杖伺候。我觉得，严格管理固然是对的，但只是大杖伺候，未免简单粗暴了些。强买强卖，坑蒙拐骗，所图者何？利！既然如此，就以利制利！"

众头目面面相觑，半晌才有一个贾师小心翼翼地问道："老大，这以利制利何解？"

李鱼微微一笑，道："很简单！你们在各自负责的区域，但凡发现强买强卖、坑蒙拐骗者，首先要为受害人追回损失！其次，按受害人之损失，向加害人判以同样数量的一笔罚金，这笔罚金的五成缴给我，其余一半作为奖金，由你们各区段负责人员进行内部分配。"

众头目一听大喜过望，这位老大……真是英明的老大啊，刚来就给大家找到了一条新的发财之路！

以前作为市场管理，他们做任何事，就是一个手段：打！

有些人被打得皮实了，只要有钱赚，宁愿挨一顿打，如果用些小利小惠收买了执法人员，连打都省了。

很多事他们这些管理者就睁只眼闭只眼，混过去就算了，除非是叫他们特别看不顺眼的，毕竟打人他们也累。如此一来，各个商家只要施以小恩小惠，通常都能得到他们的纵容。

现如今发现一个坑蒙拐骗、强买强卖的，就能等额罚一笔钱，谁还容忍那些非法行为？只要他们瞪大眼睛，每天发现几个不守规矩的客人、商人，那就有一笔不菲的收入啊！

所有头目眉开眼笑，李鱼乜了他们一眼，指了指吉祥和陈飞扬，道："不过，我对你们，也会有所考核，我会在此成立稽核处，由吉祥姑娘和飞扬兄弟负责，你们有所罚没，是要给对方开收据的。如果你们纵容犯罪，或收受贿赂，不秉公处断，一经收到举报查证属实，可休怪李某不给情面，立即罢黜职务，轰出西市！"

众头目一听，心中顿时一凛，有那自以为精明的，本来算计着可以与对方商量，让其不要声张，则少罚一些，将罚金全部揣入自己腰包。但是现在一经发现，立即逐出西市，这可大大地得不偿失了。

众人登时收了不轨的心思，悄悄瞟一眼吉祥和陈飞扬，暗自揣度，老大先提的是吉祥姑娘的名字，看来这个稽核处是以她为首了。平素得多巴结着些，万一哪个不开眼的手下干了糊涂事坑人的时候，也能得她一个公道的处理。

李鱼又道："记住，设了步行街，你们各自负责的路口要有人管理监督。那些巡查街市、管理买卖的岗位也要设立专人，各司其职，这样谁管理的部分出了差错，你们也能马上找到相关责任人，避免胡子眉毛一把抓，真要出了问题，又相互推诿扯皮。"

众头目一听，登时双眼一亮。他们不懂得这种精细化管理，也想不到，可是听李鱼一说，却马上就明白了其中妙处，登时连连点头，对这个精明的老大，已是佩服得五体投地。

当然，这种佩服，最主要的还是因为李鱼进行的这些改革，丝毫没有触动他们的利益，相反，是在帮他们创收，他们自然举起双手双脚，全力拥戴配合了。

李鱼又道："还有街市违建、扩建、胡乱摆放问题。你们要在自己各自负责区域清除一切违规扩建的棚屋建筑，把街道清理出来，在街道两边画线，竖牌立界，谁再敢违规扩建，再敢越地摆摊，那就——"

众头目异口同声："罚！罚死他个狗娘养的！"

李鱼颔首微笑。

李伯皓忍不住补充道："这个也是一样，要专人管理！"

李伯轩道："谁的问题，谁负责！"

李鱼道："各位兄弟可能还不太明白我为何要强调这一点！你们要知道，所有人负责所有事，看到什么管什么，不仅仅会权限混乱，而且一旦有责任不清的问题，就会互相推诿，平素也就没人肯用心了。更重要的就是，人人有责，也就变成了人人无责，须得有所针对，专人负责。

"而且，这样细分管理，各司其职，你们手下那么多兄弟，不但职责明确，没人混吃混喝，还能让他们相互牵制、相互监督、相互制衡！统而管之者，只需要你们这些各自负责一区的人就够了，我，也只要你们向我负责，你们的人，你们管！"

众头目听了这话，心悦诚服，通体舒泰。

李老大没分他们的权，没夺他们的利，不但帮他们增加了许多创收的手段，而且这等细化管理，确实能让他们更省心、更有效率，这样的好老大，上哪儿找去！

眼见众人一脸钦佩、感激的模样，李鱼轻咳一声，道："其他如维持治安的、抓捕贼盗的、店铺管理的，你们只需依葫芦画瓢，如此这般就可以了，你们能有今日地位，个个都是精明之人，也无须李某多说。"

众头目满面堆笑，连连点头。

李鱼脸色一沉，加重了语气道："我给了你们方法，也给了你们权力，你们就要尽心尽责地办好事情。李伯皓、李伯轩两位兄弟，就是负责稽查你们的，只要你们按章办事，你们的区域之内，谁也不会插手，包括我本人。如果你们管理不力，或者徇私枉法，那就莫怪李某无情了！"

李鱼喂了他们一大把糖豆儿，最后才祭出大棒来，众头目已全无反感，纷纷挺起胸膛，向李鱼表忠心：

"老大放心！老大这么够意思，谁敢不够意思，那咱们就让他没意思！"

"对！谁敢对不起老大，不用老大出手，咱们就活剥了他的皮！"

"老大、伯皓兄弟、伯轩兄弟，你们尽管放心，我们绝不做对不起老大的事情！"

众人乱哄哄地表了番忠心，李鱼等了片刻，咳嗽一声，乱哄哄的大堂唰的一下就肃静下来，异常安静。

李鱼沉吟了一下，道："还有三件事情，就不分街区，需要统一管理了。"

刚刚还忠肝义胆、豪气干云的众人马上又是一脸的紧张，难不成老大给了我们这么多好处，终究还是埋伏了陷阱，要坑我们一把？

一双双眼睛紧张地盯着李鱼，就见李鱼伸出一根手指，道："这第一件事，就是成立街道司，负责清除街道垃圾，风沙大的时候，洒水净街。各商家店铺总会有些垃圾脏物需要处理的，也需有专人清理运输。这个就得统一管理了。

"因为清扫、收集、运输，如果各街道各行其是，工具、人工等未免过于浪费。尤其是经过初期治理之后，街道已经没有那么脏乱，事情没有那么多了。"

众人一听原来只是洒扫清洁，这等事没什么利益，巴不得推出去不管，马上纷纷表态，道："老大说得是，这事儿还是统一管理的好。再说，兄弟们已经有太多事情要做，也实在管不过来，老大您多费心，统一安排人手便是！"

李鱼点点头，又道："这第二件事，就是于瘟疫之外我最担心的事情，防火！"

李鱼看了康班主一眼，道："这位，是道德坊勾栏院的康班主，想必诸位也听说过勾栏院被一把大火夷为平地的事情。水火无情啊，咱们这西市，木屋居多，一旦起火，那还得了？

"所以，得有专人时不时地到各店铺去检查防火情况，有无准备防火用水、防火用沙，有无规范用火，等等。这件事很烦琐，也很重要，一旦真的起火，还得由他们迅速赶去，协助救火，责任不可谓不重，这也是本人最在意、最关心的事情，所以，必须要由李某亲自负责，我决定，由康班主组织人手，专司其事。"

众头目一听就是每日里走街串巷，检查火种，一旦起了火，还得赴汤蹈火，赶去救火，这么辛苦，这么危险……马上纷纷表态："老大用心良苦，这件事太过重要，理应统一管理，我们没有意见！"

李鱼待众人纷纷拍着胸脯表态之后，欣然点头，道："各位深明大义，甚好！这最后一件事，就是管理街市卫生。我们拆除了违建扩建，禁止占道摆摊，有专人清扫垃圾就行了吗？

"每日里有多少人来来往往啊，如果每天每人随便丢上一点垃圾，这一天下来，就是十几车也运不走的肮脏物，怎么得了？所以，还需要一些人，时时巡弋于街道之上，但凡发现哪个行人随手抛掷垃圾，立即禁止！这件事虽然琐碎微小，可必须得有专人去管，才能真正保证街市的清洁，这件事，我也会亲自来抓！"

众头目一听，老大把脏苦累的活儿全都揽到他自己身上去了，不免有些过意不去。咱们老大……也太仗义了。以前统管统揽，他们权限是大，可饶老大权限更大，随时可以过问插手他们的具体事务。

　　可现在，李老大权力下放，给了他们充分的自由，把赚钱的门道儿全给了他们，自己只管了三件事：清除垃圾、防火、禁止乱扔垃圾。这……

　　这些头目都是市井中混出来的，江湖气重，可也特别讲义气。李鱼这么够意思，他们实在是不好太占便宜了。

　　众头目交头接耳一番，便有人出面，讪讪地道："老大，您直管的事儿，就没一件有油水的，挑的都是脏苦累的差使，兄弟们可过意不去，这样……不太好吧？"

　　李鱼呵呵一笑，摇头道："你们有这个心就够了，经此管理，你们上缴的钱也会比以前要多得多，还会苦了我吗？"

　　另一个头目挠头蹙额，道："可是，这些事也得有人去做啊，有人去做，就得给人工钱，算一算的话，好像也不便宜。"

　　李鱼马上把头摇得跟拨浪鼓似的："欸！哪有这种事！我这西市署可是属貔貅的，只进不出，哪有往外拿钱的道理！"

　　众头目目瞪口呆："那……如此脏累的事情，谁肯去干？"

　　李鱼屈指数道："这第一桩，清扫垃圾，每家店铺依其店面大小、经营范围、用人多寡计算，每个月要付一定的清扫费。李某成立净街司，不付一文钱，由净街司向商铺收钱，雇苦力专司扫运垃圾即可。"

　　李鱼又屈起一根指头："我会命人在街市入口处立牌明示，第二桩，禁止乱抛垃圾，如有违犯者，抓获一次，就按其抛掷垃圾多少罚款一文至三文钱不等。这些监督人员，我西市署不付钱，他们收入多寡，全由其抓获收入，所以，找些本来就没事做的老头儿老太太就行了，有得赚就赚，没得赚就当散步健身了。"

　　众头目张口结舌，要说黑，谁比得了咱们老大黑。常言道，皇帝不差饿兵。咱们老大就不付一文钱，愣是还能用起几拨人来。

　　不过，这只是不用他付钱，毕竟不会给他本人增加收入，大家都有大把油水，反而亏待了老大，众人心里还是有些不安的。却见李鱼又屈起一指，道："这第三嘛，成立消防司，专司防火，李某从这里边获取些收入给身边人就行了。"

　　众头目一脸茫然："老大，这个……如何获取收入？"

　　李鱼恨铁不成钢地瞪了他们一眼，这些人，怎么就是不开窍呢？李鱼循循善诱地道："李某定下防火的规矩，再派人巡视店铺，不符合规矩的店铺怎么办？"

众头目恍然大悟，异口同声地道："罚！"

李鱼笑道："正是！不认罚，那么为了西市安全，就关了他的店铺，谁敢不认罚？"

李鱼又道："每家店铺还得配备一定的灭火之物，这些东西至关重要，不能自己随便购买充数了事，得是由我西市署统一购买、统一安放的合格消防之物。这些东西能白送给他们吗？"

众头目一齐摇头："不能！"

李鱼怡然自得地道："得给钱啊，至于给多少，你们懂的！"

李鱼眉头一点，众头目连连点头，露出一副贱贱的微笑。

李鱼又道："如果一旦真有失火，消防司前去救火，能白出工、白出人、白出物吗？"

众头目举一反三，直接省略了"不能"的步骤，异口同声地道："得给钱啊！"

李鱼微笑道："孺子可教也！"

这也能赚钱？咱们老大，真是有想法，跟着这样的老大，太有前途了。

众头目对李鱼佩服得五体投地，一起竖起大拇指，心悦诚服地道："老大，高！实在是高！"

齐掌柜摇着蒲扇，倚着门框，没好气地看着外边那些净街司的工人。

昨日，他店里来了一班西市署里的人，这些人衣服上都画了一个圆圈，里边写了一个"净"字，来了就收钱，说是以他家店铺的面积，再加所营行业，每月应纳五十文钱。

齐掌柜只当他们是又变着法儿来勒索，无奈之下花钱消灾，后来才听对门儿刘掌柜的说，这钱是每月都要付的。

齐掌柜腾地一下一股火儿就冒了出来，马上串联了同街的各家掌柜，正打算去西市署讨个公道，这不，那净街司就呼啦啦来了一大票人。

齐掌柜瞧他们又是铲子又是锹的，还推了十几辆小车，居然真要打扫街道的样子，不禁按捺了性子，且先瞧瞧再说。

看着这些人打扫，他才发现平时看着还干净的街道，也确实是够脏的。平时怎么就没发现街上有这么多的垃圾呢？墙角里、旮旯里、杂物后头、街面上，清理出来的垃圾都运出去十几车了，这不，又装满了。

那净街司的人一个个累得汗流满面。

紧接着，垃圾清扫光了，那些人又抬了一桶桶的水来，开始刷洗街道，污水沿着两侧的阴沟汩汩流去，多少年不曾见过天日的青石板又露出了本来的颜色，那淡青的石板、清晰的纹路，看在眼里，叫人打心眼儿里舒坦。

齐掌柜脸上的愠怒之色渐渐地消失了。他是鞋店老板，五十文钱，若是给贵人做的鞋子，只一双就能赚回来还有富余，换个清洁透亮，貌似也不亏。

齐掌柜看了眼对面帽子店的刘掌柜，本来站在门口叉腰冷笑的刘掌柜已经不知何时消失了踪影。

齐掌柜往左右看了看，左面那半条街还没清扫呢，右面半条街已经清扫好了，那干净的，就跟狗啃过的骨头似的。没有比较就没有伤害，这一对比……他娘的，老子这么多年，难道是活在猪圈里吗？

齐掌柜看看那清理好的半条街，真是越看越喜欢。抿了抿嘴唇，他也回店里去了，到了店里一瞧，虽然这店每天都让伙计把明面洒扫一番，可是现在有了外面整洁清亮的大街对比着，怎么就这么混乱肮脏呢？

齐掌柜咳嗽一声，冲着两个趴在柜台上假寐的伙计威严地吩咐道："地面、窗棂、柜台，都给我从头到脚好好洒扫洒扫，鞋面儿布料给我摆放整齐了！咱们这是齐家老号，还能不及街上干净？"

净街司的人卖力地干活儿。净街司的司长就是刘云涛，底下这些人则是原道德坊勾栏院的一些青壮。

李鱼对刘老大说过了，头一回清扫起来必然困难，可只要打扫得彻底，以后的活儿就能轻松好多。

李鱼还告诉他，这街市一旦打扫干净了，大家习惯了干净，你再让它脏乱，商家、客人都受不了，所以这营生，能吃一辈子，因为，再也没人离得了净街司了。

有了这两句点拨，刘老大领着他的人，干得真是又认真又卖力，汗水淌得虽多，可是对这些劫后余生的人来说，能有机会流汗，那也是一桩幸运的事。尤其是其中一些在火灾中毁了容或者残疾的人，更是格外珍惜这份营生。

经过几天的努力，十三街区已经清洁出了四条街道。

原本掏了钱满腹不高兴的商贾们开始注意到清洁街道的好处了。

街道通畅、干净，他们自己坐在店门口，心里也敞亮。而且这街道干净了，来这里的客人似乎也多了，非年非节的，客流量似乎比往常足足多了两成，这从店里的销量就看得出来。

掌柜都高兴起来。一些掌柜福至心灵，不但主动配合着让自己的店面更整洁，还特意把一些花花草草摆到了窗台下，这一下整个氛围就更加美好了。

一个青年妇人挎着篮子，想是逛街逛得饿了，顺手买了两个小枣江米的粽子。解开那丝线，剥开粽子叶，露出莹白如玉的江米粽子，里边镶嵌着红玛瑙似的枣儿，那粽子皮儿顺手就被她扔在了路上。

"不许动！"路上一个负着双手、驼着背、步履蹒跚、老眼昏花、似乎一阵风儿就能吹倒的老太太突然目光如炬，厉声大喝着，迅速从袖子里摸出一个红箍，往胳膊上一套，上边就一个大字——"净"！

这老太太就是道德坊勾栏院的庞婆婆。庞婆婆一个箭步冲上去，猛地一把揪住那小妇人的手腕儿，犹如虎钳一般，厉声喝道："街市入口明文宣告，不得随意抛掷垃圾，你这小娘子，没有看到吗？"

小妇人手里举着半个粽子，吓得花容失色："我……我……"

庞婆婆又向前方一指，厉声喝道："每隔百步，就有一个垃圾桶子，为何随意抛掷垃圾？你看看，这街道如此干净，你好意思糟蹋它吗？"

"我……我……"眼见两边的店家伙计以愤怒的眼神瞪来，旁边经过的路人向她投以不屑的目光，那家境看起来还颇优渥的小娘子只臊得脸儿通红。

庞婆婆一手抓着那小妇人，走到那粽子叶前，将那粽叶儿捡起来，怒对小妇人道："依照市长规定，罚钱两文！交钱！"

那小妇人忙不迭从怀里掏出两文钱，匆匆塞到庞婆婆手里，赶紧逃掉了，生怕再多耽误一刻，叫熟人看见，就更丢人了。

庞婆婆不高兴地嘟囔着，举着那粽子叶儿走到一个垃圾桶旁把它丢进去，袖箍儿撸下来往袖筒里一藏，双手一背，又变成了一副老眼昏花、弱不禁风的模样。

只是走着走着，迎面看到一个颤颤巍巍的老头子，庞婆婆眼中顿时露出一丝敏锐的警惕：这老东西，怎么逛到这儿来了，想抢我的生意？这老人，是勾栏院里原来负责敲锣鼓的一个乐手。

庞婆婆下意识地向远处看去，还有五条街道没清理出来呢，到时候"战场"更大了，就轰这死老头子到别处去，想占我的地盘儿，没门！且容他这几天，哼！

西市不比其他地方的街市，比如利州，若是如此罚个一年半载，你再休想找得到一个随手抛撒垃圾的人，可这儿不同——永远会有川流不息的外来人口，这些发挥余热的老人家，也会一直忙碌下去……

又是一条刚清理出来的街道。

街口第一家，店面最大，看其门面，有平常店铺的四家合并了那么大，还有二楼。实际上，它本来就是有人重金盘下了四个店铺，重新翻修扩建的。偌大的门面，依旧在整修阶段。

门口儿一位肆长带着一票人马呼啸而过："严格按照我们画下的线扩建哈，不得越界。旗幡要符合规矩！"

这店面的店家，明显是财大气粗、人脉广泛的主儿，那肆长机警，只是吆喝了一声，并未停下来装腔作势，反正现在人家翻修扩建的本就没有逾矩，提醒了就好。

紧接着净街司的人就来了："这条街已经清扫过了，你家翻修，这垃圾砖石太多，要么自己清走，要么交钱，我们清走。你们掌柜的人呢，叫他赶紧决定，不能在这路上堆着，有碍……有碍那啥来着？"

旁边一个净街司的人忙提醒道："有碍观瞻，影响市容！"

"对对对！"

一个大管事模样的人从还未装修完的店铺里出来，不耐烦地挥手："嚷嚷什么，你们清走，该多少钱，我们付就是了，少啰唆！"

那净街司的人得了准信，也不与他争吵，马上一挥手，一帮净街司的人就推着小车，扛着锹铲冲了上来。

那大管事马上转身，又钻进了空荡荡的店铺。可惜李鱼不在这里，否则他一定可以认出，这位大管事模样的人，就是千叶公主驾前的冯二止冯公公。

店铺里面，康班主一脸的苦大仇深，这儿仰脸瞧瞧，那儿探头看看，不住地吁叹："太危险了，太危险了啊，这楼都是木头的，现在正在修整，又有许多漆料，工人们既在里边住，又在里边生火做饭，那怎么行？开工的时候就交代过你们，怎么就不长记性呢？"

康班主拉过一个人来，骇得面前的杨千叶花容失色，急忙一退。眼前那人面容太过可怕，仿佛鬼怪一般，身上面上不少地方还缠着白色的绷带，露出血肉的地方都是轻伤，已经结痂，可那紫红斑驳的肌肤，实在是叫人不敢看。

康班主语重心长地道："这位小娘子，不是老夫吓你。你看看，他就是被火烧伤的，水火无情啊，你这等花容月貌，要是万一有个好歹，这多可惜呀。"

一旁墨白焰墨大总管眉毛直跳："好了好了，康防长，你就不用说了，这钱，我们认罚！这店里也不开火了，施工期间，我到外面给他们叫饭吃。晚上也不许他们住在这儿了。"

康班主展颜道："知错能改，善莫大焉。老管家甚是明白事理呀！"

康班主一伸手，旁边他二弟马上递过一卷画册，康班主将那画册徐徐展开，给杨千叶看："小娘子，你看，这是西市署规定各家店铺需要装备的防火用具。你这铺面颇大，得用些大型器具。你看，这太平缸、堆沙、水袋，都是大型的防火用具，你选哪一种？老夫建议，你可以选择太平缸和水袋，四口太平缸，再加四个水袋，就可以应付一般火情了。

"因你店面甚大，店后还可以打一眼井，打井的话，我们也可以负责，我们还可以直接在井口上安装一架竹制的汲水枪，利用吸力，吸出水来，及时喷洒，有了这些东西——"

墨白焰赶紧道："成！那就选太平缸和水袋吧，水井也打。康防长，这些事我们生意人不懂，你尽管安排吧，一应费用，我们会准时奉上。"

康班主摇头叹道："小娘子真是财大气粗。你放心吧，我康某人是不会赚昧心钱的，我们是消防司的人，每一笔钱，都会明明白白地打收据给你。本司主要负责——"

墨白焰忍无可忍，道："康防长，你尽管去安排就是，有什么事，跟二止说就好。二止，二止，康防长这儿有些安排，你快好好接待一下！"

墨白焰把康班主推给了冯二止，顺带着让康班主领走了那个负责"现身说法"的失火受害者，长长地嘘了口气，苦笑道："以前长安市上开店，没有这许多规矩呀，现如今这西市署也不知是何人负责，偏搞出这许多门道儿来。"

杨千叶莞尔一笑："防火不是坏事，也花不了几个钱，由着他们折腾去吧！"

二人转身，向旁边走去，一边走，杨千叶一边道："以前唯长安不做经营，是错误的。从今以后，我们先在长安扎稳脚跟，有了聂欢这条线，若再能搭上东篱下，对我们的大计甚有帮助……"

"天地玄黄，宇宙洪荒。日月盈昃，辰宿列张。寒来暑往，秋收冬藏……"

西市署三进院落里，已经奉李鱼之命，拆掉了原本饶耿模仿楼上楼所建的无用的长廊甬道，恢复成了一个四合院儿。

这一来就敞亮多了，那些原来因为建造甬道而封闭起来不用的房间，东厢分配给了李氏兄弟和陈飞扬、华林四人使用，而西厢则变成了课堂。吉祥、深深、静静在李鱼的规划下，在这里上起了学。

深深和静静很拼命，学得特别认真，因为静静前天尿遁，离开课堂，又想去李鱼身边"犯贱"的时候，偷听到了李鱼和陈飞扬的一番对话。

李鱼说："那两个丫头，文也不成，武也不成，我实在想不出她们有什么用处，且教她们识些字吧。如果学而无成……就打发到刘老大那儿去，跟着刘老大扫街好了。刘老大正好没了老婆，没准儿还能促成一段好姻缘！"

静静唬得小脸儿都白了，赶紧溜回课堂，把她偷听到的消息告诉了深深，两个姑娘就此变成了勤奋学习的好学生。

至于吉祥，比她们还要刻苦几分，深深和静静本就有贪玩犯懒的性儿，吉祥可没有，她是极勤快的一个小女子。

尤其前儿晚上，她炖了碗莲子羹，要送去给潘大娘做夜宵，偶然听见李鱼跟大娘谈心，说起成家立业之后，能读书识字、能教育儿女、能记账理财的女孩儿家，才能成为他的贤内助，才能做他的大房正妻。

吉祥姑娘就此存下了心思，西席老师教的一切，她都牢记在心，回到家里帮潘大娘料理完家务，她就会回房偷偷温习苦读。为大房之正妻而读书，吉祥甘之若饴！

第九章
开 张

千叶姑娘的珠宝店特意花重金请了钦天监的李淳风选开业吉时，又给定了字号，这店，名叫"乾隆堂"！

乾隆堂披红挂彩，门前燃着爆竹，烧得噼啪作响，烟气滚滚。

旁边就有净街司的人盯着，爆竹当然是集中定点燃放的，至于之后的打扫，店里就不管了，杨大小姐财大气粗，这些事儿都拿钱摆平，由净街司负责清扫。因此一桩，净街司的人便睁只眼闭只眼，由着他们弄来了大捆的爆竹，一时烧得整条街都跟腾云驾雾一般。

冯二止出面，还联络了些其他商家，纷纷登门庆贺、送匾，左右也不过就是"财源广进""大展宏图""生意兴隆""鸿业腾飞"一类的吉祥词儿。

大掌柜的是墨白焰，真正的东家杨千叶只在楼上静坐着喝茶，这些应酬的事儿乃至这些贺客，哪里够资格由她出迎，以至于前来庆贺的人都以为墨先生就是这家乾隆堂的东主，直到……

他来了！

西市有珠宝行，但珠宝是最昂贵的商品之一，所以主要集中在只做高端商品的东市。西市的珠宝行普遍规模不及东市，而墨白焰选择的开店地址，主要是为了活动方便，进出方便，打探消息方便，还要考虑一旦身份败露方便逃逸的问题，所以即便在西市，也未选在珠玉一条街，而是选在了这十三街区临近城门处。

因此很多贺客心里都暗暗地犯嘀咕，感觉这家店主太不专业，选在这儿，如何与其他珠宝商人互通客源？

这时候，聂欢来了。

与常剑南、张二鱼两人深居简出、防范严密不同，欢少就只带着两个抬牌匾的小弟，独自一人走在前面，溜溜达达地就来了。

牌匾上三个大字"玉如意"，字不是非常好，但一勾一画，仿佛刀剑，笔锋锐利，落款与他人所赠匾额上这个堂那个号不同，只有两个字："聂欢。"就只这两个字，却比所有的堂号更醒目。

本来只是因冯二止的张罗赶来凑趣的各家店号掌柜心里还在犯着嘀咕，一瞧聂欢其人，登时鸦雀无声。纵然其中有些掌柜不认得他的人，也知道他的名号，只一瞧那牌匾上"聂欢"两字，就立即肃然起敬了。

墨白焰一瞧聂欢来了，急忙向小二递个眼色，一个伙计噔噔噔地就跑上楼去。这店里的伙计也不是外人，全都是灞上潜伏的那些从小培养出来的死士，整个乾隆堂，就没有一个不可信任的外人。

杨千叶听说聂欢到了，便亲自迎出来。杨千叶今儿没穿女装，这只是潜意识的不经意的一种体现，或许连她自己都未想明白为何要这么做。

其实以她无双的容色，就算是穿上男装，只要不是瞎子，旁人也能一眼就看出她是女人。但她偏就选择了一身男装，也许她真正要迁就的不是旁人的观感，而是自己内心深处的感受。

"聂兄！"杨千叶一见聂欢，便笑吟吟地拱起了手，落落大方。既然身着男装，她当然也就行起了男子之礼。

一副懒洋洋模样的聂欢拱手还了一礼，笑道："恭喜贵店开张大吉呀，聂某叨扰了，特来讨一杯喜酒喝。"

杨千叶道："聂兄大驾光临，乾隆堂蓬荜生辉。请，快请进！"

二人并肩就要入店，那店前围观者、前来祝贺者登时交头接耳，纷纷惊叹起来。

要知道，作为长安市井间的一个传奇，聂欢可是从不公开地去东西两市，更是从不曾给哪个店家面子，去做这些繁文缛节之事。世俗规矩，在这个浪子侠少眼中就是一坨狗屎。

但是现在，他来了。

他规规矩矩地穿着衣服，正儿八经地让人抬着牌匾，亲自来庆贺一个珠宝商人开张，这店家究竟是什么来头？

众人当然看得出杨千叶是女人，不过但凡有点头脑的，就不会把她与聂欢设想成一对儿。

因为如果这店主是聂欢的女人，她根本不需要穿上男装，更不需要对聂欢口称聂兄，既然拉他来当靠山，如此欲盖弥彰，就莫如明明白白地让大家知道，她就是聂欢的女人。人家又不是来抢他的地盘，只是把自己的女人安排到他的地盘上来赚点钱罢了，就算是西市王常剑南，对聂欢的女人也得礼让三分，整个西市还不由着她横蹚了？

谁敢不开眼，再找她的麻烦？就连净街司那帮人都看呆了：这店主有欢少撑腰？他们若是早说出来，那他们就是满街地放爆竹，怕也没人敢说半个不字。

"谁啊这是？开个张而已，用得着乒乒乓乓烧这么多爆竹啊，老远看见，我还以为起火了！"李鱼双臂一张，把人群一分，领着李伯皓、李伯轩两兄弟，人模狗样地钻了进来，一脸的不高兴。

李市长今儿静极思动，也是细分管理后一下子轻松下来，有些闲极无聊了。他今天利用课间时间，检查了一下三个跟在他身边上学的姑娘的学业，当众对识字、读书、算术皆优的吉祥在颊上一吻。

李鱼也不知道自己哪根筋不对了，居然当众秀恩爱，大概是晚间住处隔音太差，跟吉祥一点亲昵的举动都做不得，憋狠了。

只听"啵"的一声，吉祥就像一下子喝了一坛子老酒，眼神儿也迷离了，脸蛋儿也晕红了，身子软软的似乎都要站不稳了。如果一个女人不是深爱甚至迷恋着一个男人，哪能有这般表现？

李鱼看在眼中，心中也是特别满足。不过，随后麻烦就来了。瞧见他那奖励的一吻，深深姑娘登时挺起了她那极其壮观的胸膛，满眼希冀地看着他，嫩红的舌尖还在她杏脯色娇嫩的唇瓣上舔来舔去的，舔得李鱼那心尖儿也一烫一烫的。

"我准备好啦！快来考我啊！快来考我啊！"深深姑娘虽然没有说出口，但那会说话的一双大眼睛显然是在向李鱼发出考试的呼唤。

李鱼当然没有考她，因为他注意到右侧有一双冷箭一般锐利的目光正盯在他的身上，然后一只小手还轻轻地搭在了他的腰侧，两根手指头轻轻拈起了他腰间的一块软肉。

"吉祥啊，你学得很好！"李鱼亲切地拍着那只手的主人，微笑着说道，"不过，你幼年时曾经识过一些字，算是有些基础，要戒骄戒躁，更上一层楼才是。深深和静静呢，比你底子薄，你平时多指导些。我手头还有些事要做，去吧，你们也该上课了！"

腰侧的软肉被松开了，吉祥的小手很自然地给他拍了拍腰间并不存在的灰尘，乖巧温驯地应道："嗯！那人家去上课啦！"

吉祥说着，就走过去，左边挽住了深深，右边拉住了静静，高高兴兴地走出去。深深和静静一起回过头，眼巴巴地看着李鱼，就像被押赴刑场枪决的一对义士。

不！准确地说，就像是一对被人吃光了狗粮的狗又被人拖走，小眼神儿那叫一个绝望。

李鱼以为这事儿就这么过去了，却不想两刻钟后，静静就借着尿道，悄悄钻进了他的签押房："哎呀呀，小郎君你快帮帮我，先生说要考我一个字，说是写错了今晚回去就罚我写一百遍，一百遍呀一百遍！真吓死人了，你快帮我看看，是不是这么写？"

李鱼瞧她一脸焦急，不像作伪，便板起脸教训她："你呀，贪吃贪睡不学习，现在知道着急了吧，什么字呀？"

静静急急跑过来，往李鱼案前一站，跪坐下来，挤得李鱼只好往后挪，这一挪后背就抵着木屏风了，再无空间可退。

静静提起笔来，铺开一张纸就写，一边写一边念念有词："一点飞上天，黄河两边弯；八字大张口，言字往里走，左一扭，右一扭；西一长，东一长，中间加个马大王……"

李鱼看得两眼发直，这个字……他也不会写："西席先生是呆的吧？这字就算学会有个毛用啊……"

李鱼正暗暗吐槽着教书先生，旋即就发现不对劲了。静静嘴里念叨着"左一扭，右一扭；西一长，东一长"，那圆润的小屁股左一扭、右一扭、抬一抬、顿一顿……

她可是蹲在李鱼怀里的啊！李鱼为了给她让位置，岔开着双腿，就在她身后，为了看清楚她写的是什么，还特意从她肩膀上探出头来，所以彼此身子贴得极近。

静静姑娘这若有意若无意地随着写字的动作摇摇摆摆的，登时令人心猿意马起来。

"啊！"静静姑娘身子忽地向前一栽，笔下登时画错了一个道道儿，她扭回身道，"人家写错了吗？"

静静姑娘说着，一脸的天真无邪。只可惜，她装得并不像，她晕着脸儿，媚着眼儿，瞎子都看得出她是在故作天真，明明就是在挑逗李鱼。

"回去上课！"李鱼恼羞成怒，"啪"的一巴掌打在她的小翘臀上。耶！这丫头虽不比深深胸前雄伟，可这臀部倒是既丰盈又有弹性。

"哦！"静静目的已达，像只快乐的花蝴蝶似的跑出去了，唇角还挂着一丝忍不住的笑。这个字儿可是她特意学来的，就是为了有机会用来挑逗她内定的"长期饭票"，要不是今儿个被吉祥酸到了，她还不舍得现在就用呢。

不过……管它呢，反正已经证明小郎君对自己不是没感觉了，再想别的法子就是了。

对未来无比乐观的静静姑娘在课堂外平息了一下心情，进屋上课去了。可是那许久未退的脸上潮晕绯红，那迷离的俏眼，那明明听着先生在教书，脸上却时不时泛起的傻笑，却引起了深深姑娘的警惕。

于是，她也借着尿遁出来了。

李鱼端坐堂上，仰脸数着屋顶承尘上的花瓣，数了一百四十一片之后，他的身体终于恢复了正常。李鱼刚刚松了口气，深深姑娘就跑了进来："小郎君小郎君，先生在教我《九章算术》，他出了道题，你快帮我解一解。"

李鱼愕然看着深深，深深小嘴吧吧吧地说："先生说一个人用车装米，从长安运往蓝田，装米的车一天能走五十里地，不装米的空车一天能走七十里地，五天往返三次，问两地相距多少里地？"

李鱼惊恐地看着深深走近："小郎君，你快帮我算一算呀！"

李鱼扯开喉咙喊了起来："伯皓，伯轩，快陪我去巡查西市！"说着，李鱼就丢下一脸错愕的深深落荒而逃。

试想，如此李鱼，满肚子的火气，看到那爆竹火势冲天，他能不心头火起吗？

"谁啊这是？开个张而已，用得着乒乒乓乓烧这么多爆竹啊，老远看见，我还以为起火了！"李鱼满脸不高兴地说着，分开人群走进去，然后……他就看到了正要与聂欢把臂入店的……千叶姑娘！

杨千叶看到李鱼，蓦地睁大了眼睛，一脸惊奇。她是真不知道李鱼也在西市，而且看他穿着，好像还是个小吏？

李伯皓和李伯轩这时也看到了女扮男装的杨千叶，武大都督的小姨子，他们如何不认得？当初她在武家伙同纥干承基意图挟持武都督时，双方曾大打出手的。

李伯皓向她一指，大叫道："啊哈！原来是你！你……"

杨千叶看到他和李伯轩，脸色一变，登时做好了动手的准备，但李鱼已经适时打断了李伯皓的话，并且按住了想要拔剑的李伯轩，低声道："住手！内中缘由十分复杂，切勿当众说破！"

李伯皓待了一待，奇道："为何不动手拿她？"

李鱼掩着口，低声道："你二人留下，守住门户，不动声色，等我号令！"

李伯轩登时来了兴趣，喜滋滋地道："不错！大人物拿人，哪有如此简单的，那是街头泼皮才做的事！你放心吧，我二人等你号令！"

李伯皓也反应过来，眉开眼笑道："我们等你摔杯为号可好？"

李鱼心道："这处楼房这么大，里里外外的又这般嘈杂，我在里边摔杯你们听得见吗？"心里是这么想，李鱼巴不得他们不要生事，连忙点点头，便加快脚步走过去。

"哈哈，山水有相逢，我们又见面了。"李鱼笑吟吟地看着杨千叶，却没呼其名，因为他实在不知道杨千叶此时用了什么身份名号。

杨千叶明白他的用意，心中暗暗感激，忙拱手道："原来是李兄，千叶有礼了。"

李鱼听她说话，晓得她没另起其他名字，这才顺势接口道："千叶姑娘怎么会在这里？"

杨千叶唇角抽了抽，道："奴家在此开了一家珠宝行，却不知李家郎君缘何来此？"

李鱼将大拇指往后挑了挑，咳嗽一声道："李某不才，如今忝为西市署市长？"

杨千叶呆了一呆，道："竟有此事？以后……还请李市长多多关照了。"

李鱼道："好说，好说！"

两人说完这句没营养的客气话，再也不知该如何接下去，大眼瞪小眼地站在那里。聂欢捏着下巴，饶有兴致地看看这个，再看看那个，总觉得两人之间似乎有很多故事。只是一时也摸不清他们之间的关系。

要说两人是情侣吧，二人脸上的神情非常地古怪，又不像情人相见。要说是世交故旧，二人的对答又丝毫没有家门渊源的模样。

杨千叶要在西市开店，居然不惜拿出干股，请他撑腰，显见与这男子近来并无来往，否则知道他是西市署市长，大可请他关照，无须让利自己。可要说二人分别已久，他们的神情举止又一点也不像，好不奇怪。

墨白焰和冯二止看到李鱼也是呆了。其实二人开店跑手续，也曾去过西市署。只不过他们不是自己去的，而是打发手下人去的。即便是他二人自己去，只是办个过户的登记、开店的手续，也见不到李鱼，依旧不会知道那里边坐着李鱼这位尊神。

二人有些慌乱地对视一眼，墨白焰急忙上前笑道："东主，欢少，李郎君，还是入内品茗叙话吧，这大门口，诸多不便！"

杨千叶也反应过来，忙对聂欢道："欢少，怠慢了，怠慢了，请！"

聂欢微微一笑，又饶有兴致地看了李鱼一眼，迈步向内走去。墨白焰赶紧跟上一步，非常客气地引导他上楼。

因为墨白焰的知机插入，杨千叶才得以落后一步，看了李鱼一眼，刚要张口。李鱼瞧她一副急于摆脱自己的模样，已经自来熟地向内走去："事先不知千叶姑娘在此开店，未曾备得贺礼，容后补上，恕罪，恕罪。"

杨千叶咬了咬唇，赶紧跟上。

"你老跟着我干吗？"两人异口同声，小声地一问，同时一怔，又不约而同地开口，"我哪知道你在这儿！"

这句话说罢，二人互相瞪了一眼。

李鱼警告道："你还不死心？跑到我的地盘上来，又要搞什么事情？"

杨千叶嫣然一笑："开店赚钱啊！"

李鱼满脸狐疑："你真的放弃你的打算了？"

杨千叶叹了口气，幽幽地道："不然还能怎么办？一次次失败，我想清楚了。很多事，既已过去，就无法再挽回。就此歇了妄念，好生开店赚钱，找个可心可意的男人嫁了，相夫教子吧！"

李鱼盯着她："相夫教子？就是刚刚那男人吗？"

杨千叶乜着他："你不认识聂欢？"

"聂欢？好耳熟！他是做什么的？"

聂欢与墨白焰已经登上二楼，回身笑道："我好像听到两位在议论我？"

杨千叶莞尔一笑，道："说来好笑，这位西市署李市长居然不知道欢少你的大名呢。"

聂欢的目光再次投注到李鱼身上："还未请教，这位是？"

李鱼和杨千叶也登上了台阶，杨千叶道："这位，是西市署市长李鱼李郎君。"

杨千叶说完，又为李鱼介绍："李郎君，这位就是聂欢，大名鼎鼎的欢少。长安三杰，常剑南、张二鱼、聂欢……"

聂欢打个哈哈，道："聂某蒙江湖朋友抬爱，为了应那长安三杰名头，给常老大、张老大做了个添头儿罢了，忝居其末，见笑、见笑。"

杨千叶嫣然道："欢少客气了，那只是因为你比那两位年轻，所以才排名居末罢了。"

聂欢淡淡一笑："江湖上，实力说话，岁数，一文不值！"

说这句话时，他的目光一直落在李鱼身上。只有在常剑南面前，他这个今日已平起平坐、昔日却是军中旧部的人才会放低身段，对于常剑南麾下的四梁八柱，他完全可以不放在眼中，更不必提这十六桁之一的李鱼了。

但是，他就是觉得眼前这个男人，不像表面的身份那么简单。其实，他的这种感觉，很大程度上是因为李鱼的反应，倒不是他慧眼如炬，一眼就看出李鱼乃是明珠蒙尘。

李鱼皇帝见过了，刺史斗过了，大都督被他骗过了。江湖上，又曾把罗一刀斗得灰头土脸，还曾正面硬抗过常剑南的威压，如此丰富的阅历开拓了他的眼界，谈吐气度当然不凡。

之前李鱼不知道欢少是谁，听杨千叶介绍，才想起这是与常剑南、张二鱼齐名的一方传奇，也只是暗暗有些惊讶而已，当然不至于前倨而后恭，但是看在聂欢眼中，却不免要觉得此人是个大有故事的人，没有表面身份那么简单。

迎着聂欢锐利的目光，李鱼十分淡定。聂欢在打量他，他也在打量聂欢。杨千叶相夫教子的话他不尽信，不过却相信眼前这位欢少与杨千叶应该有着不一般的关系，他也想看看，这人究竟是不是杨千叶的意中人。

墨白焰一瞧气氛有些紧张，眼珠一转，连忙迎请道："来来来，欢少、李郎君，两位贵客快请上座！来人啊，上茶伺候！"

大门口，李伯皓、李伯轩两兄弟完全没有陇右高门、世家子弟的觉悟，当门神当得兴高采烈。

两个人一左一右地杵在那儿，顾盼自雄一阵，李伯皓忽然脑海中灵光一闪，向自家兄弟招了招手，李伯轩忙凑到他面前："发现什么了？"

李伯皓没好气地道："我发现个屁！我是想啊，你绕到楼后去。"

李伯轩一怔："为什么？"

李伯皓冷笑道："那小妖女诡计多端，她要是从后窗逃了怎么办？咱们一前一后，等李鱼一摔杯，咱们就同时跃进去拿人，让她插翅难飞。"

李伯轩大喜，只觉这个游戏越发地有趣了，忙道："好！我去后边！"

一转身，他就兴冲冲而去。

聂欢出现在西市的消息飞快地传到了楼上楼！

常剑南看似无为而治，但眼线遍布整个西市，与他齐名的聂欢驾临的消息，当然会第一时间出现在他的案前。

"聂欢往乾隆堂祝贺开张之喜？"常剑南的眉峰立即蹙了起来，"一家珠宝行，为何选在十三街区？那店家既然有聂欢撑腰，应当选择东市才更好！聂欢如同一匹不羁的野马，这乾隆堂的店主是谁，能请得动聂欢这小子替他出头？"

前来报信的探子是个卖花的小姑娘，讷讷地道："那店家小娘子为何选择西市，而且选择十三街区，小的也不清楚，还得再行打探。欢少来得蹊跷，属下担心，他是不是打起了咱们西市……"

她刚说到这儿，常剑南却是一怔，道："慢来！你刚才说……店家小娘子？"

卖花姑娘欠身道："是！"

常剑南眼珠转了转，道："店家小娘子？那小娘子，容色如何？"

卖花姑娘想了一想，显然不是在想那小娘子的长相，而是在想如何措辞，只是抓耳挠腮半晌，却想不出如何形容。

眼见常剑南渐渐不耐烦，情急之下，从挎着的花篮中抽出一枝不知名的花儿，道："那位小娘子穿的是男装，但是……但是依旧如这枝头花一般清丽，小小的嫩嫩的翠绿的叶芽儿，衬着中间雪白娇嫩的花蕊儿。啊！也不是十分妥帖，还得把它倒映在水中去看，才能透出她的美丽。"

常剑南哑然失笑，点了点那卖花姑娘，道："亏得你不识字，否则，怕不成了一位诗人。"

那卖花姑娘涨红了脸庞，吃吃地道："奴……奴奴说错什么吗？"

常剑南笑而不答，转向良辰、美景，道："既然那店家是位极俏丽的女子，聂欢这小子前往捧场，就不足为奇了。"

美景忍不住道："欢少喜欢那位女店家？"

常剑南抚须叹笑道："这个浪子，终于也有了成家的念头。"

常剑南挥了挥衣袖，道："这还用问，那女子必是他心仪之人，否则，谁能使唤得了他？你们去，准备一份合适的贺礼，替我送去！"

"是！"良辰答应一声，一拉美景的衣袖，急急走了出去。那卖花姑娘赶紧跟了上去。

此时，小小油壁车，轧轧出东华。平康坊第一名妓戚小怜姑娘，正乘着一辆四围帷幕垂垂的油壁香车，亦往西市十三街区的乾隆堂而来。自家的生意开张，她又有长安第一名妓的名头儿，这种代言广告，那是必须得打呀！

杨千叶陪着聂欢和李鱼闲聊了一阵，冯二止便快步走过来，向杨千叶长揖一礼："东家，吉时已到，该请财神了！"

杨千叶向聂欢和李鱼嫣然一笑，站起身来。

聂欢大剌剌地挥手道："姑娘尽管去忙，聂某随意惯了，无须照料，某与李鱼兄弟在此攀谈解闷儿就好！"

杨千叶颔首道："怠慢了！"

她又盯了李鱼一眼，似乎在警告他不要对人胡说八道，便随着冯二止和墨白焰姗姗地向楼下走去。

她是真正的店主，一般的客人来了不用理会，生意也不用她打理，但请财神这事儿别人却不能代理，必须得她亲自去请。就算杨千叶平素里并不特别相信神佛的存在，这时候也是宁可信其有，不敢大意。

一楼大厅中，早有一个方士模样的人捧着罗盘在堂中站定，他正对着的位置，就是财神将要安放的位置，事先做好的屏风状神龛已经被人抬过来，定放在那儿。

财神有文财神、武财神之区别，不能乱请。担任文职的，以及受雇打工的人，适宜供奉文财神；至于经商的、当兵当差的、从事武职的人，则应供奉武财神。

文财神须得后背对着门口，冲着店主的座位摆放。不然文财神太和气了，见者有份儿，会把财都散给客人。至于武财神，除了聚财，还有化煞的作用，所以须得面对大门摆放。

行曰商，处曰贾，皆是生意人，供奉的当然是武财神。那方士选定了面对大门的一个吉位，用神龛定住了位置。旁边四个伙计抬着一个铺盖了红绸的抬盘，红绸下面就是请来的武财神。

杨千叶在墨白焰和冯二止的陪同下到了楼下正堂，由墨白焰和冯二止一同把盖着红绸的神像请上神龛，那方士便把一篇经文双手呈给杨千叶。

请财神没有特定的经文，只要是虔诚礼敬，诵念真挚，让财神听到你的祈祷就行了。不过难免有人口拙，一时想不起该说什么好，所以那方士还是准备了一套说辞。

为财神开光，不需要什么有道之士来做，财神是请到你家来，庇佑的是你，当然得由你自己来请，这也是开光。不开光就只是一个神佛的空壳，供在那儿也没什么作用。

不过，只有为神佛之像请法身入驻才叫开光，其他物品都是加持，拿一串念珠、一个玉牌，也说是高人开过光的，那是不对的，那只能叫加持，加持了神念在其中罢了。

这厢杨千叶虔诚地合十诵经，祈请财神法身入驻，旁边早有人持了三炷高香等着，开光结束前是不能上香的，因为这时候神佛法身还未入驻，你上香也没什么用处。

在那持香人旁边还有一个伙计捧了祭祀之礼，武财神除了香烛、水果一类的供品，还可以供酒肉，不像文财神一般要求素斋，只是那水果中不能有梨子，这算是唯一的忌讳，其他的就没什么了。

如今季节，正好水果丰盛，倒不用担心慢待了财神。杨千叶在那儿郑重其事地请着财神，聂欢和李鱼便走到楼栏边，扶栏下望，从侧方看着她在楼下请神诵经。

聂欢睨了一眼李鱼，试探地笑道："足下与千叶姑娘，似乎关系匪浅？"

李鱼不明他的用意，小心提防地道："倒是曾因一些缘故，有过许多来往。"

聂欢咧嘴一笑，道："呵呵，只是有过许多来往吗？"

他往杨千叶身上看看，眯起眼睛，笑吟吟地道："这位千叶姑娘风采绝佳，气质脱俗，容颜清丽，不同凡响，也难怪足下会喜欢。"

李鱼趁机问道："欢少也喜欢千叶姑娘吗？"

聂欢大摇其头："千叶姑娘哪儿都好，就可惜身材干瘪了些，一眼望去，既不见胸，也不见臀，太过纤瘦，禁不得折腾，不是聂某喜欢的类型。"

李鱼听他言语如此无礼，一开口就直奔下三路，心中甚是不喜。虽说李鱼跟其他男人一起的时候，若见到个美人儿，也会品头论足一番，乐此不疲，不过这么做的前提是：那女人得跟他毫无关系才成。

其实杨千叶与李鱼现在有什么关系吗？也没有。但李鱼就是不喜欢听聂欢如此无礼，特别是聂欢的这番评价还甚是不屑，有所贬低。

李鱼心中有气，当即反驳道："欢少只怕是眼拙了。千叶姑娘是穿衣显瘦，宽衣有肉的类型，不仅气质绝佳，身材也是极好的。"

聂欢微微眯起了眼睛，微笑道："是吗？这个聂某可是看不出来，足下当真好眼光，又或者，足下曾经见过千叶姑娘身上他人不曾看到过的好风光？"

李鱼突然想起当初"摸鱼儿"的旖旎风光，杨千叶贵为公主，身份尊贵，岂有容人近身的道理。与她有过密切接触，晓得她胴体之美好的，这世间应该只有他一个男人了吧。

不过，事关千叶名节，李鱼自然是不能卖弄吹嘘，予以承认的。因此只是淡淡一笑，哂然道："这个无须亲自看到吧，千叶姑娘之美，只要不是瞎子，谁还看不见。"

这话分明就是刺了聂欢一句，说他是睁眼瞎了。

聂欢怫然不悦，冷冷地道："聂某并不否认千叶姑娘甚美，只是她气质高冷，太过拒人于千里之外。在聂某看来，吝于给男人一点亲近的女人，与人尽可夫的女人一样，纵然再美，有什么价值？"

李鱼一听他将杨千叶与人尽可夫的荡妇作比，心中大怒，勃然道："欢少此言貌似有理，实则狗屁不通。若是有些美貌的姑娘洁身自爱，非是心爱的男人，不愿在其他男人面前假以辞色呢？"

聂欢一听顿时恚怒，要不是老子是此间股东，你一个区区狗屁的西市市长，我会搭理你？给你三分颜色，还开起染坊来了，是不是忘了我聂某人是什么身份？就算你们老大常剑南，也得给我几分面子！

聂欢登时向李鱼怒视看来。被聂欢一瞪，换个人只怕早就腿软了，李鱼却是夷然不惧，淡定地反瞪回去："欢少缘何不悦，莫非被李某说中了心事？"

聂欢哪知道自己受他如此顶撞，却是因为自己贬低了他喜欢的女子。就连李鱼自己，也没意识到他一向淡泊宽忍、不喜是非的性子，此时却跟斗鸡一般，是因为不悦于聂欢对杨千叶的冒犯。

两个男人怒目对视，怒气值节节攀升……

"停车！"油壁车在乾隆堂外停下，两个俏丽的小使女放下脚踏，掀起帘儿，搀了戚小怜下来。

今日戚小怜盛装而出，打扮着装十分用心。她本就是平康坊里第一名妓，一颦一笑、一举一动，一扬眉一抿唇，都是从小练过的，讲究的就是如何吸引男人，此时已成大家，风韵气质更是不凡，登时在观礼人群中引起一阵骚动。

许多人交头接耳，相互询问，可惜少有人识得戚小怜的真面目。不过，那车前挑着幡儿，上边有一个"戚"字，姓戚的，又是如此绝色，登时就有人想到了平康坊里的第一名妓戚小怜。

那猜到的人也不管自己猜得准是不准，马上卖弄地与他人耳语，不消片刻工夫，消息传开，长街上无数人都往这厢拥来。平日里百金难得一见的戚花魁居然来了乾隆堂，不用花钱也看得到，众人自然趋之若鹜。

戚小怜步态轻盈，似轻云出岫，冉冉下车，向前款款行了几步，花儿照水般盈盈站住，自有小厮入内禀报。

杨千叶刚刚请神登位，上了香，听说戚小怜来了，她对这位平康坊第一名妓也是好奇得很，连忙亲自迎了出来。

两下里打个照面，杨千叶不禁在心中暗赞："好生妖娆，难怪聂欢迷恋于她。"

戚小怜一瞧这个女店家，登时也是心中警铃大作。她当然自负美貌，但这杨千叶气质风情与她完全是不同的两个类型，真要说比，春兰秋菊各擅胜场，也不敢说自己就比人家更有女人味儿。

"那个冤家真是为了给我弄些干股才破例答应了这个千叶姑娘？别是早就垂涎了人家姑娘的美色吧？那他为何让我知道？哎呀，那浑蛋别是想着齐人之福，刻意制造机会，要让我俩做个姊妹？"

戚小怜心中警惕，对杨千叶暗暗生出敌意，脸上却是笑靥如花，嫣然福礼道："贵行名噪东都，小怜久仰大名，今闻千叶姑娘开店，欢喜不禁，这可是马上就来了，希望能选得几件可意的头面首饰回去。"

人群中一阵躁动，这美人儿果然就是戚小怜，长安第一名妓！换而言之，也可以称为天下第一名妓呀！登时就有许多人奔走呼号，呼朋唤友去了，也有人舍不得离开，两只眼直勾勾地看着，只盼着多看一眼，看一眼一百两银子，今儿赚大发了！

"小怜姑娘大驾光临，小店蓬荜生辉！姑娘快请进来，奴家也希望能有些珠宝首饰，入得小怜姑娘法眼呢。"杨千叶笑逐颜开，连忙上前，亲切地挽住了戚小怜的手儿，仿佛一对好闺蜜似的并肩入店。

聂欢这隐形股东不宜张扬，他只要来店里露露脸儿，赠一块匾，作用到了就行。戚小怜姑娘今日来，也不宜以股东身份声张，她若以客人身份来捧场，显然作用更大，这是聂欢与杨千叶商量好的。

有长安第一名妓为乾隆堂打名声，不但生意会好得多，而且她借开店隐藏真实身份也会更安全一些，所以杨千叶对戚小怜这个护身符可是欢迎得很，那热情似乎比刚才请财神还要真切得多。

戚小怜与杨千叶并肩入店，正斗鸡似的站在二楼的李鱼和聂欢不禁转头看来，眼见自己心爱的女子姗姗入店，聂欢顿时露出笑意，脸上的怒色也淡了。

李鱼往楼下一瞟，对那与千叶挽手而入、言笑晏晏的美人儿也是暗觉惊艳，可他再一瞧聂欢的笑容，马上就晓得那娇艳美人儿与聂欢必然有着极密切的关系。

就许你无礼于千叶，不许我无礼于你的女人吗？李鱼立即开口赞道："啧啧啧，这女子蜜桃儿一般，当真美艳。"

聂欢也视了李鱼一眼，暂时没有说话。

李鱼又往小怜姑娘那盈盈圆圆、袅袅扭动的翘臀上一瞟，笑吟吟地道："屁股宽过肩，赛过活神仙呀。能与这位姑娘一夕缱绻的男人，真是有福了。"

自己的女人居然被人如此品头论足，聂欢一拍栏杆，气冲斗牛："够了，谈吐如此粗俗！姓李的，你放肆了！"

李鱼故作惊讶："咦？欢少刚刚不是还对千叶姑娘品头论足吗？这位姑娘妖娆妩媚，艳丽无双，怎么就不容他人点评了？只许你出言不逊，不许我开口点评，欢少，你好大的威风啊！"

李鱼话未说完，聂欢已是勃然大怒，向他狠狠一拳捣来，大喝道："臭小子，你找死！"

李鱼不甘示弱，当即一个"铁门闩"，就想硬挡住他这一拳，还以颜色。却不想聂欢战场上练出来的功夫，霸道至极，这一拳击出，李鱼手臂虽然挡住了，仓促间却是下盘不稳，哧溜一声向后滑去，砰的一声撞中了几案。

李鱼纵身向后一跃，脚尖一挑，将那几案连着几案上的茶杯茶盘向聂欢挑去。聂欢一个"魁星踢斗"，将那几案连着几案上的杯盘踢得粉碎，扬上半空，口中大喝一声，再向李鱼当胸一拳捣来。

李鱼大喝："来得好！"一记侧踢，就踹向聂欢的拳头，聂欢急忙收拳封挡。他也不甘示弱，不愿退后一步，只想以双手硬挡住李鱼这一脚，却不想李鱼这一记侧踢劲道极大，将聂欢踹得倒飞出去，砰的一声撞中栏杆。

那长栏"咔嚓"一声，顿时裂开了一道缝，摇摇欲裂。

聂欢借着那栏杆摇晃之势纵身弹起，大骂道："你敢辱我女人，我要你死！"

李鱼也是怒火中烧："你敢贬低千叶，老子早看你不顺眼了！"

"砰砰啪啪！"两个人拳脚交加，拳拳到肉，声音当真骇人。

杨千叶挽着戚小怜的手儿，两个人欢欢喜喜地走到堂上，就听楼上噼啪作响，杯盘碎裂，登时讶然望来。

这时候，守在前后门的李伯皓、李伯轩两兄弟耳尖，已然听到了摔杯之声。早已等得不耐烦的兄弟俩大喝一声，那骚包至极的镶满宝石的利剑出鞘，李伯轩撞破后窗，李伯皓冲进前门，一瞧杨千叶正站在堂上，仿佛还挟持了一个人质，两兄弟登时大吼一声扑了上去。

"唰唰！"杨千叶未及反应，李伯皓和李伯轩移形换影一般身形交错，两口利剑已然交叉地架在了她的颈上。李伯皓仰天大笑："妖女，看你这一遭还往哪里逃？"

这时候，良辰、美景两位姑娘手中各捧着一个礼盘，笑盈盈地走了进来。

这两位姑娘仓促间也无处淘弄别的礼物，诸如祝贺开张的牌匾，急切间哪里还来得及制作。再加上常老大说了，这女店家是与那聂欢定了情，所以聂欢才来捧场，这赠礼作为定情礼物也一样妥当，所以两位姑娘从宝库里选了两样自以为合适的礼物。

良辰盘上是用赤金编就的一对同心结。天不老，情难绝，心似双丝网，中有千千结，寓意极为美好。美景盘上盛着一对美玉。何以结恩情？美玉缀罗缨。

两位姑娘迈步进了大厅，马上大唱喜歌："恭喜恭喜，我家老大……嘎？"

一眼看清厅中情形，两位姑娘登时呆住。

这时候，二楼李鱼又使出了他擅长的功夫，攻向聂欢下三路，一把抱住他雄劲有力的腰杆，就是一个野蛮冲撞。

聂欢也毫不含糊，在李鱼扑向自己的时候，身形一侧，一记肘锤就向李鱼后脑砸去，李鱼冲得快，脑袋闪得也快，聂欢这一记肘锤没有砸正位置，磕中了李鱼颈侧，弄得他一阵眩晕。

李鱼从聂欢身侧疯牛般冲过去，撞在那摇摇晃晃的栏杆上，那已经断裂的栏杆吃不住他这一撞，"咔嚓"一声裂开来，因为两端依旧连接着柱子的原因，摇晃于空中，李鱼则从楼上一头撞了下去。

"啊……"李鱼头晕目眩，手舞足蹈，众目睽睽之下摔将下去，双手乱抓乱舞，"啪"一声，先撞翻了良辰姑娘手中捧着的同心结，接着就把良辰姑娘的石榴裙儿给抓了下来，然后"砰"的一声，重重摔在地上。

良辰姑娘呆住了。亏得她是练武之人，裙内还穿了条胡裤儿，要不然只怕彻底走光，当着这么多人的面非自杀不足以洗刷清白了。

李鱼吃这一摔，更是头晕。他刚扬起头来，良辰姑娘已经反应过来，她尖叫一声，抓住手中还拿着的空礼盘，就向李鱼没头没脸地拍将下去，一边拍一边尖叫："登徒子，我杀了你！"

二楼上，聂欢侧身闪让李鱼，李鱼虽从他身侧冲了过去，却也撞中了他的胯骨。聂欢身形后仰，双臂狂舞，在空中拼命地想定住重心，终究吃不住力，"哎哟"一声，也向楼下砸来。

端着玉佩呆站在那儿看姐姐大发淫威的美景姑娘一见半空中又落下一个男人，哪肯如姐姐一般吃亏，当下一个旋身，"呀"一声便一记鞭腿扫去。

聂欢身子还未落地，半空中无法腾挪，被美景姑娘一腿扫中，呼啦一声打着转儿扫向李伯皓、李伯轩两兄弟。

李氏兄弟正持剑架在杨千叶颈上，不想闪身放了那小妖女，当下大喝一声，同时弓步，探出那空着的一只手，使出了一招"怀中抱月"！

这一招本不稀罕，但问题是这一招本该由一人双臂使出，这兄弟二人心意相通，居然同时出手，各出一臂，配合极其默契地完美完成了。

聂欢被二人接个正着，横躺在二人怀抱中，一时间也是晕头转向，不辨西东。

乍见如此一幕，满堂贺客都目瞪口呆。

杨千叶的脸色很难看。

自从认识了李鱼，貌似两个人就没有一次平和的见面。

在利州时是这样，在龙家寨时是这样，在大震关时是这样，现在到了长安城，依旧是这样。

这……简直就是个大扫把星。

人家都说了从良了啊，要老老实实开店过日子了，你又来搞什么啊？

杨千叶脸色不善地瞪着李鱼："李市长，这是怎么回事？奴家开店做个生意，这才开张头一天，你是故意来捣乱的吗？"

李鱼手忙脚乱地甩开良辰姑娘的石榴裙，趴在地上还未起来，便气咻咻地指着被美景一脚踢成了斗鸡眼、正眼冒金星的聂欢："你问他，此人忒也无耻！"

聂欢大怒，指着良辰姑娘道："究竟谁无耻？你对小怜姑娘言语轻薄，忒也无礼！"

李鱼冷笑："哈！只许你对千叶姑娘出言粗鲁？你说得，我就说不得？"

聂欢想要挣扎下地："来来来，你我大战三百回合！"

李伯皓和李伯轩一听这是李鱼的对头，那救他作甚？当场一松手，聂欢"扑通"一声摔在地上。

李鱼冷笑，作势就想前扑，聂欢已经晓得他专精于攻人下三路，一瞧他这动作，也不站起，登时双手踞地，虎目圆睁，做出攻击态势。

两个人龇牙咧嘴，双手踞地，气势汹汹，旁观众贺客中有一位画师，乃阎立本阎大师的亲传弟子，见此情景，心生感悟，后来以二人此时神韵画了一幅"乾隆斗犬图"，阎大师赞誉："既有其形，又有其神，尔已得我真传矣！"

杨千叶和戚小怜对视一眼，连忙虚情假意地相视一笑，齐齐抢上前去，玉面含霜，一副颇为不悦的样子。李伯皓和李伯轩两兄弟这时已经察觉不对，收起了原本架在杨千叶颈上的宝剑，并未阻止。

戚小怜神色冷冷地道："欢少，这就是你的不对了，杨姑娘开张之日，你在这里大打出手，岂是贺客之道？瞧你这副狼狈模样，快随我去整理衣冠，回来再向杨姑娘赔罪！"

戚小怜说着，伸手搀起聂欢，一旁冯二止赶紧拱手道："姑娘这边请，欢少这边请。"将二人让向一旁耳房。

杨千叶也向李鱼走去，口中甚是不悦："李市长，奴家在西市开店，也是正常报备登记过的，理应受你西市署庇护，如今可好，偏是你李市长在我店中惹是生非，这事儿你不给奴家一个交代，奴家便去太府寺申诉。"

杨千叶说着，便欲伸手去扶李鱼，后边良辰姑娘手忙脚乱穿起石榴裙，一瞧李鱼还撅着屁股趴在面前，登时气不打一处来，抬腿就是一脚，踹在他的屁股上："登徒子，死去！"

李鱼"哎哟"一声，向前一扑。

杨千叶见状大怒，柳眉倒竖，登时向良辰看去。

良辰一脚踢出还不罢休，又羞又窘地又是一脚踢来，杨千叶想也不想，裙下生风，一只脚倏然递出，"啪啪啪"两人足、腿相撞，一连三记，各自身子一晃，退了两步。

杨千叶一脸假笑："李市长只是从楼上跌下，失措之下，本能地乱抓，姑娘何必过于苛责呢？"

良辰姑娘惊疑不定，这个女店家居然会武？武功好生了得！

杨千叶说罢，手上加了把力，一把抓起李鱼，把他搀向另一侧耳房，边走边道："李市长，你坏了我的大好日子，这事儿，你可得还我一个公道。来来来，咱们里间说话！"说着，拖了李鱼便走。

右侧耳房中，戚小怜拿手帕轻拭聂欢脸颊上的一块乌青，聂欢"哎哟"一声，道："轻点儿，轻点儿，疼！"

"疼个屁！"戚小怜又是心疼，又是好气，"刚刚究竟怎么回事？大好的日子，这店里生意你我也有份的好吗，为何与人大打出手？"

聂欢气咻咻地道："那个李鱼太也无礼，他居然对你言语轻薄，我既然听到了，哪里忍得了这口怒气？"

戚小怜一听，心中熨帖无比，道："你也知道，我干的卖笑生意，被人品头论足，本是意料中事……"

聂欢瞪起一只熊猫眼，雄赳赳地道："当我面儿说就不行！"

戚小怜轻轻为他擦拭脸颊，柔声道："好啦好啦，人家知道你疼我。瞧你这伤，哎！你也真是的，平日里总说你本事多大，被人家一个名不见经传的小人物打成这样子。"

聂欢冷笑道："那小子只是下盘功夫出色，我今既已知道，再动手定然叫他好看。"

戚小怜喜不自胜："这才是我戚小怜喜欢的男人，那人对我无礼，你下次寻个由头，便往死里打他，把他打残了事。还疼不疼？我随身未带着伤药，马上着人去帮你弄点药膏回来。"

聂欢抓住她的柔荑，青一块紫一块的脸上露出一丝笑意："还是你疼我！来，香个嘴儿！"

"啐，谁要理你！"戚小怜轻啐着，软倒在聂欢怀里，两人登时缠绵起来。

左厢耳房里，杨千叶攥着李鱼的手腕，刚把他拖进房里，就把他向前一推，脚儿往后面一钩，拉上了房门。

杨千叶怒气冲冲地道："你是不是故意闹事，想让我这店开不下去，怕我这身份连累了你？"

李鱼睁着乌青的右眼瞟她一眼，道："你想多了，我若如此怕事，当初就不会帮你回关中。"

杨千叶一想也有道理，忍不住问道："那你缘何与那聂欢打斗，他说我什么了？"

李鱼道："他说你干干瘪瘪，身材甚是不好！"

杨千叶大怒，冷笑道："一个睁眼瞎子罢了，识得什么是明珠，什么是美玉？若非我要在西市开店，需得有人撑腰，岂会与他这等市井匹夫有所来往。"

李鱼一听，这才明白杨千叶与聂欢的关系，心中大是欢喜，道："县官不如现管，你要在此开店，找我就好，何必舍近求远？"

杨千叶瞪他一眼道："我哪里知道你居然混成了西市市长，早知道，也不必白发他干股！"说到这里，杨千叶有些欢喜地道，"你便因此，与他大打出手了？"

李鱼摇头道："那倒没有，我虽不悦，一时却也不便发作。这时，你便携了一个女子进店，我瞧那女子刚一进来，聂欢就面露微笑，似乎与她关系匪浅，我就故意拿那姑娘说事儿，反气于他，惹得他大发雷霆，激他出手。"

杨千叶笑吟吟道："那位姑娘乃平康坊第一名妓戚小怜戚姑娘，身段风流，姿容无比，甚是美丽啊，你也好昧着良心说她不够漂亮吗？"

李鱼道："我没说她不够漂亮啊！聂欢说你胸也平，臀也小，干巴巴的不好看。我就故意说那小怜姑娘胸也大，臀也肥，定是经得许多雨露灌溉滋润，难怪风情万种。"

杨千叶大是不悦，酸溜溜地道："真有这般妖娆吗？我倒并不觉得。"

杨千叶顿了一顿，仔细一想，这才明白"经得许多雨露灌溉滋润"是什么意思，登时俏脸飞红，轻啐一口道："你说话忒也轻薄了些，难怪人家大怒。"

杨千叶看一眼李鱼身上伤势，忙从怀里拿出一盒伤药。她干的营生与戚小怜不同，随身带着伤药的，连忙打开盒子，就用手指剜了，小心翼翼地为李鱼涂抹，一边道："你呀，看你被人打成这样，我瞧聂欢伤得比你要轻，若不是摔下来时挨了旁人一脚，你吃的亏更大。"

李鱼调笑道："你的功夫挺厉害的，不如你帮我？"

杨千叶瞪他一眼道："我与他合伙做着生意呢，怎好与他动手。这人白受了我的干股，还对我如此无礼，你下次若寻到了机会，往死里揍他！这人硬桥硬马，功夫了得，你不要硬拼，可用小巧功夫缠斗，待他心浮气躁，便会任你教训了。"

大厅里，李氏兄弟瞧良辰先前蹬了李鱼一脚，登时对良辰、美景生起了敌意，以为是对头来踢店。良辰、美景瞧他二人也有七八分相似，倒也有趣，不免向他们打量。

这对姑娘如此一来，反倒加深了李氏兄弟的误会。两兄弟握着剑，跃跃欲试半晌，大眼瞪小眼的，就是不见那对姑娘出手，李伯皓忍不住喝问道："你瞅啥？"

美景姑娘瞧他态度蛮横，又起小蛮腰儿来，傲然道："瞅你咋地？"

两下里四目瞪去，马上就要大打出手，众贺客赶紧四下闪避，以免误伤。墨大总管一个头两个大，急忙往中间一站，双手左右一推，朗声道："诸位，少安毋躁……啊！姑娘……"

墨总管说到这里，瞧见杨千叶与敷了药的李鱼从耳房中走出来，连忙迎上前去。

这时候，右侧耳房里戚小怜姑娘与聂欢也双双走了出来，聂欢还懒洋洋地擦着嘴巴。

两下里一打照面儿，小怜姑娘马上笑盈盈地上前："哎呀，都是误会，误会。奴家与欢少识得，方才听他所言，只是与那位李郎君生起些小小误会，你看看，居然大打出手，这些男人哪……"

杨千叶嫣然道："就是！算了算了，奴也不怪他们生出这番是非了，碎碎平安，岁岁平安嘛，打碎了东西，也算是个好彩头。不过，常言说和气生财，欢少、李郎君，我和小怜姑娘做个中人，两位就此握手言和吧！"

李鱼和聂欢对视一眼，扯起一脸的假笑。

戚小怜和杨千叶挽起手来，一副臭男人就喜欢无事生非的模样儿，亲亲热热地肩并着肩，仿佛一对再亲密不过的好闺蜜。

良辰、美景一看正主儿到了，赶紧奉上礼物。

二女捧起托盘到了杨千叶近前，良辰便笑吟吟地道："恭喜贵店开张大吉，我家主人常大爷欣闻杨姑娘于西市开店，又有欢少大驾光临，不胜之喜，特命我二人奉上——"

美景悄悄扯了扯她的衣衫："姐，打住，打住，好像不对呢！"

良辰一呆，扭头问道："什么不对？"

美景向前努了努嘴，良辰扭回头一看，就见杨千叶和戚小怜比肩而立，手挽着手儿，嫣然甜笑。

李鱼站在杨千叶身畔，聂欢站在戚小怜身畔，双眼瞅着她们托盘上的礼物，青一块紫一块的两张脸拉得比丝瓜都长。

"咦？好像确实不对啊！他们这站法儿……"良辰也马上发觉不对劲儿了，看这情形，聂欢和戚小怜应该才是一对儿，而杨姑娘和李鱼……

杨千叶迟疑地看着她们手中的托盘，疑惑地道："这赤金同心结、燕双飞玉佩，是……常老大馈赠给……我的……开张贺礼？"

店铺开张送同心结、燕双飞，这是什么礼数？

"糟糕！出岔子了，这下子只怕要闹出笑话！"

良辰、美景脑瓜子转得飞快，美景情急智生，捧着玉佩上前一步，讪笑道："是啊杨姑娘，这燕双飞呢，是恭喜杨姑娘开张大吉，生意兴隆，声名远播，财帛名望如燕双飞。"

杨千叶大窘，这解释……也太牵强了些，那玉佩上还有镂刻的小字儿呢，一句"执子之手"，一句"与子偕老"，这也能扯到做生意上去？

良辰福至心灵，马上跟前一步，袖子往盘上一掩，盖住了同心结上中心位置的那两颗赤金织就的红心，笑嘻嘻地道："这赤金同心结，是我家主人馈赠给欢少的。欢少其言必信，其行必果，已诺必诚，轻财仗义，乃天下第一等侠少。我家主人素来敬仰，今足下光临西市，故而馈赠赤金同心，这个这个……是赞誉欢少兄弟之众！"

良辰、美景也自知解释得牵强，说完便嘿嘿地干笑起来。

杨千叶和戚小怜黛眉一蹙，聂欢已然仰头大笑三声，上前接过同心结，笑道："哈哈哈，这位姑娘圆得好不辛苦！我想，常老大定然不是这个意思……"

聂欢说罢，拈起一只赤金同心结，便往戚小怜纤纤欲折的小腰肢上一挂，又把另一只挂在了自己腰间。见他如此举动，登时满堂哗然。

戚小怜也惊呆了，望着聂欢，一脸的不敢置信，期期艾艾地道："欢少，你……你……"

聂欢执起她的手来，诚挚地望着她的眼睛，道："以前，是我太不为你着想，你我既已情定终身，还让你依旧住在绛真楼上，闲言碎语不知受过多少，诸般委屈都藏在心间。以后，不会了！"

戚小怜还要说话，聂欢的手指已经按在她的唇瓣上，压住了她要说出的话，柔声道："绛真楼的事，我来解决，你莫担心！"

聂欢执起戚小怜的手，缓缓面向众人，森然道："聂某愿与小怜姑娘永结同心，白头偕老！从今日起，她就是我的女人，谁有只言片语加辱于她，就是羞辱我聂欢，聂欢门下三千众，定与他不死不休！"

此言一出，满堂哗然，一时间人声鼎沸，几乎掀起了乾隆堂的房盖。

一个聂欢，一个戚小怜，都是长安市井间的风云人物。想不到今日居然能亲眼见证如此逸事奇闻，众贺客两眼放光，都觉得此行不虚，今日归去，有得吹嘘了。

戚小怜看着聂欢，嘴唇颤抖，泪光顿时蒙眬了眼睛。这个浪子，终于肯承认她的身份了吗？一直以来，戚小怜其实都深藏着自卑，从不敢对他说出以身相许的话来，生怕一旦挑明了这个意思，就会逼走这匹不羁的野马。

戚小怜此时此刻对李鱼真是无比感激，若不是因为他言语调笑，刺激了聂欢，这个浪子恐怕还要犹犹豫豫，不肯对她表白心意吧？

杨千叶看看那对"执子之手"的玉佩，再看看执手相望的一对有情人，只觉手有千斤之重，一时哪里抬得起来。李鱼向她悄悄乜了一眼，打个哈哈，抢上一步接过了玉佩！

杨千叶心头顿时一跳，生怕李鱼也来这么一出当众表白，那她可真就不知该如何自处了。

却见李鱼抓过玉佩，往她手中一塞，笑道："常老大美意，杨姑娘尽管收下！李某忝为西市之长，以后有什么麻烦，姑娘只管言语一声，李某定鞍前马后，代为效劳！"

李鱼这句话，也算是充分表示了西市对杨千叶在此开店的支持了，而且也没有抽风似的突然来一出浪漫"求婚"，让她下不来台。可杨千叶不知怎的，在松了一口气的同时，却是无比的空虚、失望，甚而……愤怒！

瞧着李鱼的笑脸，杨千叶很有一种把玉佩摔在他脸上的冲动。

李鱼分明看到了杨千叶眼底的不悦，向她投了个疑惑的眼神。杨千叶淡淡一笑，上前一步，向美景抱拳一礼："千叶何德何能，能蒙常老爷子如此青睐，改日千叶定亲赴东篱下，拜会常老爷子！"

李鱼站在一旁，神色无比"凝重"！

杨千叶上前一步，裙裾就盖住了他的脚尖，而杨千叶的脚，马上就重重地踩在了李鱼的脚面上，正在用力地碾啊碾的。李鱼吃痛，却只能强作镇定。

李鱼心中悻悻："不就是撞坏了你家楼栏吗，干吗这般报复，这臭丫头，心眼儿真比针尖儿还小！"

褚龙骧一身麻衣布袍，赤足盘坐榻上，面前几案上摆着几碟青菜，还有粗粝的饭食，都剩了大半。

褚龙骧是习武之人，饭量颇大，平素里无肉不欢，自守孝以来，按照李鱼所说，麻衣素食，闭门不出，虔诚守孝，如此过得两月时光，嘴里早就淡出鸟儿来。

可他对母亲的孝心确实不假，不肯放弃守孝的规矩，只是每日不免有种度日如年的感觉。眼看着皇帝为他制定的守孝百天之规已经履行了三分之二，再有个把月就能出孝期，生活都有了奔头，褚大将军好不欢喜。

他盘坐在榻上，盯着面前一盘子用粗粮制作的面食，馋得发绿的两眼渐渐恍惚，那一盘子粗粮仿佛变成了裹着足足一斤熟羊肉的大胡饼，里边还放了椒豉，抹了酥油，当真是……

褚大将军"咕咚"一声吞了口唾沫，感觉腹中越发地饥饿了。

这时候，一条大黑狗嗷一声从半拉着没关上的障子门前钻了进来，四下一顾盼，便蹲坐在地，耷拉着舌头，呼呼哈哈地看着褚大将军。

褚大将军先是一怔，继而勃然大怒，他跳将起来，从墙上一把摘下七星宝刀，大吼一声："孽畜，找死！"

褚大将军一刀挥出，那大黑狗吓了一跳，掉头就跑，"刺溜"一声钻出了房门。

褚大将军怒不可遏，光着脚丫子，举着大刀就追出门去："你这畜生，竟然冲撞褚某的孝期！一百天！一百天啊，眼看再有个把月就到期了，吃你这一撞，老子还得从头守起，啊……我要杀了你！杀了你……"

那狗夹着尾巴逃到院中，迎面看到自家主人，欢叫一声，就嗖的一下钻到了她的裙后。

褚府大管家陪着挺着肚子的龙作作正走在院中，一见褚大将军麻服赤脚，蓬头垢面，手持大刀，暴跳如雷，不禁怔在那里。

褚龙骧看到二人也是一怔，怔愕地道："你这女子，哪里人氏，缘何出现在这里？"

大管家正目瞪口呆，赶紧上前解释道："大将军，这女子是李鱼李郎君的夫人，自陇右来长安寻亲。只是李郎君今居何处，老奴也不晓得。想来李郎君离去时曾经说与大将军知道，因此前来求问。"

褚龙骧"喔"了一声，上下打量龙作作几眼，道："你是李先生的夫人？"

龙作作福礼："正是！陇右龙作作，见过褚大将军！"

褚龙骧道："你怀着身子，无须多礼！有什么事儿，你等会儿再说，先等我砍了那狗头！"

龙作作吃惊地道："不知我家'军师'哪里冲撞了大将军，为何要砍它的头？"

褚龙骧一听大怒："这狗是你养的？真真的岂有此理！皇帝命俺守孝百天，这眼看着已经过去两个多月，马上就挨到日子。偏生你家这恶犬闯进我的卧室，毁了咱家的守孝，我今日定要剁了那狗头，方消心头之恨！"

龙作作和大管家面面相觑，一脸的茫然。

片刻之后，大管家才疑惑地道："大将军，这黑犬怎么冲撞了大将军守孝啊？"

褚大将军怒气冲冲地向那黑狗一指，那大黑狗刚从龙作作身后探出脑袋来，马上嗖的一下又缩了回去。褚大将军道："它闯进我的房间了！"

龙作作困惑地道："我家'军师'闯进大将军的房间，怎么就冲撞了大将军守孝呢？"

褚龙骧怒道："你这女娃儿年纪轻，不识礼数！李先生曾告诉我，须得穿粗布衣裳，不食荤腥，独居一室，为家母守孝百日！独居，明白吗？这恶犬闯进咱的房间，坏了这个'独'字，如何是好？"

龙作作和大管家互相看看，眼神迷茫，仿佛没睡醒似的。

褚大将军怒气冲冲地道："如今你们明白了吧？这条恶犬坏我孝期，褚某一定要砍了它！"

龙作作赶紧张开双臂护住"军师"："慢来慢来！大将军，守孝时当独居一室，虔诚守孝不假，不过这个独居，并不是说自始至终，就不能有其他人或牲畜进你房间啊。"

大管家本来不敢多说什么，听龙作作开口了，这才壮起胆子道："是啊，大将军。比如说，一户穷人家有三位孝子，就只一间房子，难不成为了守孝，还得借钱再盖两间房子，以供三人分别独居？"

褚龙骧守孝两个多月，连沐浴都不曾有过，听他一说，挠得头屑飞扬："不是吗？那这独居，是什么意思？"

大管家咳嗽一声，上前两步，踮着脚尖儿凑到褚大将军耳边，小声地道："大将军，这个独居，指的是守孝期间不能与妻子圆房，不能与女子欢好啊！"

大管家说着，脸皮子抽动了几下，心中暗道："难怪大将军把这院子里的下人都轰了出去，只许我们每日送餐、换马桶，而且严禁我们进他房间，都是在门口交接，原来……大将军是这般理解的一个'独'字！"

褚大将军张大嘴巴，"嗬嗬"半晌，猛地一拍脑门，转嗔为喜道："原来如此！原来如此！原来是老夫理会错了，害得我这么久不敢与人多言一语，想到院中活动一下拳脚，都得把人先轰出去，以求一个'独'字。"

大管家听得啼笑皆非。

褚龙骧欢喜了一阵子，脸色一正，对龙作作道："小娘子要寻你夫君？本将军守孝期间，不得料理公务，你那郎君已然离开褚府，今在何处，我也不知。唔……"

褚龙骧拍了拍脑门儿，眼睛一亮："是了！你往北城去，钦天监右街上，有一个制伞的苏有道苏先生，曾被李先生聘作帮闲，你去找他，当能问到李先生下落！"

龙作作大喜，她千里迢迢而来，只知道李鱼是跟着褚龙骧回了长安，却不想到了褚府，却听闻李鱼早已离开，心中便有些慌了，这时听褚龙骧一说，心像插上了翅膀似的，顾不得多客套，赶紧告辞，领着她的"军师"急急离开了。

褚龙骧独自站在院中，仰首望天，喃喃自语："原来如此，原来如此！俺老褚问得不够端详，平白吃了许多苦！"

大管家把这位龙小娘子送出府门，门口一行队伍，高头大马，刀枪齐全，无情郎和负心汉两个小丫头俏生生地立在车前，一瞧她回来了，赶紧放好脚踏，打起轿帘儿。

龙作作身怀六甲，动作却不迟懒，敏捷地登车坐定，发号施令道："无情，负心，速速往北城钦天监右街市上去寻一个名叫苏有道的制伞人，他知道李鱼那混账东西的下落！"

一行车马辘辘，便自群贤坊离开，浩浩荡荡向北而去，继续着她的寻夫之旅……

第十章
利益

东篱下八柱：洪辰耀，赖跃飞，郭子墨，凌约齐，楚清，桃依依，安如，于福顺。

于福顺贪墨过巨，被常老大揪出来当成了那只儆猴的鸡，已经处死了，之后一直未再提拔新人继其位，所以八柱始终空悬着一位，这也是饶耿竭力表现的原因，他想晋位为八柱。

可惜出头的橼子先烂，饶耿算是出师未捷身先死了。

今儿个，杨千叶西市开店的这一天，恰是八柱向东篱下报账缴利润的日子，平日里各司一方、不太常见的七个人总算是齐齐全全地聚到了一起。

为了联络八柱感情，每次缴完利润，八柱会轮流做东聚餐饮酒，这已成了八柱之间不成文的一个规矩。今天做东的正好排到赖跃飞，七个人就到了二楼，选了一间最大的雅间，置宴欢聚。

每次聚会，他们除了联络感情，还会互相交流对上、对下的一些想法和观点，这次聚会，恰是李鱼接掌西市之后，七个人的话题不可避免地就围绕着李鱼转了。

这是必然的，任何一个崭露头角的人物，都值得他们注意，何况李鱼上位的原因是如此不同寻常，坊间传说，饶耿和他的两个心腹在密室中被杀，就是这个李鱼的手笔。

而李鱼紧接着就取代了饶耿的职位，仅此一举，就足以令八柱的目光投注在他身上，更何况，李鱼接下来一系列的举动，就更令他们侧目了。

几句寒暄之后，八柱之中年岁最长、位列八柱时间最久的洪辰耀便笑吟吟地道："诸位，西市市长换了人的事儿，你们都听说了吧？"

郭子墨冷笑道："换得好！那个好出风头的家伙，太张扬了，飞扬跋扈，不可一世，仗着乔大梁给他撑腰，简直肆无忌惮！"

楚清微笑道："我早看他嘚瑟不了太久，如今果然遭了报应。"

安如和桃依依是两个中年妇人，虽也是市井中的女中豪杰，但无论影响力还是地位，较之其他几人都要弱些，而且她们两个是前年和去年才相继被提拔到八柱序列。

此前八柱中从未用过女人，所以常老大力排众议，扶她们上位后，她们要做的第一件事就是谋得部下认可，如今她们只是刚刚坐稳了自己的位子，在其他几位前辈面前并不多话，只是小酌倾听。其他几柱也不大拿她们当回事，只管自家高谈阔论。

凌约齐道："饶耿已死，谈也无益。诸位不觉得，那位取而代之的李鱼，才值得我们注意吗？"

洪辰耀眉头一皱："那个李鱼，也不晓得是什么来头，居然能得到常老大青睐，取代了饶耿的位置。我等上位，那是水里火里，不知经过多少拼搏厮杀，这个姓李的，也太容易了些。"

赖跃飞悻悻地发牢骚道："老大这几年热衷于扶植新人，打破旧规，根本不再讲究什么功劳、能力、资历，提拔李鱼确实轻率了，不过已有先例，倒也不算稀奇。"

赖跃飞这句话别有所指，本来已经放低了姿态的安如大娘子登时眉毛一竖，"砰"的一声放下了酒杯，沉声道："赖大柱，你这是什么意思？老娘有今天，也是凭着一身本事杀出头的，怎么，你不服气？"

安大娘徐娘半老，姿容还可以，只是唇薄眉稀，颧骨也高，看着就不是善茬儿。因为资历浅，也知道人家几个男人不大瞧得上她一个女人，在席间一向低调得很，可真要有人拿她说事儿，却也并不怵人。

赖跃飞自恃前辈，被她一说，脸上挂不住了，瞪眼道："我就不服气了，怎样？"

桃依依扯了扯安大娘的衣袖，示意她勿生口角，安大娘却一把甩开她，瞪视回去："不服气？忍着！老娘是常老大提拔起来的，你奈我何？"

赖跃飞拍案而起，洪辰耀蹙着眉头道："你们两位，是不是闲极无聊？想口角的话，老夫就不奉陪了！"

洪辰耀作势欲走，安大娘冷笑道："洪大哥不必惺惺作态了，我和小桃都是女人，就知道你们瞧不上眼，也就不在这儿碍你们的眼了，小桃，咱们走！"

安大娘一摔筷子，起身便走。

桃依依苦笑，起身抱拳："各位大哥，安姐姐天生火暴脾气，各位勿——"

一个"怪"字还未出口，安如已经拉着她怒气冲冲地出了房间。

障子门砰地一关，室中静谧了片刻，郭子墨朗声一笑，道："两个娘儿们，也配跟咱们平起平坐？现在好了，大家喝酒聊天，才算畅快，请请请，各位兄弟满饮此杯！"

众人都干了杯中酒，楚清微微眯了眯眼睛，道："其实新人上位也没什么，只太过狂妄，不懂得尊老敬贤，不懂得资历辈分，那等狂妄之辈，就甚是讨厌了。以前，饶耿是如此，我看这李鱼，比饶耿犹有过之啊。"

众人连连点头，深有同感。

赖跃飞道："洪大哥，李鱼成为西市市长后，可曾去拜过您老的码头啊？"

洪辰耀哈哈一笑，道："洪某老了，这些少年英雄，哪里会把我放在眼中？怎么，他去拜会过你？"

赖跃飞道："洪大哥说笑了，您老德高望重，他都不曾拜会，我赖跃飞又岂会被他看在眼里。"

凌约齐道："咱们各管一摊，他不来拜会，也没什么。只不过，他在十三区搞的那些事情，很叫人头痛啊！"

楚清接口道："是啊！初时我还想看他笑话来着，却不想，这人刚刚上位，根基全无，居然还真就搞成了。那些商家居然没人反对，饶耿那些老部下居然对他俯首帖耳，真是不可思议。"

赖跃飞冷笑一声道："不可思议个屁！商家得了实惠，饶耿那些有奶便是娘的部下得了便宜，自然没人给他找麻烦。可他这么做，却给咱们找了好多麻烦啊！"

几人一听纷纷点头，赖跃飞道："这话说得对，我辖内一些大商家，近来频频向我提出，希望我能仿照十三区治理街区。这些大商贾，都是有背景的，还不能嫌他们聒噪，可是真听得人头痛。"

郭子墨道："何止是辖下商家，就连我手下那班兄弟，瞧着十三区那班人不用被人戳着脊梁骨咒骂，便能捞到更多的钱，也是眼热得很，他们私下议论很久了，只是不敢在我面前进言罢了。"

楚清一顿酒杯，懊恼道："这事儿还真是麻烦。不瞒诸位大哥，我私下里悄悄去十三区走动过，也打听过那李鱼的办法，他能做到这一步，能让上上下下里里外外的人拥戴，原因只有一个！"

另外四大柱都向他看去，楚清道："上边的利益，他一文都没影响到。下边的利益，不但没有影响到，反而减轻了原本那些兄弟的活儿，还叫他们多赚了钱，自然人人拥戴。可是，羊毛出在羊身上，他怎么做到的？他是损失了自己的利益！咱们，能学吗？"

赖跃飞道："学？学个鬼啊！咱们上刀山下火海，打拼多年才爬上八柱的位子，图的什么？难道是为了当大善人？要是按照他的法子，人人都得实惠，唯独咱们这些人，每年……不！每个月，都得少拿一大笔钱！这小子自己当善财童子，可把咱们坑了！"

郭子墨沉声道："咱们现在是被他架在火上烤呢，再任由他这么乱搞下去，咱们就更不好收拾了！"

赖跃飞摸了摸胡须，看向洪辰耀："洪大哥，您是老大哥了，您说，怎么办？"

洪辰耀皱着眉头，叹息道："诸位，现在明摆着常老大欣赏他，听说乔大梁也很欣赏他，咱们能把他怎么样？"

凌约齐不悦地道："洪大哥年纪大了，这胆量气魄也小了……"

郭子墨瞪了他一眼道："你这是什么屁话，跟洪大哥这么说话？"

楚清忙打圆场道："洪大哥不是胆子小，是宽宏大量。可是洪大哥，咱们不能由着他这么乱搞下去了啊！"

洪辰耀双手一摊，道："我也不想啊！可他的地盘，咱们插不了手啊，而且常老大和乔大梁现在分明是乐见其成的模样，咱们能插手阻止？惹得常老大不高兴的话，咱们都没好日子过。"

赖跃飞眼珠一转，笑吟吟地道："前些天，良辰姑娘交给我一个人，着我讯问底细，那人叫刘啸啸，本是陇右人氏，因与李鱼结怨，成了死仇。良辰姑娘问清底细后，便没再理会此人，现在，他还在我那儿关着。"

郭子墨道："赖大哥的意思是？"

赖跃飞道："这个刘啸啸，原是陇右龙家寨的大主事，心机、手段都有一套，后来受李鱼迫害，离开龙家寨，还当过一阵子马匪，心狠手辣。如果咱们重用此人，咱们不方便做的事，都交给他去做，如何？"

凌约齐琢磨了一下，击掌叫好："妙啊！他若干得好，能把李鱼拉下马，得了实惠的就是咱们。他要是把事情搞得不可收拾，惹得常老大不痛快了，那么……"

楚清会意地笑道："那么，就把他丢出去，平息常老大的愤怒。哈哈哈……"

几人一起望向洪辰耀，赖跃飞道："洪大哥，您觉得呢？"

洪辰耀迟疑地道："咱们重用此人，良辰姑娘那里怎么说？"

赖跃飞忙道："洪大哥不必担心，良辰姑娘之所以把此人抓来，只是为了从他口中探问李鱼的底细，以及与他结怨的经过。并不是常老大想抓这个刘啸啸，既已问清了底细，对常老大来说，这个刘啸啸就没用了，是杀是放，根本无须交代下来，由我自行决定即可。我瞧他还算机灵，留用在身边，有什么不可以的？不过……"赖跃飞狡黠地一笑，"这事儿关乎咱们大家所有人的利益，赖某身子骨儿单薄着呢，可没力气一个人担起来，要干，就得哥几个齐心协力，一起决定！"

赖跃飞、郭子墨、凌约齐、楚清四人都望向洪辰耀，洪辰耀沉吟半晌，缓缓地道："那就……试试吧！"

四人脸上顿时露出笑容，齐齐举杯，敬向洪辰耀："祝咱们旗开得胜，马到功成！"

西市八柱之首的洪辰耀，就住在西市边儿上延寿坊中好大一处宅院。傍晚时分，西市击鼓闭市，洪辰耀乘了牛车，优哉游哉地回了洪府，一进府门，便笑吟吟地吩咐道："烤一只全羊，叫三娘、五娘来陪老夫小酌几杯。"

三娘和五娘是洪辰耀面前较得宠的两个姬室。洪辰耀现在共有八房姬室，年轻俊俏的通房丫头更是不可计数。到了他这样的地位，美女唾手可得，美色就不觉稀罕了。

这般情形下，能在他面前最得宠的反而未必是姿色最佳者了，而是善解人意、温柔体贴、侍候得他身心舒泰的女人，又或者是能帮他分忧、里里外外一把手的女人。

三娘姚瑶、五娘景香玉能从八位如夫人中脱颖而出，便各占了一端。三娘姚瑶擅管家，不但把洪家打点得井井有条，还善于经营钱财，放贷、投资，收入不菲，所以最得洪大柱器重。

五娘景香玉则温柔贤惠，洪辰耀的起居饮食，她侍候得妥妥帖帖，洪辰耀想得到的、想不到的，她都想得到，所以甚得洪大柱宠爱。

两位如夫人听得家人传报，连忙薄施脂粉，打扮一番。在八位如夫人中，两人的年纪都不小了，三夫人三十有一，五夫人也是二十有六，但姿色本就姣好，再一打扮，也是宛然少女，丰盈妖媚。

二人陪着洪辰耀饮酒，曲意温存，侍候得洪辰耀微生醺意，三娘才道："阿郎今日有什么喜事，居然这般欢喜？莫不是又赚了好大一笔好处？"

五娘笑道："是呢，打从去年秋上开始，阿郎就常常吁声叹气，不甚开怀，似今日这般开怀的模样，可是许久不曾有过了。看见阿郎欢喜，奴这心里，也是说不出的开心呢。"

五娘说到这儿，眼圈儿一红，泪光莹然，居然因为洪辰耀久违的欢喜激动得要哭出来。洪辰耀见了，怜意顿生，揽过老五来香了个嘴儿，轻抚其背，道："还是老五最疼我，好啦好啦，莫要哭泣，叫人看了笑话。"

洪辰耀挥一挥手，示意侍候的四个侍婢退下，把门儿关了，这才抿了口酒，对三娘道："小瑶啊，我原说要你在东都洛阳置办田地府邸，可已定下了？"

三娘道："还不曾，之前放的贷，上个月才陆续到期。奴收齐了本息，便派二管家往洛阳去安排了，估摸着这就快回来了，怎么？"

洪辰耀"滋儿"又是一口酒，笑眯眯地道："不用去啦，至少七八年内，不用再做此安排。钱别放在家里，得钱生钱才划算，继续放贷出去吧。"

三娘讶然，旋即欢喜道："阿郎朝里头稳啦？"

洪辰耀呵呵笑道："稳啦，稳啦。赖跃飞他们几个，还是嫩了些，居然看不出老大诸般举动，是要来个大换血！我老啦，用处不大了，本来琢磨着，很快老大就该踢我出局了，谁知道，嘿嘿……"

五娘亲手撕了一块肥美的烤羊肉，递到洪辰耀嘴中，洪辰耀嚼着香喷喷的羊肉，惬意地道："谁知道，赖跃飞、郭子墨他们几个，居然迫不及待地跳了出来。你们等着吧……"

洪辰耀笑眯眯地道："他们几个，很快就要完蛋了。老大做事，素来沉稳。就算是想换血，也力求稳妥。现在他们几个自己跳出来，那是逼着老大收拾他们。老大纵然想革陈除旧，也不会采用剜肉补疮之法，他们一倒，老大就需要我这个老前辈压一压场子，带一带新人了，八柱一下子换了一半的话，至少几年之内，我洪辰耀就稳如泰山了。"

洪辰耀微笑着，忽然扭过头，对三娘道："近来放贷，莫往西市里去，不太平。"

三娘道："是，奴家晓得了。"

洪辰耀点点头，又对五娘道："过个三五日，我就会寻个由头向常老大告假，往少华山去歇养些时日，你先安排一下，陪我过去。"

五娘也乖顺地道："是！奴家明儿就做远行准备。"

赖跃飞与凌约齐素来交好，二人都依附于东篱四梁中排位第二、替常剑南打理人脉与官场关系的王磊，一荣俱荣，一损俱损，自然一个鼻孔出气。

与洪辰耀等人商议已罢，得到众人的赞同之后，二人便结伴回了赖跃飞的公署，这同样是依附于东篱下延建出来的一处三进宅院。

到了第三进院落，赖跃飞吩咐人打开地牢的门，便与凌约齐走了进去。虽然还是白天，但地牢内十分阴暗，自有侍卫打起火把，头前照路，引着他们沿土阶而下。

"滴答！滴答！"地牢中十分潮湿，一个半人高的水牢，牢顶水滴不时落下，溅在水面上，在寂静的水牢中听得十分清晰。

一见火把出现，被锁在水牢里、半身泡在水中的刘啸啸登时厉声大呼道："姓赖的，刘某与你无冤无仇，缘何将刘某镇压于此？速速放我出去，否则，刘某但得一线生机，誓不与你善罢甘休。"

赖跃飞站住，笑吟吟地看向凌约齐，道："怎么样？"

凌约齐道："不错，是个狠角色。"

赖跃飞哈哈一笑，转向刘啸啸，道："姓刘的，害你落得今日这般田地的，是李鱼，而不是我。冤有头，债有主，你找上赖某，是何道理？"

刘啸啸倒真是一条光棍，当初他在龙家寨时也是这样，一旦确定没了生路，枭雄本色便呈露出来，连讨饶的话也懒得再说一句。刘啸啸冷笑道："你也知道刘某与你并无恩怨？你把刘某锁在这里意欲何为？"

赖跃飞道："李鱼讨好了常老大身前的心腹侍婢，明着放了你，暗中又把你抓了起来。这一切，全是出自李鱼授意，赖某只是受常老大身前心腹侍婢良辰姑娘托付，你要寻人报仇，可找不到赖某头上。"

刘啸啸厉声道："放屁！我管你因何由头整治于我，如今我总是在你牢中。大丈夫可杀不可辱，要么你就杀了我，要么便放了我，否则一旦叫刘某逃出生天，必然血债血偿。"

凌约齐笑吟吟地道："赖兄是受人之托，纵然他不出面，也还有旁人出面，你怪不得赖兄。不过，如今赖兄倒真想放了你，还给你一份大好前程，你说，这算不算于你有恩？"

刘啸啸怔了一怔，有些不敢置信："你们肯放了我？"

赖跃飞道："不错，我看你还算是一条汉子，有心栽培你。要我放你不难，不过，从此以后，你却需得为我做事，供我驱策，你可答应？"

刘啸啸盯着火把光亮之下赖跃飞那张明暗不定的面孔，缓缓地道："你们是西市王的人，李鱼如今也是西市王的人，我若投靠了你，便得与他共事，是吗？"

凌约齐笑吟吟地道："如何，你可答应？"

刘啸啸怨恚地道："刘某与他有不共戴天之仇，此仇若也忍得，生而何益？"

赖跃飞哈哈大笑，击掌道："好！好得很！我不瞒你，那个姓李的一到西市，便搅风搅雨，赖某很不喜欢他。奈何这人最是奸诈，谄媚讨好常老大贴身侍婢，我不好为难他。我愿放你出来，留你在身边做事，就是希望你能找找他的麻烦。"

刘啸啸阴恻恻地道："如果我想杀了他呢？"

赖跃飞和凌约齐相视一笑，赖跃飞道："那我们就在常老大面前力保你，取代他的位置。"

凌约齐道："你不必奇怪，我西市唯才是举，取而代之乃是传统，李鱼今日能坐上西市市长之位，也是这么来的。如果你能斗得过他，那就证明你比他强，常老大面前，我们保你！"

刘啸啸道："好！我答应你们！"

赖跃飞笑道："爽快！是条汉子，来人哪，放了他！"

当下，就有两个侍卫蹚水过去，解开铁镣，刘啸啸一直站立着被锁在水中，双腿都僵了，锁镣一解，就向前倒去，幸被两个侍卫扶住，将他拖出水牢。

刘啸啸被良辰擒住的时候并未受伤，但是在牢里受赖跃飞的人拷打讯问，身上却不乏伤痕。他腰身以下的伤在水里已经泡烂了，烂肉发白，血都不再渗出，上身的伤痕却是沁出恶臭。

赖跃飞捂着鼻子退后几步，吩咐道："你们速速载他去寻个郎中好生诊治，此人我有大用。"

凌约齐虽然也嗅到令人窒息的恶臭，却未后退一步，眼见刘啸啸身体僵立，摇摇欲倒，痛得咬牙切齿，却不肯痛呼一声，不由心中暗赞：这刘啸啸端的是个狠人！

凌约齐心中暗想：刘啸啸此番出去，定然与李鱼有一番龙争虎斗。李鱼背后站着良辰、美景，刘啸啸背后站着的却是洪老大和赖老二。我居其中，或站队，或抽身，见机行事。若是他们斗个两败俱伤最好，不然的话，任何一方倒了，于我也是有百利而无一害，哈哈，甚善！

待卫们眼见刘啸啸根本行不得路了，只好把他架出去，弄来一辆篷车，拖了他上去，让他倒卧在车中，便载着他出了府门。刘啸啸虽不清楚这东篱八柱之二缘何放了他，但他早在龙家寨时，也是颇有心机的主儿，猜也猜出了几分。

本以为此番必死，却是柳暗花明，又逢生机。卧在车上，追思以往，从龙家寨掌握实权的二号人物，一步步混到今天这步田地，并不认为自己做错过什么，只认为全是李鱼害的。

想到李鱼今日的逍遥自在，对比之下，刘啸啸痛心疾首，卧在车中，从篷下望向长街，心中暗暗发誓："姓李的，我刘啸啸今日不死，必将种种遭遇，千百倍地报复在你的身上！"

这句话刚在心里说完，刘啸啸突然身子猛地一震，一双眼睛瞪得大大的。他还以为自己看错了，赶紧抬起手来擦了擦眼睛。没有错！夕阳之下，那辆车中，坐着的可不就是龙作作？

龙作作，在她还是一个少女的时候，刘啸啸就已认定她这辈子必定是自己的女人，可谁知道……

刘啸啸的目光落在龙作作明显凸起的腹部，一双手登时死死地抠住了车板，青筋暴起。

两车交错，目光中已经不见了她的美丽身影，刘啸啸依旧死死地瞪着前方，一双眼睛射出利刃般的光芒："她……她也在长安？她有了身孕？那是李鱼的孽种？"

刘啸啸十指紧紧地抠着车板，吱吱嘎嘎地挠出了十道深深的指痕！

第十一章
寻 夫

苏有道今日依旧在制伞，制作的是一把丝绸面的伞，很显然，这是一柄权贵人家定制的伞，所以用料很讲究。

大道上，行人络绎。苏有道就坐在路边伞棚下，专心地制作着他的伞。以他的身价，要开一间伞铺，收几个学徒，又或者就在自己家里营业，同样不虞生意，但他喜欢在路边制伞。

行人行在路上，他自坐在街边，你不看我，我不瞧你，其实该走进心里的，不知不觉便走进去了，走进了心里，便也融进了他的手里，然后便铸进了他的伞里。

所以，苏有道常自夸，他的伞里有七情，有六欲，有灵魂。

伞面已经丈量裁好，用的上好的素绫，阳光透过棚子散照其上，发出莹莹的光，蒙在伞架上试看时，轻盈得仿佛一朵蒲公英，仿佛吹一口气，它就会飞起来，盈盈地飘飞入湛蓝的天空。

苏有道提起笔，又放下，伞面太素了，该点缀些什么，但一时之间，他却想不出该添加些什么画面。苏先生作画与制伞一样，他不想仅仅做技艺技巧的展示，更是想蕴入他的情感。

听起来这是一件很玄奥的事，但是每一个买过苏先生制的伞的人，都感觉自己所拥有的伞，与普通的伞截然不同。或阳光，或忧郁，或思念，或执着，持着他亲手所制的伞，似乎总能从中品味到某种鲜活的感觉。

尤其是有合适的环境或氛围的时候，持一把伞，看雨打芭蕉，看蛙鸣荷叶，看流萤飞舞，看轻云笼月……这种感觉就特别鲜明。

苏有道正踌躇着该在这柄伞上绘制一幅什么样的图案，一辆油壁车停在了他的摊子前，两个俏丽的小丫鬟从车上跳下来，放好脚踏，掀开轿帘儿，搀了一个虽然身怀六甲，却姿容极是惊艳的美人儿姗姗下来。

"足下就是苏有道，苏先生？"龙作作盯着执笔沉吟的苏有道看了一阵儿，这才开口问道。

苏有道抬起头，就看到一双很俏的眼睛。因为身怀六甲，龙作作的脸颊稍显丰腴，但是她的眼睛极俏，而且极为有神，显得有些犀利，衬得那脸颊显得瘦削了。

"足下就是苏有道苏先生吗？"那双娇艳的唇再度启动，龙作作极为俏媚，但眼神犀利，这对女孩子来说，会略显锋芒，但是因为她那双红艳艳的唇瓣，所以那锋芒便成了炽烈，火一般的炽烈。

苏有道从未在一个身怀六甲的女人身上，看到如此有个性的鲜艳与炽烈。苏有道脸上逸出一丝微笑，轻轻点了点头，放下笔，道："不错，小娘子要制伞吗？"

龙作作目光中不可抑制地涌起一抹怒气："我想请教足下，李鱼今居何处。"

苏有道听着她浓重的西凉口音，忽然记起了之前对李鱼所做的那番调查，几乎是刹那之间，他就猜到了眼前的女子是何人，尤其是看到簇拥在油壁车左右那些明显是陇西风格装束的健壮骑士。

苏有道微笑道："小娘子识得李家郎君？"

龙作作道："我是他的妻子！"

苏有道轻呵一声，道："原来如此，小娘子应该是从褚将军府听说的吧？苏某自离开褚府，与李家郎君便少有来往了。"

龙作作瞪着他，一字字地道："本姑娘只是向足下请教他如今的住址！"

苏有道一拍额头，失笑道："啊，苏某糊涂了，李家郎君吗，现如今住在延康坊杨思齐府上。"

龙作作皱了皱眉，自语道："杨思齐，这又是什么人？"

苏有道正色道："杨先生乃当世大匠，与在朝为官的阎立本阎大匠旗鼓相当，苏某制伞，亦曾求教过杨先生。"

苏有道说完，便望着龙作作的背影，闭上了嘴巴。因为龙作作自语之后，根本没听他的解说，已然转身登上了车子，往车中一坐，吩咐一声，车子便辘辘而去，投入夕阳之中。

"龙家大小姐，妻子？呵呵，这回更有趣了。"苏有道望着远去的车队，喃喃自语，"原来李鱼与龙家大小姐已然订了终身，连夫妻之实都已有了。"

他抚着胡须，沉吟道："李鱼乃死囚，入黑道方可逃王法，但若有了陇右这块不法之地，他未必非得留在长安。他的娘子既然寻来，他不会……离开长安吧？他已顺利进入东篱下，须得留在长安才成！"苏有道一字一句地说完，便重新提起了笔。

伞面莹白，仿佛一片沃雪，又似一张白纸，苏有道提着笔，不期然地想起了方才乍然一见的龙作作的模样：俏的眼、艳的唇、毕露的锋芒……

笔在朱砂盒中蘸了一蘸，苏有道毫不犹豫地向伞面上点去，点点梅花跃然其上，仿佛一场大雪之后突然绽放出了它们火一般的热情……

"咚咚咚咚……"坊门处的鼓声响起来，坊丁要关闭坊门了。依照宵禁令，夜晚是要闭坊的，此举无疑会保证良好的治安，但是对一些尚未办完事情的人来说就有些不便了。不管是回家的、歇业的、投店的、出城的人，俱都加快了步伐。

李鱼带着吉祥、深深和静静离开西市的时候，街上行人已经不多，李鱼快马加鞭，轻车则疾驰于后，等他们刚刚放慢马速轻驰入坊，坊门就在他们身后关闭了。

车载三美，个个娇俏，每日早起她们便随着李鱼出门，每日傍晚，又被他用车载回，早成了延康坊的一道风景。掌管坊门的这两个坊丁，一个叫杨帆，一个叫马桥，每天早晚都能看见李鱼和美女伴当进进出出的，心中怎不艳羡？

两个坊丁依依的目光，追送着三美的车马，追出好远。听说人家是西市市长呢，那可是日进斗金的大豪绅，自家怎生比得？二人只能望而兴叹："大丈夫当如是也！奈何，我不是大丈夫……"

"大娘！您快歇歇，我帮您洗菜！"

"我淘米！"

一进家门，吉祥还没开口，深深和静静两位姑娘就热情地冲进了厨房。

两个吃货倒不是为了尽快吃上晚餐，而是她们发现，要拥有李鱼这张高档长期饭票，潘大娘这一关是必须攻克的，只要哄得潘大娘子开心，她一开口，李家孝子还不顺水推舟？

于是乎，两位姑娘除了借着在李鱼身边读书的机会，来点撩骚一类的风情小故事，一回到家就是想尽办法讨潘娘子开心了。

而且，两个姑娘谁也没有挑明，便已心意相通地达成了统一阵线。吉祥姑娘不是占了先手吗？我们可是有姐儿俩，论质量不输于你，论数量还多你一倍，这竞争力自然大增。

　　吉祥因为早就跟在李鱼身边，且已有了潘大娘的亲口认证，实在抹不下脸面来学这两个没皮没脸的小女人，眼见二人一头冲进了厨房，口口声声把潘大娘叫得比亲妈还亲，便负气地站住了。

　　李鱼察觉了她微妙的情绪变化，心中也有些尴尬。深深和静静表现得也太明显了，简直就差敲锣打鼓宣告众生，他又不瞎，岂能看不明白？

　　其实这样两个娇俏可爱的女孩子，李鱼实在讨厌不起来，眼见吉祥嘟起了嘴，李鱼便涎着脸上前，道："她们两个在咱们家白吃白住的，还不兴帮咱们家多做点儿事？甭管她们，让她们去，来，咱们回房说点悄悄话。"

　　这他们咱们的，关系撇得清，很有说话技巧了，奈何吉祥姑娘也是个人精，一点都不傻："什么叫白吃白住啊？要是这么算的话，我也是白吃白住呢。"

　　李鱼一脸严肃："这怎么能一样？你是我的女人！"

　　吉祥绷着脸道："着哇，她们两个也可以变成你的女人啊！"

　　李鱼执起吉祥的手，真诚地道："不！这辈子，我只有你，就心满意足了。"

　　吉祥敲了敲脑袋，思索地想："陇右凉州有个什么人来着，龙姑娘还是蛇姑娘？哎呀，记不清。"

　　李鱼干笑道："龙作作，龙姑娘。"李鱼赶紧又抓起吉祥的柔荑，"龙儿呢，是个小意外……"

　　吉祥一脸吃惊地打断了他："这要是个大意外，该讨回来几个姑娘？"

　　李鱼一脸尴尬："呃……这个……我……咳咳……"

　　吉祥道："好啦，别一副苦瓜脸，好像人家多凶悍的模样。"吉祥往厨房里瞟了一眼，压低了声音道："那两位姑娘，可是见了腥的猫儿一般，就巴望着能嫁进咱们家里呢，我警告你，可不许动心，不然——"

　　"那不能！"李鱼正气凛然，"咱们家谁当家？我家吉祥姑娘啊！你不点头，母苍蝇都别想飞进来一只。"

　　吉祥白了他一眼："这话你说的啊，你可记住了！"

　　吉祥说完，举步就走，李鱼问道："你去哪儿啊？"

　　吉祥道："我去厨下帮大娘做饭。"

　　片刻的工夫，潘大娘就从厨下出来了，米有人淘了，菜有人洗了，现在连掌勺的都有人代替了，潘大娘很高兴地就解了围裙。

潘大娘出了厨房，就见自己的宝贝儿子站在堂下，作无语问苍天状。

潘大娘放轻了脚步走过去，盯着儿子发呆的脸庞看了看，疑惑地道："儿啊，你要吟诗吗？"

李鱼醒过神来，苦叹一声道："我哪有心情吟诗啊，你看那厨下……"

李鱼往厨下努了努嘴，潘大娘随之看了一眼，笑眯眯地道："怎么啦？"

李鱼道："哎，咱们家的姑娘，就没一盏省油的灯。"

潘大娘恍然，伸出食指，在李鱼额头狠狠一戳："你这臭小子，别身在福中不知福啊。我看这几位姑娘，都挺好的。"

潘大娘说着，笑眯眯地往后宅里去了。那儿还有一个牲口似的每天只知道干活的男人，吃穿住行一团乱，潘大娘只觉得那人比自家儿子还不懂事，太叫她操心。哎，要是没有她，那个男人可怎么活？

潘大娘悲天悯人地摇着头，消失在了李鱼的视线外。

李鱼往厨房里瞧了一眼，小小一间厨房，三个姑娘置身其间，各自卖弄本领，风拂柳，柳扬枝，小腰身袅娜，挽起袖子的胳膊白生生的跟去了皮儿的水萝卜似的，一张张俏美的容颜，被灶中火光映得红扑扑的。

李鱼不禁悲叹道："一个都吃不到，哪儿有福啊？"

朱雀长街之上，龙作作一行在善和、通化两坊之间的路口被截住了。

金吾卫执戟而立，肃然喝道："择坊而入，投店歇息，有什么事，明日再办，马上就要净街了，不得前行。"

马上一个侍卫大声道："军爷高抬贵手，我们要去延康坊，过了通化坊就到了，来得及的。"

那金吾卫怒道："聒噪什么，人人都学你，老子这街从日落挨到日升都净不干净，快快择坊而入，不可前行。"

龙作作坐在车内，耳听得外边交涉，好不气愤。不过，她也清楚民不与官斗，不要说这里是天子脚下，就算在他们凉州，这也是他们百姓人家不可冒犯的规矩。

龙作作眼珠一转，附着负心汉的耳朵悄悄耳语几句，那小丫头点点头，便掀开帘儿走出去，做出一脸焦急模样，道："各位军爷开恩，我家娘子就要生产了，急着去寻稳婆接生呢，求军爷开恩，行个方便。"

那金吾卫往车上看了一眼，无情郎打着帘儿，龙作作捂着肚子，黛眉深蹙，作痛苦不堪状，瞧来甚是可怜。

那金吾卫把长戟一蹾，放声大笑："哈哈哈，你这小娘子，忒也有趣。瞧你随从阵仗，分明是大户人家，若要生产，早该请了稳婆在府上候着，哪有仓促之间去寻稳婆的道理，想要诓骗于我，当我眼瞎吗？"

无情郎机灵，高声道："军爷慧眼，难道看不出我们行色匆匆，远道而来吗，我们不是长安人氏，这才刚刚进城，能往何处待产？"

那金吾卫怔了一怔，仔细打量龙作作一行人马，确实像是远道而来。

那金吾卫登时发了善心，往旁边通化坊里一指，道："你这小娘子，大腹便便的，怎么还赶远路，一个不好，可有性命之危。快快快，快进坊去，沿坊里大街一直走，莫要停，到第三、第四个街区之间，路口便有一户人家，乃是一个接生婆子，我家小宝就是那接生婆子接生的，快去，快去！"

这时候，通化坊坊门正要关闭，那金吾卫大喝一声："咷！切莫关门，这有妇人待产，速速放他们进去。"

那两个掌管坊门的坊丁听到外面军士大喝，连忙将掩了一半的坊门打开，招手道："快来快来，六百响'闭门鼓'就要敲完了，再迟得片刻，便要'犯夜'，教人拿了去，捹你一顿好捹子。快快快……"

龙作作目瞪口呆，万没想到弄巧成拙，那金吾卫不断催促，两个坊丁也在门前招手，无奈之下，一行人只得进了通化坊。

一行进了通化坊，龙作作尚未到产期，哪里需要去什么稳婆家里，只是不想让那掌门的坊丁生疑，硬着头皮向前走出三四条街，看见一户人家门口挂了一个"栈"字招牌。

龙作作麾下那些侍从常行远路，一看就知道这户人家是经营房屋出租的，马上上前拍打门户，高声道："主人在吗？我等欲租房舍，还请行个方便。"

这时候，又有一辆骡车，在两骑快马的护送下，从通化坊另一端长街尽头驰来，恰也到了这户人家停住。车夫勒住坐骑，墨总管和冯二止翻身下马，牵着马缰上前，杨千叶一掀轿帘儿，已自车中闪了出来。

龙作作由无情郎和负心汉虚扶着，一只脚刚落在脚踏上，突然就跟中了定身法似的，呆站在车上。杨千叶此时也正要下车，一脚悬在空中，惊愕地看向对方。

双方套辕的骡子倒是很亲近，相互蹭了蹭脸，咻咻地打了个鼻息，因为它们的动作，两辆车子都是微微一晃，将惊呆的两位姑娘弄醒过来。两个人慢慢走下车，向对方走出三步，站住。

龙作作盯着杨千叶，冷冷一笑，道："我听说纥干承基跟着罗一刀，被罗克敌干翻了，那时就在想，那个背我叛我、委身从贼的女人，不知落得个什么下场。如今看来，老天待你不薄啊，居然被你安全逃到了关中，你这腿，可是真够长的。"

杨千叶浅浅一笑："背你叛你，谈不上吧？我当初寄身于龙家寨，为的就是探听纥干承基的下落，而且，本姑娘从不曾做过任何一件不利于你的事情，龙姑娘，你又何必耿耿于怀呢？"

说着，杨千叶好奇的眼神不时瞟向龙作作的肚子，看她模样，分明是有孕在身，这才多久，她就成亲了？还是……有了什么不幸的遭遇？只是，出于矜持，杨千叶没有问出口来。

杨千叶可没往李鱼身上想，要知道，她跟纥干承基投奔罗霸道没多久，李鱼就前往中原了，现在更是在西市混得风生水起，不可能与龙作作成亲生子，否则他岂有在长安逍遥的道理。

龙作作冷哼道："是吗？任你怎么说，总是辜负了我的信任，辜负了本姑娘的人，绝不会有好下场。罗霸道完蛋了，你逃到长安，居然租房而居，连个自己的落脚之处都没有，如此落魄，着实可怜！"

杨千叶挺了挺胸，淡淡地道："落魄？你看本姑娘像吗？"

那一身绣银边的素白色翻领小胡袍，浑脱小帽儿，俏美可人。脸上气血充盈，容光焕发，腰间玉佩垂坠，分明大富之家。要说她这样都叫混得好惨，那只有进宫当皇后才叫还算不错了。

"倒是龙姑娘你……啧啧啧……"杨千叶啧啧几声，摇头叹息，"风尘仆仆的，好像赶了很远的路啊。龙家寨过不下去了吗？居然要你一个大腹便便的小妇人，千里奔波，经商谋利。啊，龙姑娘你有身孕了呀？这才没多久，原来你已经嫁了人，恭喜、恭喜！"

龙作作挺了挺肚子，同样淡淡地道："本姑娘进长安，可不是为了经营生意，而是来寻我的男人。"龙作作抚着肚子，一脸得意，"我本来盘算着，就在凉州住着，挺好，可是我男人有本事，送皮货来了趟长安，居然做了大官，非说这里风水好，益于孩儿的教养，执意要接我来长安享福。我呢，嫁鸡随鸡，也就只好来了。"

龙作作说到这里，瞟了杨千叶一眼，故作恍然地道："啊！大震关一别，再未相逢，我倒忘了，你还不知道我男人是谁吧？其实你也认得他的，我这娃儿的爹，就是李鱼。"

杨千叶、墨白焰、冯二止齐齐一怔。一怔之后，墨白焰和冯二止情不自禁地对望一眼，眼底是藏不住的狂喜。

一直以来，他们都觉得李鱼是阻碍公主复国大业的一个障碍，儿女情长起来，消磨了斗志，如何肩负复国大业？尤其是千叶公主是女人，一旦婚嫁，生儿育女，相夫教子，光复大隋的事就此休谈。

现在好了，李鱼已经娶了妻子，以公主身份之尊，断然没有与人做妾的道理，这缕情丝可以从此斩断了。

杨千叶也怔住了，龙作作这个消息，给她的震撼着实不小。

李鱼已经成亲了？他的娘子就是龙作作……

等等！不对！

杨千叶脑海中飞快地掠过上次与李鱼重逢于西市的事，想起二人的接触，再迅速回想李鱼通过大震关前往关中，并借褚龙骧声名把她和纥干承基、罗霸道等人带出大震关的过程，马上推断，龙作作此言不实。

龙作作有了身孕，且孩子的父亲是李鱼，这事恐怕不假，龙作作不会拿这种事开玩笑，但若说二人已然成亲，且是李鱼派人接她前来，只怕就未必属实了。

否则的话，李鱼那次过大震关就不会丝毫不谈或表现出已然娶亲的模样，当时他甚至已接受褚龙骧礼聘，打算赴长安做褚将军幕宾了，这像是在凉州有了家室的模样吗？

况且，他若新婚又怎会远行？这对狗男女发生过苟且之事，应该是真的，但是说到成亲，且李鱼派人接她来长安定居……

"呵呵……"杨千叶皮笑肉不笑地呵呵两声，道，"原来如此？自大震关入关中时，我便与李鱼同行呢，倒不曾听他说起过已然成亲的事。前两日我在长安西市开了家乾隆堂珠宝行，李鱼还曾亲来道贺，那时也不曾听他说起过要接你来长安的事。"

说到这里，杨千叶俏眼微微一张，有些诧异地道："说到这里，我却有些奇怪。龙姑娘到了长安，怎么不往尊夫府里去呢，莫不是……连自己的家门儿朝哪儿开都不晓得？"

龙作作冷哼一声，道："我只是进城晚了，恰适宵禁，暂且在此小住一晚罢了。"

杨千叶点点头，似笑非笑地道："原来如此，那就是尊夫的不是了，龙姑娘……哦，是李夫人，李夫人远道而来，且又怀着身孕，尊夫居然不去城外接迎，实在是……呵呵……"

杨千叶摇摇头，举步向门前走去，手掌将门扉推开一半，忽又扭过头来，乜视着龙作作道："刚刚听李夫人讲，尊夫在长安做了大官？我还是头回听说一个不入流的市长也叫作大官。尊夫说长安有利教养子女，这句话还是有道理的，起码呀，能叫人开了眼界！"

杨千叶笑吟吟地说罢，一推门就走了进去，身后龙作作的面孔已然涨红得仿佛一只初次下蛋的小母鸡。

然而，快步走进门去的杨千叶，却也是刚一跨过门槛，脸色便一下就垮了下来，面沉似水。

千叶公主一向气度雍容，风度优雅，从来不曾如此地牙尖嘴利，可是从龙作作说出她腹中的孩儿生父是谁后，杨千叶就方寸大乱，谈吐大异寻常了。

墨白焰和冯二止目睹二人夹枪带棒一番舌战，只瞧得心惊肉跳。两个下边没把儿的男人头一回明白，什么叫句句诛心，什么叫字字如箭。而且这么刻薄的话语，居然出自他们心目中那位高贵、优雅、从容、淡泊，本该如九天之上的仙子般的公主殿下之口。

龙作作愤怒地站在门口，好半晌发赤的脸庞才渐渐恢复了雪白的颜色。这一路上，她都在猜测，被李鱼带出大震关的所谓白衣女婢究系何人，现在不用猜了，那贱婢必是杨千叶无疑。

"那个臭男人！那个臭男人！"龙作作一口银牙咬得咯咯作响。无情郎和负心汉战战兢兢地凑上来，无情郎小心翼翼地询问道："小姐，咱们是不是换一户人家投宿？"

龙作作怒目瞪去，道："换什么人家，怕她怎的？今儿晚上，本姑娘还就住这儿了！"

说完，龙作作也不用人扶，大踏步地就向院中走去，唬得无情郎和负心汉忙不迭跟上，一左一右刚刚搀上龙作作的胳膊，就被她狠狠地甩开了去。

这一夜，龙大小姐气鼓鼓的，究竟睡着了没有，谁也不知道。

无情郎和负心汉睡在外屋里伺候，听到里边烙饼似的翻身声，一时也不敢睡去，但等了良久，却也不见龙大小姐发脾气或是召唤她们做什么，等着等着，小姑娘贪睡，也就睡着了。

两个丫头睡得晚了，又是本就贪睡的年纪，等她们揉揉眼睛爬起床来，不由得大吃一惊，大小姐根本没要她们侍候，已然洗漱完毕，梳妆停当，形容严盛，就连平时并不佩戴的步摇、耳珠、缀玉都戴上了，跟新嫁娘似的。

两个丫头大吃一惊，赶紧穿衣起床，生怕惹来龙大小姐不快，不过龙姑娘并未理会她们，她站在门口，眼睛贴着门缝儿，偷眼向外瞄着，全神贯注，似乎在看什么东西。

两个丫头穿着停当，连脸都没来得及洗，就赶到龙大小姐身边。

"小姐……"负心汉怯生生地唤了一声。

"嘘——"龙大小姐马上竖指于唇，制止了她。负心汉马上闭嘴，与无情郎对视了一眼，有些莫名其妙。

墨白焰和冯二止守在院子里，等着杨千叶杨大小姐出门。

门儿一开，杨千叶从门中姗姗地走了出来，墨白焰和冯二止微微一讶。

殿下天生丽质，几乎从不用胭脂水粉、珠饰打扮，说句不客气的话，胭脂水粉那些东西，就算是长安城里品流最高的那种，用在殿下脸上，都嫌遮掩了她本就水润娇嫩的肌肤呢。

要说用，殿下大抵也就是修修眉、润润唇，可今儿个，殿下居然修了妆容，比起那日店里开张时还要隆重几分。尤其是她的服饰，原本为了抛头露面方便，大小姐常常是一身小翻领的锦袍，一顶浑脱小帽儿，带些胡风，俏皮可爱，行路便利。

可今儿个大小姐环佩叮当的，这是闹哪样啊？

明明墨白焰就在眼么前儿站着，可殿下的声音清亮得就像正吊嗓子的旦角儿："墨总管，咱们家那个招牌着实小了些，不醒目。你抽空去一趟西市，叫李鱼特批一下，做块大招牌。"

墨总管人情世故不可谓不明白，但是涉及男女之情，可就单纯得可以了，哪知道杨大小姐这番话用意何在，忙赔笑道："大小姐，消防司说了，西市店铺牌匾今后都有统一规制……"

杨千叶瞪了他一眼，道："咱们家的铺子可是占了四座店铺的门面，能一样吗？特事特办嘛！东篱下怎么就挂了一副几里外都看得清的大招牌？你去跟李鱼打声招呼就好，他会难为我？"

墨白焰忙唯唯称诺。

房间里边，龙作作冷笑一声，拉开障子门就走了出去，那嗓门儿脆生生的，就仿佛一个正吊嗓子的青衣："叫侍卫们赶紧把车马准备妥当了吧，昨儿进城急了些，郎君接不到我，指不定多着急呢。咱们这就出发……"

无情郎和负心汉已经跟出来，听她这么说，无情郎纳罕地请示道："姑娘，您不先用早膳吗?"

龙作作瞪了她一眼:"也就几步路了,饿不死你,咱们回了家吃!"

龙作作轻轻抚着肚子,仿佛一个挺胸腆肚的大将军,八面威风,睥睨间示威地看着杨千叶:"婆婆自接了书信,就不断催促我来京,早些到了,早些给老人家一个欢喜。"

"咚咚咚……"坊门开关时候,都会鼓声隆隆,晓谕全城。此时鼓声适时响起,仿佛战鼓声声,杨千叶和龙作作目光一碰,锋芒相撞,火花与杀气迸射。

"你这丫头啊,可是不明白老人家的心思?老人家是急着看她的乖孙呢。"

龙作作那语气,似乎是在对无情郎和负心汉说话,可是那眼神儿,一直盯着杨千叶,也不知道她究竟是对谁说的。

杨千叶瞧了眼龙作作那傲娇地挺起的肚皮,二打一,千叶公主完败!

隆隆的鼓声,就似在给龙大小姐呐喊助威,千叶姑娘掉头就走,气鼓鼓的,可惜肚子不争气,虽然有种气鼓鼓的感觉,就是挺不出将军肚。败军之将,何以言勇?走着走着,杨大小姐便连胸都塌下去了……

东西两市的开业时间要比开坊的时间晚一个时辰,因为店铺开业也需要准备时间,掌柜和伙计赶去坊市也需要时间。李鱼不用那么早出门,睡得足足的,洗漱停当,就穿着燕居的常服,赶到了客厅。

"小郎君早!"深深笑盈盈地迎上来福了一礼,甜甜地道,"小郎君快请入座,奴奴给你盛粥!"

静静拈着筷子,麻利地拿起一个小碟儿,从四五样小菜里挑了两三样给他夹过去,又拿起半个切开的咸鸭蛋,把流油的蛋黄挑到李鱼的菜碟里,将咸蛋清拨到自己碗里。

然后,静静就吮着沾了蛋黄油的筷子,笑眯眯地对李鱼道:"这几样都是合小郎君口味的呢。"

吮筷子的动作,只是不想浪费了蛋黄油,潘大娘在上首坐着呢,她可不敢做出任何暗示性的诱导动作。给男人看的和给男人的娘看的,必须得截然不同才行,这道理,鬼灵精的静静心里是清楚的。饶是如此,那娇憨之态,也是足以迷人。

吉祥瞟了李鱼一眼,没有起身,只是微笑道:"快坐吧,你自入署,应酬太多,酒喝多了伤身的,粥里我加了几味调理身体、暖胃调脾的药材,四更天就起来炖上了,你多喝两碗。"

吉祥一边说着，一边很自然地给潘大娘递过一碟酱豆腐，一心二用，游刃有余。

潘大娘很高兴，这样一团和气，李家兴盛有望啊！潘大娘似乎已经看到了子孙满堂、家族兴旺的美好场面，心情越发地畅快了。

可李鱼……李市长感受到的却不是甜美，而是一种摸不着看不见，但他分明能够感受得到的不自在。于是，李鱼没有入座，他捧起吉祥熬的、深深盛的药粥，倒进静静给他夹的老娘亲手调拌的小咸菜，向四个心情各异但都"一团和气"的女人点点头，道："我还有点事儿，得跟杨先生讨教讨教，你们吃吧，我去后边找他聊聊。"

杨思齐正端着将饭菜搅和到一起的菜粥，一边转着碗圈儿地喝粥，一边看着图纸，忽然察觉身边有人，扭头一看，就见李鱼跟他坐在一条板凳上，捧着个大海碗，跟他一样，"吸溜吸溜"地喝着粥。

杨思齐有些讶异："你怎么来了？"

李鱼坦诚道："前边人多，挤得慌，不自在。"

杨思齐翻了翻眼睛，有些茫然，这刹那工夫，他脑海中已经在回想前厅的大小，并思索是否有一大堆客人登门了。

李鱼了解老杨的性情，解释道："人不多，厅够大，我是说，心里头挤得慌。"

杨思齐恍然大悟，深有同感地点点头："嗯嗯，确实，确实，还是这儿舒坦些。"

于是，李鱼放着三个秀色可餐的小姑娘不要，跑到后院儿跟一个宅得不能再宅的老宅男，一块儿"吸溜吸溜"起来……

第十二章
开 店

夜深深，深深贴着墙壁，侧耳倾听着。

静静盯着她的脸色，半晌，深深站起了身子，轻轻摇摇头。

静静小声道："小郎君没去吉祥房间啊？"

深深道："怎么可能，那个凶女人千里迢迢而来，就算没怀了身孕，小郎君于情于理，也该陪伴她才对。"

静静想了一想，忐忑地道："那女人这么凶，小郎君不会被她吓住，赶我们离开吧？"

深深想了一想，咬牙切齿地道："我们先下手为强！"

静静吓了一跳，连连摇头，害怕地道："不行不行，杀人的事我可做不来！再说，她怀着身子呢，我可不想死后下十八层地狱，这事儿万万不可！"

深深没好气地瞪着她道："你做不来，倒是想得来！谁说要杀人了？杀只鸡我都手软，我敢杀人吗？"

静静一呆，期期地道："那你的意思是……"

深深四下看看，跟做贼似的凑近静静的耳朵，小声道："我看到啦，杨家的库房钥匙在大娘那儿呢，上回大娘去里边取东西，我瞅见好多银子。我们弄到钥匙，去库房里有多少偷多少，然后咱俩就发达了，也不用担心会饿死了。还能买房子买地，男人也能可着劲儿挑，咱还不嫁，就要上门女婿，什么都得听咱们的，哈哈哈哈……"

深深一开始还很小心地说，越说越是兴奋，眉飞色舞地说到挑男人，忍不住得意地笑起来。

静静呆呆地看着她，深深道："你这么看我干吗，反正又不是潘大娘的钱。姓杨的那么有本事，他再赚呗！"

静静依旧呆呆地看着她。

深深笑容渐渐敛去。二人对视良久，脸上同时露出沮丧的神色。

二人异口同声，怏怏地道："好像还真有点舍不得他。"

这句话说完，房中又静下来，又过半晌，静静咬牙切齿地道："我还就不信了，咱们要脸蛋有脸蛋，要身材有身材，年轻貌美，温柔妖媚。咱们在勾栏演艺的时候，那些臭男人为啥喜欢拿咱们说事儿？咱们那本事要是用在男人身上……"静静说着，小脸蛋渐渐发烫，红彤彤的，却仍勇敢地说着，"咱们施展手段，把小郎君抢过来！只要小郎君宠着咱们，她能怎么样？哼！哼哼！"

深深翻了个大大的白眼儿，道："你疯啦，想出这样的蠢主意！这要是在皇宫大内，或许还行得通。只要你斗垮了皇后，自己成为母仪天下的六宫之首，上边再也没人了，谁也奈何不了你，可是只要出了皇宫，我就没听说过侍妾敢跟主妇争斗的。"

静静茫然："啊？"

深深道："皇后与妃嫔，俱有封号，不属于妻妾之分。民间则不同，妾室敢忤逆主妇，可打死勿论，合法的！人家有官府撑腰，有门当户对的娘家撑腰，就算夫家的长辈、族人，也是要替她撑腰的，你拿什么跟人家斗？简直是异想天开。"

静静嘟起了嘴儿，道："在大娘面前，就温柔贤惠的模样，背后却是那般模样，哼！她是妻？也未必，还有吉祥呢。你别看大娘对她亲得不得了，那是因为她怀了李家的骨肉，若论亲疏，她怎比得了和大娘既是同乡又曾同生共死的吉祥？"

说到这里，静静眼睛一亮，向深深看去。深深显然也想到了，眼睛亮晶晶的。

深深道："龙作作这般跋扈，吉祥心里一定也不舒坦。"

静静道："咱们只要讨好了吉祥，有她撑腰，龙作作还奈我何？"

深深有些担心地道："可是咱们之前还跟吉祥玩心眼儿呢，你看今晚咱们去厨下帮忙，她都没好脸色给咱们，能……接受咱们吗？"

静静道："她那时心情不好，可未必是冲着咱们。再说了，今时不比往日啊，我就不信，她在房里不犯嘀咕。"

深深道："对啊！这时咱们去找她谈谈天，说说话儿，哄她开心，那就是雪中送炭。"

静静急道："那还等什么啊，咱们赶紧送炭去，去得晚了，只怕她都睡了。"

静静一拉深深，风风火火就出了房门，吉祥这时也刚出了房间，她们惯性地向彼此的房门处走出三步，不约而同地站住。廊顶气死风灯照着她们的模样，齐齐一窘，然后吉祥嫣然开口："深深姐，静静妹子，这么晚还不睡啊？"

深深忙不迭点头："嗯，秋老虎也厉害着呢，今晚天气又闷得慌，正想找你聊天解闷，你这是……"

吉祥咳道："我也是觉得天气烦闷，本想出来纳凉，来来来，你们到我房里坐。"

当下三人就言笑晏晏，挽臂拉手，亲亲热热地进了房间。

龙作作的房间里，一灯如豆。

李鱼和龙作作躺在榻上，放着帏幔。李鱼手中持着蒲扇，给作作轻轻地扇着。

其实两人已经有了夫妻之实，如今连孩子都有了，本无须为作作另行准备卧室。可她正怀着孩子，家里若没有这条件也就罢了，既有条件，长辈多会有所注意，要小夫妻分房而睡。所以作作一到，潘大娘见她已身怀六甲，马上就欢天喜地地为儿媳妇单独安置住处了。

房间里，二人说了一阵子悄悄话，李鱼对作作抱上一抱，咂个嘴儿，又轻轻抚摸她的肚子，如呵护珍宝，作作那千里寻夫的怨气也就消了。怨气一消，便发牢骚，李鱼小心翼翼地解释，将自己诸般难处一说，这一节也就揭过去了。

龙作作也不傻，之前负气不平，也是因为李鱼失言在先。她一个尚未出阁的姑娘，怀了他的孩子，还得千里来寻，主动送上门来，未免显得轻贱了，她心里能没怨气吗？

李鱼不是不通情理的人，在杨思齐那老宅男面前吹嘘卖弄，在龙作作面前就得嘘寒问暖了，这时候作作气愤也发过了，牢骚也发过了，因为李鱼的抚慰体贴，一腔怨气尽去，胸臆间都觉畅快了许多。

两个人就那么静静地依偎着，静静地体会着温馨的感觉。

过了半晌，李鱼突觉肋下一疼，却是龙作作掐了他一把。

李鱼苦着脸道："你都要做娘的人了，怎么还是这般喜怒无常？又怎么了？"

作作瞪着他道："明天你陪我去西市！"

李鱼赶紧道："好好好，去去去，买买买！西市……最奢华的东西都在东市，不如——"

作作打断道："不！我就要去西市！"

李鱼道："成！那就西市！"

却听作作气鼓鼓地道："跟我耀武扬威？笑话！明儿我们去，就在乾隆堂对面，不管什么代价，把那店铺买下来，我要开店！"

李鱼大惊失色："乾隆堂？开店？"

作作睨着他，冷笑道："怎么？这么心虚，你是不是又干什么好事了？"

李鱼赶紧道："没有，绝对没有！我是说……咱们很快就要离开长安了，开什么店呢？"

作作似笑非笑地睨着他，道："咱们离开长安，和龙家在这里开一家店铺，有什么关系？"

龙作作可没跟李鱼说过曾经遇到杨千叶的事，那种丢人的事，她才不会讲。不过这口气她却一直想着讨回来。李鱼却不知道她为何知道乾隆堂的存在，也不知道她了解多少，其中又有多少臆测。

于是，刚刚抚慰了作作的情绪，自己也放松下来的李鱼，又紧张起来。

这时，隔壁响起一声清咳："鱼儿，夜色深了，别打扰作作休息，快回去吧。"

李鱼答应一声，翻身起来，只能揣着一肚子忐忑离开，这一宿，他怕是睡不好了。

乾隆堂，账房。

店东杨千叶和大掌柜墨白焰坐在账房里，正在谈着"生意"。

如果，谋国也算是一门生意，那么两个人现在讨论的就是一门生意。

杨千叶道："现在，咱们在长安算是立住了脚，商场上也结识了些朋友，随后还得结交些官场上的人物，这样，既方便咱们在长安行动，也可及时获取朝廷动向。不过，这都是小节，最重要的是，欲复我大隋，该从何处着手？"杨千叶轻轻叹了口气，"墨师，如今天下已定，不比乱世，乱世中机会比比皆是，不管是在朝廷上延揽官员将领为自己所用，还是在民间举义旗招群雄改天换日，都行得通。"

墨白焰额首道："殿下说得是，所以，咱们首先应该想个法子，让这天下乱起来。"

杨千叶柳叶儿似的眉轻轻蹙了起来，道："之前意图在利州兴兵，再由我大隋遗臣在各地呼应，结果失败了。意图在陇西朝廷疏于控制的所在，先练出一支强兵，奈何又……"

杨千叶沉默了片刻，道："刺杀李渊，制造皇室内乱的计划依旧失败了。墨师，现在虽然咱们在长安立住了脚跟，我心中反而茫茫然不知所措了，不知道接下来该怎么走。"

墨白焰黯然道："殿下，这是老奴之罪。"

杨千叶摇头道："墨师不必揽过自责，你为了我杨家——"

墨白焰激动地道："老奴不是揽过，确是老奴之过。当年殿下年幼，不能肩负重任，老奴隐藏起来，一面抚养殿下长大，一面利用宝库在各地开设善堂，趁机收养孤儿，培养死士，一直办得都很顺利。直到……"墨白焰抬起头，直视着杨千叶，"直到殿下长大成人，老奴已经等了十多年，实已迫不及待。另一方面，也是眼见李唐江山渐渐稳固，生怕拖得久了，复国希望更加渺茫，所以，行事不免行险用急了。"

墨白焰苦笑道："但行大事，哪有一蹴而就的道理，何况是改天换日再造江山这样的伟业！世间再没有比这条路更加难行的了，老奴居然痴心妄想……殿下，既然我们如今明白错在哪里，那就好办了。"

杨千叶道："墨师是说？"

墨白焰坚毅地道："放慢速度，制订更翔实、更稳妥的计划！如果我们用十年，甚至二十年的时间来酝酿李唐之乱，还怕不能成功吗？殿下，你想想，如果我们慢慢起出宝库财富，冒充是开店所得的利润，只需五年工夫，就可成为长安首富。

"这里乃是帝都，到时候，我们结交的官绅权贵都是庙堂之上的人物，抑或可以对朝廷诸公产生重大影响的人物，甚而是诸王皇亲，我们巧妙运作，激起皇室与诸门阀矛盾，挑唆诸皇子，激起争嫡之乱……"

杨千叶眼睛慢慢亮了起来："皇子争嫡，必须借助外力，他们必然拉拢诸门阀世家为其所用。而诸门阀世家与皇室既相互依附，又因权力之争而天然对立，他们想保证自己的气运长久，也必须择队而站，扶保一位皇子，从而加剧皇室内乱。"

墨白焰欣然道："殿下所言甚是，这正是老奴殚精竭虑想到的法子。到那时候，我们作为长安举足轻重的一方大财阀，又何尝不会成为诸王拉拢的目标？而我们就可以趁机钻进李唐皇室的内部，扶一位皇子，挑起诸王大战，待局势糜烂到不可收拾，便可把他一脚踢开，树起大隋的旗帜。"

说到这里，墨白焰冷笑一声，道："李渊本是我大隋之臣，地盘、人马都是我大隋的，结果天子有难，他不思勤王，反而坐视诸路壮大反王，直到朝廷势力将被蚕食殆尽，便自立为帝，老奴这法子，与之有些相似，也算是因果循环，报应不爽！"

杨千叶想了想，展颜道："墨师，我细细一想，这个法子虽然慢了些，可是似乎真的可行。"

墨白焰赧然道："殿下谬赞了，以前只是抚育殿下，在各地开些善堂，暗中培植杀手刺客，老奴尚觉轻松，现在要为殿下谋复国大略，便时时感到力不从心了。老奴当年，只是宫中一个内宦总管，服侍皇上、娘娘，只要勤快些、用心些，便能胜任。这等军国大略方针，老奴一个内宦寺人，着实没有那个本事，所以……"

墨白焰微微倾身向前，对杨千叶道："老奴想，从我大隋旧臣中，物色一个胸怀谋略，又心怀故国的智者谋士辅佐殿下，自古得天下者，身边都断断缺不得这样的人物。"

杨千叶道："墨师可有人选了？"

墨白焰刚要说话，窗外街上嘈杂声更加大了，间或还能听到几句呵叱声。墨白焰皱了皱眉，向杨千叶做了一个噤声的手势，闪身掠到窗边，悄悄拉开窗子，向外瞟了一眼，顿时惊呼一声。

杨千叶瞧见他模样，心中好奇，忙也起身走过去。墨白焰见公主过来，忙把窗子拉开，杨千叶站在窗口，向外望去。杨千叶一眼就看到了两个熟悉的人影，虽然他们两个都背对着杨千叶。

龙作作微微仰着脸儿，指着面前两层小楼的店铺，挥斥方遒，道："这间，这间，还有这间，这四……四不好，我喜欢五，就这五间铺子吧，打通了，开一间长安城最好的皮货店！我要叫整个长安的权贵都记住，想要最罕见的好皮子，想穿最稀有的裘衣，就得到我这儿来。"

无情郎和负心汉连连点头应下。

后面楼上，杨千叶唇角微微一牵，勾起一抹微笑。

一个身高丈二、手中握着一百八十斤重的环首大刀的彪形大汉，看到一个站都站不稳的吃奶娃儿，手里握着一把草纸糊出来的巴掌大的小刀，大叫大嚷要跟他大战三百回合时的笑容，倒是与此时千叶殿下的神韵大抵相仿。

墨白焰乜了杨千叶一眼，看到她唇角戏谑的笑意，不禁微微皱了皱眉，但转念一想，龙家姑娘在这里开店固然是在向殿下示威，不过这种事儿对他们的大业并不会有什么影响，在财力雄厚之外，有些令人津津称道的逸闻轶事，也是在长安迅速提升名气和影响的一种手段，心中便释然了。

李鱼站在龙作作旁边，却是一头的黑线。

龙作作家里是开买卖做生意的，能不明白该怎么做生意吗？你这都还没跟这些店家接触，就大声嚷嚷着要把这些店全盘下来了，人家就算肯卖，这价能低得了吗？

孕妇都这样脾气大？她以为自己这个市长有权力让人家的店铺想开就开想关就关？女人吃起醋来根本就没有理智可言逻辑可讲。

"呵呵，有趣！"苏有道负着双手，潇潇洒洒地站在街角，笑吟吟地看着眼前这一幕，吩咐身边人道，"把那几家店拿到手，店不卖，但店铺一定要交给龙姑娘……"

苏有道眯了眯眼睛："陇右龙家字号的皮草还是挺有名气的，咱们就用店铺参个股吧，亏不了！"

手下人一句话都没说，只是微微一欠身，便迅速消失在人群中。

那几家店铺并不是苏有道的产业，而且龙作作马上就要与那几家店主磋商盘下店面的事情了。这时才插手，还得抢在龙作作的前面，把那几家店铺掌握在自己手中，这怎么办得到？

但是苏有道对此毫不关心。他也不想知道手下打算用什么办法，付出什么样的代价，才能在这么短的时间里，抢在龙作作之前完成这一系列交易，他只要结果！

"掌柜的，你这家店卖瓷器的？我看生意也不怎么好……"

"小店的生意好不好，与小娘子有什么干系？"

"我要把你的店盘下来！"

"呵呵，小店生意虽不兴隆，却是大隋文帝年间就开张的老字号了，是一份家业，小老儿卖器物，不卖店。"

"你开价吧，只要价钱合理，适当高一些也是……"

"请出去！"

龙作作转向李鱼，很委屈的样子："郎君……"

李鱼故作深情款款："被人凶了是吧？哎呀，好委屈……"李鱼脸色一收，重重地哼了一声，"该！这大张旗鼓的，人家不坐地起价才怪！"

齐掌柜皮笑肉不笑地道："李市长，小店是真的不卖，你出多少价，小老儿也不卖。"

龙作作气愤地往外走，李鱼无奈地摇头跟在后面，无情郎和负心汉忙不迭随在其后，龙作作气咻咻地道："你不是说这里归你管辖吗？一点用都没有。"

李鱼明知道她是因为对面那位心意难平，故意使性儿，便无所谓地耸耸肩道："作作，这儿归我管，不假。可那是人家的私产，除非犯了十恶不赦的大罪，皇帝下旨抄没，否则，不要说人家生意不好，就算人家把房子拆了，在那地上种草玩，也是人家的权利，谁能过问？"

"哟，官儿不大，官腔不小。少跟我讲大道理了，理是这么个理儿，可这世上巧取豪夺的事儿多了。破家县令，灭门府尹，你当笑话听吗？"

李鱼一脸正色地道："好！我听你的！我一定努力升官，等我成了长安县令，我就让他们破家，替你出这口恶气，然后被朝廷砍头，你就可以开开心心地守寡了！"

"不许胡说八道！"虽然只是一句玩笑话，作作还是紧张得很，没好气地用胳膊肘儿顶了他一下，嗔道，"你要敢死，我才不替你守寡呢，我马上就改嫁，不等你坟头长草，先让你头顶青青。"

说到这里，作作"扑哧"一声笑了出来，脸上微泛红晕。

"哎，一宿都等不了啊，这般如狼似虎，那咱们今晚……"李鱼说着，眼角微微一扬，对面窗前一角裙袂倏然消失。

"想也别想。我的宝贝孩儿出生之前，一根手指头也别想碰我。小心看路，别绊上一跤活活摔死，那老娘就真的改嫁了。"龙作作前半句还在跟他开着玩笑，下一句就酸溜溜的了。问题是她根本没看李鱼，也不知道怎么就注意到这么微小的动作的，李鱼登时吓了一跳。这么强大的第六感，还让不让人活了？

第二家，第三家，第四家……

接下来四家，龙作作连连碰壁。

实际上，这五家商铺，未必就没有肯卖的，但是在她和第一家齐掌柜的打交道的时候，其他四家已经迅速得到了某种"关照"，这时她无论怎么开价，人家当然都是不肯卖的。

龙作作快快地走出第五家店铺，第五家店铺的鲁店主立即走到一个负手立在店中、正浏览店中器物的客人面前，迫不及待地道："你刚刚说的，不管那小娘子出价几何，都高她五成的话，是不是真的？"

那人微微一笑："当然是真的，我不但出高出五成的价收你的店，而且，你依旧可以做这店中掌柜!"那人说着,自袖中摸出一张文书,拍在鲁店东手上,"我一时没带那么多钱,这份房契,押在你这儿。你现在马上……"

龙作作怏怏地走在街上,李鱼劝道:"好啦,咱们以供应皮货为主,何必非要做些自己不擅长的营生,再过一阵,咱们就回——"

"小娘子!小娘子留步,小娘子……"身后忽然一阵呼唤声响起,李鱼和龙作作下意识地回头一看,就见齐店主、鲁店主等五位店东,气喘吁吁地追了上来。

李鱼和龙作作诧异地站住,待那几人赶到面前,李鱼上前一步,开口道:"诸位还有什么事?"

五位店主互相看了一眼,共推五人中年长一些的杜店主上前,杜店主拱手道:"李市长,李家小娘子,我们五个老朽商量了一下,我们这店也不是不能卖,只不过……"

龙作作眼睛一亮,道:"只不过什么?"

李鱼脸色一沉:"我娘子出价已极大方,你们可不要得寸进尺!"

杜店主连连摆手:"李市长多心了,多心了,我们不是趁火打劫要高价,相反,我们愿意以小娘子所开价格的一半把这店卖了。"

李鱼吃惊地看向龙作作:"作作,你做什么了?别是派了龙家的人,去勒索人家了?"

龙作作没好气地白了他一眼,道:"我还以为你真当了破家县令,做大贪官呢。"

齐店主赔笑道:"两位说笑了,我们愿意以比市价低一半的价格卖店面,当然也是有条件的。"

那伙神秘人可是提出了极丰渥的条件:店面,半价卖给龙作作,收入归他们;那些神秘人再按龙作作之前开出的价格给他们一笔钱。之前龙作作开的价已经比市价高出四成,这样一算,他们相当于把一个店铺卖出了市价一倍有余。

大家都是生意人,谁不答应?

而且,那伙神秘人还要他们"降价出售",折价入股,虽然这股份实际上属于那些神秘人,但每年分红,都归他们所有。他们虽然卖了店,不再做店东,依旧可以做掌柜,另外还有一份收入。

这样一笔账,不用一个多么精明的生意人,都能算得清清楚楚、明明白白。

龙作作只是任性了一些,要跟杨千叶斗气,才做出了败家富二代的举动,并不是真的不知轻重。龙寨主没有儿子,将来这家业是要传给她的,她其实也下过一番苦心学习经营的。

这时一听对方这么说，也知道天上不会掉馅饼，遂警觉地问道："你们有什么条件？"

杜掌柜搓了搓手，道："我们刚刚打听到，姑娘是陇右龙家的人，若是龙家在此直接开张，售卖最好的皮货，这生意确实远比我们现在半死不活的生意收入要多得多。可这生意，是我们赖以吃饭的营生，真要脱了手，难道坐吃山空不成？"

齐掌柜道："所以我们五个老兄弟合计了一下，店铺呢，我们折一半的价格卖与小娘子。但是，我们五个得留用在店里。兼并五家店铺，店面太大，总得需要几个掌柜来料理，我们久在长安，阅历丰富，做个掌柜，还是绰绰有余的。"

龙作作一听，这样算，自己占的便宜还是太大，便问道："就只这些？"

鲁店主狡黠地道："做掌柜的，只是拿一份掌柜的收入，除此之外，我们还要在这店里占点儿股份。"

龙作作略一思忖，在长安开店本就是她一时兴起，真要开起来，她又没精力也不擅长此道经营，本也要聘用掌柜，留用他们也没什么，既然他们愿意折价入股，经营起来，也会尽心竭力，说不定这斗气之举，还真能成为龙家一股稳定的财源收入，遂道："这倒不是不可以商量，不过，五位要占多少股份呢？"

几位店主互相递个眼色，杜掌柜道："我们五人，每人占一成股份，如何？"

龙作作摇头道："这样加起来，诸位可是占了一半的股份了。"

齐掌柜赔笑道："我们本就把小娘子出的价折减了一半，这样岂不正合理吗？"

龙作作道："那又不然，我接了你们的店，可不是售卖你们原来的货品，这皮货来源可是由我提供的，长安最好的皮货商人，也只有我龙家寨才做得到，就这本事，若是合伙开店，值不值三成股份？你们是生意人，该当明白能给你们拿到一价难求的货物，作用何等之大！"

五个店主凑到一块儿嘀咕一番，杜掌柜的道："这样的话，就按小娘子说的……"

龙作作嫣然道："我还没说完呢！"

龙作作把杵在那儿当背景的李鱼拖到身边，亲亲热热地挽着他的手臂，道："奴的郎君，李市长，想必各位也都识得。试问，如果李市长肯给予各位各方面的关照，在店里占上一成干股，不嫌多吧？很公道吧？求之不得吧？"

齐掌柜结结巴巴地道："这个……嗯，李市长肯加入？"

龙作作挺起酥胸，道："郎君有官身，当然不宜加入，可我是他的妻子，这店是我开的，和他加入其中，有区别吗？"

五人面面相觑，鲁掌柜期期地道："这个……那么，便也算一股！"

龙作作道："这四成，可都是干股喔，公道吧？"

五人又是一番交头接耳，杜掌柜道："不错，公道。"

龙作作一拍手道："好，这店呢，你们折算成了一半的价格，等于只出了一半的钱，我们双方要共同负担四成的干股，各给出两成干股，所以最后呢，你们五人共占三成股份，七成是我的，对吧？"

李鱼瞪着龙作作，心中无比绝望："天哪！这小算盘打得噼啪作响，老夫这以后的日子可怎么过？"

路边人流中，两个大汉扶着就医归来的刘啸啸正站在角落里，刘啸啸恨恨地瞪着李鱼，目光又渐渐移向龙作作，那个他曾以为今生注定要携带家业成为他女人的女人。

执念，是一种无解的剧毒。此时，刘啸啸盯着龙作作隆起的腹部，目光就无比地怨毒，那里孕育的，本该是他的骨肉，可现在……

"李鱼，你等着吧，我刘啸啸复仇的刀，将裹着地狱的火焰，降临到你的头上。至于你，贱女人，我要叫你生不如死，用你的一生，偿还你欠我的一切！失去的，我一定会连本带利地拿回来，一定！"

龙家寨的皮货在长安这么有名吗？

李鱼端坐在西市署自己的签押房里，捏着下巴，犹如身在梦幻之中。

照理说就算龙作作正常地买店，也没有这么快的道理，毕竟人家那五家店都好端端地开着，又不是贴了告示要出兑，没理由这么顺利。

但现在，那五家店主无比配合，简直比龙作作还要主动积极，此刻龙大小姐已经以大店东的身份，指挥五位原店主拆隔断清存货，同时又请杨思齐介绍了一个有本事的包工头儿，准备大兴土木，装修新店了。

新店的名字……

龙大小姐本打算叫"正气堂"，李鱼倒不在意她取什么店名，但总觉得怪怪的，这名字未免也……太江湖了吧？

后来，李鱼听见无情郎和负心汉在说悄悄话儿，提到"正妻堂"什么的，说是人家叫"乾隆堂"，太大气，大小姐也想讨个好彩头儿，要不是怕犯了朝廷的忌讳，都打算叫"坤宁宫"了。

李鱼这才恍然大悟，人家女子这点小心思，他也懒得理会，不过今天承揽了装修业务的那个包工头跑来向李鱼献媚的时候，为了套近乎，没话找话地说起一桩趣事，说那女店东派了两个小丫鬟去向他交代牌匾的尺寸和名字等事宜。

结果两个丫头也不知道避人，居然当着他的面说起了"悄悄话儿"，说她们家小姐本来极是满意"正气堂"这个名字，忽然又觉得"正气"也不妥，谐音"正妻"呀，那不是明摆着允许那小骚蹄子进了门嘛。

所以，在这两个宜喜宜嗔、秀美可人的小丫鬟提议下，龙大小姐决定这店名就叫"神仙洞"！

你"乾隆"虽然大气，可我是"神仙"，你已经称堂了，我不能称宫，也不宜作府，那我就叫洞，这洞府听着有仙气儿，还不犯忌讳，两个丫头说的时候得意扬扬。

李鱼听到这里，心里便暗暗决定：一俟回了陇右，马上把这俩丫头打发到外房去做事，绝不能留在内院里头，以后府里有点啥事儿，准得被她们抖搂出去，明明一对樱桃小口，偏偏大嘴巴呀！

包工头说到好笑处，拍着大腿狂笑："哈哈哈，李市长，你说那女人好不好笑，我见过那女店主，相貌端端地极美，可惜有了身孕，想必她男人憋得狠了，没少在外面拈花惹草。不过，她这店啊，未来生意倒是极好的。"

李鱼一怔，急忙问道："你怎么知道生意会极好？"

毕竟是自己的生意，李鱼是真的想弄清楚其中道理。

那包工头向他挤眉弄眼，一副"大家都是男人"的模样："李市长，你想啊，她那店叫'神仙洞'嘛，男人哪有不喜欢的，这店一开，还不客似云来？哈哈哈哈……"

李鱼的脸色很难看，臭着一张脸，悻悻地道："那位女店主的男人，就是我！"

康班主、刘云涛、华林三人听得李鱼传唤，匆匆赶来西市署的时候，就见包工头屁滚尿流而去，也不知道是触了李鱼的什么霉头，反正惶恐得很。

三人赶到签押房，就见李鱼拄着下巴，正呆呆出神。

康班主向刘云涛和华林打个手势，让他们站在一边，眼见李鱼还没回过神儿来，便把手在他眼前晃了几晃，待李鱼的眼神收了回来，才道："小郎君可是有什么心事？我看包工头陈小二方才慌慌张张而去，可是犯了什么事？"

李鱼忙摆手道："不要谈他，他自己做贼心虚罢了。咳！你们坐！"

待三人落座，李鱼道："近来你们各司其职，做得可还顺畅？"

康班主一听便眉开眼笑，道："我们做得好得很。小郎君，多亏了你呀，咱们勾栏院里两百多号人，现在各有营生，生计都有了着落，你功德无量。"

刘云涛道："我那净街司先前颇受人非议，不过现在好多了，道路真的通畅干净起来，大家都感觉到了好处，现在对我们都欢迎得很。"

李鱼点点头道："嗯，光是店铺与顾客欢迎不行，还需要处理好与西市署里其他各司人员的关系。"

华林道："我们是小郎君的人，自然以小郎君为尊，他们怎么看，我们不在乎。"

华林读过书，比刘云涛伶俐。一听李鱼这么说，聪明反被聪明误，以为李鱼是反话正说，提醒他们这饭碗是谁给他们的，不要与其他人来往过密，要保证眼里只看得到他，心里只装着他，耳朵里只听进他的话。

这一遭他却想错了，李鱼并不是在提醒他们立场明确，而是因为龙作作的出现，他返回陇右的念头更急了。要不然，难保龙作作和杨千叶会碰撞出什么火花来，两个人现在简直是在打擂台啊！

离开的办法还没想到，但离开之前，他得把这些人安排妥当，做好善后。

只不过，内里苦衷，他是不能明说的，毕竟……不是什么光彩的事。

李鱼盯了华林一眼，摇摇头道："不是这样子的，一个好汉三个帮，与其树敌，莫如共享。我这次绞尽脑汁，给你们设计了新的职位，不去抢他们的饭碗，就是这个原因，记住，多交朋友。"

康班主到底比华林老到一些，虽然不知道李鱼打算溜之大吉的事，不过以常理考量，也觉得与其树敌，不如交友，毕竟他们唯一的倚仗是李鱼，不能给他制造麻烦。

是以康班主抢先说道："小郎君，我们明白了。小郎君允文允武，手段高明，乃一方人杰。可光靠着咱们几个臭皮匠给小郎君打下的根基，想再高升一步，却也不容易。旁人咱不管，至少西市署上下，得大家一条心才成。"

李鱼点点头，虽然他理解得不对，但只要他们这样去做就好。

李鱼顿了一顿，又道："李伯皓、李伯轩两兄弟怎么样？"

康班主、刘云涛、华林顿时露出钦佩神色，康班主道："小郎君从哪儿找来的人？我看，小郎君可以让他们两个担任市丞，必定成为小郎君的左膀右臂，他们很了不起。"

李鱼淡淡一笑，不要说市丞，就算把这个市长让给他们，这座庙也容不下那两尊神的。要不是那两个少年完全没把他们的家世出身当回事儿，想把他们留下来帮这一阵子忙都是奢望。

刘云涛也点头道："康班主说得是，小郎君之前说过有什么事要我们向他们请教，可我看他们整天东游西逛，仿佛无所事事，心里还挺不服气。及至真有了麻烦找到他们，才发现人家是真的厉害。"刘云涛咧开大嘴道："难怪人家当我们的头儿，不是要他们和我们一样每天做那么多事，而是要他们能保证我们有事可做，做得成事。"

李鱼击掌赞道："不错！你能总结出这一点，就不算是真正的大老粗。"

这厢，李鱼尽可能地在自己离开之前，指点安排着他们的未来。另一边，龙作作谈妥了事情，一些具体而微的事就由现在的五个店东、未来的五个掌柜负责了。

龙作作溜溜达达地就来了西市署，登堂入室，来到三院，就听左厢书声琅琅，而且是女孩儿家的声音。吉祥、深深、静静正在课堂上认真地背书，西席老先生负着双手，握着一把戒尺，摇头晃脑地随着她们吟诵的韵律、节奏踱步。

龙作作领着无情郎和负心汉出现在门口，往门里一瞧，不禁讶然："你们跟来西市署，居然是来这里读书？"

吉祥三人语声一顿，一起向门口望去。西席先生脸色一板，道："老夫教授学生，便连李市长都不得前来打扰，你这小娘子是什么人，何故擅闯学堂？"

无情郎不服气地道："这是李市长的夫人，西市署里，什么地方去不得？"

龙作作负着双手，慢慢踱了进来，瞟了吉祥、深深和静静一眼，扑哧一声笑，道："还别说，挺像那么回事儿的。"

吉祥慢慢站了起来，柳眉微微竖起，不卑不亢地道："听说姐姐正在西市开店，身为店东，心思若不用在店上，这买卖怎么兴隆得起来呢？妹妹也曾做过一些生意，深知其中艰难。小郎君对这家店铺期许很深，姐姐还该多用些心思，莫要叫他失望才是。"

龙作作暗暗撇了撇嘴，吉祥恍若未见，又道："我们姐妹三人和龙姐姐熟稔，玩笑闲谈都没什么关系，可此时我们正在学习学业，徐先生一方名儒，德高望重，小郎君都十分敬重，姐姐擅入学堂，打断教学，对徐先生未免不敬了。"

徐老先生一听，微笑着抚须点头，这姑娘才学了几天哪，说起话来就含威不露，既不失风度，又谴责了对方，很是得体。虽然是女学生，不能科考中举，为尊师脸面增光，却也老怀大慰。

龙作作虽然傲娇，其实也自有分寸，不会真的飞扬跋扈，惹自己郎君生厌的。

听她这么说，便哼了一声，道："我只是听到声音，晓得是你们在这里，过来探望一下罢了。既然你们正在读书，那我就不多打扰了。"

龙作作转身就走，到了门口忽又停住，扭过头来，似笑非笑地看着深深和静静："好好用功，你们俩呀，会读会写，学了术数，就可以留在我店里做账房了。我和郎君回陇右，长安这边总得留几个知根底的人操持不是。"

龙作作说完这句话，便扬长而去。深深和静静马上可怜兮兮地看向吉祥，龙作作这一句话，可又让她们的小心肝儿扑通乱跳了。

吉祥咬了咬牙，沉声道："坐下读书，不用怕她！只要我去陇右，一定带上你们！小郎君若真听她的鬼话，我也不去了！"

深深和静静大喜，忙不迭点头，跟小鸡啄米似的。

"吉祥妹妹菩萨转世，心地纯良，难怪当初在颉利可汗府上，我与你一见如故。"

"小郎君侠义心肠，吉祥姐姐贤淑善良，这才是最最般配的一对好夫妻。有人仗着家大业大，要后来居上呢，我才不服她。吉祥姐姐，不管什么时候，我们姐妹，都会坚定地站在你一边。"

徐老夫子笑容一僵，学子们十年寒窗，一旦入仕，就要为了仕途前程，拉帮结党。同乡可以成一党，同学可以成一党，同科进士可以成一党，还有南党北党，至于联姻、拜师、结拜等，诸般手段，都是结党的途径。如今，就连大宅门里头的女人们都与时俱进，争宠花样推陈出新了？

吉祥向徐老夫子微微福礼，道："先生勿怪，学生们这就重新背起。"

赖跃飞赖大柱的签押房。

经过几日治疗，已然恢复元气的刘啸啸笔直地站在赖跃飞的面前。

赖跃飞绕着他转了两圈，点点头，道："不错！是条好汉！"

刘啸啸沉声道："赖大柱肯重用于我，我这条命，便卖给你了。却不知，接下来，赖大柱希望我做些什么？"

赖跃飞挑了挑眉，道："当然是对付李鱼。"

刘啸啸目光一冷："赖大柱想要什么结果？"

赖跃飞像轰苍蝇似的挥挥手，道："不管是让他滚蛋，还是把他弄死，我都不管，我只要他从我面前消失！"

刘啸啸的眼睛慢慢眯了起来："可以无所不用其极？"

赖跃飞狡黠地笑起来："不不不，前提是你不能牵累到我，否则……"赖跃飞阴恻恻地道，"我随时会把你推出去，当我的替死鬼！"

刘啸啸淡淡地道："赖大柱倒是光明磊落。"

赖跃飞哈哈一笑，道："你我各取所需罢了，我并没有强迫你。"

刘啸啸道："可我是被赖大柱放出来的，现在是赖大柱的人，我的手下，也是赖大柱的人，只要我对他有所行动，所有人都会认为是出自赖大柱授意。属下要怎么做，才能不牵累到赖大柱呢？"

赖大柱拍了拍他的肩膀，转身从几案上拿起一本花名册："我交给你的人，都是明面上受你节制的人，那些人，不能用来做这种事。不过……你曾经做过龙家寨的大主事，你应该明白，有些人、有些事，不是用法或钱就能够解决的。"

刘啸啸点了点头。

赖跃飞将花名册递了过去："所以，我们八柱手下，都有一些专门干脏活儿的人。"

刘啸啸接过花名册，赖跃飞意味深长地在那花名册上拍了一拍，刘啸啸的目光顿时变得狞厉起来。

第十三章
布局

西市八柱，早已过了亲自拎着刀打打杀杀的年纪，他们坐镇西市，手下其实一直都是明暗两套人马。明着一套，用来公开身份维系他们的地位与排场，暗的一派，则负责各种明面上不适合去干的事。

像十六桁中自诩已排行第一的饶耿，凡事亲自出头，动辄喊打喊杀，就连火烧勾栏院这种事，都亲力亲为，唯恐别人不知道是他干的，表面看起来似乎更加霸气，可他又不是绿林好汉，如此行为，比起八柱来，未免就落了下乘。

赖跃飞把花名册交给了刘啸啸，这支力量是否是赖跃飞的全部暗中力量，无人知道，但是这份花名册上提供的人员，已经足以支撑刘啸啸的复仇行动，毕竟他对付的人，也不是一个拥有多么庞大潜势力的人物。

十三街区，花鸟鱼市。原本拥挤不堪的街道经过净街司的强制拆除以及清理清洁，虽然现在还稍显杂乱，但较之以往，已经干净整洁了许多。路边地面上，一块青石板忽然掀开，仿佛地老鼠一般探出一个头来。

他懒洋洋地打一个哈欠，便从地洞里钻了出来。这人，正是李鱼第一次巡街时，一脚踢回洞里的那位花店店主，静官儿。

静官儿是个淫人，方才守着花店闲极无聊，忽然性起，扯了婆娘便钻进地洞。一盏茶的工夫，这就心满意足地出来了。

他从洞里钻出来，抻了抻两截衣的衣角儿，紧一紧腰带，瞧见正有一人负着双手，逡巡着他架子上的盆花，忙满脸赔笑地迎上去。

静官儿道："客官，想要点什么花，摆在卧室、书房还是客厅、庭院啊？"

静官儿说着，注意到那人背负在身后的右手上只有四根手指，拇指的位置，被一截黄灿灿的金属手指所取代，也不知是金的还是铜的。

"我想要点上坟用的，你这儿有吗？"刘啸啸直起腰来，笑吟吟地问道，只是那笑容有些令人心悸。

"上坟用的花，纸花纸人、纸牛纸马足矣，用真花，未免奢侈了些。"

"我花得起。"

"你要多少？"

"你有多少？"

"你要多少我有多少！"

"呵呵，好大的口气，我自然是多多益善！"

"那价钱……"

"市价加三成。"

"客官是个爽快人，小的店里可没那么多花，得到处张罗一下。"

"可以，明天过了晌午，能送来吗？"

"地点？"

"出了金光门，往西走三里，右手边小径下去一里地，就是坟头儿，我在那里等。"

"好嘞，客官你放心，明儿我准时把花送到！"

刘啸啸点点头，扬长而去。

静官儿瞄着他的背影，直到他消失在路口，马上闪回路边，一把揪住地洞口当作门把手的绳子，冲里边喊了一嗓子："嗨！别躺尸了，明明是我卖力气的事儿，你倒累成死狗，快出来看店！"

静官儿说罢，便忙不迭地离开了。

花鸟鱼市区的"无忧洞"里，住的并不都是贫苦无着的百姓，还有许多亡命之徒。这些人大都是重案在身的通缉犯，潜藏在此，很难抓捕。而他们也要生活，许多人逃出来时并未携带多少钱，那就得想办法赚钱，替人做些见不得光的罪恶勾当，正是他们的拿手好戏。

静官儿并不做这些杀人越货的勾当，他是干"地鼠"行当的，只负责替人沟通消息，串联人手，从中赚取捎客钱。这时生意上门，静官儿登时打起精神，老鼠一般忙碌起来。

西市第九区，西市署就在这一区，西市署依附东篱下而建，但东篱下却不属于第九区，它在周围四个街区的交接点，等于是压住了四个街区的一角。

第九区高档酒肆、饭馆居多，还有不多见的两间客栈也在这一区，而且是高档客栈。因此这一区与其他各区之间有阔达五十步的一条环形街道。

这条街道是一旦失火一条有效的隔离带。后来这条街道渐渐被商贩"吞噬"，不过近来在净街司的努力下重新清理出来了。

净街司和消防司同其他各司不同，西市署其他各司名义上是负责整个西市管理的，实际上只有十三街区由其直辖，其他各区各有负责人员，并不听李鱼号令。

但李鱼让消防和净街两司在十三街区做出示范效果之后，就请示了乔向荣乔大梁，想在整个西市推广开来。

乔向荣是负责整个西市商铺经营的第一梁，街道清洁以及消防管理又是其他各区原本没有的设置，并不影响他们本来的利益，各区负责人也不想为此和常老大麾下第一人发生正面冲突，所以也就由得他们了。

第九区有一座酒楼，高三层，阔百丈，内有酒舍、茶舍、客栈，还配有歌舞伎以及一座青楼，一条龙服务，所以这楼名为"醉仙居"，一旦到了这里便乐不思蜀，快活似神仙。

各方商贾到了长安，都喜欢住在这里，行商坐贾谈生意，也都喜欢来这里。

刘啸啸到了楼下，抬头望了望那块招牌，便迈步走了进去。

醉仙居这边，有一个口技艺人云先生，一手口技出神入化，据说千军万马征战沙场的声音他都能模仿得惟妙惟肖，小儿夜啼、翁妪斗嘴，也能学得栩栩如生，有时候模拟一段云雨欢好之声，更是旖旎得仿佛身临其境。

这时候，茶楼中正坐了数十位客人，正前方一座屏风，茶楼中一片寂静，众人都屏气凝神，看向那屏风方向。屏风前其实什么都没有，声音从屏风后传来。

风声、雨声、流水声，俄尔云收雨住，一阵鸟鸣蝉唱，又是一阵窸窸窣窣声，仿佛松鼠爬上了高枝，既而砍樵声、放歌声，一幅幅生动的画面，在众听客脑海中鲜活了起来。

"好！好啊……"耳听得樵夫歌声由近及远，而且隐隐然有种飘忽于风中的感觉，众茶客不由得击掌叫好。片刻工夫，声音渐寂，两个云先生的小学徒捧着铜锣笑嘻嘻地走出来，逐桌讨要赏钱。

屏风后面，只摆了一张几案，一个蒲团，几上清水一盏，尺子、竹叶各一枚。

云先生盘膝端坐在蒲团上，微笑着端起了杯，刚要饮上一口，一根金手指就"嗒"的一声搭在了他的桌沿上。

云先生皱了皱眉，微微抬头，就见一条昂藏大汉，在侧首缓缓跪坐下来，虽然跪坐，却挺拔如山。

"云天空?"

"足下是?"

"刘啸啸!"

"不认识!"

"这个，你认识吗?"

刘啸啸从袖中摸出一枚金饼，吧嗒一声放在几案上。

云先生盯着那金饼，缓缓地喝了两口清水，把杯放回桌上，拿起金饼摩挲了一下。是真金，成色极好的真金，他只一拈，从那分量，就知道这金饼不曾掺上半分假。

"刘先生想要什么?"

"我有一位好友，马上就要过世了。抬棺的、打幡的、执哭丧棒的、捧灵的，我都找齐了。可还缺几个人，头前撒一撒纸钱儿，开阴阳路，后边鼓乐吹奏，送个行。云先生交游广阔，可以帮帮忙?"

云天空翻了翻眼睛，眼白上翻，跟个瞽目人似的:"这个，不够!"

金饼子被放回了案上，刘啸啸微微一笑，从袖中又摸出两块金饼，摁在那块金饼上。

云天空垂眸看了一眼，没有说话。

刘啸啸又摸出两块金饼，五块金饼摞在一起，微微摇晃着。

云天空伸出一根手指，按在金饼上:"什么时候?"

刘啸啸出"醉仙居"的时候，微微掀起眼眸，望了望天空，唇角逸出一丝嘲弄的微笑。

他并不相信赖跃飞对他的诚意。

这么快就把自己的秘密力量交给他?"用人不疑"到如此地步，这个人是混不到八柱这么高的地位的。

不过，又有什么关系呢？

他即便只有自己一个人，也不会放过李鱼，现在既然可以用赖跃飞的钱，去找来这么多的帮手，他为什么不能顺势加以利用？这些人并非赖跃飞的心腹，他有些什么具体安排，赖跃飞无从知道，反而更方便他做事。

赖跃飞对刘啸啸的底细拷问得不可谓不详细，所以对他的能力也就有了一定的了解。但是，他拷问来的一切，都来自刘啸啸本人的叙述，酷刑之下，他可以交代自己所经历的一切，但是立场不同，他无须诬骗，叙述自然而然地就会偏向于自己。

所以，赖跃飞没有意识到，刘啸啸能力是有，但这个人"天生反骨"，投靠谁就会反叛谁，或者坑了谁。从龙家寨到罗霸道，从罗霸道到罗克敌，现在，他投靠的是赖大柱。

"大柱，刘啸啸这个人，与李鱼有私仇。很难说他会做到什么程度，万一惹出轩然大波……"赖大柱身边并非没有谨慎持重的人，他的大账房霍先生就是个精明人。此时，他正与赖跃飞下棋，出于忧虑，一子放下后，他还是忍不住向赖跃飞说出了自己的担心。

赖跃飞淡淡一笑："八柱，哪一个不是身经百战、功勋累累，才有今时今日之地位。那个李鱼，虽然有些手段本领，可无论如何，难道比得过我？李鱼干掉了饶耿，结果是取代了饶耿的位子，并未受到惩罚。我跟了常老大这么多年，纵然刘啸啸做掉了李鱼，常老大会为了一个李鱼惩罚于我？"

大账房疑惑地道："属下不懂，李鱼再如何了得，也威胁不到大柱你的位置啊，何必非要与他过不去？我听说，他现在算是乔大梁的人，大柱做掉了他，岂非惹得乔大梁不快？"

赖跃飞叹了口气，拍了拍大账房的肩膀，道："八柱中，我排名第二，会去针对十六桁中的一条李鱼？干掉他，对我有什么好处？干掉他，就是不希望他坐大，因为他一旦坐大，就等于壮大了乔大梁啊。"

大账房大吃一惊："大柱你……竟然意在乔大梁！乔大梁可不是咱们能抗衡的。大柱能有今日，何其不易，可千万不要犯糊涂啊。多少兄弟追随着你，大柱行差踏错一步，就是无数兄弟的冤魂……"

赖跃飞对这个忠心耿耿的手下有些无奈，他只能叹一口气，摇头道："霍先生，你固然精明，只是不在其位，有些事，你难免就看不明白。你以为要对付乔大梁的人是我？"

大账房怔怔地道："那……那么……"

赖跃飞淡淡地道："无数人受我左右，我一言便可决其生死！但我，毕竟不是至高无上的常老大！在上边的人眼中，我，也不过就是一枚棋子罢了。"

赖跃飞说着，将一枚黑子"啪"的一声下在了棋盘上。

棋盘上，黑白子胶着针对，杀机四伏，行错一步，就是一子或数子被无情地拿下。而在棋盘之外，下棋的人却是神色从容，淡定自若。

对他们而言，不过就是一盘棋罢了，大不了推枰认输，从头再来。

如果，这下棋的人其实也只是置身于一张更大的棋盘之中，另有人高高在上，以其为子，博弈一局，他们的命运，又何尝能由自己来左右？

"赖大柱也只是一枚棋子？"霍大先生心惊胆战地下了一子，脑海中飞快地想着。

他是替赖跃飞管理账务、打理钱财的人，自然知道他与谁的关系更为密切，马上就想到了四梁之中排名居二，但负责结交地方势力、官府势力，所以人脉资源庞大无比的王恒久王大梁。

神仙打架了！

霍先生眼看着赖跃飞再下一子，然后将他的白子毫不犹豫地拣去五枚，胆战心惊地想："当这盘棋下完的时候，会有多少枚棋子，被人无情地从棋盘上抹去？"

蛰伏于西市的许多江洋大盗、城狐社鼠，在一个午后，陆续离开西市，出了金光门，西行三里，悄然拐向郊外的一条野路。

静官儿和云天空是两个不同渠道的"地鼠"，静官儿掌握的是黑道资源，云天空掌握的却是下九流资源。这些从事下九流行业的人只要价钱合适，偶尔也会干些脏活儿。

等在郊外一片坟茔之中的，只有刘啸啸一个人。

这些赶来的人到了地头儿，也不与他寒暄，都只是静静地站在那里，或者坐在草地上，甚而有些百无禁忌的人，大刺刺地坐在了别人的坟头上、墓碑上。

刘啸啸面前插着一根削直的木棍，等那棍影儿挪到了事先划定的刻线处，刘啸啸拍了拍巴掌，向众人团团一抱拳，朗声道："各位英雄，承蒙相助，在下感激不尽！"

一个颊上没有二两肉的瘦子猴子似的蹲在一块墓碑上，懒洋洋地打断他的话道："成啦，客套话就别说了。我们来呢，都是冲着你的大方！依照江湖规矩，先付一半，事成之后，再付一半，拿钱。"

"对对对，付钱！交代一下，要对付谁，什么手段，不要啰唆，大家都忙得很。"

众人七嘴八舌聒噪一番，刘啸啸略显尴尬地一笑，从怀中摸出一个沉甸甸的小包袱，把它放在一个坟头上，将包袱打开，一枚枚金饼摞在其中，阳光一照，金光灿烂。

刘啸啸退后两步，道："各位，请自取！"

那个瘦子嘿的一声，突然一个前空翻，在空中滴溜溜地翻了三圈儿，这才落地，他脚尖只在地上一点，又是一串跟头，动作极为敏捷，他翻到那摞着金饼的坟前，伸手刚要去抓，面前陡然出现一只手，已经先行从那上边拿走了一块金饼。

这人穿着一袭儒衫，像个破落的读书人。

他是走过来的，步履从容，身姿端正，可是却像是会缩地成寸似的，后发先至，顷刻间便闪至坟头，抢先拿到了酬金。

"翻个屁的跟头，虽看着炫，怎及得这样走来迅捷。"那破落儒生不屑地瞟了眼瘦皮猴子，淡然地走开。

瘦猴儿冷哼一声，也伸手拿了一块金饼，这回倒不卖弄身法一溜筋斗地翻回去了，而是慢慢走了回去。

其他人也纷纷上前来取报酬，其中不乏卖弄本领的，各施手段，各有绝活，看得刘啸啸目不暇接。

等众人都取了酬报，便有一个满面皱纹、白发苍苍，眉梢唇角都耷拉着，一脸苦情的老汉咳嗽一声道："你要我们对付什么人，现在可以说了。"

刘啸啸脸上露出一丝怨毒神色，道："我要你们对付的人，叫李鱼，西市的市长。"

周围十几个人登时神色一怔，怔了片刻，一个魁梧的打铁匠般的大汉厉声道："足下应该明白江湖规矩！就算你要我们杀官，也未尝不可！但有一条，不吃窝边草！我等如今都寄身西市，你却要我们对付西市市长，我等还有安身之所在吗？"

瘦皮猴儿蹲在墓碑上，扬手一抛，金饼划出一道金色的弧线，落向刘啸啸："老子不干了！"

刘啸啸并未接那金饼，待那金饼将要落至面前，刘啸啸突然伸出右手，右手拇指金灿灿的，在那金饼上一弹，"当"的一声，那金饼就飞回瘦皮猴儿面前。

刘啸啸道："我有三个理由，你们必须答应！"

瘦皮猴儿伸出两指，将那金饼在空中夹住，目光炯炯地盯着刘啸啸："你说！"

刘啸啸道："第一，你们虽然坑蒙拐骗、杀人越货，诸般不法，俱都做过，但是既然混迹江湖，江湖道义总该遵守！今天，你们既然来了，就是接了我这一门生意，你们要是退出，就是砸了自己的招牌，以后还想不想在道上混了？"

一个胖头陀咧嘴一笑，跟笑弥勒似的："第二呢？"

刘啸啸道："第二，你们只知那李鱼是西市市长，可知刘某是何许人也？"

刘啸啸环顾众人，见他们都未作答，便一字一句地道："我是赖跃飞赖大柱的人！"

众人悚然一惊，面面相觑。

刘啸啸脸上露出一丝令人心悸的笑容，道："现在你们明白了？你们做这件事，未必就会毁了你们的安身之处，相反，有可能让你们生活得更自在。如果你们失信，西市就再没有让你们安身的所在。相信我，赖大柱，有这个本事！强龙不压地头蛇，你们就算有再大的本事，在这一亩三分地上，得看我们的脸色行事！"

那破落儒生喃喃道："原来是东篱下内讧。我就知道，报酬如此丰厚，事情必然棘手。"

一个乞儿般的老者悻悻地道："三十年老娘倒绷孩儿，老朽也有被人坑的时候。"

一个唇薄颧高的三旬妇人尖声道："那第三呢？"

刘啸啸笑吟吟地道："第三，我要你们做的事，并不是当众杀李鱼，你们只需要配合我做些事，李鱼，我要亲自杀！"

那个魁梧铁匠般的大汉咻咻笑道："你？你有这本事，还会如此大张旗鼓地动用我们？少吹牛了。"

刘啸啸睨了他一眼，身形突然一掠，双指插向那铁匠般大汉的眼睛，大汉又惊又怒，急忙抬手来挡，谁料刘啸啸只是一记虚招，马上撒手，抓向他腰间尺余长的一口短刀。

那大汉哎哟一声惊呼，刀已落入刘啸啸手中。四下里几个模样各异的黑道中人惊怒不已，纷纷掣兵刃向他攻来，刘啸啸脚下高低起伏，如踏醉步，掌中一口刀上下翻飞，凌厉诡异。

他用的是左手刀，角度诡奇，本就与寻常刀法大相径庭，再配合他忽前忽后、忽高忽低、扑朔难辨的诡奇步法，一口刀攻向的位置与常人惯于防守的位置大不相同，一个人对四五个人，居然弄得大家手忙脚乱。

"当当当当当……"一串清脆的金铁交鸣声，刘啸啸抽身而退，手腕一扬，那刀脱手飞出，落向那铁匠般的大汉，被那大汉一把接过。

刘啸啸傲然道："你说刘某本领如何？"

破落儒生道："足下如此武功，何须我等相助？"

刘啸啸沉声道："当然需要！因为，我不只是要杀他，我还要他所做的一切努力都灰飞烟灭！我要他的兄弟死伤离散！我要他努力做成的事一败涂地！我要他的女人逢迎于我的胯下！我要他，在悔恨与恐惧中死去！"

那中年妇人讶然道："什么仇、什么恨，居然这般歹毒？不过，我喜欢！"

乞儿般的老者道："给足下打打下手的话，倒是使得。却不知，何时动手？"

刘啸啸道："我刘某人不吃隔夜的饭，也不忍隔夜的仇！今天就动手！"

西市，第五街区。

几个穿着"净"字两截衣的清洁工人正在卖力地打扫着一条巷子。

这是一条横穿两条主要街道的小巷，原本只是方便临街店铺从后门搬运货物，但是被店铺废弃不用又懒得远远丢弃的杂物弄得十分混乱，接着就有许多路人在其中便溺，脏乱不堪。

这条巷子从前天起就开始清理了，到今天杂物及便溺物才清理干净，开始清洁地面。由于工作量太大，刘云涛调集了一些人手赶来帮忙，这两天也常常巡视至此，亲自指挥清理。

净街脏苦累差，虽然也有钱赚，但其他街区的负责人懒得打理。真要交给亲朋好友，那些人也贪图安逸好赚钱的营生，不愿接手，毕竟都是一群街痞流氓出身的人物，哪肯去做苦差事。

所以净街司这一块渐渐扩张，各街区的当家人并不反对。而消防那一块现在其他街区的当家人还未体会到其中太多的妙处，再加上乔大梁亲口发话，因为消防有一定的专业性，为便于统一管理，由西市署统一负责，所以也得以扩张。

净街司的人清理出一半街巷，正突击清理着另外一半，想在今天闭市前将这条巷子清洁干净。一个身材魁梧、浓眉大眼、仿佛铁匠般结实的大汉忽然从大街上拐进来，就在清洁完毕的那半条巷弄中一撩袍子，便溺起来。

"嗨！兀那汉子，怎的随地便溺！"两个正洒扫道道的净街司工人一见，顿时火冒三丈。他们辛辛苦苦的劳动成果，岂能由人如此糟蹋。两个工人提着扫把，怒气冲冲地跑过去，其他工人正铲着地上的淤泥、提水冲扫街巷，扭头回顾了一眼，并未在意。

片刻之后，他们听到一声凄厉的惨叫，众工人回身望去，就见一个清洁工人捂着胸口摇晃倒下，那大汉正手握一口尖刀，揪着另一个净街工人的胸口，一刀、两刀、三刀……

那个净街工人连痛呼声都未出口，就软倒在地。

"贼子，敢尔！"

"杀人啦！杀人啦！"

净街司的工人们同仇敌忾，举着扫把、木铲、水桶，愤怒地冲过去，而那大汉扔下血淋淋的刀子就逃之夭夭了。

刘云涛正带了人来此协助清洁，一听此事马上飞快地跑来，两个倒在血泊中的净街工人已然咽了气。

刘云涛只当是有人随地便溺，遭人制止时恼羞成怒，出手杀人，之前他们净街洒扫时也不是没被人殴打唾骂过，但是发展到杀人的，这却是头一遭。

刘云涛一面派人追赶凶手，一面去县衙报官，自己则命人抬了两个净街司兄弟的尸体，匆匆赶去西市署。

庞婆婆负着双手，溜溜达达地走在街上。

庞婆婆不贪，虽说她也属于净街司，整个西市哪儿她都可以去，但她就守着这一条街。

现在的收入已经不像最初那么多了，很多人要么是被罚过，要么是听说别人被罚过，要么是眼见街道如此清洁，自觉地就不乱丢乱放了，所以她每天的收入主要是来自不知此间规矩的外乡人或者异国商贾。

这样一来，她的收入就变得相对稳定，比起她最初的收入，要减少一半左右，但老婆子甘之若饴。

每日巡视得久了，对这条街道她也有了感情，宁可少赚些，也希望这条街干净整洁。道路两侧的商户她也熟了，时不时互相点个头、打一声招呼，老婆子心里熨帖得很。

"喂！站住！"忽然，前方一个中年妇人随手丢了一个果核，庞婆婆恼怒起来，马上从袖筒里扯出红袖箍戴上，气冲冲地走过去，"街市入口有图有字，明明白白写着不许乱丢垃圾，你这娘子没长眼睛吗？把果核捡起来，丢进垃圾桶，罚钱三文。"

"凭什么?! 这大街是你们家的啊? 老娘就丢垃圾了, 怎么样?"

那妇人唇薄颧高, 一看就不是好相与的人, 马上与庞婆婆争吵起来。

路边店里一个小二看到, 想替庞婆婆帮腔, 可他才刚跨出门槛, 就见那妇人恼羞成怒, 从篮子里扯出一把刚买的菜刀, 劈头就向庞婆婆砍去, 嘴里还尖声咒骂着。

店小二吓了一跳, 惊叫道: "庞婆婆小心!"

庞婆婆一瞧, 吓得转身就走, 竟然极是敏捷。

那妇人不依不饶, 拔腿就追, 庞婆婆虽然还算身手灵便, 可怎跑得过一个健壮妇人, 急急跑出几步, 扭头一瞧那妇人不依不饶地追上来, 也是胆寒。

迎面一个汉子肩上挎着一捆绳子急急走来, 一瞧庞婆婆被一个持刀妇人追着, 不禁惊骇地站住。

庞婆婆一个箭步蹿到他的面前, 一把抢过他肩上的绳子, 将那绳头儿摇了几摇, 扔上对面一家店面的二楼廊柱, 飞快地缠了几匝。庞婆婆又将绳子这头儿往店铺门口一块定界的石柱上一缠, 那绳头儿绕了几匝, 被她巧劲儿一翻, 拴住了。

那妇人怒吼着追到: "你个死老婆子, 老娘砍死你!"

庞婆婆脚尖儿一点, 腾身就跃上了绳索, 那妇人挥刀赶到, 庞婆婆踏着那绳索嗖嗖嗖地跑了上去, 如履平地, 路上的行人都看呆了。

那妇人追赶过来, 似乎已经气疯了, 挥刀在绳索上砍了几刀, 那绳索一颤一颤的并不十分受力, 一时砍不断, 那妇人瞧见绳索一头缠在石柱上, 便向石柱上的绳索砍去。

"铿铿铿"一连三刀, 那妇人将绳头儿砍断了, 此时庞婆婆距那楼栏还有一步距离, 绳头一断, 登时软垂下来, 众人一声惊呼, 却见庞婆婆身形一坠, 急忙伸手一攀, 抓住楼栏, 一个引体向上, 腿儿一骗, 灵便地翻过了楼栏。

"好! 好啊!"

"彩!"

街上百姓鼓掌喝彩, 仿佛看了一场大戏。

庞婆婆年轻时就以绳技名扬长安城, 如今不过小试身手, 倒没被楼下这么多百姓的喝彩弄得飘飘然。

她站在楼头, 怒视那疯妇人, 却见那妇人脸上露出懊恼神色, 趁着众人都向楼上看来, 急急收了刀, 往人群中一退, 离开了。

庞婆婆居高临下, 见那妇人挤出人群的时候, 篮子和刀都已弃下, 心中登时涌起一片疑云。

"不对劲！"庞婆婆也算老江湖了，马上察觉其中有异。一开始她也以为那妇人是气火攻心，情急行凶，这种人虽然少，但天下之大，也不是没有。

但是从她的那神情变化，以及悄然隐退的手段来看，这妇人绝对是有备而来，今日就是为了行凶。

"不对呀，我老婆子偌大年纪，不至于得罪什么人吧？就因为罚过人两三文钱，就有人刻意针对？不可能。如果不是刻意针对我老婆子，那么她针对的……"

庞婆婆马上想到了李鱼，匆匆下了楼，谢过了示警的小二和那绳索的主人，推开人群，便急急赶往西市署。

庞婆婆赶到西市署门口时，恰撞上刘云涛率人抬了两具尸体，涨红着脸庞赶来。此时二人还不知道，被人打得头破血流的康班主，已经在李鱼面前哭诉不已了。

李鱼听康班主说到一半，就立即请李伯皓、李伯轩两兄弟赶去现场，主持抓捕凶手事宜，官方捕快效率太差，他可不放心。

李鱼打发走了李氏兄弟，正安抚着遭人殴打的康班主，询问着详细情况，刘云涛和庞婆婆就双双闯了进来。

此时，他们还不知道，一连串事件的背后，龙作作那座尚未开张的"神仙洞"，才是这些城狐社鼠、黑道群雄的唯一目标。而刘啸啸业已磨刀霍霍，等着做一道"鲤鱼脍"大餐了！

既然知道龙作作的店与李市长有莫大的关系，那包工头自然不敢怠慢，也不敢偷工减料，很快，那匾额就做好交货了。无情郎和负心汉去门外交接，验了货便进店里禀报龙作作。

龙作作出了大堂一看，偌大一块牌匾，比起对面乾隆堂的字号足足大了一圈，确实是按她说的尺寸制作的，只是那名字却不是她起的"神仙洞"，而是"雪珑堂"三个大字。

龙作作蹙眉道："这不对啊，店名不对。"

无情郎和负心汉对视一眼，讷讷不语。

龙作作一瞧就知道必有缘故，瞪眼道："怎么回事？谁叫你们擅作主张的？"

无情郎苦起脸道："小姐，这可不关我们的事儿，我们哪有这个胆子，这是姑爷给改的名字，说是一个'雪'字，更显皮货之贵。至于这个'珑'字，实则是取

· 174 ·

了咱们龙家寨的姓氏。"

龙作作怒道："他改的？为何他不曾说与我知道？'神仙洞'挺威风的名字，为什么要改？"

负心汉讪讪地道："奴婢也不知道，不过奴婢倒是听掌柜们私下议论过，说'神仙洞'不好。"

龙作作道："'神仙洞'怎么不好了？"

负心汉俏脸微红，踮着脚尖凑到龙作作耳边，小声嘀咕了几句，龙作作的脸也红了，啐了一口道："这些臭男人，好好的一个名字，愣是被他们给毁了，罢了罢了，'雪珑堂'便'雪珑堂'吧。"

那匾额依照她的吩咐，做得极大，可顺不到屋里去，只能在檐下横着，要么就得先行挂起。

龙作作站在街上端详了一番，觉得"雪珑堂"无论是意境还是尺寸，都能压杨千叶一头，遂满意地道："成！你们快去，把后院库房里摆货架的那些伙计喊来，再寻两三条粗绳子来，把这匾额先行挂起。"

两个丫鬟答应一声，一个去寻绳索，另一个去后院里喊人。这时候，行人中一个头陀忽地站住，望着龙作作惊咦一声，肃然道："女施主，洒家看你眼角有痣，上下唇薄，额心微凹，双眉飞窄……"

龙作作不耐烦地摆摆手，嘲弄地道："你就直说吧，本姑娘是不是要大难临头了啊？"

头陀赔笑道："非也非也，洒家是说，女施主你一马配双鞍，一脚踏两船，乃双夫之命啊！"

龙作作大怒，指着那头陀骂道："你是咒我男人早死吗？这么不会说话，还想讨赏钱，快走快走，要不是为了给孩子积德，就算你是出家人，本姑娘也要打得你连佛祖都不认得。"

头陀大笑："女施主，洒家直言相告，你不信，来来来，洒家显一手神通，叫你心服口服。"

那头陀攥着一个拳头，伸到龙作作面前，龙作作疑惑地低头看去："什么神通？"

那头陀一张手，一股奇香扑鼻而来，龙作作讶然一怔，未及生起警觉，神志已然恍惚起来。

那头陀脸上带着诡秘的笑容，声调飘忽地道："女施主，你随洒家来，便知其中端倪了，走！"

那头陀转身就走，龙作作两眼发直，喃喃自语道："随你去了，便知端倪了。"

无情郎和负心汉带了一班伙计，拿了几捆绳索出来时，已经不见了龙作作的身影。两个小丫鬟东张西望一番，无情郎疑惑地自语："这么一会儿工夫，小姐去哪了？"

负心汉担心地道："莫不是到对门儿寻杨家姑娘晦气去了吧？"

两人担心地向对面望去，却没听到打斗吵骂的声音。

杨千叶带了一个小伙计回到西市，径往自己的店铺走去。

今日她又去了趟平康坊。聂欢和戚小怜对她立足长安大有帮助，这对情侣她还是要维系关系的。聂欢现在正在筹措钱财，要为戚小怜赎身，戚小怜终身有了着落，人逢喜事精神爽，见了杨千叶也有说不尽的话儿，拉着她直聊到此时才放她离开。

杨千叶正向前走着，忽见龙作作迎面走来，一身鹅黄色衫子，虽然身怀六甲，依旧面若桃花。杨千叶登时站住了身子，眉尖微微地挑了起来。

两人在龙家寨时曾情同姐妹，可惜这段友情结束得太快。自从龙作作以为她与李鱼有些纠葛之后，更是把她视作情敌，不但在她对门儿开店，处处与她争风，而且正面碰见，少不得夹枪带棒，一番贬损。

一个头陀晃晃悠悠，宣着"阿弥陀佛"过去了，紧接着龙作作似有什么心事，嘴唇翕动，不知道念叨着什么，从她旁边走了过去，连正眼儿都没看她一眼。

杨千叶松了口气，举步向前走了几步，忽然停住了身子，微微蹙起了眉头。

有心事？不像啊！

就龙作作那般性格，有什么心事会让她神思不属，恍恍惚惚？

杨千叶又陡然想到，那个头陀似乎走得跟龙作作太近了些。就不说男女有别吧，这街道也没拥挤到那般地步，人们行走时，会自然而然地与陌生人拉开些距离，可龙作作与那头陀一前一后各自行走，显然并不相识，但二人脚跟脚的，似乎走得也太近了些。

杨千叶越想越不对，霍然扭过头去，就见那头陀走着走着，忽然拐进了一条巷弄，紧跟着龙作作也拐了进去。

"有问题！"杨千叶马上拔足追了上去，大喝道，"龙姑娘！龙作作！"

她身边跟着的小伙计也不是寻常仆佣，而是自灞上的那些死士中挑选出来的，一见殿下追去，马上也拔足追上。

杨千叶将至巷口，恰有一个推着炒栗子小推车的汉子过来，抢先一步堵住了巷口。杨千叶一个旱地拔葱，就从那小车上跃了过去，身在空中，就见那头陀和龙作作身影一晃，拐过了巷弄的尽头。

杨千叶心中一急，立即施展八步赶蝉的轻功追了上去。休说龙作作是心系自己男人，所以对她有所敌意，她其实并不介意。就算两人之间真有化解不开的仇恨，将心比心，她也不会坐视一个妇人落在心怀叵测者手中，更何况那妇人还有了身孕。

尤其是，那可是李鱼的骨血啊，她虽嘴上不说，心里也清楚，自己已经不知欠了李鱼几许人情。

杨千叶这一施展轻功，身形迅疾如箭。

所谓轻功，就是提纵术，并不是真的能让身体变轻，而且一旦施展，体力消耗极大，根本难以持久，但猝然暴发，在短时间内，飞檐走壁、追风踏鸟，也未尝不可。

长长一条巷弄，杨千叶一眨眼就追到了尽头。

这时那小伙计也追了过来，那推车的汉子惊呼一声，被那小伙计合身撞上去，"砰"的一声，冲劲儿太大，那小伙计一身横练的功夫又扎实，竟然把那小车拦腰撞成了两截，栗子、铁砂飞得漫天都是，锅下的炭火也飞溅起来。

那小伙计就从那漫天激飞的炭火、铁砂和栗子中间穿了过去。

这条巷中也有店铺，不过都是卖喜事丧事类，乃至法事类物品的，平素根本没有顾客，也没有小二站在门口揽客，所以空寂无人。

那小伙计拔腿就追，他可没有杨千叶的高明轻功，但跑起来也是极快。冲至一半，他眼角余光忽地察觉路旁一家店铺似乎有人影一闪，小伙计立即收住脚步，但冲势太猛，整个人从青石板上滑过去，滑到第二家店铺门口，才止住脚步。

小伙计掉头回到那家门口一看，就见两个小二一掀门帘从后边出来，说说笑笑地抬了一尊佛像再度走回后堂。

小伙计嘘了口气，刚刚他眼角扫见似有两人挟了一个黄色人影拐进后院，此时再看，才晓得看花了眼，原来是伙计在搬运木佛像，那佛像是披了袈裟的，眼睛匆匆一扫，不免就误会了。

小伙计不敢再耽误，马上拔腿向大街上赶去。

杨千叶追上大街，这条街道顾客商贾却是极多，人头攒动，热闹非凡。杨千叶一通疾追，人群中再也不见了那头陀身影，鹅黄衫儿的龙作作更是踪影全无。杨千叶站在街头，茫然四顾，心中顿时焦灼起来。

这时那小伙计追了上来，一瞧自家殿下无恙，这才松了口气，上前唤道："姑娘！"

杨千叶扭头见他追上来了，马上向前一指，道："你马上赶到坊市入口，就守在那里，若见一个头陀或龙姑娘，就拦住！快去！"

小伙计见她满面焦急，不敢多说，马上答应一声，飞奔向坊市入口。

这条坊市中的主干道其实有无数条小巷小弄接连，仿佛一张蛛网，真要是堵，便百十人也堵不住。不过这坊市四周建有高墙，对外的出口却只有四个。杨千叶追丢了人，别无他法，只好安排小伙计去堵一边的门，自己则向另一端飞奔而去。

杨千叶跑到一半，恰见一伙净街司工人从一条巷弄中出来，杨千叶立即大喝道："尔等速去西市署，告诉李鱼，他娘子叫一个扮头陀的拍花子给拐走了，快去，快去！"

杨千叶说完，就一阵风地跑开了，那些净街司的工人被她一句话说呆了，蒙怔半晌，方才醒悟过来：李市长的娘子叫人拐子给拐跑了？这还得了！一帮净街司工人立即撒丫子向西市署赶去。自家恩人的娘子被人贩子拐走了，如何不急？

而此时，西市署周围，明里暗里，那些黑道杀手业已就位，就等着引鱼出洞了！

第十四章
后手

　　杨千叶纵掠如飞，如此美人儿，在人群中飞掠急奔，难免令人侧目，她也不管不顾。跑到一半，杨千叶忽地顿住了脚步。

　　她毕竟从小接受训练，刚才方寸大乱，这时头脑忽地清醒过来，偌大一个西市，就凭她和一个小伙计，怎么可能看顾得过来？就算她及时抢到另一个出口，人家也有的是办法把人运出去，甚而从墙上递出去。

　　此时横里一走，越过一条巷子就是她的乾隆堂了，莫如回去叫人，比她一个人盲人瞎马地寻找要妥当许多。

　　杨千叶这样一想，立即向乾隆堂奔去。

　　乾隆堂早已开张了，冯二止做掌柜，带着一班小伙计。墨白焰在二楼做大账房。聂欢和戚小怜光顾乾隆堂的广告效应已经显现出来，许多名流来西市购买珠宝，都会来乾隆堂看上一眼。

　　乾隆堂的珠宝其实都来自隋宫宝库，专门从中挑了没有宫廷标志的宝物出售。大内收藏的珠宝，都是用料、做工顶尖儿的宝物，来过的人出去一说，口碑建立起来，一些平时专往东市采购珠宝的商家也会往这里来。

　　不过，此时已经天近黄昏，闭市在即。再加上珠宝店毕竟是高档商品店铺，人再多也不可能熙熙攘攘、人流稠密，所以此时店中只有一个大商贾正在那儿挑选着佩玉。

杨千叶出现在门口，气息微促。

冯二止正陪着客人，一见杨千叶到了，连忙迎上去道："姑娘，你回来啦。"

杨千叶大声道："有一个扮成头陀模样的拍花子迷了龙姑娘，如今不知所终，尔等速速往各处搜寻，守住各处出口，时近黄昏，宵禁在即，只要守住了出入门户，歹人一时就无法将人运出，快去！"

冯二止等人一听倏然变色，马上集中人手。二楼的伙计和墨白焰也赶了来，听杨千叶简单说明情况后，一窝蜂地就冲了出去。杨千叶想了一想，掉头就往对门赶去。

对面龙作作的店铺还未开张，但许多伙计、掌柜正在做开业准备。杨千叶上门一说情况，无情郎和负心汉一对小丫头登时吓哭了，众掌柜和伙计忙不迭也上街去寻找，两个小丫头则直奔西市署，找姑爷去了。

杨千叶安排好了这一切，眯起眼睛想了一想，拔足向刚刚碰到龙作作的地方赶去。一般来说，拍花子只会选择小孩子，因为迷魂药物药效难以持久，用不了多久就会清醒，选择成年人下手，等目标醒来会很难控制。

所以，那人既然对龙作作下手，显然就是针对龙作作来的，这样的话，对方必有后手，不会也不可能一直引着龙作作走出西市，因为只怕未出西市，龙作作已然醒了。

想到这里，杨千叶就想赶去与龙作作相逢的地点，重走一遍追索的过程，或有所发现。

一时间，乾隆堂和对面尚未开张的雪珑堂里的人走得一干二净。那个大商贾拿着枚翠玉佩坠，站在柜台前目瞪口呆。

眼见店里静悄悄的一个人都没有，那商贾试探着唤了一声："店家？"

房中寂寂，半晌无声，他又试探着唤了一声："小二！"

店里还是没人回答，那商贾摩挲着玉佩，这玉成色极好，价值千金，此刻就握在他的手上，若转身就走……

"有人吗？有人吗？"商贾握着玉佩，一边扬声唤着，一边沿着柜台左右走动了几步，眼见无人回答，心中一喜，将玉佩往袖中一掩，掉头就走，到了门口将要迈步时，脚提在空中，却未敢踏过门槛。

他也算是有身份的人，虽然有贪利之心，可这一旦被人抓到，名声受损，没脸见人哪。

手指在袖中摩挲着质感润腻的玉佩，他犹豫着又往回走了几步，咬一咬牙，又往外走，到了门口思及传言，据说侠少聂欢、市长李鱼都和这家店主有来往，心中生怯，再走回来。

一时间，偌大一个乾隆堂空空寂寂，只有这商贾一人，来来回回，逡巡往返，面孔扭曲，心中挣扎，这一番天人交战，也不知等到西市闭市鼓响，是否能有一个结果。

李鱼听庞婆婆和刘云涛讲明情况，马上意识到这是针对他的一个阴谋，他立即命人去叫李伯皓、李伯轩两兄弟回来。既然知道对方的目标是他，李鱼当然会加强自己的戒备，李氏兄弟虽然个性有点逗逼，一身武功艺业却是不掺假。

李氏兄弟正在调查康班主被打情由，得到消息马上赶回了西市署。一见李鱼，李伯皓便道："唤我二人回来有什么要紧事？我二人刚刚查明白，殴打康班主的是几个过路的泼皮，无端出手，有些蹊跷，其来路我二人正在——"

李鱼打断他们的话道："伯皓、伯轩，那不是一伙过路的泼皮，所有的事，都是冲着我来的。"

李伯轩一听大乐："冲你来的？哈哈哈，那就不算蹊跷了，你这人，天生就有拉仇恨的本事。不管走到哪儿，总会莫名其妙地惹来别人的嫉恨！"

李鱼瞪了他一眼，道："胡说八道！我一向与人为善，哪有无故招惹仇家的道理。"

李伯皓道："那么，对头是谁，可清楚了吗？"

李鱼微微摇了摇头："目前还不清楚。"

李伯轩得意地瞟了李伯皓一眼，二人捧腹大笑："果然莫名其妙！"

李鱼又好气又好笑："你们这对夯货，我找你们不是来搞笑的，得尽快想办法揪出幕后黑手，否则，就算抓一堆小泼皮，我们的乱子依旧止不了，到时候，我可唯你二人是问。"

李伯皓不服气地道："你惹的麻烦，为何要我们负责？"

李鱼的手掌重重地拍在他的肩上，正色道："你们是龙是虎，就要靠这件事来证明了！如果你们连这种小麻烦都解决不了，还是乖乖回去考状元吧，否则，不仅你们的族人会失望，我也会很失望的！"

李伯皓、李伯轩两兄弟一听，登时挺起了胸膛。李伯皓道："不去！打死我都不去考状元！读书太叫人头疼了！"

李伯轩道："弟附议！"

李鱼一怔："这是重点吗？我是说……"

这时，一伙净街司的人冲了进来，七嘴八舌地道："李市长，你娘子叫拍花子的给拐走了，快去救人！"

李伯皓奇道："哪个娘子被拐走了？怎么这么不小心？"

李伯轩道："是深深、静静、吉祥、作作还是哪个吴娃越女、秦姬楚娇啊？"

那报信的净街司工人一呆，讷讷地道："我们是听乾隆堂的杨姑娘说的，我们也不清楚。"

李鱼喝道："你们闭嘴！"

李鱼喝止了李氏兄弟，上前一步，问道："杨姑娘是怎么说的？"

几个净街司工人把杨千叶的话重复了一遍，李鱼紧张地道："作作，一定是作作被人掳走了！"

李伯皓福至心灵地道："一定又是那个幕后黑手！"

李伯轩补充道："他的目标，其实是李鱼！"

李鱼没理会他们的废话，他从壁上一把摘下佩剑，就向门外冲去，眉眼含煞，已然动了真怒。他的家人，就是他的逆鳞，谁触他的逆鳞，结果唯有一个：你死我活！

西市署外，因近闭市时间，街上行人已经不多，那些潜伏的杀手暗暗焦灼起来，如果李鱼再不出来，今天的行动只怕就要被迫放弃了。这时候，西市署洞开的大门之内，李鱼提着一口刀，霍然冲了出来！

西市署大门洞开，李鱼提剑，一马当先而出，紧随其后的就是呼啦啦一大票人。

"李鱼身边，有两个高手，一个叫李伯皓，一个叫李伯轩。身手究竟如何，我也不甚清楚，但是从西市署了解到的情况来看，这两个人就是因为武艺高强，才被李鱼揽为己用的。这两个人，你们负责牵制住！"

街上有一个推小车的货郎，街对面有两个摆地摊的小贩，街角还有一个坐在石墩上发呆看街景的老汉，四个人的目光不约而同地看向大门口，目光越过走在最前面的李鱼，盯住了打扮光鲜的李伯皓、李伯轩两兄弟。

"李鱼身边，其他人皆不足虑也。不过，对这些人，你们还是要了解一下，分出一部分人手牵制住他们，我才好放手对付李鱼。

"康班主，半百老者，一个戏班班主；刘云涛，原是一个行船的，略通拳脚；华林，方及弱冠，一介读书人。还有三个女人，与他非妻非妾、非友非仆，极是暧昧，其中有两个最是厚颜无耻，时常喜欢粘在他身边，不懂武功，只会卖骚！"

刘啸啸带着妒意的介绍回响在耳畔，扮作茶客坐在对面茶楼二楼临窗处的一个杀手目光低垂，向西市署中闯出来的众人望去，康班主、刘云涛、华林，一一对号。

人群中果然还有两个女孩子，一个跑在李伯皓背后，一个提着裙儿跑在最后面。

来了！

没有人知道刘啸啸藏在哪里，杀手们也不想知道，他们久干这一行，只管盯着自己各自的行动目标。

推小车的货郎最先行动了，他本来慢吞吞地走在路上，此时小车突然一转，发力向李鱼快速撞去。

李鱼吃了一惊，急忙侧身一让，呛啷一声长剑出鞘，一泓秋水飒然横空。

而那推小车的货郎眼看车子撞空，一撒手任它撞向人群，与此同时，他双手一掣，小车的两个把手竟然被他拽了下来，一对细长的利剑赫然在手。

货郎迎向李伯皓，双剑，一刺其左目，一刺其心脏，狠辣异常。

两个摆地摊的小贩发一声喊，其中一个双手往前一插，竟套入面前摊位上一对牛角之中，一对牛角卡在手上，仿佛一对利刃。

另一个小贩则从袖中滑出一对柳叶刀，恰落在掌心，持之攻向李鱼，但他只是佯攻，犀利一击逼得李鱼换位出剑时，身形一转，已与另一个小贩成联手之势，同样攻向李伯皓。

看来，这两个人是想以最快的速度结果了李伯皓。不料李伯皓一声怪叫，倏然退了一步，伸手一拉，就把李伯轩拉到了自己前面，他的剑则从李伯轩肋下递出，刺向递向李伯轩面部的那只牛角。

"当！"火花四溅，原来那牛角上有一层涂层，实则为青铜所制，而且除了套住手腕的部分，其余皆为实心，是一对重兵刃。

李伯皓一声怪叫，剑刃滑开。不过这一刺，对方的牛角也是一歪，从李伯轩的肩头滑了过去。

与此同时，另一个小贩的掌心双刀分别捅在了李伯轩的右胸和左肋位置！

完美！

李伯轩大叫一声，惊怒骂道："李伯皓，你无耻！"

李伯皓叫道："我呸！软甲就一套，谁让你穿了？"

"我是弟弟！"

"弟弟了不起呀？"

那小贩一对掌心刀刺在李伯轩身上，微微一陷，旋即便再难寸进，顿时便是一怔。

李伯轩虽和大哥斗着嘴，手上却是丝毫不慢，一剑便向那小贩当头劈来。

那小贩本抱着一击致命的念头，所以未留防范余地，这时只能竭力一闪，虽然避过了头部，那剑却正劈中他的肩头。

李伯轩这口剑果然削铁如泥，"扑哧"一声，血光迸现，那小贩一只膀子就连着掌心刀落向地面，痛得那小贩怪叫一声，翻身就走，鲜血淋淋漓漓洒了一路。

街角坐在石墩上发呆看街景的老汉这时也健步如飞地赶来，向李伯皓侧向出手，李伯皓闪身回避，呼啦一声扯掉了他的外衫，一件珠光宝气的炫目宝衣登时显现。

那发呆老汉就像一下子看到了百眼魔君的孙悟空，纵有火眼金睛也要眼花缭乱，何况他还有点老花眼，他一爪击出，根本确定不了抓向了何处，明明看到对方出了剑，却不确定对方刺向哪里。

幸好这时茶楼窗中跃出两个茶客，半空中飞落下来，李伯皓等人齐齐戒备空中，一时削弱了对他的攻击，老者才能趁机抽身。

空中两个食客身在空中，也是骑虎难下。本来计划得好好的，经由下边几个人的猝然刺杀，他们二人自空中落下时，正是敌人自顾不暇的时候，他们可以尽情收割人命，但是……

好在那两个"不懂武功，只会卖骚"的小姑娘尖叫的尖叫，逃窜的逃窜，搅乱了他们自己一方的阵营，不然的话他们两个自空中落下时，难免要被人捅上一刀。

李鱼这时正挺剑返身攻向众刺客，骤见自己一方的人看向空中，神情凛然，急忙一矮身，同时身形一个大旋，在脱离正面之敌的同时掠向侧方，这才看向空中，恰看到两个茶客张牙舞爪地自空中飞来。

李鱼冷笑一声，双腿一个弹纵，就要举剑迎上去，这时斜刺里突然一道人影一股旋风般疾旋而至，正处于李鱼视线的死角。

及至将近李鱼身边，那人才大声厉喝："李鱼！去死！"

随着声音，他手中一口一尺有半仿佛断了一半的黑黝黝铁刀已向李鱼劈去。

他不但出现的时机选得好、角度定得好，而且步伐诡异，左手刀招法奇特，用的正是罗家刀法中的左手刀绝学。

等他大喝出声时，李鱼已经避无可避、闪无可闪，只这一刀，就能干净利落地将李鱼的脑袋一刀削下。

如此快刀，一刀断头，只怕李鱼藏在腕间的宙轮根本连血都沾不到，这一刀下来，李鱼必死无疑！

杨千叶沿着刚才走过的路缓缓走着，路过那个巷口时，路边还有散落的车子碎片，地上还有未燃尽的木炭，但其中的栗子已经被行人捡光了。

杨千叶走过去，突然又止步，慢慢退回来，凝视着地上的车子碎片，眉头渐渐地蹙起来。

车子被撞废了，推车的小贩也不见了。吃饭的家伙被毁了，小贩不应该不哭不喊不闹吧？

地上的碎木头中，一截小车厢的碎片还连着下边一个轮子。这样的木头车轮不易制造，一辆小推车的车轮至少占了三分之一的人工成本。这只车轮是完好的，为何推车小贩不拿走？

除非……他根本不是小贩，不在乎这辆小车。

那么，他是人拐子的同伙，负责掩护的？

为何……他会守在这个巷口，难道这条巷子是那个人拐子一定要走的路？

杨千叶抬头向前看去，时近黄昏，闭市的鼓声已经快要敲响了，这条本就僻静的巷弄里更是没有一个行人。

杨千叶扶了扶腰间的短剑，迈步走了进去。

各家店都在做打烊的准备，一些摆在门口的样货正由小二们搬回店里。

杨千叶一步步行去，忽然嗅到一阵檀香，她定睛看去，便看到了一间香烛佛器店，里边琳琅满目的货物，有的摆在货架上，有的放在地面上，大如佛像，小如珠串，应有尽有。

杨千叶俏目微微一眯，举步走了进去。

"姑娘，我们要闭店……"一个小二迎上来，话刚说到一半，便戛然而止。

杨千叶的剑已飒然出鞘，压在了他的颈上，冰凉的剑刃抵着脖子，激起一片鸡皮疙瘩。

杨千叶没有说话，就用短剑压着他的脖子，逼着他一步步退回店里。

杨千叶站在店里，徐徐四顾，两侧货架一览无余，没有可以藏人处，她收回剑，缓缓向前走了几步，手掌抚上了墙角的两尊佛像。

这是两尊坐佛，半人多高，杨千叶突然屈指叩了叩，听响声，这佛像是空心的。

那小二咽了口唾沫，期期地道："姑娘，你要干什么啊？"

杨千叶没有答话，其实对这家店，她并没有特别疑虑，只是突然想到那人拐子扮作头陀，而那人拐子刻意要经过的这条巷子里又有一家香烛佛器店，两者间多少算是有点联系，这才抱着死马当活马医的心态走进来。

杨千叶歪着头想想，举步向后门走去，那小二急道："姑娘！姑娘！掌柜的！有客人来了！"

杨千叶挑开帘子，步入后院，进了后门，就是一个四合院，三侧有房，中间一个院子，一个掌柜正指挥两个伙计往库房里搬东西。

院子里放着一些大件的东西，比如一些坐式、立式的佛像，还有几尊大户人家门口摆放的石狮。地面上有一些刨花，旁边还有个木匠，依旧慢条斯理地做着木工，在他旁边，是一尊快成形的弥勒佛像。

这是粗坯的木胎，成形后外边还要用泥土塑制细节，再涂以金漆，最后才会成为一尊成形的佛像，此时那弥勒坐佛叠坐的腿部还是露着洞的，木匠正在打制弥勒佛脚部的木胎。

掌柜迎上来道："姑娘，你要买些什么东西呀，小店就要打烊了，还请姑娘快些。"

杨千叶冷冷地道："少聒噪！"

她只是淡淡一句，却极具威仪，竟尔让那掌柜的没敢再说一句。明明是杨千叶无理闯入他的店铺，这般大刺刺地仿佛官府搜人，他居然不敢有所质疑。

杨千叶轻轻拍了拍那尊木胎弥勒佛像的肩头，目光转向一旁摆放的佛像，走了过去。

那尊木胎弥勒佛内，龙作作瞪大了双眼，死死地盯着外面，她透过木胎佛像接合处的狭隙，已经看到了杨千叶，这一刻龙作作喜极欲狂，一颗心几乎都跳出了腔子。

她此时是瘫在这尊尚未完工的弥勒坐像中的，迷魂药物已经失效，却又被强行灌下了软筋松骨的药物，现在连喉头的肌肉都休想有所动作。

佛像尚未完工，脚部还是敞开口的，杨千叶那一拍就无法起到测试内部是否空洞的作用。再加上龙作作是瘫在其中，木胎肩部本就有空隙。

除此之外，因为木胎尚未完工，杨千叶也不能用较大的力，免得一拍之下，就把人家快完工的佛像拍散了，所以毫无所察。

当杨千叶转向院角，去拍那几尊完工的坐佛立佛时，龙作作的一颗心登时深深地沉了下去，仿佛沉到了无底深渊……

西市署门口，刘啸啸必杀的一刀劈向李鱼，角度刁钻，时机巧妙，招数狠辣，速度奇快，李鱼无论如何也避不开这一刀。只有李伯皓、李伯轩两兄弟奋不顾身或能抢上相救，但二人正被其他几人缠住，根本无力相救。

这时候，那个抱头蹲在地上尖叫的姑娘突然就地一个前滚翻，翠袖一翻，一招"举火燎天"，一掌拍在刘啸啸的手腕上。

刘啸啸只觉脉门被重重一击，身子一栽，这必杀的一刀便劈空了。

随即，那翠衫少女便长身而起，袖中吐出一口尺余长亮晶晶的短剑，仿佛灵蛇吐信，嗤嗤嗤一连三刺，一刺眉心二刺双目，迫得刘啸啸手忙脚乱，仗着诡奇的罗家步法避开了这一连三击，才稳住手脚。

这时，另一个黄衫少女也突然发动了。她本来在人群中左闪右闪，跟穿花蝴蝶一般，似乎在逃命，这时身影一晃，手中握着一口尺余长的短剑，剑尖刺向发呆老者，足尖踢向持铜牛角的小贩，居然同时攻向两人。

良辰！

美景！

李鱼见到刘云涛和康班主后，就知道对方的目标是他，又怎会毫无防备，他及时将李伯皓和李伯轩两兄弟召回，就是为了防范万一。

等杨千叶这边的消息送来，李鱼更是忧急，可当他冲出二进院落的时候，忽然意识到龙作作既已落入对方手中，自己要做的事就不只是防范对方对他下手了，更重要的是找到作作的下落。

抓到对头，抓到活的对头，是找回作作的重要保障。而要做到这一点，他需要更强的力量。于是，他试探着向良辰、美景两位姑娘求助，两位正闲得蛋疼的姑娘欣然应允，于是就有了她们冒用深深、静静身份随之行动的一幕！

杨千叶查过院中停放的佛像，又闯进库房一通搜查，失望地走了出来。

那掌柜一脸纳罕，小心翼翼地道："姑娘神色如此凝重，似乎……在找什么东西?"

杨千叶强打精神道:"店家,小女子方才冒昧了,实不相瞒,我的妹子刚刚被人拐子掳走了,那人拐子扮作一个头陀模样,就是从这条巷弄脱身的,因此间是香烛店,小女子才生了疑心……"

那掌柜脸上变色,连连摆手道:"姑娘切勿多疑,小老儿是本分人家,经营这香烛店有十多年了,姑娘若是不信,可以往左邻右舍打听打听,小老儿循规蹈矩,从不曾做过非法勾当,更不要说伤天害理的大恶事了,小老儿信佛的……"

杨千叶道:"我知道冤枉了你,只是想问问你和店中伙计,可曾发现这样一个头陀,携着一个女子?那女子,与我年岁相仿,形容姣好,正身怀六甲。"

掌柜茫然摇头:"小老儿这店,揽不得生意的,都是等客上门,所以小老儿从不在外间待着。"

掌柜说到这里,扭头问伙计们道:"你们可曾发现什么?"

一个伙计欲言又止,杨千叶看在眼里,道:"你发现了什么,快说出来,我若找到妹妹,必有重谢!"

那伙计讪讪地道:"小的和阿七搬了佛像回内院时,仿佛看见一个头陀从店前走过,挽着一个妇人,那妇人是否身怀六甲,小的却没注意。因只是偶然一瞥,又正搬着东西,也未多看。"

伙计说着,向店外路上一指,道:"那二人就是往那边去的。"

杨千叶大失所望,勉强一笑道:"多谢小二了。"

杨千叶脚步沉重地向外走去。龙作作瘫在佛像之内,一颗心都要急得跳出来,她拼命地想要呐喊,可身体却没有丝毫的反应。

她中的是用河豚之毒提炼的一种奇药,虽不致命,但毒发时,全身神经麻痹,小手指也休想动弹一下。

掌柜愤怒道:"你家妹子身怀有孕,这人拐子还要掳人,当真是丧尽天良,不得好死。姑娘,那被人掳走的,是你亲妹子吗?"

杨千叶黯然摇了摇头:"曾经,她当我是亲姐姐,我也当她是亲妹妹。后来发生了许多事……但无论如何,我不能坐视她落难……"

杨千叶说着向店外走去,最后一句话传来时,只有帘栊摇动。杨千叶的身影消失在店中,久久,掌柜嗤笑一声,吩咐道:"把人移出来,挪进那尊弥勒佛像,明儿一早运出西市!"

几个伙计答应一声,开始拆卸尚未打好木胎的这尊佛像,方才指点头陀离开方向的伙计笑道："还是掌柜的高明，偏将人装进这尚未完工的佛像木胎，就摆在明面上，反而不惹得人生疑。"

掌柜的得意道："所谓灯下黑，就是如此了。越是这样，越不惹人生疑，你们还嫩，多学着点儿。"

另一个伙计笑道："二哥也是机灵，完全推说没见过，未免不够自然，这样真真假假地一说，反而显得咱们更加无辜了。"

几个人互相吹捧着，将木胎打开，龙作作被抬了出来，众人将院中一尊已经做好的佛像剖开，将她装了进去，合拢的缝隙处重新刷上金漆，一夜的工夫，也就全无痕迹，浑然一体了。

不知道是油漆熏的，还是龙作作心中绝望至极的情感催动了她的泪腺，当佛像合拢、重新刷漆的时候，两行清泪，沿着龙作作毫无表情的面庞缓缓淌下。

刘啸啸被"不会武功，只会卖骚"的一对小姐妹打得手忙脚乱。这时他才发现这是一对双胞胎，根本不是他了解到的深深和静静。

刘啸啸练的左手刀，专走奇诡路线。而良辰、美景练的同样不是堂堂正正、雄浑正大的功夫，所以三个人交起手来，正是棋逢对手，走马灯一般厮杀。

这样的技法搏杀，不但凶险异常，而且辗转腾挪间，已经形成了一个旁人根本插不进去的战斗圈子，李伯皓、李伯轩兄弟俩见状，便寻着其他杀手痛打落水狗去了。

他们宝光璀璨的炫富衣战斗起来真有奇效，腾跃闪动间瑰丽的光线闪烁不已，让人防不胜防。

因此，在这件大杀器的加持之下，再配上他们原本卓绝的武功，众杀手被打了个落花流水，不堪一击。

君子不立危墙之下！

李鱼是君子，眼见良辰、美景和刘啸啸杀得难解难分，一个如饿狼，两个似雌虎，旁人根本插不进手去，贸然插入没准先被良辰、美景捅上一刀，便很识时务地没有上前。

李鱼站在一边，沉声喝道："刘啸啸，我前番怜你悲苦，放你一马，想不到你不思悔改，仍来纠缠！"

刘啸啸狞笑："刘某是什么人，你早该清楚了。妇人之仁，能成什么大事！"

李鱼想到那个滴水成冰的冬夜，他赤身裸体被吊在树上，龙作作抽断了一捆荆条，他硬是一声未吭的狠劲儿，不由心中一凛。

刘啸啸之后的经历只能用"苦逼"两个字来形容，那真是靠山山倒，靠水水流，狼狈如丧家之犬，使得他忽略了刘啸啸的狠劲儿。现在龙作作下落不明，李鱼真有些后悔当初的一念之仁了。

"你把作作怎么样了？"李鱼厉声喝问。

刘啸啸以一敌二，仗着臂长力大，左支右绌，勉力支撑着，闻言狂笑："作作？她是我的女人！早在十年前，就已被我定为今生的女人了，她落在我手上，你说我会把她怎么样？"

这句威胁的话一出口，李鱼目中煞气顿重。

这时刘啸啸突然发难，狂吼一声，一连三刀劈退良辰、美景，突然倒身一蹿，闪进一条巷弄。他方才知道对方已然有备，就已开始筹划，打斗中刻意制造机会，此时终于闪至一条巷旁，登时向内窜去。

李鱼一直在旁站着，只是三人杀得热闹，根本插不上手去，这时反应却是最快，岂能容他逃走，马上纵身追去。良辰、美景紧随其后。

"今日事，不过夜！"李鱼追出，心中主意已定。刘啸啸如此歹毒，谁知道他一旦逃脱，会用什么手段对付作作？如果让他逃了，就动用宙轮。但只要及时将他拿下，那就不必启用宙轮。

因为一旦动用宙轮，就得回到昨日此时，他固然可以提前戒备，救下龙作作，但龙作作不上套，只怕刘啸啸也不会做出之后的举动。只有千日做贼，没有千日防贼的道理，到时对刘啸啸还是防不胜防。一旦龙啸啸下次使用更极端的手段，就算他能"回档"，有些遗憾也是无法挽回的。

"啪！"

纵身急追中，路旁一杆旗幡忽然倒下，李鱼一矮身，在那旗幡堪堪倒下时，抢先一步蹿了过去，良辰、美景赶到，四掌齐出，向前一推，别看两女纤纤玉掌，力道却犹如铁锤。

那旗幡"咔嚓"一声断成三截，荡飞出去，裹挟着两女向前纵出的身影，竟只阻得一阻。

与此同时，沿途旗幡招牌纷纷飞落，前路上几个挑担准备离开西市的行商突然将箩筐掷向李鱼、良辰、美景，两侧楼上窗中，竟尔也有一张张渔网撒下，把李鱼和良辰、美景当成水中游鱼。

长街如河，河中有三条鱼，水上有一张张网儿飘落……

第十五章
除魔

长街之上，状况不断。

此时将近黄昏，闭市在即，长街疏朗，不见行人，唯一青、一翠、一黄，三色鱼儿，箭一般向前蹿去，翩跹曲折，避让障碍，躲闪落网，死死地咬住了前头亡命逃窜的刘啸啸。

这时候，李伯皓、李伯轩两兄弟结果了那些虾兵蟹将，追上了长街。一瞧前边情形，两兄弟登时化身"清道夫"。

李伯皓大喝一声，长身而起，一剑凌空劈下，斩向一根原本挑着旗幡的旗杆。劈断了旗杆，李伯轩不等那旗杆落地，便凌空旋起，飞起一脚，将那旗杆踢得飞一般向前射去。

兄弟俩本意是利用这根旗杆将那一张张渔网穿起，为前方三人解决麻烦，但那旗杆既长且重，本就难以及远，再穿上渔网，受沿途飘落的旗幡障碍迟滞，等它飞到李鱼前方上空时，力道已尽，倏忽落下。

这时候，那旗杆上已经穿了三四张网子，有穿在前部的，有穿在后部的，网上铅坠发生作用，使那一张张网儿仿佛水母一般在飘落中收拢。

如此一来，李鱼、良辰、美景简直就跟主动钻进网儿一般凑到了那网儿之下。一瞧网儿落下，良辰、美景惊呼一声，与李鱼就像三条受惊的鱼儿一般向三个方向分别闪开。

然而，三四张渔网同时落下，将他们的头顶全部笼罩了，三个人不出所料地，全被网儿罩住了。

良辰、美景"哎"的一声，举臂去撑那渔网，网丝柔软，触处浑不受力，因为她们这一撑，反以她们为基点，迅速合拢过来。

此时，李鱼向前贴地蹿出，本来是大有机会逃出这天罗地网的，但前方刘啸啸奔逃当中回头一看，见此难得机会，大喜过望，立即纵身扑来，一刀劈向李鱼，李鱼大骇之下，手在地上一撑，将那前冲的力道拨转了方向，凌空一个团身后纵。

呼……

网，落下！

李鱼在那网儿落下前的一刹那蹿了回来，正站在良辰、美景中间。

刘啸啸纵声狂笑："你们都去死吧！"

刘啸啸挥刀劈来，三人不约而同，刺出各自兵器，从那网眼递出去，竭力挥动手臂抵挡，"铿锵"几声，三人行动不便，只能原地出招，在有限范围之内腾挪。

虽然挡住了几刀，网子却也因此在三人身上越缠越紧，最终立足不定，"扑通"一声摔在了地上。

幸好此时李伯皓、李伯轩兄弟俩及时赶到，刘啸啸一见两个珠光宝气、炫目神迷的家伙冲了过来，已无出手机会，马上掉头飞遁。

李伯皓、李伯轩两兄弟飞身落到李鱼他们面前，准确地说是踩在网上。一瞧倒地的三人，李伯轩登时哈哈大笑，瞧见李鱼怒目瞪来，李伯轩自知此时绝不该笑，连忙闭紧嘴巴，但肩膀仍耸动不已。

那网儿束在三人身上，三人方才为抵挡刘啸啸又拼命挣扎，结果那网儿越缠越紧，而且纠结在了一起，把三人包成了粽子。

李鱼躺在中间，一手高举兵器，一手困于肋旁。良辰、美景一左一右，侧身偎依着他，二人都是一手推着李鱼的臂肘，避免贴合太近，另一只手穿在网眼外边，提着剑，那模样可真够瞧的。

李伯轩不笑了，李伯皓却忍不住大笑起来。

李鱼举着兵器，怒吼："笑你个臭狗屁，快帮我们解开啊！"

李伯皓喔喔几声，连忙上前俯身去解渔网，可那网子纠缠在一起，同样的材料，谁知道哪条线是哪张网子上的。

李伯皓和李伯轩都是十指不沾阳春水的大少爷，根本不会干这种活，手忙脚乱地一通忙活，三个人被捆得更紧了。

这时候，良辰、美景悬在外面的一条手臂已然缩不回网内，三人紧紧贴合在一起，困在网内的一条手臂独力难支，外边的一条手臂又使不上力，肌肤相贴，把两个姑娘窘得面红耳赤。

良辰怒喝："你们两个呆子，把网子割开！"

李伯轩答应两声，赶紧拉扯着网子用剑去割。他又不能贴着三个人的身体去割，随便扯起一段网线就来回地拉扯，结果虽然割破了一些网线，但于事无补，更多的线头儿收紧，束缚在了李鱼三人的身上。

康班主、刘云涛、庞婆婆等人赶来，见此一幕，顿时都怔住了。

庞婆婆一看扭结住三人之身的网子，大叫道："这样子不成，得用剪刀！"

刘云涛左顾右盼："哪有剪刀？谁有剪刀？"

旁边店门里站了许多发呆的伙计与掌柜，一瞧他望来，急忙摇头："我们这是酒水一条街，没人用剪刀的，啊，前边第二条巷子有裁缝铺子，你得快去，就快闭市了。"

刘云涛一听，忙道："快快快，把他们抬起来，赶去裁缝铺。"

众人七手八脚去抬横在李鱼三人腰间的那根旗杆，抬了两下，刘云涛怒视着李伯皓、李伯轩两兄弟道："你们踩着网子啦！"

李伯皓两兄弟低头一看，赶紧跳开，众人这才把旗杆抬起来。

旗杆一抬，重量落在网中三人身上，网子束紧，三个人真像是挂在网上的三条可怜巴巴的鱼，就在大街两旁许多店家交头接耳声中向前行去，身子还在空中一荡一荡的。

良辰、美景又羞又气，被许多人指指点点的，无地自容。尤其是这样贴合着，既要努力撑开身子，避免双峰挤压在李鱼身上，又要提着臀儿，避免下体与他有所接触，当真辛苦得很。

良辰忍不住怒道："本姑娘一和你有所沾惹，准没好事，真是气死我了！"

美景也道："毁了毁了，这一下我可没脸见人了！"

龙作作下落不明，李鱼此时比谁都着急，刘啸啸已经逃了，他恨不得马上就动用宙轮，奈何此时他被缠绕得手儿贴在美景的髋部，根本动弹不得。

眼见二人埋怨，李鱼忍不住道："难道我想这样？都是伯皓、伯轩两个夯货坏事。"

良辰姑娘羞愤交加："我们姐妹在西市也是有头有脸的人物，这要我们以后怎么见人？"

李鱼安慰道："没关系啦，我一直当你们是亲妹妹的！"

美景大怒："谁要做你妹妹？你跟你妹妹就是这样肌肤相亲的？"

美景上半身被网子束紧，只有双腿尚有活动空间，便不断抬膝去撞李鱼，奈何只撞得两三下，网子束紧，她连腿都放不下来了，就那么屈抬着，贴合着李鱼的大腿，那情景……

若不是穿着衣服，着实地辣眼睛。

这样一来，李鱼也觉得尴尬了，只好瞪向跟在身侧的李伯皓："都怪你们，成事不足，败事有余！"

李伯皓马上委屈地瞪起了眼睛，李伯轩安抚道："算了算了，人家丢了老婆，不要与他一般见识！"

李伯皓哼了一声："我大人有大量，不屑理你！"

"咚！咚！咚……"

闭市的鼓声传来，良辰和美景就像被网子挂住的两条美人鱼，贴合着李鱼，一荡一荡地走向裁缝铺。

佛像香烛店院内，突兀地多了一个人，此时，前边店门已经上了门板，庭院中一片寂静。院角一棵茂密的枣树，果实累累，将暗淡的夕阳遮蔽，使得院中更加昏暗。

掌柜的和伙计们不知去向，只有那个人站在弥勒佛像前，低着头，仿佛正在佛前聆听经论。

过了许久，他才抬起手，在笑弥勒的肩头轻轻拍了两记，徐徐地道："我知道，你听得见，作作，我们又相见了。"

佛陀体内全无声息，院中只有刘啸啸的声音。

刘啸啸自嘲地笑了笑，道："其实，你爹现在应该颐养天年，含饴弄孙了。我呢，则成为龙家寨的寨主，而你，是寨主夫人，其乐融融，何等圆满。我想不通，我刘啸啸哪儿不好，你偏就看不上？"

佛陀含笑，依旧不发一语。

刘啸啸嘘了口气，顺手拉过一把木匠做工用的长凳，在佛前坐下，一条腿踩在凳上，双手抱着，下巴搭在了膝盖上，神情幽幽。

"你对不住我，对不住我啊，作作！你背叛了我，你居然赶我出龙家寨，你居然和别人有了孩子，你真真的对不住我啊……你猜，我会怎么惩罚你呢？"刘啸啸扭头，凝视着佛陀的那张笑脸。

那张笑脸之下，是作作泪流满面的脸，刘啸啸看不见，却似已经感觉到了。

刘啸啸脸上露出了微笑，道："我本想，杀了李鱼，把你带回陇右，只要你属于我，你爹再不愿意，又能怎么样？可惜，李鱼命大呢，居然没死，幸亏他没死，所以我才忽然想到一个对付他的更好的办法！"

刘啸啸脸上带着笑，目中却泛着怨毒的光，他的声音压了下来，在那暮霭之下、闭市鼓声当中，显得阴恻恻的："放心，我会让你生下孩子的。"

"你得活着，活着补偿你欠我的一切，你会变成我的女人，你的孩子，我会养大。如果是男孩，我会让他变成最下贱的人！如果她是女孩，我会让她为你和李鱼，补偿你欠我的第一次……"

刘啸啸说到这里，再度看向那笑弥陀："作作，你希望生个男孩还是女孩呢？"

极度的恐惧已经笼罩了龙作作的身心，自己的骨肉，她看得比自己的命都重，但此时，她只希望她的孩子不要降生在这个世上，她能感觉到刘啸啸心中的怨毒，她知道，他说得出，做得到！

"明天，我就带你离开西市，寻一个没有人找得到的地方。你放心，李鱼不会在很多年后才得到你的消息，我会时不时地给他送个信儿，告诉他，你是怎么像一个最下贱的女奴一般侍候我的，你们的孩子是怎么像一条狗似的被我养大的……"刘啸啸脸上挂着令人心悸的笑，轻轻抚着佛的头，说出的话，令人不寒而栗。

佛，仍咧嘴畅笑。

刘啸啸讥诮地道："大肚能容，容天下难容之事；开口便笑，笑世间可笑之人！这样的事你也容得下，这样的人你也笑得出。佛啊，要你何用？"

一道冷冽的声音旋即响起："要他，做屠魔的见证！"

一道剑光，乍然亮起，杨千叶振剑而下，挟着红枣绿叶，卷向已然成魔的刘啸啸！

刘啸啸大骇欲躲，但这枣树能有多高，杨千叶又是弹腿疾速扑下，如何避得。仓促之间，刘啸啸身躯一晃，只能勉强避开头顶要害。

殊不知，杨千叶正想要他这么做。杨千叶也是女人，虽然不曾为人母，可自幼缺少父母怜爱的她反而最是重视父母与孩子之间那种血脉相连的亲情。耳听得刘啸啸如此恶毒无耻的话音，杨千叶真是气炸了肺，原就不想一剑便结果了他。

刘啸啸这侧头一劈，正好把肩膀让出来，杨千叶一剑劈下，刘啸啸痛呼一声，一条左臂便与他的身体永远告别了，鲜血溅了弥勒佛一身，但佛陀仍旧弯目张口，笑容可掬。

开口便笑，笑世上可笑之人！

刘啸啸左臂离体，从那凳上跌下，右臂一扶地面，强忍剧痛撑起身子，翻身便逃。

杨千叶剑锋一扬，追上两步，又是一剑，"噗"的一声，刘啸啸的右臂便也离体而去，登时变成了"人棍"！

刘啸啸惨叫一声，片刻也不敢留，立即向前狂奔而去，只是骤失双臂，站立不稳，跑得歪歪斜斜，沿途血迹淋漓。杨千叶剑锋一侧，正要追上再补两剑，将他双腿砍断，做成"人彘"，那掌柜和三个伙计闻听惨叫，从库房中出来。

一见这般情形，掌柜登时大惊失色，他马上从门旁抄起一根桐油浸过又以麻绳缠头的棍子冲上前来，其他三个伙计也返身从库房中各抄兵刃，飞奔出来。

此时龙作作还在佛像中，杨千叶不敢放手去追刘啸啸，便挺剑冲上，剑光交错，只交手数回合，一个伙计便咽喉中剑，仰面倒下。

剩下三人更加难以招架，掌柜发一声喊，和两个伙计便往三个方向逃去。那掌柜武功高明些，以桐油棍往地面上一撑，整个人一跃而起，翻上了屋顶。两个伙计分别逃向两厢，试图上房，结果先被杨千叶追及一个，一剑捅了个透心凉。

另一个听到惨叫，心里一慌，明明翻上了房顶，却脚下一滑，摔了下来，急忙以双手攀住瓦面，被杨千叶凌空一剑劈下，那伙计登时觉得身子一轻，轻而易举地爬上了瓦面，这才发现，只剩了半截身子，肠子耷拉在空中。

那伙计登时绝望地惨叫起来。

杨千叶抽身回来，绕着那弥勒佛像转了一圈，忽然一剑劈下，这一剑用力却是极巧，只贴合着粘合的缝隙一击，立时收力，那佛陀咧嘴笑着，咔嚓一声，忽然分成了两半。

原本瘫坐其中的龙作作失去依靠，摇摇欲倒，杨千叶急忙上前扶住。

此时，龙作作依旧不能言，不能动，但豚毒毒性已经减弱，面部能做些细微动作。她颤抖着嘴唇凝视着杨千叶，努力想道一声谢，奈何声带仍不受控制，唯有两行热泪簌簌而下。

杨千叶瞧得心中惨然，忙弃了剑，抱住她身子，柔声安慰道："没事了！没事了！你现在安全了！"

第十六章

围攻

李鱼和良辰、美景被挂在网上，沿着闭市的鼓声前行。

长安这街鼓，早上开坊门时要敲，晚上闭坊门时也要敲。

先是东西两市敲六百槌，然后东西两市闭市。

接着，长安四城击鼓四百槌，城门关闭。

最后，各坊击槌六百记，坊门关闭。

至此，宵禁开始，再无人行。

如今还在西市击鼓闭市之时，鼓声不缓不急，稳而有力。鼓声中被抬而前行的一男二女，被沿途商家当成一道风景，羞得良辰、美景把脸埋到了李鱼胸前，只盼莫被人看清模样。

裁缝店前，那裁缝收了摊子，正要锁门，听到身后动静，不禁吓了一跳，吃惊道："这是从哪儿网来的人？难不成世间真有鲛人之说？"

李鱼破口大骂："鲛人个屁啊，快借剪刀一用！"

李伯皓上前唱个肥喏："这位店家，小可这厢有礼了。我这朋友，与两位小娘子不慎中了他人暗器，被网子捆住，脱身不得。网丝缠身，又不便以刀剑切割，是以前来求助，还请借你剪刀……"

他还没说完，自行闯进店铺抄了剪刀的李伯轩已经站在那里，"咔嚓咔嚓"地挥舞着剪刀道："快抬进来！"

刘云涛等人忙把网子抬进店堂，抻着渔网让李伯轩剪网。

伯皓翻了翻白眼儿，悻悻地踱了进去。

这网子一剪，困在中间的李鱼最先脱困，马上跳出网子，喝道："闭市在即，用不了多少工夫，城门也要关了，坊门也要关了，他们来不及出城，也来不及去远些的街坊，欲待隐藏，只有在这西市之中，又或这周围相邻四坊。各位……"

李鱼刚说到这里，刘云涛和康班主等掀着网子，让良辰、美景两个姑娘也从里边爬了出来。两个女孩儿出来，头一件事就是齐齐飞出一脚，踹在李鱼的屁股上，将李鱼踹得向前一跌。

良辰恶狠狠道："整个西市，交给本姑娘了！只要人还在西市，我就叫他插翅难飞！"

美景也道："西南方怀德、崇化、怀远三坊交给我了！但叫他落在我的手上，我叫他生不如死！"

李鱼被踹得向前跟跄扑出三步，转过身来，闻言大喜，急忙上前道："多谢两位姑娘仗义援手。我这就去褚将军府——"

良辰、美景齐齐一声尖叫，李鱼忙道："两位姑娘无须惊讶，在下与褚将军有一番交情，虽说他正在守孝期……"

李鱼说到这里，就发现两女神色有异，目光越过他的肩膀，朝向外边。李鱼纳罕地回头看了看，什么都没有，其他几人此时正看着他们三人说话，也未发现什么。

李鱼奇道："怎么了？"

良辰结结巴巴地对美景道："你看到了？"

美景用力点头："有个血冻呼啦的东西从门前跑过去了！"

两女对视一眼，齐齐跑向前去。

李鱼急忙跟上，到了门口，众人往前方一看，就见夕阳之下，一个浑身浴血的东西，摇摇晃晃，堪堪跑至长街尽头。

李伯皓奇道："那是什么东西？"

李伯轩道："好像是个人呢！"

李伯轩言犹未了，李鱼和良辰、美景已不约而同地追了上去。

刘啸啸这片刻的工夫，变化也太大了些，浑身浴血，形容难辨，夕阳下离得又远，三人一时竟也未认出他是谁来。不过这种时候，有这样奇怪的人出现，这个线索当然不可放过。

刘啸啸当真是个狠人，失血过多，换一个人早该昏厥了，可他强大的意志却支撑着他依旧奋力地迈着步子。

他要撑下去，他不想死，他还有心愿未了，李鱼和龙作作还没有受到他应予的惩罚！而此时此刻，此情此景，除了赖大柱，他已无人可投，无处可藏！这时候，他的心中只剩下一个念头：逃到赖大柱那儿，他便逃出了生天！

刘啸啸用尽全身力气，拼命地向前"跑"着，眼看前方已经到了东篱下外沿扩建出来的一幢宅邸，正是赖大柱的所在，刘啸啸心中一宽，登时觉得天旋地转，重如身负泰山。

他深知这是生死关头，不敢放松，强提一口气，冲上前去。这时，李鱼等人已然追上来。那门子正要关门，刚掩上半扇，探头看到一个血人冲过来，大骇之下，惊呼出声。

刘啸啸向前一冲，脚在门槛上一绊，一跤摔进门里，因他没了双手，滚地葫芦一般翻滚了几周，已然站不起来。而他摔进门时身形一侧，李鱼已经看清了他的面目，正是刘啸啸。

远远地，鼓声仍在响起，刘啸啸只觉自己的心跳声比那鼓声更响，几乎已经听不到外界的其他声音了，他嘶哑着嗓子，喊出了最后一句话："速带我去，见赖大柱！"便昏厥了过去。

"站住！不得擅闯！"赖大柱府上一群侍卫瞧见一个血人冲进来，以为有人上门闹事，已经提了兵刃冲过来，听得刘啸啸昏厥前的竭力一喊，马上就有人扣着他的肩膀将他提起来，飞也似的向后宅奔去。

李鱼等人赶到门前，刚要迈步进去，就被这群侍卫挡住了。

李伯皓大怒道："让开！你们要包庇贼人吗？"

一个侍卫大喝："你这鸟人是个什么东西，没看清楚这是赖大柱的地方吗？胆敢擅闯赖大柱的所在，你活腻歪了！"

李伯轩提剑要闯，李鱼一把将他拦住，盯着那带头的侍卫，沉声吩咐道："刘大哥！"

刘云涛上前抱拳道："小郎君！"

李鱼道："回去喊人，给我围了这里！"

刘云涛答应一声，掉头就往西市署跑。

四梁的办公所在位于东篱下，八柱所在位于东篱下的外沿，十六桁则在其外沿的外沿，只隔一条街道。

李鱼接替的是饶耿的位子，是兼代西市市长之位的，居十六桁之首，与八梁所居一样，都是直接从东篱下延伸出来的建筑，相距并不远。

西市现在已经敲响闭市鼓，行人商贾纷纷离开，而八柱却不会马上离开，等行人与商贾离开后，他们是要巡视整个西市，进行最后检查的。

之后还要留一部分人轮值，并不是说闭市之后整个西市全无一人。实际上，东篱下及附近两家客栈都是有人的，并不严格按照官方清市的标准执行。

刘云涛匆匆赶回西市署，西市署的人尚未离开，因为将要闭市，原本游弋在外的人此时也都回了衙门，只等巡视完街市，该回来轮值的轮值，该回家的回家。刘云涛攘臂一呼，整个西市署顿时全被惊动了。

李市长号召大家去围赖大柱的院子？

大账房静默片刻，忽地越众而出，神色激愤："赖大柱竟然纵人为恶，掳掠李市长妻子，国法不容，道义亦不容！我等忝为西市署一员，市长遭人欺辱，就是我等遭人欺辱，大家都是两个肩膀托着一个脑袋，何惧之有？安能被人骑在头上拉屎撒尿，此等事传扬出去，我西市署上下尚有颜面见人乎？老朽不才，愿为市长鼓而呼，虽肝脑涂地，在所不惜！"

大账房说完，拔腿就走。

旁边一个肆长与其相熟，马上拉住他，低声道："大账房何以如此激愤？"

大账房不动声色，悄声道："风云起矣，若是李市长跃过龙门，你我则会高升一步，机不可失！"

那肆长道："对头可是赖大柱，八柱之中排名第二的人物。李市长那小胳膊拧得过这样的大腿？胆敢挑衅赖大柱，恐怕他将死无葬身之地。"

大账房掩口咳嗽一声，低声道："蠢货！李市长死不死，关你我何事？李市长成，则你我鸡犬升天！李市长败，你我再改换门庭便是！如今你我为人手下，听人号令，再寻常不过，还能显得你我忠诚，就算赖大柱接管了西市署，也必高看你我一眼！"

大账房说完这句话，便跟一只大公鸡似的，雄赳赳气昂昂地走了出去。

诸人之中，大账房是最没武力值的一个，手下也只有七八个只会耍弄算盘珠子的主儿，真要打起来恐怕还真是只能"鼓而呼"，不过在西市署诸人中，若论到智谋算计，各司各房的执事却最是服他。

大账房这一走，那肆长略一思量，也是一言不发，紧随其后。那肆长一走，他的部下别无选择，马上闹哄哄地追了上去。

其余长吏彼此看看，有那福至心灵的，马上追随而去。有那不知所谓的，只觉得聪明人如大账房都去了，跟去才是道理。

他们一走，他们的部下也自跟去。

顷刻之间，西市署为之一空。

这其中如司暴、司稽等人管的本就是治安方面的事，手下打手最多，一个个提着哨棒，扛着梭枪，浩浩荡荡，杀气腾腾。如此一幕，怎么可能瞒得过楼上楼的常剑南？

常剑南得到消息，走到一扇窗前，推开窗子，按着窗沿俯瞰街头。赖大柱府前人马越聚越多，吵吵嚷嚷，棍棒舞动，颇为激烈，可是从此处看下去，那么多的人却渺小如一群蚂蚁。

一个人蹲在地上，好奇地观看一群蚂蚁大战，那是怎样的感觉？

常剑南面带微笑，心中波澜不惊。

旁边一个前来报信的青衣侍卫静静肃立，没有刻意地挺拔如枪，也没有丝毫的散漫之态，往那儿一站，安静得如同壁角的一根立柱。

半晌，常剑南缓缓地道："你去，把那对不知天高地厚的小丫头带回来！"

青衣人眉峰微微一挑，不过这只是他心里头一个下意识的动作，脸上却是没有带出半分表情。他向常剑南微微欠身，轻轻退了出去。直到房门拉上，青衣人才轻轻地嘘了一口气。

西市署和赖大柱眼看就要大打出手了，就在他的眼皮子底下，这位西市王的反应居然只是……带回那对小丫头，不叫她们掺和其中就完事了？

自己的左手和右手掐架，老大居然毫不在意，虽说老大是属蜘蛛的，乃八臂之身，也该不愿意有所折损吧？

青衣人只觉得老大的心思，他完全猜度不透。

"大柱，你看！"两个侍卫架着血淋淋的刘啸啸出现在赖跃飞的面前。

赖跃飞一瞧脸色惨白如纸的刘啸啸，登时眉头一皱："废物！"

刘啸啸此时已彻底昏厥过去，软瘫在那儿，若不是有两个人架着他，早就成了一摊烂泥。

赖跃飞挥了挥手，好像赶走一只苍蝇："我那濯缨园中，刚刚移植了一株石榴，就把他埋在那株石榴树下做肥料吧，明年花开时节，那花一定甚美！"

"是！"两个侍卫拖起刘啸啸就走。

赖跃飞看了看地上的血迹，眉头一皱，厌恶地道："清理干净！"

马上就有两个青衣小厮答应一声，匆匆去提水拿抹布。

这时候，又一个侍卫匆匆赶来："大柱，西市署李鱼堵了咱们的大门，还叫人回去召人，说要围了咱们这里，叫咱们交人呢。"

赖跃飞怔了一怔，这才想到，那刘啸啸这般模样逃来，十有八九难以逃过他人耳目。人家正主儿这是追上门来了。

赖跃飞脸色微微一沉，道："你去濯缨园，叫人把刘啸啸带回来，速速包扎疗伤，取最好的伤药给他，务必吊住他的性命！"

那侍卫并不知道之前发生的事，听说先前那血人被带去了濯缨园，不免有些诧异，但也不敢多问，连忙答应一声，匆匆转向濯缨园。

四梁八柱，风格迥异。

比如这赖大柱，虽是武人，却好风雅。

他所建的这处园子，当初奠基时，意外地掘出一口泉眼，而且是温泉。赖大柱喜不自胜，特意央求杨思齐帮他设计，在这闹市繁华之地，建了一处极幽雅的庭园。

赖跃飞跂着高齿木屐，举步向濯缨园走去。

刘啸啸此来，若是无人知晓，赖大柱不介意取他性命，让此事就此成为一桩无头公案。可是既然正主儿都追上门来了，那刘啸啸就绝对不可以死，至少不能这么不明不白地死。否则旁人还以为他怕了李鱼，杀人灭口呢。

赖大柱有赖大柱的尊严与高傲，十六桁比八柱低了一等，就这一等便是"官大一级压死人"。你敢追上门来讨人？你敢围了我赖某人的居处？你把我赖大柱置于何地？

事已至此，赖大柱不介意正面领教领教那位李市长的风范。他昂起头，走得潇潇洒洒。

大门口，赖大柱众侍卫持械严阵以待，门外，李鱼正等着刘云涛唤人来。

良辰、美景交头接耳几句，悄悄凑到李鱼身边。

"这是赖大柱的地方！"

"直接围了这里，恐怕不好收场呢！"

"四梁八柱，可不是饶耿之流可比的！"

"论身份论地位论用处，只怕常老大不会偏袒你呢！"

"是不是以礼相见，请他交人呢？"

姐妹俩你一言我一语，说话无缝衔接，十分流畅自然。

李鱼摇了摇头，望着那道似乎不可逾越的门户，掷地有声地道："作作，我要找回来！刘啸啸，我要杀掉！至于赖大柱，我想知道，他在其中，扮演了一个什么角色。"

良辰皱了皱秀气的眉："如果是赖大柱授意那人为难你呢？"

李鱼慢慢转过头，看着那张眉目如画的俏脸，认真地道："那恐怕……你得赶紧去回禀常老大，叫他找人修房子了！"

美景的眸子骨碌碌一转，疑惑地道："修房子？"

李鱼道："对！因为撑着这楼的八根柱子，马上就要断一根了！"

第十七章
登堂

赖大柱府前，良辰、美景正摩拳擦掌，忽然肩头被人一拍，一个青衣人凑到良辰耳边低语几句，良辰满脸的不情愿，那青衣人又低语几句，良辰、美景抬头往那高高的东篱下看了看，只好满脸不高兴地走到李鱼身边。

良辰歉然道："李鱼，着实对不住，我们……得回楼上楼了。"

李鱼目光一闪："常老大吩咐的？"

美景不好意思地点点头，小声道："对不住啦！"

李鱼脸上慢慢绽开一个灿烂的笑脸，点点头道："你们去吧，我今日来，是据理力争，不是倚仗人多行凶，你们在这里也帮不上什么忙。"

美景讶然道："这……还叫据理力争？呃……我们临阵脱逃，你不生气？"

李鱼笑得很愉快："不生气！替我谢谢常老大！"

美景美眸一转，豁然开朗，用力点点头道："啊！你比我脑子好使，我明白啦，嘿嘿！"

良辰、美景随着那青衣人悄然离去。良辰、美景离开不过片刻，西市署诸人已经赶来，把赖大柱的地方围得水泄不通。

如此一幕，整个东篱下谁不知道，不知多少窗口后面，正有人悄悄地窥视着，普通人看个热闹，境界高一些的人，看的却是李鱼背后是谁，赖大柱背后又是谁。

四梁八柱十六桁，哪根椽子要先烂呢？

堵在门口的侍卫们忽地左右一分，让开了一条道路，一个青衣小厮站在门下正中，笑眯眯地看着门外虎视眈眈的众人："赖大柱命小的前来一问，李市长何故封我门户？"

"拿人！"

"拿何人？"

"掳掠孕妇，刺杀本官，天良丧尽、罪该万死的刘啸啸！"李鱼说罢，脸上微微露出冷笑，"赖大柱该不会否认此人在府上吧？"

那小厮笑嘻嘻地往旁边一让："原来如此，这等大罪过，小的可不敢乱插嘴了，有请李市长自去与赖大柱分说吧。"

刘云涛见李鱼作势欲动，连忙拦住，道："不能去！"

李伯皓横剑道："要去我陪你，但有意外，我就杀他个七进七出，必保你无恙！"

李鱼向他翻了个白眼："我不是阿斗！"

李伯轩道："若是他们来个关门打狗，你就危险了，还是我们兄弟陪你去吧。"

"我陪他去！"是个女人的声音，虽然有些虚弱，但语气极为坚定。

李鱼霍然转身，满面惊喜。

杨千叶扶着龙作作，已然出现在他身后。

杨千叶有隋宫传下的大内秘药，龙作作服下后，毒性解得迅速。

李鱼又惊又喜，急忙冲上前去，扶住她道："作作，你没事了？"

龙作作道："多亏千叶姐姐，把我从刘啸啸那恶贼手中救出来。"

李鱼恍然，感激地看向杨千叶："刘啸啸浑身是血，想来是千叶姑娘的手笔了。"

杨千叶微微颔首，神色淡然，没有多说什么。

李鱼道："大恩不言谢，此番恩德，李某铭记在心。"

李鱼说罢，唤康班主道："康叔，麻烦你寻辆车子，送我娘子回府。"

龙作作摇头道："不！我跟你去，向赖大柱讨公道！"

李鱼眉头一皱，先前赖大柱的府邸纵然是龙潭虎穴，他也不皱一皱眉头，此刻龙作作安然出现，他却不舍得她陪自己去冒险了。

李鱼道："你身子有孕，行动不便，快回家去，我才好放心行事。"

龙作作摇摇头："你若有个好歹，我又岂能独活？我倒要当面问问，我与他赖大柱有何仇怨，他要向我下此毒手。"

李鱼正色道："不成！康班主，拜托你，马上送她回去。"

康班主左右为难，看向龙作作："小娘子……"

龙作作看着李鱼："我要陪着我男人，生，一起生！死，一起死！"

杨千叶牙都快酸掉了，翻了个大大的白眼，没好气地道："姓赖的若想动手，早就打起来了。既然邀你进去，自是为了谈判，你们两个就不要在这里生离死别了。"

李鱼和龙作作神色同时一尬，李鱼有些底气不足地道："咳！不怕一万，就怕万一！"

杨千叶冷笑道："作作姑娘才是真的以为此去九死一生，你早就心中有数，不要装模作样了！"

李伯皓听罢，扭头对李伯轩道："二弟，你看，似这般精明的女子，我们将来选老婆，绝对不可以娶的。"

一向喜欢与大哥唱反调的李伯轩这次居然大点其头，赞同道："大哥所言有理，什么事都瞒不过她，人生还有什么乐趣可言？"

杨千叶只当没听到这两人的胡话，挽起龙作作道："我陪她去！"

杨千叶扶着龙作作便向门中走去，李鱼见状，连忙跟了上去。李伯皓和李伯轩一见，忙也抢步跟上，迈过门槛，李伯皓向那小厮瞪眼道："我们陪着他前去，不妨事吧？"

那小厮笑嘻嘻地道："赖大柱对李市长并无恶意，诸君既要相陪，请！"

濯缨园。

这里有天然温泉一眼，又有杨思齐帮他设计的庭园一座，亭阁栏桥、石竹流水，搭配得幽雅自然，再有温泉水氤氲成雾，更是仿佛仙境。

杨思齐更是独辟蹊径，将泉水引入一处假山，由假山上再流淌下来，垂落于池水当中，仿佛一道飞瀑，置身其间，如诗如画。

李鱼等人赶到濯缨园，尚未见人，先闻琴声袅袅，琮琮如泉。

几人在那小厮引导下转过两道曲栏，踏足石上，仿佛踏云而行，再往前看，就见水上一片小小绿洲，洲上一树石榴如火，赖跃飞一袭白衣，背靠树干，一手扶膝，微闭双目，正悠然自若地听琴。

在他面前有一云鬟雾鬓、轻衣绡衫的美人儿，盘膝抚琴，十指纤纤，慢捻轻挑，便有悠扬曲声传出。小洲不远处，便是一潭碧水，假山之上的温泉水正注入这碧潭中，雾气氤氲。

李家虽是陇西大族，可限于陇西环境，家中又没有一眼温泉，无法营造出这种江南风光，不禁讶然而呼，十分羡叹。

李伯皓情不自禁地赞道："山下有瀑！"

李伯轩道："瀑上有雾！"

李伯皓道："雾中有洲。"

李伯轩道："洲上有树！"

李鱼截口，冷冷然道："树下有装逼犯！"

"铮！"抚琴的美人儿手指一乱，琴弦断了一根。

杨千叶"扑哧"一声笑了出来，但马上就发觉这跟她一向高冷的气质不符，赶紧收敛笑容，俏脸却已泛起红晕。

赖大柱眼角余光瞟见李鱼到了，正伸手去旁边茶盘中擎杯，要呷一口香茗，李鱼这句话一出口，恬淡的神情登时一僵，刻意营造出来的超然气氛、高高在上的威仪气度，登时被一扫而空。

雾中有一桥如虹，李鱼踏上那桥，大步走了过去。

琴弦已断，美人失措，赖大柱依旧倚坐在树下，但那种飘逸仙人般的意境全然不在，此时李鱼凌桥而渡，袍袂一动，雾气飘飞，倒似他才是那位高高在上的仙人。

李鱼过了小桥，在赖跃飞面前站住。

赖跃飞瞪着李鱼，半晌突然怒极而笑："西市四梁八柱十六桁，有阶有级，上下尊卑一向森严，你，好胆色！"

李鱼沉声道："舍得一身剐，敢把皇帝拉下马！这句话，赖大柱应该听说过吧？"

赖跃飞挥了挥衣袖，让那抚琴的美婢退下，对李鱼道："哦？你此来，是存了必死之心了？"

李鱼微微一笑，笑容看在赖跃飞眼中，透着一丝诡异。

赖跃飞本就没有当场杀死李鱼的想法，因为直到此时，他依旧不认为李鱼有资格威胁到他。他一开始想杀了刘啸啸灭口，后来知道苦主蹑踪而来，反而要力保刘啸啸不死，就是因为自家颜面。

他不想叫那楼上楼下、楼里楼外的人，觉得他赖大柱会怕了一个李鱼，如此情境之下，如果他诱骗李鱼登门，却埋伏杀手骤然杀之，那还有什么脸面在这西市小江湖中开山立柜？

而此时李鱼略显诡异的笑容，给人一种若有所恃的意味，令赖跃飞更加不敢轻举妄动了。

其实李鱼那略显诡异的笑容倒不是有所倚恃，而是因为他一开始就打定主意，进入赖大柱府中与他"谈判"的时候，就暴起杀之，反正显而易见，刘啸啸幕后之人必然是他。

至于其后的乱摊子，之后再说。敢动他的家人，尤其是龙作作还怀着孩子，李鱼宁可冒险行险招，也不敢放任这个威胁继续存在。可是龙作作居然跟进来了，李鱼有了牵挂在身边，就不得不隐忍一时，所以笑容才略显古怪。

依照他本来的计划，此时他已暴起动手，不出意外的话，赖大柱应已横尸石榴树下。

"刘啸啸做了什么，赖大柱应该很清楚。江湖儿女，恩怨分明！我向大柱索人，不过分吧？"为了妻儿的安危，李鱼决定暂退一步，暂时不提赖大柱在其中扮演的角色，先把刘啸啸索要到手，而此举却又给了赖大柱一种错觉：李鱼气头一过，开始畏惧了。

本来嘛，这八柱已是东篱下的核心要员，而十六桁却是外围之中的头领，两者之间的区别太大，虽然只差一级，实则要跃过这一步，可能一辈子都没机会。

李鱼怎敢冲冠一怒，向他发难？年轻人，血气方刚，刚才在气头上不知道害怕，此时才想到得罪自己的严重后果。于是，赖大柱的微笑更加从容起来。

赖大柱道："没错！刘啸啸是我的人，我不知道他与你有何恩怨，但你登我府邸，从我手中索人，我若把他交给了你，如何向众多兄弟交代？"

李鱼道："赖大柱不好向兄弟们交代，李某妻子被掳，自己受人刺杀，如此种种，若也忍下，如何向家人交代？如何向兄弟交代？如何立足于天地之间？此等仇恨，忍无可忍！"

"啪啪啪！"三记掌声响起，一个悠然的声音倏然响起，"忍无可忍，那便从头再忍！"

赖大柱抬头一看，连忙起身，双手垂落，肃然欠身："王大梁！"

李鱼缓缓转过身，就见一个相貌平平无奇，但笑容和煦如春风的中年人缓缓走来。

李鱼还是头一回见到此人，但是四梁的身份和名号他是听说过的，只听赖大柱一唤，他就知道，此人必是四梁之中的王恒久。

常剑南座下四梁，各负其责，各有权柄，其中王恒久负责经营人脉。官场、世家、商界，这样一个横贯三界的人，自然是八面玲珑。权力掌握在人的手上，而负责经营人脉的王恒久，虽然排名在乔向荣乔大梁之下，实则权力和影响尤有过之。

李鱼只是向王恒久微微颔首，没有行礼。

王大梁只是淡淡地瞟了他一眼，便从他面前走了过去："年轻人，火气不要那么旺。百炼方成钢，百忍方成佛。老夫年轻的时候，身边也曾有过许多如你一般锐气十足的人，可他们……都英年早逝了。"

李鱼一直搞不懂，他对西市虽然做出了一些改革，但并未触及其他人的利益，赖跃飞何以怂恿刘啸啸向他出手。此时王恒久一出现，李鱼便马上感觉到了一些不同寻常的东西。

恐怕……他并不是主角，只是被殃及的一条池鱼！

高高在上的王大梁何以把目光投注在他身上？没动机！像王大梁这种级别的人物，他盯着的只能是同一层次的人，甚或……更高层次的人，自己只是一场战役的导火线罢了。

那么，王大梁要对付的人是谁？

我背后的人是谁？

李鱼马上想到，他接的是饶耿的班，而饶耿则是乔大梁的人。

乔大梁……

说曹操，曹操到。

乔大梁的声音也适时地响起来："年轻人，就应该血气方刚！我们这些老头子，也是磨砺多年，才有今日的圆滑。一个年轻人就长袖善舞，八面玲珑，反而不会有什么大出息。"

乔向荣不知何时也来了，他蹚着雾气走上小桥，经过李鱼身旁时，轻轻拍了拍他的肩膀。

王恒久是一头猛虎，乔向荣也是一头猛虎。一头猛虎侵入另一头猛虎的地盘，哪怕尚未向对方亮出爪子，只是踏进了对方划出的领地，业已是绝对的侵犯，没有哪头猛虎能容忍这样的冒犯与试探。

如果说刘啸啸向李鱼递刀，还被人解读为私人仇杀的话，那么当赖大柱牵涉其中的时候，整个东篱下有点头脑的人都已察觉，真正的博弈者来自上边，这是常老大身边的四尊大菩萨想调一调排行座次了。

乔向荣身在局中，嗅觉更是灵敏。王恒久就算不出面，他也一定要站出来。王恒久既然来为赖大柱撑腰，他又岂能袖手旁观？

王恒久见乔向荣居然来了，不禁微微一怔，但马上就换了一副笑颜："乔兄来得正好，小辈们瞎闹腾，不如你我来说和说和。"

高手过招，又岂会一出手就孤注一掷，唯有窥得对方的破绽，才会尽出余力，一击致命。听了王恒久这句话，乔向荣的眼睛微微一眯，王恒久这是退缩了吗？还是以退为进？

乔向荣还没分析出王恒久的真正用意，因他二人一来，成了背景的其余诸人中，却有人跑出来抢戏了。李鱼踏前一步，盯着王恒久道："被掳妻子的人是我，受到刺杀的人是我，我这苦主还未说话，王大梁有什么资格说和？"

王恒久微微张开了嘴巴，一时之间竟然接不上话。我有什么资格说和？我是王恒久、王大梁啊！这厮究竟知不知道我是谁？还是说，这厮就是一个天不怕地不怕的狂人，居然质疑我的地位与资格？

楼上楼，良辰、美景站在窗口，俯瞰着楼下，一会儿工夫，良辰一跳，道："王大梁出现了！王大梁进去了！"

一会儿美景也是一跳："乔大梁也出现了，他也进去了。"

常剑南捉着笔，全神贯注地绘着画，可是看那案上，却是一只憨态可掬的小鸡在啄米，根本不是什么丹青大作。

"老大！"良辰、美景转过身来，看向常剑南，"事情要闹大发了，你还不出面管管？"

常剑南描着鸡翅膀，淡淡地道："既然他们不来找我，说明他们自认为能够解决，既然他们能够解决，我为什么要出头？"

常剑南抬起头，笑眯眯地看着她们："他们又不是小孩子！"

第十八章
脑 子

乔大梁看了李鱼一眼，心中很满意。就算想偃旗息鼓，这话也得他来说，这事也得他来做，这是老大的胸襟和审时度势的眼光，小弟嘛，敢打敢冲就行了。之前他之所以重用饶耿，看中的就是这一点，其实起初他心里对李鱼有点不太中意，不过现在越看越顺眼了。

王大梁脸色一沉，道："没有规矩，知不知道你在跟谁说话？"

赖大柱目中掠过一丝异色，如果李鱼是因为冒犯王大梁而被处死，那就无关他的脸面了。赖大柱登时跃跃欲试起来，只想等王恒久再斥责一句，就喝令暗中埋伏的侍卫出手，围杀李鱼！

但，这儿还有一个身份地位丝毫不逊于王恒久的乔向荣。

乔向荣皮笑肉不笑地道："恒久老弟，你好大的威风啊！"

王恒久一抬眼皮："向荣兄有何话说？"

乔向荣道："年轻人冲动了些，顶撞前辈，这是他的不是，我会调教，我的人，就不劳老弟你费心了。不过，他今日为何出现在这里，总不会是毫无缘由的吧？你我既然来了，不如帮他们评断评断？"

不等王恒久回答，乔向荣便转向李鱼，悠然道："把你的事儿说来听听吧，若是你无理取闹，那便连老夫都不能帮你了。大家都是在常老大麾下做事的人，如果有人无事生非，那就是害群之马，老夫绝不包庇！"

这句话一出，王大梁和赖大柱的脸色都很难看。

李鱼有点不适应，他今天不是来打官司的啊。他之前召人围了赖大柱的府邸，就是为了开撕做准备。虽然西市署那些人不是他的嫡系，谈不上一起出生入死，可是他一旦动手，外面那些人就是脱困的基础。

后来龙作作跟了来，他就放弃了当场动手的打算，尽管如此，他也打算以不惜玉碎的姿态，逼赖大柱交出刘啸啸，先把这个放在明面上的对头解决掉。现在突然跳出两个"大法官"，他一时有些不适应。

倒是杨千叶旁观者清，轻轻在龙作作后腰上扶了一把，龙作作会意，马上上前一步，道一声"前辈"，便开始说起了刘啸啸的所作所为。

乔大梁听她说完，和颜悦色地道："这个刘啸啸，与你们早有仇怨？"

龙作作颔首道："正是！"当下就把之前在凉州的事又简要地说了一遍。

乔大梁听完，轻轻击掌，笑道："精彩！精彩！这种不忠不义、专门反噬其主的败类，竟也收容旗下，赖跃飞，你的眼光不怎么样嘛。"

赖跃飞涨红了脸道："这……这只是她的一面之词。刘啸啸对我可不是这么说的，我只是瞧他人还机灵，身手也还好，收容旗下，做个听用之人罢了，难不成还要千里迢迢去陇右调查他的底细？"

乔大梁脸色一正，目光炯炯地盯着赖跃飞："如今看来，这刘啸啸可并未听你之用啊！他伙同亡命徒，掳人妻子，害人性命，而这被害人，又同是我东篱下的兄弟。恒久老弟，你怎么看？"

乔大梁快要说完时，突然转向了王恒久，王恒久脸色十分难看，就跟便秘似的。小弟不争气，让他想包庇都不知道该如何插手，只能被人"啪啪"打脸。

赖跃飞也有些无言以对了，他说他只是网罗刘啸啸做个听用之人；乔大梁就抓住这"听用"两个字做起了文章，他现在若是认同乔大梁的话，那就证明刘啸啸该死，得交出去。如果不认同，那就等于变相承认自己才是刘啸啸的幕后主使，这……这他娘的退也是坑，进也是坑……

赖跃飞只好转头看向王恒久。

王恒久拉长着一张脸，一言不发。

赖跃飞只好对乔大梁勉强笑道："乔大梁说得是，在下不知刘啸啸与李鱼有仇，更不曾料到刘啸啸竟然阳奉阴违，利用我给他的权力擅自寻仇，坏了我东篱下的规矩。这等人，我门下也是容不得他的，呵呵……"

赖跃飞干笑两声，扬声道："来人啊！"

雾气朦胧中突然出现两道人影，赖跃飞咬着后槽牙，从牙缝里挤出了一句话："把刘啸啸交给乔大梁！"

两道人影一言不发，悄然而逝。

乔向荣淡淡地瞟了赖跃飞一眼，便从他面前走了过去，一如王大梁初来时对李鱼蔑视的一幕："不是交给我，是交给李鱼。冤有头，债有主！"

乔向荣经过李鱼身旁时，向他看了一眼，李鱼便跟着他向外走去。杨千叶和龙作作自然紧随其后。

李伯皓和李伯轩面面相觑。李伯皓道："大家说了一堆屁话，这就完事了？我的剑才拔出一小半啊。"

李伯轩自以为是地道："这你不懂，大人物做事，通常都是能动嘴的绝不动手！"

赖跃飞额头青筋都快绷起来了，一字一句地道："你们再不滚蛋，老子就要动手了！"

李伯皓、李伯轩两兄弟瞧见四下雾气之中似有不少人影闪动，顿时吓了一跳，急忙掉转头，飞也似的逃去。

王恒久慢慢踱到赖跃飞身旁，冷冷地道："你很威风吗！"

赖跃飞尴尬地道："大梁，我也不曾料想乔向荣会出面啊，乔大梁的面子……"

王恒久黑着脸道："乔大梁要面子，那我的面子呢？"

赖跃飞期期艾艾地说不出话来。王恒久转向他，脸上慢慢露出令人心悸的笑容："赖跃飞，我看你还不及那个后起之秀的李鱼聪明。"

赖跃飞怔怔地道："大梁这话，从何说起？"

王恒久道："我要对付的人是谁？是李鱼吗？"

赖跃飞一呆，突然无比悔恨：王大梁要对付的就是乔大梁，目的就是要夺取常剑南之下第一人的位子啊，为何乔大梁一到，我就失了分寸，只顾撇清，反而忘了本来目的？

王恒久盯着他，又道："若我不在，你出言顶撞乔大梁固然不妥。我既然在，你怕什么？有什么事，有我兜着，你是负责往前冲的那个人，你退了，你让老夫如何施展？"

赖跃飞听着，已是一脸铁青。

王恒久抬起手来，在他脸颊上拍了两记，微笑地道："有脑子，并不是坏事。

但最怕的就是只有一副并不聪明的脑子，偏偏还要自作聪明，那样，就莫如没有脑子了。"

王大梁说罢，负手向外走去。赖跃飞脸颊抽搐了几下，急忙追上两步，道："大梁，那我……我接下来该怎么办？"

王大梁头也不回，悠悠然向外走去："刘啸啸如此无用，推出去就推出去吧。你在哪儿跌倒的，就在哪儿给我爬起来，否则，你也是无用之人！"

王恒久说完这句话，身影已消失在曲廊尽头。

赖跃飞站在雾里，品咂着王恒久的这句话，目中渐渐露出了凶光。

要找回他的面子，要取回王大梁的宠信！

从哪儿跌倒，就从哪儿爬起来！

赖跃飞想象着他把李鱼也削去双臂，变成人棍的模样，忽然发出一阵瘆人的阴笑。

李鱼跟在乔向荣背后，向大门外走去。

身后落后六七步，是龙作作和杨千叶，再落后六七步，是李伯皓和李伯轩。

赖府大门洞开，从中轴线可以一眼望见大门外簇拥着的人群，而院落里却是空空荡荡，并无一个赖府中人。

乔大梁走着走着，忽然问道："你有什么想法？"

李鱼跟行了两步，道："王大梁不会善罢甘休的。"

乔大梁道："那你打算……"

李鱼道："先下手为强！"

乔大梁扭头看了他一眼，继续向外走着，问道："你有人手？"

李鱼看了眼大门外，西市署各司各房的人，闻声赶来的勾栏院的人，回答道："有！但不堪大用！"

乔大梁负着双手，一边向外走，一边道："要用人，有三个来路。"

李鱼道："愿闻其详。"

乔大梁道："其一，物色招揽，这个办法最慢，但可以栽培成心腹。"

李鱼沉默了一下，道："来不及！第二呢？"

乔大梁道："其二，西市包罗万象，买卖的可不只是物。这里有七八个人，通称'地鼠'，专门负责帮人招揽黑道人物，只要付钱，什么事都可以替你完成！"

李鱼道："这个法子可行，还有第三？"

乔大梁道："西市只是一个小江湖，用钱可以收买的人固然不少，但一等一的高手却不多，所以，还可以放眼更大的江湖。"

李鱼笑道："既然是用钱解决，那就好办！"

乔大梁笑了一声，道："不错！只要是用钱能够解决的问题，就不是问题！"

他顿住了脚步，转向李鱼，笑得天官赐福一般："我有钱，有很多钱！整个西市，掌握钱财最多的人，就是我！其实我手下的人都叫我财神，你也可以这样叫我。"

李鱼道："这名字比大梁好听，也比大梁威风！"李鱼向他拱了拱手，"财神！"

乔大梁笑了："既然我是财神，钱的事，你就不用担心。地鼠名单和钱，我明日派人送去西市署。"

他们说着，走出了大门，因为有乔大梁在，门外众人一时不敢围上来。乔大梁也没理会他们，径自向前走去，人群立即左右一分，让开一条道路。乔大梁走过去后，人群中突然有几个人跟了上去，显然是乔大梁的侍卫。

"王大梁不会善罢甘休的。"

乔大梁一边负手而行，一边品味着李鱼方才说过的这句话。他不说"赖大柱"不会善罢甘休，而是说"王大梁"，这个年轻人，有意思！很有意思！

乔大梁会心地笑了一下，微微抬头，看了眼他从此处根本看不到的楼上楼，楼上楼的常老大不会对此毫无察觉，但他并未出手干预。

乔向荣的眉头不禁微微地蹙了一下："常老大这是什么意思？"

乔大梁刚走，西市署大账房抢先扑上去，一把扶住了李鱼，忠肝义胆、义薄云天地道："市长终于回来啦，可担心死老朽了。老朽与王肆长、徐胥师、邵贾师几人商量，正要闯进去，豁出性命也要救得市长脱身！"

其他肆长、胥师、贾师等人眼见大账房如此肉麻，俱都面露不屑，待听得大账房还把他们也捎带进了忠义之士的队伍，马上频频点头，一脸忠勇。

李鱼拱手道："各位忠肝义胆，义薄云天，隆情厚意，李某铭记在心了。"

冯司暴摩拳擦掌地道："市长，赖大柱究竟肯不肯交出凶手？若他不肯，只消市长一声令下，我等赴汤蹈火，便豁出了这条性命去，也要为市长、为我西市署讨还公道！"

冯司暴刚说到这里，大门里两个青衣侍卫抬了一副担架出来，向门外众人一扫，没好气地道："来两个人搭把手，把人抬出去！"

那正摩拳擦掌的冯司暴有些怔忡，不明他们用意，一时不敢进去。

李鱼道："幸赖乔大梁主持公道，赖府已交出元凶，把他接出来！"

那冯司暴一个箭步，直接越过三级石阶和半尺高的包铜门槛，稳稳地落在了门内，从那赖府侍卫手中接过了担架。

众人如梦初醒，急忙抢进门去，只是担架就只那么大，几个人都要搭手，结果搞得跟一帮人扶棺送灵似的，把失血过多、昏迷不醒的刘啸啸抬了出来。

他们前脚刚一出门，后面大门就"砰"的一声关上了。几个人一个胆儿突，也不知谁手上一颤，担架一歪，刘啸啸身子一歪，就向担架外摔去，旁边两人生怕那血衣脏了手，下意识地一缩，刘啸啸"吧唧"一声结结实实地摔在地上。

龙作作从小到大就与刘啸啸相识，此前虽恨不得把他千刀万剐，可眼见他已被削成人棍，还是不免露出不忍之色。

李鱼见她神情，便道："此前，我曾遇见过他，并且放过了他，结果如何，你看到了。若不是千叶姑娘及时救你出来，后果如何？"

龙作作沉默片刻，轻叹道："我知道，只是有了孩子，不知怎的，就有些心软了。刘啸啸此人太过恶毒，不能放过，只是……别当着我面杀了。"

李鱼目光一闪，忽地笑了笑，道："这里是天子脚下，我怎么可以擅用私刑呢，以刘啸啸之所为，我会把他送进大牢，该受什么制裁，自有国法！"

龙作作欣喜道："我才不信你那么好心，你不想亲手造杀孽，是为了咱们的宝宝积福吧。"

李鱼笑笑，并不作答，只是转而对杨千叶道："闭市鼓已停，闭门鼓都快敲完了，此时离开，只怕就要犯了宵禁，能否劳烦你带上作作，暂往客栈投宿。"

杨千叶道："我那乾隆堂里，设有几间卧室，比客栈要舒适自在些。在我那里，也比客栈安全。"

李鱼略一沉吟，道："如此，有劳了。"

杨千叶点点头，扶了龙作作要走，李鱼道："伯皓、伯轩，你们护送过去！"

李伯皓和李伯轩答应一声，立刻拔剑出鞘，作如临大敌状，跟着她们走开了。

刘云涛凑到李鱼面前，嘿嘿笑道："小郎君好手段！这刘啸啸如此模样，一旦进了大牢，那可真是生不如死。这等大奸大恶之人，正该要他受此手段。"

李鱼咳嗽一声，摸着鼻子道："我只是瞧他这副德行，杀也无趣罢了。"

他二人目光一碰，同时闪开了。他们都是在大牢里待过几个月的人，而且都是从外地解送京城的，沿途还住过不少监牢，可是深知这世上最阴暗、最龌龊之地。

他们当时同监八狱友因为都是待决的死囚，谁也别想欺负谁，反正早晚必死，敢欺负我，大不了跟你同归于尽，所以相处融洽。可其他监牢却做不到这一点。

刘啸啸少了双臂，便是一个废人，进了大牢，想吃口牢饭都得像尺蠖一般在地上挪过去，狗一般舔食。而且牢里环境恶劣，卫生条件极差，身体健壮的正常人进去都常常患疾甚而因此丧命，更不要说刘啸啸此时的状况了。

实际上，他很可能受不了多久的罪，到了牢里，是不可能有人给他敷药换药喂食的，他能否在牢里挨过三天都是问题。

李鱼带了人先回西市署，因为此时坊市大门已经关闭，上不得街，合署人员就得暂在署内小住一晚了。

李鱼叫人随意安置了游魂迷离的刘啸啸，谢过署内各司各房的兄弟，约定改日摆酒设宴，便关了房门，点燃一根蜡烛，一人闭目静坐起来。

今日之惊险，着实吓破了他的胆，幸好作作被救出。如今想来虽然还有些后怕，可事情毕竟已经过去，可以长出一口气了。

不过也是直到刘啸啸慌不择路，跑进了赖大柱的府邸，李鱼才隐约明白刘啸啸向他寻仇这事儿不简单。项庄舞剑，意在沛公，对方真正的目标是乔大梁，他只是被拿来试剑而已。

李鱼如果有在长安立足的打算，此时只能依附乔大梁，全力反击，争得一线生机，不过，李鱼有一个旁人并不知道的秘密，他是要离开长安的，那么他有必要为了旁人的权力之争，掺和进这场战争吗？

他没有必要，可此时此刻，他已是众矢之的，想走也走不了。纵然带上老娘和吉祥、作作悄然离开，只有他一人会武，一旦被赖大柱的人在城外追及，绝难逃生。可留在长安城内，他又该如何自处？

本来，如果实在走不了，他还可以利用黑道便利改名换姓，伪造户籍，从此变换一个身份，相信以东篱下的能力，能够包庇得了他，不教官府找得出。只是到时候刘云涛、康班主、华林慨然赴死，自己未免脸上无光。

不过，他们感动于堂堂天子居然开恩延续了他们一年寿命，有心以死相报，那是个人的选择，李鱼脸皮稍厚一些，这点难为情也就无所谓了。而现在与王大梁、赖大柱一派已是不死不休，他想改换身份藏身西市，这些人不背后捅他一刀才怪。

"也许……我可以顺水推舟，一箭双雕……不！一箭三雕！"李鱼突然福至心灵，想到一条妙策，唇角顿时逸出一丝得意的笑容，"有财神庇佑，干吗不大干一场？"

第十九章
挑 灯

李鱼在签押房中默默地坐了半个时辰，将自己想到的办法反复推敲了几遍，这才长嘘一口气，拉开房门，走了出去。

院子里，许多人在那儿，有肆长、胥师，也有仆役、小厮，或坐或站，或三两相伴，或独立檐下，有的像在沉思，有的像在攀谈，但沉思的并未深思，攀谈的也未开口，完全静止在那儿。

房门一开，他们突然就活了，过路的过路，打招呼的打招呼，交谈的交谈……

李鱼暗暗一笑，这些人显然是因为与赖大柱的交恶心中不安，所以才等在这里，想察言观色，瞧一瞧李鱼有什么对策。毕竟，他们是西市署的一员，而李鱼则是西市署的代表，他们可谓是一荣俱荣、一损俱损。

这不是坏事，李鱼并未指望所有人都变成他的铁杆心腹，为了他可以无惧牺牲、不惜一切。这种事根本不现实，就算他经营西市署一辈子，也不可能把西市署的人都调教到如此地步。

哪怕是最卑微的一个小人物，也有他独立的思想，也有他权衡利弊、趋吉避凶的本能，没有任何人能够凭着强大的人格魅力或者驭人的手段，就让手下的所有人放弃自己的思想，只对其保持无条件的忠诚。

不过，大家坐在同一条船上，荣辱与共，劲儿就必然会往一处使，心就会往一处想。

李鱼走到院子里，向一个巡更的人招了招手。那人只是西市署里的一个更夫，站在最偏僻的墙角，见李鱼向他招手，他先诧异地左右看了看，确信周围没有其他人，这才赶到李鱼身旁，点头哈腰地道："市长！"

李鱼从他手里接过了灯笼，微微一笑，提高了声音："大家今日是来不及离开西市了，凑合一下，打个地铺，且睡一晚吧。咱们西市署与赖大柱的些许纠纷，你们不用担心。都是一家人，再怎么闹腾，上边有常老大镇着，天也塌不下来。今日里事急从权，调动了诸位。明日里，你们各司其职、各尽其责，依旧照常处理西市署事务。其他的事，李某自会解决。"

李鱼说罢，挥挥手道："散了！都散了吧！"

大账房不知道从哪儿冒了出来，挥手道："大家都听到市长的话了？各自安心睡下吧，散了，散了！"

许多西市署中人，听到李鱼这番话暗暗松了口气，听李鱼这口气，今儿是事情紧急刻不容缓，李市长也是被逼急了，这才调动他们，给赖大柱来了个兵戎相见，现在李市长冷静下来了，明日当会请求上头插手调和，大家不至于神仙打架、小鬼遭殃了，登时笑逐颜开。

众人不免要说上一番表忠心的话，有那等级比较高的，还要说上几句活跃气氛的风趣之语，这便纷纷散去了，院子里那种压抑的气氛一扫而空。

最后，只剩下刘云涛、康班主、华林等原勾栏院的一班人没有走。论起亲疏，西市署里只有他们与李鱼最近，算是嫡系。李鱼皱了皱眉，道："你们怎么还不休息？"

康班主道："小郎君打算去哪里？"

李鱼恍然道："哦，我去乾隆堂！"

康班主惊道："小郎君这时候去乾隆堂？还是明儿天亮了再说吧。"

刘云涛也紧张地道："是啊！小郎君忘了傍晚的事了？现在天都黑了，万一……"

李鱼笑道："无妨！他们不会料到我现在还会出门，不会有所准备。再者，咱们头顶上毕竟还镇着一尊大菩萨，他们未必敢动手。不管怎么说，我可是十六桁之首！"

华林道："我看这些人，根本就不是讲规矩的人，下作起来，最是不择手段。"

康班主道："不错！便连那公然对抗王法、啸聚山林、打家劫舍的绿林道都有他们的道上规矩，若论手段行径之下作，黑道中人最是肮脏龌龊。"

李鱼道："作作今晚必定受了惊吓，她已身怀六甲，我在这里如何安心，须得前往照顾。你们不必多说了，我的妻儿都在那里，为了她们，我也不会轻易涉险，此去不会有什么危险。"

刘云涛急道："既如此，小郎君稍候片刻，待我取了兵刃，护送你去！"

刘云涛此言一出，登时又有几个会些身手的勾栏院中人纷纷赞同，要回去取些趁手的兵刃，就连华林都要去寻兵器，被李鱼沉声喝止。

李鱼顿了一顿，道："如果此地没有危险，你们这般如临大敌，岂不叫赖大柱那边的人窥得我的虚实？若真有危险，夜色之中，人多并不能起到什么作用，反而易叫人浑水摸鱼……"

华林激动地道："小郎君，便多几个肉盾护在身侧也是好的！"

李鱼无奈至极，只好实话实说："咳！你们跟在我身边，反要我分神照料，就我一人，真有什么风吹草动，脱身也容易一些。"

这……华林一张秀气的小白脸登时涨得通红。不过李鱼说的是大实话，他们这些人鞍前马后、摇旗呐喊倒还胜任，真要说冲锋陷阵，作用实在不大。

"吱呀呀……"

门开了，一盏灯，冉冉而出。

夜色如墨，西市坊街之上一片漆黑。

今夜无月，所以天地混沌，一片漆黑之中，就只看见一盏米白色的灯，半悬于空中，冉冉向前。

寂夜之下，万物生灵并未全部沉睡，还有许多本来就只在夜色之中才出来活动、猎食的生物。

夜色中，有一双双黑色的眼睛隐藏于一片漆黑之中，窥视着那盏灯。

李鱼没有料错，从他与赖大柱对上，明暗之间就开始有人盯着他，其实西市署中有没有盯着李鱼的眼线，李鱼也不敢确定。

夜色中只有这一盏灯，就像一只萤火虫，吸引了所有在这夜色之中行动的人的目光。当他们看清李鱼的模样，黑暗中立即起了一阵骚动，他们一开始以为出来的是巡夜人，却又未见他打更，所以才对他有所注意，孰料居然是李鱼。

仿佛一群老鼠般，夜色中的人纷纷忙碌起来，消息以最隐秘、快捷的速度向潜居在更深洞穴中的主脑人物传递。

李鱼提着灯，淡定地走在夜色中，白日里熟悉的一切，此时看来仿佛浓重的水墨。因为太过黑暗，置身其间，并没有恬静淡泊的感觉。他知道夜色中一定有人正在盯着他，因为不确定对方是谁，也不确定对方是否会动手，所以他的精神绷得很紧，所谓从容，只是他表面的模样。

李鱼此时出来，其实并不是逞匹夫之勇，他认真分析过，他有两层保障。第一层，来自"财神"。现在，他就是乔大梁的脸面，乔大梁的战旗，如果他倒了，乔向荣的声誉一定会大受影响。

现在明显是王恒久向乔向荣的首座位置发起了挑战，声誉受损会转化成实质的损失，甚而促成其他大梁的站队，所以乔大梁现在一定会把他当成活宝贝保护起来。

李鱼百分百地相信，这一夜，在西市署周围逡巡的绝不只是王恒久和赖跃飞的人，一定有乔财神的人在。有这些人暗中保护，再加上他自己的身手，他遇险的概率微乎其微。

第二层保障，就是他的宙轮。如果真有什么万一，他还有一招撒手锏可用。如此一来，他还有什么好怕的？他挑着灯，心情渐渐平复，甚至有些期待有人亮剑！

赖跃飞究竟有什么实力，他不清楚。只要有人亮了剑，他就能一窥端倪。掌握了对方的实力深浅，对他排兵布阵无疑更有帮助。

被大人物用以博弈的棋子通常都是很容易被放弃或牺牲的，就像刘啸啸之于赖跃飞。可要是今夜双方的嫡系力量直接发生纠纷，他这个拱过河的卒子被放弃的概率就微乎其微了。

既有这样的好处，他就更得前去了，作作固然一向性情泼辣，可女人有了身孕，情绪总会较平时敏感，他岂能不予探望宽慰？

"喀！"

仿佛一根晒干的秸秆被脆生生地折断了，李鱼马上站住了脚步，按在刀柄上的手紧了一紧，微微侧身，从阴暗中分辨出一条巷弄的入口。

窸窸窣窣一阵响，仿佛一只老鼠在承尘上爬过，愈行愈远。

李鱼静了一会儿，唇边逸出一丝诡异的笑容。

他轻轻提了提手中的灯笼，仿佛向夜色中的某个人打了个招呼，然后就继续向前走去。小巷深处，一个青衣人扼着另一个青衣人的喉咙，盯着提灯的李鱼身影从巷口消失，轻轻嘘了口气。

他是奉财神之命保护李鱼的人，被他扼住喉咙的这个人却是要对付李鱼的人，只可惜，这个杀手的袖箭还未出手，已经被他扼断了喉咙。他松开手，被扼断喉咙的杀手就软软地向地面瘫去，双目暴突，气息已绝。

青衣人松手的刹那，突然一阵心悸，一股莫名的危机感陡生，这是多年杀手生涯锻炼出来的直觉，他没有多想，立即向前一扑，"呃……"糟了！潜到他身边出手的那只"黄雀"用的既不是刀，也不是剑，而是一条以五金打造、极其柔韧的细绞索。

他这一纵，直接钻进了抛在他身前的绞索之中，不等他有所反应，那绞索就收紧了。持着绞索的人一纵身，就跃上了巷旁的高墙，再一垫步，便猫儿般无声地落在房脊上，猫着腰，向那冉冉向前的灯追去。

他手中的绞索几乎滴血不染，上面些许血迹最后凝成一滴殷红，吧嗒一声落在一家店铺的屋瓦上。至于被他套索套住的那个人，在他纵身跃向围墙时，整个头颅就已被绞断，骨碌碌地滚到了路旁的阴沟里。

持着绞索的人狸猫般飞蹿，轻盈得不带一点声音，忽然，他在一处房檐处蹲下。他已追到了李鱼的前面，他像一只脊兽似的蹲在房脊上，将手中的套索轻轻地挥动起来，盯着灯光给他的定位。

只要他的绞索一出手，李鱼就会和刚才那个青衣人一样，顷刻间身首分离。

绞索在他手中轻荡，一圈、两圈，瞄着李鱼的头颅，他正要振腕出手，整条右臂就被一柄涂了墨色，连一丝反光都没有的刀生生削断，与此同时，他的嘴巴也被捂住了，那口砍断他手臂的刀横在了他的颈间，像是锯子似的反复割了起来。

很少有人会用这样的方式杀人，实际上他第一刀割开对方喉咙时，就已结果了对手的性命，用这样酷虐的手段杀人，这个人一定是对血腥有着某种特别的兴致。

那细细的、一旦束紧就比刀刃还要锋利的绞索落在了李鱼身前三步处，毫无声息。李鱼提着灯走过去，脚踏到了那件奇门杀人兵器上，毫无所觉，就这么走了过去，只是走到那户店铺的房山墙时，李鱼微微侧了侧耳朵。

"嗒嗒嗒嗒……"仿佛大雨之后，屋檐上的雨滴仍在不断滴落，可今夜并没有雨。

"嗒……嗒……嗒……"雨滴声变慢了，李鱼没有多想其中的原因，继续向前走去。屋顶上，那个财神派来的变态杀手依旧提着对手的头，拿手中的刀慢慢地锯着他的脖子，好像很怕一不小心锯断了，就此失去享受过程的感觉。

乾隆堂，二楼只有一间账房和摆放高档珠宝的四张柜台，这只占了原本四家店铺其中一家的店面，而另外三家店铺的二楼则被杨千叶改造成了寝室、书房、琴室、客室等所在。

各家店铺可以留人打更，但不许夜间生火，除了那两家与其他建筑之间建了隔离带的客栈。杨千叶住处这般规模，明显是要在此开伙了，这就犯了规矩，不过……规矩嘛，毕竟只是规矩。

杨千叶把自己的寝室让给了龙作作，孕妇是需要一个更舒适的休息环境的。杨千叶拿了自己原本的被褥想搬去书房小住一晚，却被龙作作拉住了："千叶，这床够大，咱们一起睡吧，就像……我们在龙家寨时一样。"

今天发生的事太多，晚上又太凶险，龙作作以为李鱼今晚不会过来了。她拉着杨千叶的手，轻声道："现在想起来，我还有些心悸呢，留下陪我说说话，好吗？"

杨千叶想起当初隐瞒身份住在龙府时，龙作作把她当姐妹一般相处相待时的情景，不由心中一软，点了点头，又把自己的被褥铺展开来，换了贴身的小衣。当二人并肩躺下时，不约而同地想起了曾经于夜深人静的时候，枕并着枕说悄悄话的一幕，依稀想来，仿佛就是昨天……

"咔！咔咔！"李鱼叩响了房门，三息之后，房门开了。

冯二止站在门里，提着灯，李鱼站在门外，也提着灯。

两人不约而同地把灯提了提，照了照对方的脸。

夜色中，街巷上，一个颊上不知何时被人割了一刀、鲜血淋漓的魁梧大汉，持着一把可怖的斩马刀，迈开大步向李鱼狂奔而来，快逾奔马。

今夜有所行动的这些人，俱都穿了青色或黑色夜行衣，有的甚至还戴了面具，脚下都是适合飞檐走壁的软靴，动手时尽量不发出任何声音，这些暗夜之中的搏杀，较之白日之下正面交锋更惨烈百倍。

李鱼向冯二止笑道："原来是冯兄，我可以进来吗？"

冯二止知道自家小姐接了龙作作回来住的事情，人家男人赶来探望，哪有不允的道理，他点点头，便让开了路。

"多谢！"

李鱼迈步进去，"砰"的一声，房门关上了。

两个人都没注意到，街巷之上，那相距还有三十余步的魁梧大汉借着灯光看到李鱼将要进店，情急之下已将紧握的斩马刀举了起来，拧眉瞪目，一边发足狂奔，一边作势要将那斩马刀掷出。

这一刀若掷出，必能洞穿房门，将猝不及防的李鱼插一个透心凉。

但是就在这时，房上两张大网同时撒出，疾快无比地罩在了那魁梧大汉的身上，刀犹未掷出，腿已被网绊住，大汉直挺挺地向前摔去，整个人还未落地，半空中就是两道凌厉的刀风劈下，一奔其颈，一奔其腰。

"砰"的一声，房门关上的刹那，两口锋利的刀已"噗噗"两声剁在了魁梧大汉的身上。

墨白焰站在二楼一扇窗前，嘴角噙着一丝冷笑。明明夜色如墨，但是看他神情，似乎看到了长街上发生的一切。

"来啊！掌灯！"墨白焰一声令下，乾隆堂前前后后、左左右右、上上下下，仿佛过上元节似的，登时灯火通明一片，将附近街道都照亮了一大片，夜色中几道正要靠近的鬼影登时如同小鬼见了佛光，忙不迭飞身遁入黑暗之中。

今夜如此凶险，左近也不知有多少敌人，谁敢把自己暴露在光明之下？

第二十章
姐妹

一只饱含岁月痕迹的三足黄铜香炉，旁边一块小案板，一块橙黄色的奇楠，一柄小银刀。

一只柔荑拈起银刀，按住黄奇楠，一刀切下，仿佛在切一块肉皮，用拇指和食指拈起一块，从切面处拔出了细细的丝。这是最好的奇楠沉香，尚未焚烧，只一切开，淡淡清香就沁入龙作作的心脾，令她心旷神怡，因白日里一番经历而有些莫名焦虑的心情也舒缓下来。

将切出的沉香放进三足铜炉，盖上盖子，再将下边的炭火轻轻拨弄一下，香烟便从细细的孔洞中袅袅升起。

龙作作在西北地区也算是大户人家出身了，生活细节上却少有如此精致的一面。看着杨千叶一举一动，高贵从容，仿佛一位仙子般优雅，想到她曾是自己的贴身丫鬟，仿佛一场梦。

点好了沉香，杨千叶重新回到榻上，拉过薄衾，掩到胸口，淡雅的上品流香将她们氤氲其中，身心舒泰。

香气温室，玉人横陈。

杨千叶对龙作作有救命之恩，杨千叶对龙作作又没有那么深的妒意，再经过方才的一番交谈，此时又有熏香舒缓情绪，室内气氛更加融洽起来。

杨千叶带着新奇的神色，轻轻摸了摸龙作作的肚子，有种沉甸甸的感觉，想到正有一个小生命在其中孕育，杨千叶油然而生一种敬畏的感觉，生命是如此之奇妙。

"你……怎么就有了？"

"一不小心……就有了。"

"啐！你们家李鱼，真色！"

"呃……好像……我记得好像……"

"嗯？"

"我记得当时好像是我推倒了他的。"

杨千叶一脸惊讶，看了龙作作半晌，道："我对你，真是钦佩得五体投地。"

龙作作稍显害羞地笑了笑，缓缓道："我从小……在龙家寨长大，我身边的人，要么怕我，要么宠我，总之，我没见过一个像他那样对我的，一开始就是觉得好奇、有意思，不知道从什么时候开始，就莫名地喜欢上他。"

"情不知所起……"杨千叶呢喃了一句，想起自己与李鱼相识种种，在心底里又默默地跟了一句："我又何尝不是？"

龙作作想了想，有些不忿地道："我以为我下手得早，他就是我的了。谁知道……这厮拈花惹草的本事实在高强。"

杨千叶的唇角抽搐了几下，感慨地道："也许是他命犯桃花吧。"

龙作作忽然凝视着杨千叶，若有所思。

杨千叶心里一虚，赶紧岔开话题吸引她的注意力："不过，你该看得出，他是真的疼你。"

龙作作想了想，点了点头，道："嗯，看他肯为我如此拼命，我……罢了！"

顿了一顿，龙作作黛眉一蹙，又替李鱼担起心来："今晚听墨管事介绍，那赖大柱是极有权势的人物？他背后那个王恒久，据说更加手眼通天。李鱼跟他们起了冲突，他们……"龙作作忽然抓住杨千叶的手，紧张地道，"他在西市署，今夜应该无事吧，你说那赖大柱会不会派人去对付他？"

杨千叶安慰道："不会的，你放心吧。西市署就建在东篱下旁边，西市王在楼上睡着呢，那赖跃飞岂敢在常剑南的卧榻之旁舞刀弄剑。"

龙作作点点头，又有些不解地道："像我们龙家寨，谁是大管事，谁是大主事，谁是普通的管事、主事，寨主一言而决！底下人各司其职，各负其责，哪有可能如此相争？就是四大寇的盗伙，也是上下有别，喝醉了酒打架生事是有的，但要说自相火并，绝无可能。可这西市，天子脚下，怎么……"

杨千叶微笑道："你龙家寨也好，四大寇也罢，其实都是比较简单的势力架构，首领可以直管下边的一切，有什么风吹草动，他马上就可以干预了，所以不易发生这样的事情。但西市不同，西市和朝廷一样，有文有武，派系林立，山头众多，做首领的又无法事无巨细，逐一躬亲，久而久之，每个派系都拥有相当大的独立力量，首领已不可能凭着简单粗暴的命令约束他们。

"这时候，就需要调节，需要制衡，需要包容，需要抓大放小，需要在保证上层稳定的基础上，容许他们在可控的范围之内发生摩擦，允许他们发泄，才能避免怨愤久蓄如洪，冲垮了他的根基。有时候……"

杨千叶微微眯了眯眼睛，徐徐地道："有时候，为了避免下边变成一潭死水，又或者所有势力拧成一股劲儿，威胁到他的存在，上边的人甚至会纵容或挑唆下边的人斗上一斗。"

龙作作呆呆地看着杨千叶，杨千叶莞尔一笑："怎么?"

龙作作抬头看向帐顶，看向床柱，抚摸了一下绡丝一般柔软光滑的被褥，道："我才想起来，你怎么会拥有如此巨大的财富? 你说的话，又有几个女儿家说得出来? 这般见识，恐怕我爹都不如你。你……究竟是什么人?"

"我?"杨千叶恍惚了一下，忽然露出些许伤感，"你能放下的，我放不下! 你能交卸给别人的，我交不出，我是一个很羡慕你能活得如此简单的人。"

"叩叩叩!"房门叩响了三记，静默片刻，外边传来墨白焰的声音："姑娘，李鱼来了。"

室内二女同时睁大了眼睛，相顾错愕。

已经这么晚了，她们真的没有想到李鱼会来，今天他刚刚跟赖大柱那边剑拔弩张地发生过一番激烈冲突啊，居然会来?

错愕片刻，龙作作脱口问道："郎君来了? 他没事吧?"

门外，墨白焰的声音道："李小郎君无恙，不过夜色之中，有不少狐鼠之辈逡巡不去，想必他一路走来，步步杀机，并不容易!"

墨白焰还未说完，龙作作已然跳下了床，挺着大肚子向门口冲去。

不等她拉开门，杨千叶一跃而起，飞掠过去，一把握住了她的手腕，没好气地压低声音道："你疯了，穿成这样就出去!"此时二人都是轻纱蔽体，真要是开了门，那可真够外面的人瞧的。

龙作作被她一言提醒，忙不迭穿起衣服来。杨千叶穿上外裳，系着衣带，瞧她欢喜模样，心里不免有些吃味儿："今夜凶险定然不少，用得着冒险过来吗？也不怕孩子还未出生就没了亲爹，真是个不知道轻重的蠢货！"

同一个夜，吉祥榻上，左边深深，右边静静，三位姑娘也在说着悄悄话。这即将入秋的时节，天气已经不那么炎热了，可人心里的燥气，似乎一时还未消解。

"小郎君今夜怎么没回家呢？"深深的声音。

"想是公务繁忙，抽不得身吧。"吉祥的声音。

"龙作作今儿晚上也没回来！"这是静静的声音。

深深道："大娘想念得紧哪，一晚上问了好几次，宵禁了才甘心。"

静静酸溜溜地道："哎，谁叫人家怀着李家的骨肉呢！"

深深道："那有什么，瞧她凶巴巴的样子，准保生不出儿子！"深深挽住吉祥的胳膊，"看咱们吉祥，一脸福相，将来李家的嫡子长孙，肯定是咱们吉祥的。"

吉祥羞啐了她一口，道："瞧你们，都是未出阁的姑娘，什么都说！"

静静笑道："反正吉祥姐很快就跟小郎君成亲了嘛。"

深深道："应该在长安成亲，要不到了陇西地界，人家的地头儿，多不舒服。"

吉祥摇头道："长安？怕是来不及了。"

深深道："怎么会，我看小郎君最近也没提搬去陇右的事，龙作作还在长安开起了店，应该不会很快去陇右吧。"

吉祥犹豫了一下，还是对她们说了实话。吉祥这姑娘心软，从小所处的环境使得旁人对她亲近一些，友好一些，她就恨不得把心掏给人家，这时如何还能隐瞒。

吉祥下意识地放低了声音道："我跟你们说，你们可千万不要告诉任何人，小郎君千叮咛万嘱咐，叫我不要泄露的。"

深深和静静马上靠近了些，紧张地道："你说你说，我们嘴巴最严的！"

吉祥道："你们最近有看到陈飞扬吗？"

两女摇摇头："没呀，不过我们本来也没注意他，那家伙除了拍小郎君马屁，好像也没什么用，谁理会他在干吗呀。"

吉祥轻咳一声，道："陈飞扬可是在利州时候就跟着郎君的，平时看他似乎没什么大用，可真正最知心的事儿，郎君却一向交给他办。他呀，现在正在暗中筹划离开长安的事，很快就会有结果了。"

深深和静静一脸疑惑，静静忍不住问道："居然如此？我们全然不知道，奇怪，要离开就离开，为什么要如此神秘鬼祟？"

吉祥沉默了一下，道："郎君与康班主、刘大哥还有华林原本是八竿子打不着的关系，为何交情如此深厚？你们还不明白吗？"

深深身子一震，吃惊地道："啊！难道……难道小郎君他也是去年九月九皇帝释返家乡的那批死囚之一？"

吉祥轻轻点了点头："小郎君是为父报仇，杀了一个被朝廷招安的反贼，所以自认无罪，不甘心赴死。你们的心意，我已明白，所以才对你们坦诚相告，你们现在明白了吧？"

静静道："明白了！难怪小郎君有时神神秘秘的。"

深深道："九月九，快了，很快了！这么说的话，我们很快就得走了。"

吉祥道："不错，十天内，我们就走！"

静静张大着嘴巴，吃惊半晌，忽然道："那咱们姐儿仨可真的要紧紧抱成一团儿，才不叫人欺负！"

深深探手在她额头戳了一下，道："胡说什么呢，咱们吉祥是什么人？谁能欺负？谁敢欺负？只有咱们俩，如此苦命，以后，可得依仗吉祥妹妹多多庇护呢。"

吉祥忙道："深深姐，静妹子，你们言重了。说起出身经历，咱们仨是一样的苦，正该同病相怜！"

静静大喜，连忙爬起，跪坐在榻上，要拉吉祥和深深起来："那不如今夜咱们就义结金兰，拜为异姓姐妹吧！"

深深一听，一条长腿越过吉祥的身子，扫在了静静撅起的屁股上，没好气地骂道："你义结金兰个屁啊！咱们今后本来就该是一家姐妹，要一团和气，要亲亲热热，凡事还得靠咱们吉祥做主当家，何须另拜姐妹？"

深深比静静只年长不足一年时光，但自小就是姐姐，要帮妹妹拿主意，为人处事就比静静缜密一些，现在她们姐儿俩是要抱吉祥大腿的。义结金兰？那按岁数，她就是大姐了，人家吉祥会不会高兴啊？她才不敢冒险。

静静不解其意，揉揉屁股重新躺下，噘起小嘴道："不结就不结，你踢我干吗！吉祥姐，你看她这么欺负我，你也不管！"

静静也不傻，虽不及深深想得多，还是不失时机地恭维了吉祥一下。

西市里，又玩枪又玩棒的，站队的还未站队，结盟的还没结盟，对立的还没正式开战，延康坊杨家宅院里，这儿已经心照不宣地结成了"三女之盟"。

第二十一章
招募

这一夜，不知有多少人彻夜未眠。

外部通明一片的乾隆堂，就仿佛夜色中的一盏灯笼，许多"流萤"环绕而飞，却一一在那无形的灯罩前止步。三更时分，曾有一只"流萤"大胆闯入，立即吸引了所有潜伏于夜色当中的"流萤"。

那人跃进楼中之后，半晌全无声息，众多"流萤"不免蠢蠢欲动，但是随即，他们就打消了妄想。楼中某处窗一开，"吧嗒"一声，一具尸体被远远地抛了出来，看衣着，正是那只最大胆的"流萤"！

于是，夜色彻底地安静下来。

这一夜，李鱼就在楼中，然而却似比平素隔得更远，远在天涯。

杨千叶不知怎的，有点失眠了。

淡淡的落寞，淡淡的空虚，淡淡的烦恼……

于是，那淡淡的宁神香便没了效果，辗转反侧，午夜方眠。

天亮的时候，杨千叶很早就醒了，洗漱着衣，提了口剑，在后面庭院中练习剑法，一趟、两趟、三趟……

及至天光大亮，鸡啼喔喔，杨千叶才提剑上楼，正看见李鱼揽着龙作作从房中出来。

阳光透过一扇扇窗子，更加柔和地洒照在室内，也映照在她的脸上。

龙作作神情娴静，满面容光，杨千叶暗暗撇了撇嘴，心道："一定是我秘藏的上品奇楠的效果！"

"千叶姑娘，早！"

"早！"

李鱼妇唱夫随，随着龙作作向杨千叶颔首招呼。

杨千叶笑靥如花："贤伉俪早，一起用早膳吧，外边正在净街，此时回去，可别落了一身的风尘！"

龙作作惊讶地道："净街司这么早就洒扫街道啊，好早！"

李鱼心知肚明，晓得杨千叶在说什么，笑道："是啊，净街司很辛苦的，既如此，千叶姑娘，我们就叨扰了。"

西市，从东篱下到乾隆堂，真的有许多人在洒扫。

小车儿盛敛"垃圾"，又有人提了水桶冲刷街道，更叫人发謇的是，他们真的穿着净街司的衣裳，前胸后襟各有一个画了圆圈的"净"字，虽然他们并不是净街司的人。

当长安开坊鼓声响起的时候，西市内已经看不到一点血腥的痕迹。当西市开市鼓声响起的时候，所有冲刷过的地方水痕都已干掉了。

李鱼带着龙作作，在李伯皓、李伯轩两兄弟的陪同下回到西市署。

乔大梁派人进了西市署。

李鱼带着龙作作，在李伯皓、李伯轩两兄弟的陪同下回到延康坊。

李鱼带着龙作作，在李伯皓、李伯轩两兄弟的陪同下路遇吉祥等三女。

李鱼陪着龙作作回到杨大梁府。

以上，一条条消息，通过地下网络，传递到正关注着李鱼行止的所有大人物耳中。

至此，告一段落。

昨夜发生了那么多事，李鱼陪着他的女人回家，向母亲解说情况，安抚受惊的家人，这是情理之中的事，所以，所有的人都不觉得意外。

但，情理之中的事，有时也会发生意外。

李鱼返回杨思齐府不久，一辆大车拉着一套家具出了杨思齐府的大门，优哉游哉地直奔尚书左仆射房玄龄的府邸。

房府向杨思齐订购的这架大床与一般的床不同，它是高榻，有一米一二那么高，贵人坐在上面，可以观赏伶人舞乐献技。壶门是莲花状的，做得很精致。从杨府出来的车驾，暗中窥视的人还是很注意的，他们一直跟到房府，眼看那床拉进了房府这才罢休。

拉着大床的车子被房府的人从院侧道路拉到三进院落才停下，趁着那引路的家丁去唤人的工夫，车夫在床板上屈指叩了几下，三长两短，五记叩击，随后，那高榻便突然打开了一扇门，一袭青衫的李鱼从里边闪了出来。

房府家人唤了几个家丁过来搬床，看到突然多了一个送货人，不禁怔了怔，就听那车把式发牢骚道："说是两人送货，你这一道儿都躲在车中睡大觉，如此偷奸耍滑，是何道理？"

青衣人梗着脖子道："一路走来，使的是牲口。我不睡觉，难道下来推车？你这分明是无端挑衅。我就知道，你看你家二姑娘对我有些意思，你早看我不顺眼了，你放心吧，我对你家闺女没兴趣。"

那房府家丁皱了皱眉头，不悦地道："好啦好啦，你们那些狗屁倒灶的事儿出去再说，快帮我们把高榻搬下来。"

两人忙停了斗嘴，将那床榻抬下车，由几个房府家人抬走，车夫便赶着车子，引路的家丁和李鱼跟着向外走。大门口那门槛还不曾装上，房府门子见车从侧道赶过来，便去开门。

而李鱼忽然捂了肚子，东张西望两下，向房府那家丁询问茅房所在，那家丁不耐烦地指点了，李鱼便向茅房走去。车把式显然余怒未息，瞟了他背影一眼，冷笑一声，径直赶了车离去，也不等他。

家丁之前已见过二人不和，还笑着劝说了两句，把他送出大门，与守在大门口的门子合力抬起两丈宽的门槛，重新落回卡槽。过了一炷香的工夫，李鱼才施施然地走来，那车把式早赶着车子离开了，犹有疑心盯在门外的人自然也随着那车一起离开了。

两个门子听到李鱼在门口咒骂几声，便扬长而去，那听过二人口角的门子少不得将这两人纠纷添油加醋地说与另一人知道，在二人谈笑之中，已是那青衣小子睡了人家姑娘的风流韵事了。

要说风流，长安首推平康坊。
平康坊里，第一风流之地便是绛真楼。
绛真楼上，第一名妓是小怜姑娘。

小怜姑娘已经有了意中人、将要赎身下嫁的消息早已在长安城传开，只是要为长安第一名妓赎身，就算加上小怜姑娘自己的嫁妆，也还需要不菲的银钱。

聂欢是"过路财神"，左手钱来，右手散去，八百游侠，三千子弟，都靠他周济，手里根本没存下过几个钱，所以暂时还不能让他心爱的女人离开这烟花之地。

不过，凭着京城第一侠少的金字招牌，但凡跟江湖沾点边的人物，都得卖他这个面子，再有到绛真楼来的，也不会打戚小怜姑娘的主意。但，宦途中人，或者与江湖全无干系的商贾，却并不明白这位京城第一侠少有什么能量。

因为她即将从良，过时不候，不惜一掷千金，谋求小怜姑娘侍宴陪酒或香茗清谈或曲乐歌舞的人反而更多了，尤其是其中有人想着她既然动了从良之念，说不定自己就有"横刀夺美"的机会，来得当然更加殷勤。

李鱼到了绛真楼，瞧他一身青衣，江湖打扮，不像很有钱的主儿，门下两个龟公便带了几分轻蔑，不过这绛真楼因为聂欢，还真有不少侠少动辄前来，其中偶尔卖命赚上一笔大钱，跑来一宿之间挥霍一空的浪荡子也是不少，所以也没人阻拦。

二楼客厅中，许多客人闲坐，旁边并没有姑娘陪侍，这间大客厅中的人，都是奔着戚小怜姑娘来的。

"呵呵，某柴安之，某之画作，在京都闻名遐迩，谁人不知，只一尺画，便值千金。今来长安，特为小怜姑娘而来。这七尺长卷，就是某的见面礼，还请妈妈传报一声，小怜姑娘雅人，当允一见！"

"老朽叶天明，家师乃'八米卢郎'卢思道，师祖乃北朝三才之一的邢劭大师，最擅七言。今为小怜姑娘赋七言四首，希望有机会与小怜姑娘论一论诗道。这四首七言，还请妈妈转赠于小怜姑娘。相信小怜姑娘见之，定愿与老朽切磋切磋！"

"砰！"一锭沉甸甸的金饼被拍到了桌上，一个穿着滚金绣花边公子袍的年轻人傲然顾盼，"一百吊钱，看得一眼，是吧？"

"砰！"又是一锭金饼被拍在案上，"这能看两眼了吗？"

"砰砰砰砰砰！"一锭锭金饼被拍在案上，"这够叫她侍宴的了吗？"

"当当当当……"一个囊袋打开，往卷耳几案上一倒，十八颗硕大滚圆、晶莹润泽的珍珠滴溜溜地满桌乱转。

那年轻公子邪魅狂狷地一笑："我李宝文不玩虚的，我来，就是为了睡她！睡她一晚，这些金子和珍珠，便是缠头之资！"

柴安之斜眼睨来，一脸不屑："真真的满身铜臭、暴发嘴脸！"

叶天明抚须摇头，悲天悯人："难怪古语有云，富不过三代！"

李宝文瞪眼道："两个穷酸，没钱逛什么窑子！看什么看，不服憋着！"

那妈妈站在上楼的楼梯前，眼热地看了眼满桌的金银珠宝，可一想到虽然楼上那位姑娘卖身契掌握在她手上，但是到了人家这个级别，见谁不见谁，愿意让谁做入幕之宾，着实也由不得她做主，尤其是人家背后现在还有聂少撑腰，此人如此粗俗，恐怕她是绝对不见的，不禁暗暗肉疼。

偏偏有她压着，其他八艳虽也明眸皓齿，艳绝一方，这身价就是提不上来，不禁暗暗发狠："早些把她发卖出去也好，本来好端端一棵摇钱树，现在反成了老娘的绊脚石！"

这时，已然走上楼来、站在一旁根本无人瞧他一眼的李鱼清咳一声，上前两步，向那捏着手帕的妈妈微微一抱拳："还请妈妈传禀一声，在下要见小怜姑娘。"

那妈妈眼见那么多的钱没法挣，正觉懊恼呢，听他如此一说，一腔火气登时发泄在了他的身上，阴阳怪气地道："哟，我们小怜姑娘是想见就见的呀？这位小哥你两手空空的，拿什么见？一张嘴巴吗？"

李鱼笑道："正是只靠一张嘴巴，烦请妈妈告诉小怜姑娘，就说双龙天上落，先钻石榴裙的人来了！"

李鱼现在不想暴露身份，只要他不通名报姓，谅这绛真楼上也无人识得他身份，如此一来说话就得含蓄一些。

他与小怜姑娘初识第一面，就是与聂欢扭打着从楼上摔下来，还掀了良辰姑娘的石榴裙，如此一说，相信以戚小怜的聪慧，必能想明白他的身份。

这时却听楼上珠帘之内轻啐一声，声音脆美，如黄鹂鸣谷："不知所谓，拽什么文，上来吧！"正是戚小怜的声音。

李鱼向四下的男人们客气地颔首一笑，便绕过那妈妈，一步步登上楼梯。

满堂宾客登时呆住，这是什么人，怎么只一句话就得以登堂入室，做那长安第一风流名妓的入幕之宾了？

双龙天上落，先钻石榴裙？难不成第一名妓小怜姑娘还跟这小子玩过？

柴安之摇头冷叹："姐儿爱俏！"

叶天明痛心疾首："肤浅放浪！"

李宝文两眼放光，向着走上楼去的李鱼放声大呼："钱由我出，小兄弟，一起可好？"

"小怜姑娘……"

看到戚小怜，李鱼目中也不禁泛起一抹异彩。

在她的闺阁之中，小怜姑娘自然不会穿得非常正式，衣衫柔软贴身，颜色搭配柔和暧昧，饱满的酥胸、窄窄的腰身，由髋到腿流畅跌宕的曲线……

她的姿容也许并不比龙作作、杨千叶等女子更美，但那种烟花柳巷浸淫而成的风情，却是她们所不能比的。即便龙作作现在已身怀有孕，与李鱼行那夫妻之实也不过寥寥数日，还没有开发出如此风韵。

所谓一颦一笑，风情万种，便是她这种尤物了。之前往乾隆堂道贺，戚小怜盛装出行，艳媚不可方物，但那种艳与这种媚，还是有着本质的区别。

"坐！"戚小怜袅娜生姿，腰肢款摆，在罗汉榻上慵懒地侧卧下来，丝毫没有寻常待客的模样，一手托着香腮，柔软贴身的长裙下，一双赤裸的玉足轻轻搭在一起，蔻丹美趾轻轻内扣，乜着李鱼，懒洋洋地道，"李市长此来，是要寻欢少打架呀，还是意图轻薄小女子？"

李鱼笑吟吟地欣赏着面前美人，顾盼道："茶也没有一杯？这就是姑娘的待客之道吗？"

戚小怜没好气地啐了一口，道："有屁快放！不然，本姑娘可要赶人了！"

李鱼道："李某记得，聂少可是当众说过要迎娶你为妻的，怎么姑娘还住在绛真楼？二楼那些男人，整日里用些龌龊话语轻薄，姑娘即将从良，便自己听得惯了，也该思量聂少心情才是。"

戚小怜恼了，坐将起来，脸儿涨红，饱满的酥胸起起伏伏："姓李的，你此来，真就是为了羞辱我？"

李鱼摸了摸鼻子道："非也非也，在下就算再闲，也没有大老远跑到平康坊来戏弄姑娘的意思。聂少聚散千金，为人豪爽，恐是没有存下什么钱财，仓促之间，没办法为姑娘赎身。李某此来，就是为聂少送赎身钱的。"

戚小怜先是一怔，继而轻蔑地瞟了李鱼一眼，又懒洋洋地躺下："你以为本姑娘是一只阿猫阿狗，随便扔点钱就领得走吗？"

李鱼站起身，向戚小怜走去，到了榻边，手便往腰间探去。

戚小怜紧张起来，身子猫儿般一蜷，居然从枕下摸出一柄半尺长的月牙状弯刀，看那嵌金镶珠的风格，应该是大食等西域国家传过来的，并非中原之物。戚小怜一手握着刀柄，一手卡住刀鞘，胆怯道："你要干什么？"

李鱼从腰间摸出一张纸来，慢慢打开，向戚小怜面前一递，微笑道："如此，可值得姑娘赎身之价？"

戚小怜往那纸上看了一眼，眼睛蓦地睁大，再看两眼，腾地一下坐了起来，一把抢过那纸，仔仔细细看了一遍，抬头看向李鱼，急切地道："这是……"

李鱼道："如果聂少以此为凭，为姑娘赎身，你说绛真楼会不会答应？"

戚小怜鼻翼翕张，显得十分激动，但只片刻，她就冷静下来。

戚小怜毕竟不是没有见过世面的寻常女子，她上下看了李鱼几眼，把刀往枕旁一丢，又躺了回去："无事献殷勤，非奸即盗！说吧，你的条件？"

李鱼道："我的条件——"

戚小怜忽然打断他的话道："若是叫我男人为你出生入死，那就不要自讨无趣了。"

李鱼微笑道："我只想让他帮我找些人！不需要他为我出一拳！"

戚小怜一双美目定定地看了李鱼一阵，道："找人？就为这，值得这么多钱？"

李鱼叹息道："很多东西，都不是一朝一夕便能养成的，所以对聂少和他身边的许多人来说司空见惯、不以为奇的事情，对完全不了解这个圈子的人来说，却是有再多的钱也是无门可入。这，就是价值！"

戚小怜又定定地看了李鱼一眼，忽地嫣然而笑，将那张纸小心地卷成一卷收起。伸手拈起那小弯弓，在榻边一挂银制风铃上当当当地敲了三记，再对李鱼娇笑道："小郎君且宽坐，奴奴这就遣人去寻欢少来！"

随着戚小怜这三记轻敲，一排翠衫的俏丽侍女鱼贯登楼，头一个清漆托盘上摆着银盒盛装、红绢扎裹、封以白泥、盖上红印的顾渚紫笋盘，此乃上品贡茶。

第二个清漆托盘上摆着飞鸿球路纹鎏纹银笼子，桶形，带隆面盖，倒"品"字形足，盖面是一只飞翔的大雁，直沿是上下错开的如意花，鱼子纹衬底，鹅形提梁，四足为破叶花瓣，纹饰鎏金。

第三个清漆托盘上是鎏金鸿雁纹云纹茶碾子、鎏金团花银锅轴，鎏金仙人驾鹤纹壶门茶罗子。

第四个清漆托盘上盛的是鎏金飞鸿纹银则，鎏金双狮菱弧形圈足银盒，鎏金摩羯纹银盐台，鎏金流云纹长柄银匙。

第五个清漆托盘上是五瓣葵口高圈足秘色瓷碗一套。

第六个捧了只红泥小风炉。

第七个捧了箱上品兽炭。

第八个提了桶取自终南山太平寺的泉水……

二楼仍旧不舍离去的那些诗人、画家、富二代，眼见得如此排场，迤逦而上，登时产生了一万只草泥马在心头呼啸而过的感觉……

"要跟人约架啊？"聂欢来了，毫不顾忌地把戚小怜搂在怀里，翘翘盈圆的美臀就坐在他的腿上，兴致盎然地看着李鱼，"要不要我帮你？只是托我找人就肯出这么高的价钱，替你出手，价钱一定不低，哈哈……"

李鱼给戚小怜的那张纸是一张房契，这东西携带方便，可比拉上几十车钱出门便利得多。

长安的宅子大小不同、地点不同，价格也是天壤之别。财神乔大梁给李鱼的这张房契，就算以最便宜的价格折算成钱，也足以为戚小怜这个长安第一名妓赎身了。

乔财神出手，岂有抠抠搜搜，弄上金饼一筐、明珠一斛，满桌子乱撒的道理。就只薄薄一张纸，所代表的财富就足以改变一个风云人物的命运。

听聂欢这么一说，戚小怜嗔怪地在他怀里狠狠蹾了一下，嗔道："我还不想刚刚嫁了人，就得守寡呢，你给我安分些。"

聂欢笑道："我若死了，凭你所拥的姿色和财富，随时可以再寻一个可意的郎君。"

戚小怜回身拧了他一把，道："我这还没过门呢，就想着轰我出门了呀？你休想！你的钱，我要！你的人，我也要！"

李鱼清咳一声，道："想找人，有三个渠道。一个是通过'地鼠'招揽亡命徒。刘啸啸已经通过'地鼠'招过一批人，相信所余好手已经不多。而且这些亡命徒之间，难免有着错综复杂的关系，如果我从他们之中招人，说不定会招来敌人的耳目。"

李鱼呷了口茶，又道："这第二条渠道，就是慢慢物色，招揽品性、能力兼备的高手，引为心腹。但是，时不我待，我等不起。这第三条路……"

李鱼微微倾身向前，看向聂欢："就是从江湖中招揽，而这样的人，我不知道谁是，知道了名姓也没办法找到，找到了也未必能让他们为我所用，谁一诺千金品行可靠，谁唯利是图两面三刀。所以，我希望聂少能够为我提供帮助。我需要的是游侠刺客，盖聂荆轲之流！"

聂欢眉头微微一蹙，又徐徐展开，抓起一杯茶，牛饮而尽，往桌上一蹾，道："好！明日此时，城北修真坊，长安酒楼见。届时，我给你引见些使气任侠、轻生重义的江湖豪杰，至于他们是否愿为你所用，就看你们的缘分了！"

第二十二章
修真

李鱼在李伯皓、李伯轩两兄弟的陪同下赶到了修真坊。

三人勒住马匹，抬眼前方，青菜数垄，茅屋两行，远近庄稼将近秋收，好一派田园风光。

都市之中，有此一景，殊为难得。

李伯皓大赞："此地甚是风雅！"

李伯轩抬杠道："你若喜欢，可在此长住。"

李伯皓想了想，干咳两声道："我是个俗人，就不要玷污此地的清幽了。"

李鱼勒着马缰，望着这景致，却有些熟悉的感觉。

沿着乡垄田间道向前走出一阵，过了庄稼地，就见野趣盎然的一个池塘，有鸳鸯，有野鸭，还有人在池边垂钓。垂钓人身旁还常伴有三两佳人，或低笑浅语，或钩上挂饵，或濯足戏水，佳人之趣尤甚于钓鱼之乐。

李鱼看到这里，突然想了起来，"啊"的一声，轻轻一拍额头。

李伯皓和李伯轩立即拔剑出鞘，含煞四顾。

半晌，李伯皓攥着剑，警惕地从竹笠下打量着垂绦绿柳，轻声道："发现了什么？"

李鱼干巴巴地咳了一声，道："没什么，我只是忽然记起，此地，我来过！"

李伯皓和李伯轩嘘了口气，收了剑。

三人今天当然是又费了一番周折，微服出来的。不过虽然手段巧妙，也难保不会有人追踪，所以被吉祥、作作、深深、静静千叮咛万嘱咐的李氏兄弟感觉压力山大，生怕李鱼有个好歹，他们会被那四个女人生吃了。

李鱼忽然记了起来，道德坊勾栏院那次大火前，他与苏有道、康班主等人就是在此间饮宴的，那一次有静静舞乐，还曾见到荆王李元则、袁天纲、李淳风，以及太子殿下、高阳公主，还有罗霸道和纥干承基。

往事依稀，不过数月之前，此时想来，恍如一梦。李鱼心中不胜感慨，放松了马缰绳，缓缓而行，曲径幽深，柳暗花明，前方便现出一幢汉晋古风的大酒楼。

一个穿着汉人衣冠、胡须上翘如弦月、高鼻深目的西域人笑容可掬地迎在门口，长揖一礼：“贵客光临，不胜之喜，宇文长安，恭候大驾多时啦！”

李伯皓大吃一惊：“宇文长安？你与宇文成都是何关系？”

那胡人笑道：“并无关系。”

李伯轩道：“怎么可能，你们都姓宇文，他占了成都府的名字，你占了长安府的名字，难不成你们俩是亲兄弟？”

李鱼翻了个白眼，翻身下马，道：“不用问了。你们看他长相，与宇文世家能有什么关系？这个胡人仰慕中原文化，又听说过宇文成都的大名，所以给自己取了个汉名罢了。”

李鱼上次来时，杨千叶的人追蹑郊游狩猎的太子于此，曾经在此大战一场，害得宇文长安狼狈不堪。不过几个月下来，看来这位仁兄也如李鱼一般健忘，全然记不起李鱼何时来过了。

他一听，知道这位客人是来过的，登时更为热情：“啊哈，这位贵人，您可好久没来了，想是事务繁忙，快快请进，长安马上叫几个美人儿来侍候贵人。”

宇文长安说着一口地道的长安话，点头哈腰地将三人引进大厅。

身后半箭之地，一片柳树林中，墨白焰和冯二止站住了脚步。

墨白焰道：“走吧，他既平安到了，就没我们的事了，回去。”

冯二止道：“不用等他出来吗？”

墨白焰道：“里边有咱们的人，自会看顾他的安全。等他离开时，这些人也会跟他一起走，护卫他的安全。”

墨白焰说完，大袖一拂，挺起胸膛便走。

冯二止见状，连忙跟上，心中暗想：大总管对李鱼好像很不喜欢呢。偏偏公主殿下又喜欢得紧，为了他的安全，居然要我二人暗中卫护，又调了死士以江湖人的身份受他招募。哎！如果这李鱼肯为殿下效力，便真做了驸马，也不是不可接受，可惜公主承担大任，是不能招赘一位不同心的驸马的。

　　城北太史局左街道的伞摊儿上，苏有道正用一柄小刀灵活地削制着竹篾，面前站着一位客人。

　　苏有道头也不抬，脸上带着轻松的笑意："我说过，如果他是一颗明珠，就算黑夜，也遮掩不住他的光辉。"

　　那客人抬手拣选着伞具，钦佩地道："先生英明。"

　　苏有道沉默了片刻，又道："派了多少人去？"

　　那客人道："十八个，以陆希折为首，都是一等一的好手。原本就以江湖人的身份活跃于外，所以，便连聂欢都对他们公开的身份毫不怀疑。"

　　苏有道微微颔首："这些人，从此要忘记他们本来的身份，竭诚为李鱼效力，出生入死，赴汤蹈火！一定要留在他的身边，成为他最信任的好兄弟。李鱼此人重义，一旦认可了他们，与我们之间的牵绊，就再也难以分割！"

　　那客人道："属下明白！"

　　苏有道强调道："就算是因缘际会，与咱们的人对上，这些人也要毫不犹豫地为李鱼出刀！让他们彻底地把自己当成李鱼的人，直到需要'唤醒'他们的时候。在此之前，他们只有一件事是不能顺着李鱼心意的。"

　　那挑选着伞具的客人无声地笑了一下："把他留住！"

　　苏有道低着头运刀，也露出了微笑："不错！他安排了一个叫陈飞扬的人，正在筹备离开长安之事。"苏有道抬起头，看着那客人，一脸认真，仿佛正跟人砍价，"我不让他走，他就不能走！"

　　赖大柱的濯缨院里，依旧泉声淙淙，依旧雾气袅袅，只是石榴树下少了抚琴的女子，坐在那儿的是王恒久王大梁。

　　王大梁盯着赖大柱的眼睛："查到那小子去哪里了吗？"

　　赖大柱阴笑道："我经营此地多少年了，他才多长时间。小小把戏，居然以为可以瞒得过我的耳目。嘿嘿，他此前藏在送往房相府的高榻之中，去了趟平康坊，通过戚小怜，见到了聂欢。"

　　王恒久目芒缩了一缩。

赖大柱道："聂欢随后就下了一道江湖召集令，遍邀长安附近的游侠壮士，往修真坊长安酒楼一聚。如今，李鱼已经带着两个贴身侍卫也赶去那里了。"

王恒久不会武功，他的力量来自他的人脉，来自他多年来结识的形形色色的人，并因利益往来而形成的密切关系。对于江湖中事，他不甚明白。

因此，他打断了赖大柱的话，又询问了一句："聂欢插手了？"

赖大柱莞尔一笑，轻轻摇头，道："当然没有！如果聂欢要帮他，何须下什么江湖召集令，聂欢无须召集任何人，他想对付谁，马上就有八百死士、三千兄弟闻风相随，与他共进退！所谓江湖召集令……"

赖大柱沉默了一下，似乎在想着如何向王大梁解释，顿了一顿，才道："就是聂欢帮他发布一道消息，告诉那些浪子游侠、江湖亡命徒，现在有一个好主顾、有一个好生意上门了，大家囊中羞涩的，不妨前去应募。"

赖大柱笑了笑道："消息是聂欢发布的，那些江湖亡命徒自然相信雇主可靠。而能从聂欢那里拿到消息的，当然也不是什么阿猫阿狗，都是些有真本事的江湖豪杰！"

王恒久松了口气，喃喃道："不是聂欢插手就好！"

王恒久突然目光一凝，盯向赖大柱："你说那些人都是江湖豪杰，他们比你的人如何？"

赖大柱冷笑一声，道："龙困浅滩遭虾戏，虎落平阳被犬欺！大梁虽不明白江湖中事，但也应该清楚，英雄豪杰想要有所伸展，单凭个人武力是不够的，蛟龙无水、虎失山岗，又如何能一展所长？在长安，咱们才是地头蛇。"

王恒久微笑起来："我明白了。不错，如果那些所谓的游侠壮士、江湖亡命徒，真的在任何地方都能呼风唤雨，也就不会落得受人招募、为人卖命的下场了。"

赖大柱阴恻恻地道："不错！他们干的就是刀头舔血的买卖，我的人又何尝不是？"

王恒久微微眯起了眼睛，斟酌片刻，目中锐利的光芒突然一闪："你说李鱼去了修真坊，他就是在那儿招募那些江湖豪杰吧？"

赖大柱道："不错！"

王恒久若有所思地道："修真坊，居民不多，田野风光，真是个杀人放火的好地方呀！"

赖大柱兴奋起来："大梁同意了？"

王恒久脸上露出一丝杀气，狠声道："立即召集你的人手，在修真坊干掉他，让他上天修真去！把那些前去应募的人也一起干掉！老夫要么不做，做就做得惊天动地，一慑群雄！"

赖大柱兴奋地道："我的人手早就招齐了，就等大梁一句话。只是，要把前往长安酒楼的人全部干掉，属下只怕力有不逮，还请大梁援手。"

王恒久点一点头，诡秘地道："你放心去，届时，会有千牛卫精锐之军助你一臂之力！"

"王大梁果然手眼通天，居然调得来朝廷官兵助战！"赖大柱暗暗兴奋，立即起身抱拳而去。

第二十三章
应敌

修真坊，长安大酒楼。

李鱼走进去，还是熟悉的设置，熟悉的风格，不同的是，这一次没有雅乐清歌，没有士子风流，只有满坑满谷的江湖中人。今儿这里，被聂欢包场了。

李鱼对于这些传奇游侠、江湖好汉，其实充满了好奇。万一从这些江湖中人里挑出了几个奇异形象的高手高手高高手，那他就可以像赖大柱一样，摆一摆他的排场了。

到时候，他李大官人一出门，四个云鬓雾鬓的美貌侍女抬着他的步辇，旁边一个绿巨人似的壮硕昆仑奴给他打着曲柄伞，前边两个眉清目秀、十岁出头的童子挑灯开路，后边还跟着一个秀士、一个和尚、一个道士，而且一个老年，一个中年，一个少年，释儒道、老中青俱全。

那排场，得多拉风啊。

到时候一旦有事，小童突然施展绝技，昆仑奴正面破防，四个弱不禁风的美貌侍女白衣飘飘，长剑如虹，释儒道老中青压轴，他李大官人懒洋洋地瘫在步辇上，屁都不用放一个，敌人谈笑间便灰飞烟灭，那是何等威风。

可是一瞧见这些江湖豪杰，李鱼就失望了。没有释儒道的打扮，没有美貌女子，没有清秀小童，也没有昆仑奴。大家都穿着衣裳，壮硕倒是壮硕，也看不出谁的胸肌块垒，谁有八块腹肌，倒是人人透出一种很特别的气质，一看就很"江湖"！

里边最年轻的也有十七八了，最老的则有四十多，七老八十白发飘飘的一个也没有。至于女人，只有一个，那模样比其中许多男人还要壮硕凶悍一些，看年纪应有四十多了。

李鱼三人一走进来，整个酒楼内熙攘谈笑的气氛顿时一静，所有人都向他们看来。

聂欢只是负责替李鱼向江湖传了一道消息而已，于他而言，真的只是举手之劳，当然，这个举手之劳，换一个人就算穷尽洪荒之力也办不到。

所以，聂欢没有来，聂欢的人也没有来，连个主持人都没有，自然也没有人替双方介绍身份。不过，李鱼和李伯皓、李伯轩三个人气势非凡，他们一进来，里边的各路江湖豪杰就知道，聂少说的那位大雇主到了。

他们都有这个眼力，瞧瞧人家那身穿戴呗，尤其是那两个跟班，那衣服的质料，那靴子的针脚，那腰间的佩挂，那镶着宝石的长剑……

随便拿过来一样，都够他们大碗喝酒、大口吃肉地过上个把月甚至几年，这样的三个人当然不是来应聘的，只能是雇主。

三个人中，李鱼穿得最朴素，而他站在正中间，那两只会行走的金元宝则落后他半步，显然是以他为中心。

"各位豪杰，李某这厢有礼了！"李鱼向众人团团一抱拳，开门见山，"想必聂少已经对大家大致说过李某的情形，诸位豪杰今日肯来，应该也是有意接受李某的礼聘。不知各位还有什么想了解的，可以当场提出来。"

一个三旬上下、略显瘦削的男人突然站了起来，道："不知李小郎君是打算如何礼聘法？只为小郎君做一件事，还是长期聘用，价钱又是如何一个算法。"

雇一个打手多少钱，雇一个杀手多少钱，这些事儿聂欢门儿清，如果不是事先向他讨教过，李鱼还真说不上来，要么一开口就让人觉得不靠谱，一哄而散，要么被人痛宰一番。

这时听他一问，李鱼自然对答如流。说到雇用这些江湖豪杰的价格，还真是不算高，至少在李鱼看来，替人卖命不该这么便宜。李鱼在西市署是最不贪的一个官，每日流入手中的钱，也远比这些刀头舔血、替人卖命的江湖好汉多得多。

得其门路者，日进斗金；不窥其径者，难如登天。这些人论起杀人的技巧，也许个个都比李鱼强，但现在却只能像货物一样，任由李鱼拣选。

李鱼说了一个长期礼聘的价格，一个单次行动的价格，那些江湖豪杰窃窃私语一阵，便纷纷站起身来，其中一人拱手道："小郎君爽快，那便请小郎君挑选吧，在下陆希折！"

这回轮到李鱼怔住了，道："呃……你不问一问我需要你做什么，有多么凶险吗？"

那大汉听他一问，也不禁怔住了："呃……不过就是杀人或被杀，我等行走江湖，凭的是一条性命吃饭，了解那么多做什么？你说，我干，就是如此！"

"好吧！江湖大侠们的脑回路跟我不一样！"李鱼暗暗想着，道："那你是打算受我长期礼聘，还是合作一回就走？"

那大汉又是一怔："这个，不得小郎君你说了算吗？若能受你礼聘，我自然求之不得。"

李鱼眉毛跳了跳，这些江湖豪杰，还真是一根筋，但愿他们做事的时候能有点脑子，不要这么一根筋。

这时候，修真坊长安大酒楼周围，已经被一批黑道好汉包围了。

这批人，才是赖大柱真正的嫡系部队，专门负责干脏活的。

之前赖大柱不曾把这些人中的任何一个交给刘啸啸，只是给了他几个"地鼠"的名单，叫他去黑市里招了些江湖亡命徒而已。

他们悄无声息地包围了长安大酒楼，解决了外围那些林间野合、池边垂钓、柳下吟诗、荷塘欢好的浪荡男女，居然丝毫没有惊动长安大酒楼里的这些人。

赖大柱下过命令，解决长安大酒楼里的所有人，再一把火把那儿烧了，焚尸灭迹！虽说动过武的现场，官府勘验时，不可能毫无发现，但失火与刑事案件的责任可大不相同，再加上王大梁的人脉关系暗中运作，足以把此事运作成一桩很不幸的失火案。

所以这些黑道群雄有恃无恐，居然拿出了官府严禁的弓弩，饶是如此，他们也没想过采用杨千叶那支死士队伍一般的破门而入、攒射如雨的手段。那支队伍是墨白焰为复国而准备的，那些人是按军队的标准训练的，采用的也是军人般的战法。

赖大柱这批人却是黑道中人，为达目的，不择手段。

他们持了弓弩，将长安大酒楼团团围住，便有几个人绕到上风头，扯来野草，劈来树枝，架成一个大柴堆，然后将携带的几袋药粉撒了上去。

这药粉是个大杂烩，有砒霜，也有茱萸；有剧毒的，也有刺激人口鼻呼吸的。只要生起浓烟，顺风吹进大酒楼，里边的人一定受不住呛，只要他们跑出来，便一箭一个，射杀无遗。

这样做，既可以避免无谓的死伤，又能确保大酒楼中无一人得逃。

为首一人举手打了一个手势，环绕在大酒楼周围的人马上纷纷戴起了加厚的蒙面巾，只露出一双眼睛，处于下风头的人一一找好了位置，匍匐下去。

万事俱备，毒烟燃起。

酒店大厅中，有人道："我是只做一票，就要离开长安的，小郎君也要吗？"

李鱼笑道："只要本领高强，李某一样需要。"

马上又有一人道："我等这里不下七八十人，小郎君需要几个？"

李鱼道："李某此番，需要——"

李鱼刚要说出需要三十人上下，一缕毒烟已经袅袅飘入，先暴露在毒烟中的人登时咳嗽不止，涕泪横流。

有人叫骂道："怎么回事，厨下失火了吗？"

说着，有人就去推那后门，人群中突然有人大叫："这是毒烟，有人对咱们下手，莫开门！"

可他喊晚了，那大汉动作太快，愤愤然一推后门就冲了出去，旋即就怪叫一声，倒退几步又闪了回来，在他胸口、小腹、左大腿上，各插着一支弩箭，深贯入体，只余箭尾，这显然是可以洞穿两层重甲的硬弩。

紧接着，"噗"的一声，又是一支弩箭射入，这一箭正中大汉的眉心，贯入一半，箭头从后脑处冒了出来。那大汉怒目圆睁，仰面倒下。

宇文长安大老板"嗷"的一声号叫："出事啦！又是杀人放火的来啦！"

大厅中登时乱作一团，各路豪杰掣出各色武器，拿起桌椅蒲团，你往东我往西，这个上房，那个伏地，各自为战起来。

李鱼怔了一怔，放声大呼道："李鱼用兵，多多益善！所有人，李某全都礼聘啦！速速听我号令，速速听我号令！"

李鱼这一声大喊，当真有"一肃朝纲"之效。在场这些豪杰，如果没有人统一指挥，绝对是一盘散沙。

在场这些豪杰中，大有深谙兵法者，也有文采斐然者，当然，目不识丁、粗犷奔放的仍然居多。只是读过书的人性情就相对沉稳些，方才这些人以观察为主，没有率先发话询问。

但是，他们再如何机敏，再如何深谙兵法都没用，因为这些江湖豪杰，个个眼高于顶，谁也不服谁，众口纷纭，没个统帅，那就只能各行其是。

人群中就算有个兵法大家，这时候也只能攥紧了他的剑，思量逃生之法，根本不会浪费力气招呼别人按他的想法行事，因为他本就是一员游侠，太清楚这个群体的特性了，他喊出来也没人听他的。

而李鱼则不同，李鱼是金主，游侠浪子们虽然目空一切，性情高傲，但有一桩：重信誉、重然诺，一诺千金。他们今天就是为了应李鱼之聘而来，李鱼既然答应招募，那在履行契约期间，就得一切唯李鱼马首是瞻。

李鱼这一声大喊，混乱的大厅登时一静，猴子般吊在房梁上的，正拿着匕首撬地板的，肩膀顶着案几打算冲出去的，蛇伏于地蹿到门口四下打量的，老神在在地坐在原地拿酒水打湿了汗巾捂在脸上，等着出头鸟死光了再拼上一把的，都向李鱼望来。

李鱼略一犹豫，便道："赶紧关上门窗，宽了外袍，沥以酒水，将缝隙全都堵上，快快快！"

众人一听，马上服从，赶紧关紧了门窗，一个个脱了外袍，抱起酒坛子将其淋湿，然后封堵缝隙。有人福至心灵，还把多余的外袍挥舞起来，将已经飘进大厅的毒烟向大厅出口方向扇动。如此一来，就算风力不够扇不出去，那毒烟稀释，也就没那么难以忍受了。

但有些缺乏常识、跃上房梁，甚而准备撬开屋顶的人就受不了了，那烟一散，俱往上飘，赶紧一个个顺着梁柱滑下来，眼巴巴地等着李鱼进一步的指示。

李鱼眉头一蹙，道："不晓得来敌是谁，还有什么诡计，总之，待在这厅中，我们就是固定的靶子，最是危险。得想办法冲出去。"

宇文长安站出来，怯生生地道："咳，愚意以为——"

"啪！"一张箕斗大的大巴掌扇在了他的耳根子上，打得宇文长安一个趔趄，耳朵嗡嗡作响。就见一个极其魁梧的大汉踏前一步，把他搡到一边："休得聒噪，滚一边去！"

那大汉对李鱼道："小郎君，这厅中尽多桌椅，我等何如把它们都拆卸了，充作木盾，一鼓作气冲将出去，如何？"

李鱼一喜，道："这个法子不错，我们……"

店主宇文长安一听要拆他的家具，登时急了，赶紧捂着脸抢上前道："小郎君，愚意——"

"啪！"宇文长安另一边脸又挨了一巴掌，打得他又是一个趔趄。一个轻衫仗剑的年轻人从宇文长安闪开的位置上前一步，道："小郎君，不可造次。外边的人用的是弩，不是箭，可以平射的。我等但凡露出一丝缝隙，又或脚下露出一点破绽，就能被射中，而只要射中一人，我们的盾阵就彻底瓦解了，那时就得全军覆没。"

李鱼悚然一惊，道："有道理！足下是?"

年轻人一笑："待生离此地，再通禀名姓不迟，此时说来无益。"

李鱼对他越发不敢轻视，忙道："那足下有何良策?"

宇文长安听说不拆他家具了，心中一宽，转念又一想，到了嘴边的话又咽了回去，便乖乖站在一边没有说话。

那年轻人摩挲着下巴思量道："这酒楼中尽多牛羊肉……"

他忽地转向宇文长安，问道："店家这酒楼里的肉食，自何处取来?"

宇文长安精神一振，连忙道："本店肉食极其新鲜，都是现买的活牛活羊，店中宰杀，即时烹调——"

那年轻人不等他说完，就道："好了，我知道了。如此说来，你那些牛羊皮毛都在店里?"

宇文长安生起些不祥之感，结结巴巴道："有，堆在后厨……"

那年轻人大喜，道："小郎君，以牛羊皮浸水，柔韧可挡利箭。新剥牛羊皮，尚未硝制，直接就可以拿来用。大家拆了桌板案几，以牛羊皮蒙在上面，上下左右，严丝合缝，再挑几个擅硬功的好手，只要冲开一道口子，就可以掩护其他人一起杀出去了。"

宇文长安一听，这下不但家具要毁了，连牛羊皮也要毁了，顿时大惊。

要知道，他买这牛羊，可是把牛羊皮的价值都算进去了的，这牛羊皮回头拿去卖给皮货商，也是一笔不菲的收入，如果被箭射得全是洞眼，那就毫无价值了。

宇文长安心中一急，也顾不得两颊火辣辣的，赶紧上前一步，叫道："小郎君勿要拆我牛皮毁我屋，小的——"

"吭哧！"身后一只大脚递来，将他踹了个马趴，贴着中间圆台上的蒲草垫子滑出好远。一个大汉收脚怒道："生死关头，舍不得几张牛羊皮子，你这胡儿再要啰唆，老子一刀生劈了你！"

两个伙计急忙扑上去扶住宇文长安，其中一个年长些的伙计道："掌柜的，今日若能侥幸生还，您还是改个名吧。"

宇文长安怒道："长安长安，长治久安，有何不好?"

那伙计道："好是好，可咱大唐都城就叫长安，掌柜的你命贱，镇不住啊！"

宇文长安大恨，心中只道："老子今日逃出生天，明天就把你开了！"

那厢，那出脚大汉向李鱼一抱拳道："小郎君，既然如此，在下还有一计，咱们把这房子点了，火势一起，四方百姓必来救援，官府见了也必派人灭火，到时候贼人如何还能在众目睽睽之下行凶？"

四周豪杰一听，纷纷叫好，有人叫道："来几个人，快！跟我去厨下拿牛羊皮。"

又有人叫："拆了拆了，这案几桌板，统统拆了。"

有人伸手就去扯那帷幔，叫道："谁有火种，准备放火！"

宇文长安一见，登时跳将起来，大叫道："我说你们这些狗屁的江湖豪杰，能不能听我说句话！"

满大厅七八十号人登时一静，一齐向他瞪来。

李鱼道："掌柜的有什么话说？"

宇文长安跺着脚，指着脚下，气急败坏地叫道："洞！钻洞啊！老子也不知道是撞了什么邪，好端端开着店，时不时就招惹来许多牛鬼蛇神，老子在这里打了个洞啊！"

厅中顿时鸦雀无声，众豪杰面面相觑，半晌无言。

而此时，修真坊南门入口，百十号身着千牛卫军服的士兵，正向修真坊这厢走来。头前一位年纪尚轻、眉目清朗的年轻人，看起来不过二旬上下，但是看服饰，已是一位掌执千牛刀、领千牛备身的正六品武将了。

瞧他们并不排队，步履从容，显然是正值休沐期，自行来城中闲逛。其实是这位领千牛备身上个月刚刚晋升，今儿个突然召集了诸多部下说要请客，便一呼百应，浩荡而来。

他们自然消费不起长安大酒楼，但他们途中却正要经过此地。

第二十四章
清 道

李鱼怔了一怔，惊喜地上前，说道："此处有地道？掌柜的怎不早说？"

宇文长安满眼委屈，两颊掌印凛然："小老儿本想说的，奈何这些好汉根本不容小老儿张口哇！"

李鱼道："咳！掌柜的委屈，容后再向你道歉吧，那地道在哪儿，咱们且先离开这是非之地再说。"

宇文长安道："地道就在这舞台之下，小郎君你随我来！"

宇文长安为了自家的酒楼不被烧了，赶紧抢到舞台一侧，蹲在地上捣鼓片刻，伸手一拉一道铁环，一道倾斜向下的台阶顿时露了出来。

众好汉大喜，不过这些游侠浪子却是极讲信用，既然接受了李鱼的礼聘，便唯他马首是瞻，哪怕是在如此危急的时候。所有人都向他望来，一副听他号令的模样。

李鱼见状，心中甚是满意，说道："掌柜的、伯皓、伯轩，还有那位陆希折陆兄，咱们头前走，其他兄弟跟上来。"

掌柜倒没忘了他的伙计，忙不迭也喊道："大家都跟上，跟在各位好汉后边走！"

李伯皓跃跃欲试，一头扎进了地洞："我来探路！"

这货哪是探路啊，分明就是好奇。挺剑入洞，眼睛东张西望，奈何那地洞不过一人多高，一人宽窄，乌漆麻黑，也没什么好看的，李伯皓登时大叫起来："火把！拿支火把来！"

外面急忙传进一支火把，李伯皓一手持火把，一手持剑，迈开大步，行了一阵，前边突然变得开阔起来，李伯皓惊咦一声，举起火把四顾一番，疑惑地道："好像到头了。"

站在李鱼后面的掌柜急忙压低嗓音道："壮士噤声，小心被人听见。"

李鱼估摸着距离，确实没有走多远，便皱眉道："好像没走多远啊！"

掌柜无奈地道："小郎君，我这地洞，只是挖来应急的，哪会挖得甚远。本来都没想过要钻出去，只想紧要关头能在这里边避一避，谁料现在有这么多人，我估摸着……"掌柜的回头看看，"恐怕最后边的人还没进来呢。"

李鱼压低声音道："此处出去，恐怕就是那些歹人包围之处。"

李伯轩唯恐天下不乱地道："那正好啊！杀他个出其不意！"

此言正合众豪杰之意，被迫钻了地洞，那是很丢面子的事，若能马上找回来，这脸面便丢得小些。

只是众人七嘴八舌，虽然都压低声音，难免还是吵了些，李鱼马上低喝道："噤声！莫惊动了上面的敌人！"

众人为之一静，李鱼对宇文长安道："这上面是什么地方？"

宇文长安道："是后门外一片草地，再往外便是一片灌木丛。小老儿为了保密，在出口处还铺了一层土，植了青草。"

方才有人从后门出去，接连中了三支弩箭，接着被一箭射中眉心而死，如此揣测，那些杀手应该就埋伏在这左近，运气好的话，从这儿冲出去，还有可能出现在杀手们的屁股后面。

想到这里，李鱼立即道："伯皓、伯轩，你们两个先出去。一出去便拿出你们的绝活，见一个杀一个，绝不留情！"

李氏兄弟大喜过望，连忙抿着嘴儿点头，生怕一张嘴就笑出声来。

李鱼又道："这位陆兄！"

那陆希折向他一抱拳："小郎君请吩咐！"

李鱼道："你带几人，紧随其后，免得敌人势众，再反压回来，咱们困在这地洞里，两头一堵，可就成了风箱里的老鼠，两头受气了。"

陆希折道："好！兄弟们，做好准备，一旦冲出，格杀勿论！"

后面人群中马上响起一片响应声。

李鱼道："旁边的兄弟，向最后面传话，前边的人一旦跑开，马上跟上，迅速跳出地洞，将来犯之敌一举铲除！"

甭管他们有没有将来犯之敌一举铲除的本事，但这话说出来倒是挺提气的。挤在地洞里的人一一向后传话，后边的人也不知道前边发生了什么事，但"快速跟上，啥也甭问，就是干！"这风格正合乎游侠风范，大家便都奉行不渝。

李鱼这厢安排妥当了，就向眼巴巴瞅着他的李伯皓、李伯轩两兄弟点点头，李伯皓早把火把交给了宇文长安，宇文长安高举火把，神情庄重。

没办法呀，他只是个生意人，协同他人杀人，这还是生平第一遭，实在太紧张。

李伯皓向弟弟李伯轩点点头，两人大喝一声，一个旱地拔葱，一跃而起。

李鱼没有判断错，上边的确聚集了一群杀手，平端劲弩，全神贯注地盯着酒楼。

不过，他们没有想到的是，那毒烟草堆，就堆在他们这地洞出口上方，隔着一层草皮。

李伯皓和李伯轩两人同时一冲，奋力一推地洞口的盖板，那盖板驮着一大块草皮，草皮上燃烧过半的火堆，登时溅炸而起，火星、烟气飘散四周，两人跃落地面，伸手一扯，外裳脱落，登时珠光宝气一片。

四下里的杀手万没料到火堆会炸开，从里边还钻出两个人来，本来因为仓促和躲闪烟火就慌乱不堪了，再被他们缀满宝石的衣衫一晃，登时眼花缭乱，两兄弟剑刃频刺，收割了几条人命。

此时，陆希折等一个个游侠从地洞里钻出来，马上加入了战团，那些杀手的处境登时岌岌可危了。

不过，杀手是呈环形包围了整个酒楼的，这里一出事，左右的杀手马上赶过来救援，片刻工夫，众杀手全都围拢过来，稳住了阵脚。

"快快快！上上上！"地洞里，李鱼一边努力做着手势，一边急急催促。一个个举着武器的游侠从他身边飞快地跑过。

也亏得他催促及时，地洞里的人源源不断地钻出去，杀手虽然聚拢了来，但两边已经打成一团，他们的弩箭无法射击，只好也拔出刀剑上前，双方半斤八两，堪堪打个平手。

这时候，那队千牛卫已经赶到了长安大酒楼，那领头的就是从王恒久王大梁那儿得了许多好处，也因他的运作而晋升千牛备身的军官。

眼见这一团混战，他不由得一呆。

千牛卫是京城禁军十六卫的一支，本就负责京城治安，如果是寻常泼皮拳脚斗殴，尚可以不管，此时双方动用武器，大打出手，岂有不管之理。百十号千牛卫劲卒登时站住，一个个按住了千牛刀，恶狠狠地向他们看来。

陆希折一帮人和杀手一帮人同时大喜。

陆希折等人只道是惊动了官府，这下子来了强援，当可把杀手一网打尽。

而那些杀手也知道是来了援手，这些游侠一个也别想逃走。

只不过，那些杀手也明白，不能高呼出声，泄露双方有所勾结，所以只是精神大振，更加努力地出手。

而陆希折一群人中，已经有人高呼起来："尔等军汉，来得正好！这些强人持械杀人，快快将他们拿下！"

李鱼从地洞里爬出来，双手刚撑到热乎乎的地面，正要站起身来，就见那千牛备身把手一挥，喝道："这些衣衫杂乱的定是歹人，把他们杀了！"

那些刺客都是统一着装，俱着青衣短打，看起来就像一队豪门家奴，所以极是好分辨，一听备身发话，那些士兵纵然还有些许疑惑，当下也不迟疑，马上拔刀，向他们杀来。

陆希折又惊又怒，骂道："你们这些蠢军汉，眼睛瞎了吗，连敌我都不辨，这些青衣人才是杀手！"

那千牛备身挥刀杀来，大笑道："贼子狡猾，还敢诓骗本官，看刀！"

千牛刀一挥，便向陆希折头颅劈来。

李鱼眉头一皱，顿时察觉不妙。

西市四大梁，王恒久王大梁是负责人脉的！

一想到这一点，李鱼如何还不明白这支恰巧经过此地的官兵因何而来。

这下糟了，如果杀害官兵，而且杀的还不止一个，那就不用与王大梁一较长短了，赶紧逃命去吧，这个钦犯的罪名，是绝对逃不掉的。若是不杀他们，难不成坐以待毙？

李鱼把牙一咬，正想喝令大家四下突围，远处一支鸣镝呼啸腾空，紧接着大队官兵骑着健马，手执长枪，徐徐而进，保持着阵形，四下合围而来。

那些官兵阵中，护着一个少年、一个少女，头前两员大将，一身明光铠，威风凛凛，金甲天神一般，各自手提一口锋利的长刀，兜鍪面甲，只露一双霸气凛然的眼睛，一边徐徐而进，一边徐徐扬刀。

左边那大将声震屋瓦："太子左清道率罗霸道在此！"

右边那大将杀气腾腾："太子右清道率宋仲基在此！"

二人语气一顿，异口同声道："何人持械殴斗，立即弃械就缚！敢有抗命者，杀！"

"杀！杀！杀！"那东宫六率的士兵们持戟而进，一步一杀，凛凛战意，登时将乱战的三方气焰都压了下去！

那千牛备身和杀手头目同时在心里咒骂了一声："他妈的，太子怎会在此？"

太子轻易不会出宫的，就算出来，要么微服简行，要么仪仗庄严，不应该带这么多兵啊！

他们没想到今儿个是太子李承乾校阅六率的日子。

作为东宫卫队的最高统率，太子不能只习文，时不时也得到军营驻地，校阅一下军队，观摩一下演习。今儿个就是太子李承乾前往军中校阅演习的日子。

而罗霸道和纥干承基，自投奔太子以后深受重用，现在已被他提拔为左右清道率，二人也是投桃报李，太子观摩已毕，回转东宫，二人就亲率军队护送回城了。

太子抄了近路，恰经过此地。反正这修真坊太过偏僻，居民不多，由此路过，也不至有扰民之忧，结果行至半途，忽见前方杀声一片。

太子这两率官兵数千人，又是在都城之内，岂会有所畏惧。况且身为太子，眼见都城之内歹人行凶，若是视若无睹，此番回去少不得遭台谏弹劾，当然立即就指挥官兵围了上来。

那千牛备身心中先是一急，既而灵机一动，急忙纵身跳出战团，抱拳道："吾乃左千牛备身杨元芳，快来助我，擒拿歹人！"

那千牛备身往前一指，道："那些衣着不一、武器各异的，俱是歹人，在此杀人放火，吾等由此路过，不敢坐视，故而拿贼！"

李鱼哈哈一声大笑，扬声道："老罗老罗、小基基，我在这里，我在这里！"李鱼跳着脚地向他们招手，"莫听那千牛卫的人胡说，我等在此聚宴欢饮，突有歹人来袭，就是他们，就是这些青衣人，快助我拿贼！"

罗霸道一听有人叫得亲热，移目看来，顿时一怔：怎么又是李鱼？犹记得上一次也是在这里，也是这厮在场，杀得那叫一个惊险跌宕。这货怎么认准了在这儿打架，难不成此地风水好？

化名宋仲基的纥干承基听他这一喊，眉毛都拧成了蚕宝宝，他用刀柄把面甲向上推了推，咆哮道："滚你娘的，不许叫我小基基！"

身后侍卫中，哧哧低笑声不绝于耳，纥干承基一张俏脸登时涨成了紫红色。

李鱼大声道："不叫不叫，快助我拿贼！"

那千牛备身杨元芳也不是易与之辈，一听对方竟与东宫左右清道率极为熟稔，连称呼都如此亲热，暗暗吃惊不已，但马上故作惊骇道："你真不是歹人？你与东宫熟稔？"

李鱼心知此人不可能是误认了贼人，但此时此刻，却不宜多生枝节。再者此人是军中人士，一口咬定是误会了，根本辩驳不清，朝廷也不会为此处置将领，说不定西市帮会斗争的事儿进入朝廷视野，大家一起完蛋。

既然他此刻已知机抽身，撇清了自己，李鱼也就坡下驴，大声道："正是如此！将军莽撞了，这些身着青衣、兵器统一的家伙，才是行凶的贼人，此间掌柜亦可证明！掌柜的，掌柜的！长安老兄？"

宇文长安踩着一个伙计的肩膀，扒着洞沿儿，探头向外看了一眼，扯着嗓子道："小老儿忝为此间地主，我证明，我证明！"

号完这一嗓子，他马上把头一缩，生怕挨了谁的冷箭。

太子压了压挡在他身前的一面骑盾，饶有兴致地看着场中，笑吟吟地道："天子脚下，堂皇之地，竟有歹人持刀仗剑逞凶，当真是岂有此理！老罗、老宋，尔等速将歹人拿下！"

罗霸道和纥干承基答应一声，立即策马上前，四下里左右清道率的士兵立时吼声如雷："杀！杀！杀！"

包围圈一步步缩小，那千牛备身杨元芳当机立断，果断"反水"，把手中的千牛刀一举，大叫道："兄弟们，弄错了！现在马上，协助东宫，围剿青衣贼子！"

众千牛卫的官兵可不知底细，原本就是被杨备身以请客为由拉过来的，此刻他既然说那些青衣人才是贼人，这些官兵登时转身面对那些青衣人，原本还是并肩作战，顷刻间就泾渭分明了。

高阳公主坐在马上，小屁股一颠一颠的，急得不行："让开，你们让开，我要看看！"

前方几匹高头大马上，顶盔挂甲全副武装的几个官兵手持骑盾，无死角地护住了太子和高阳公主，生怕他们有所闪失，哪里肯让开，何况太子也没发话，他们只当没听见。

高阳公主急了，赶紧从那马背上爬起来，踮着脚尖儿往前看。好在她今日陪太子巡营阅军，虽然不曾披盔挂甲，不过倒是穿了一身胡服，不至于往马上一站，就春光乍泄。

高阳公主踏上马背的时候，前方已经风卷残云一般大战起来。

那些刺客杀手极其骁勇，他们论武艺、论绝活，远不及那些三山五岳的江湖好汉，但是胜在配合默契，有行伍之风，再加悍勇敢战，这么长时间，与那些尚没有配合习惯的游侠们打了个半斤八两，不相上下，可见战力非凡。

但是斗志一泄，十成功夫发挥不出七成，那就没法儿打下去了。眼下东宫两率兵马在此，千牛卫又"反水"了，再加上李鱼这些江湖好汉，他们根本没有一战之力。

明知绝望，即便他们都是亡命之徒，战意还能剩下几分？

那刺客头目大喝一声，道："分头走！"

众刺客立即向四下突围。

东宫两率兵马似乎不堪一击，被他们轻易就突破了防线，冲杀过去。李鱼一见大为焦急，难不成东宫兵马也有意放水？今日难得的剪除敌人羽翼的好机会，难不成就这样错过了？

殊不知，那些将士习惯的是行伍作战。纥干承基原本就是军人，对战阵之法了解颇深。罗霸道原是马匪，也精通相近的战法，自领军以来，恶补军队战法，业已成了行家，两人竟是有意放任那些刺客逃逸。

这些刺客不过五六十人，分向四面八方，每一方逃逸者不过六七人，太子回城，所御人马有两千多人，俱是骑兵，每人每马，中间都散开了数丈距离，如此一来，最后边的将士已经位于坊墙边上，距此甚远。

这每一方向六七个刺客，往军阵里一冲，片刻工夫，就变成七八名骑士围住一个刺客的阵势。这些刺客简直就像是一群没头苍蝇，一头扎进了一张大网之中。

等他们冲杀进去，挥舞着刀剑，尚不及逃远，军士们发一声喊，立时发动，纷纷拨马挺戟，向他们各自的目标来了一个短程冲刺。

这一下不仅李鱼终于明白，熟谙一身武技的高手到了战场上没什么鸟用，就是那些游侠儿也都明白了。

七八杆长戟，借着快马之势，从四面八方同时刺来，凌厉无匹，快捷如电，势头尤其凶猛沉重，人借马势，那大戟一来，何止百斤之力，岂是轻薄刀剑所能抵挡的。

什么叫摧枯拉朽，势如破竹？

李鱼今天算是见识到了，那些分头突围的刺客竟无一个可以逃脱的，远远近近，尽是骑士合围之势，待他们交错冲杀、换位再度稳定军阵之势后，已经不见一个刺客，所有的刺客都倒在尘埃之中。

"我……我是……他……"那首领逃得最慢，反而死得最慢。他肚子和右胯各挨了一戟，鹅卵粗细的戟杆儿，戟头儿一尺多长，侧面那个锋利的月牙钩儿，既能割断他的脖子，也能划破他腿上的大动脉。

此时他肚子被捅了一戟，大腿被割开，肌肉外翻，血如泉涌，倒在尘埃中惨呼，刚想说些什么，一个全身甲胄的骑士一提马缰，那高头大马碗口大的马蹄轻踏向前，他手中的长戟一提，再一刺，"噗"的一声，正中他的后心！

刺客首领的声音戛然而止，身子抽搐了一下，再没了声息。

太子见此一幕，兴奋得难以自已，这可比校阅军队强多了，这才是真正的行伍战斗。眼见得如此杀戮，太子兴奋得两股战战，血脉偾张。

太子兴奋地大呼道："我军威武！本宫有赏，人人有赏！哈哈哈，老罗，老宋，你们练兵有方啊！"

"咦？我认得他，是他！"站在马背上踮着脚尖儿的高阳公主一见杀人又有些害怕，早把眼睛捂了起来，却又从指缝里偷看前方情形，忽然看清了李鱼，登时一诧，她认出来了！

毕竟长这么大，踢过她屁屁的就只这么一个男人，高阳公主没来由地一阵兴奋，双腿微微发颤，在那马背上再站立不住，双腿一分，便滑落下去，坐到了马背上，双腿下意识地夹紧了些。

那马儿受力，以为主人是要它前行，马上迈开蹄儿，向前走去。这时歹人已尽数受戮，那些挡在前面的兵将也就散开了来，没有人再挡着她。高阳公主骑的是一匹雄骏的大宛宝马，马腿修长，几步就到了李鱼身前。

高阳策马到了李鱼面前，嫣然一笑："喂！我们又见面了呢！"

李鱼抬头看了看她，高阳瞧见他那微带茫然的小眼神儿，登时大怒，这个夯货，居然把我忘个一干二净吗？高阳小胸脯一挺，怒气勃然："本宫高阳！你想起来了吗？"

李鱼"啊"了一声，一拍额头，恍然道："在下脸盲！"

高阳一呆："什么意思？"

"就是说，没见过几次的人，他记不住相貌！"太子一提马缰，走了过来，悠然接话。

高阳大不忿："哈！我这么漂亮，他看过了居然记不住？"

李鱼一本正经地道："殿下，脸盲是种病，我这个人脸盲，就是说，根本分不清谁漂亮谁不漂亮。"

高阳公主翻了个大大的白眼，不过心气倒是有点平了，对病人嘛，总要宽容些的。

太子李承乾微笑地看着李鱼，一副饶有兴致的模样。苏先生叫我早些结束今日校阅，又特意叫人引我由修真坊穿过，就是为了此人？此人当真对我保住太子之位大有帮助吗？

想起孟尝君生死关头靠着一对"鸡鸣狗盗"之徒，才顺利脱险，李承乾倒是信了几分，有时候，即便是社稷大业，一个市井间的小人物，只要因缘际会，也未尝不能发挥重要作用。

想到这里，李承乾的笑容更温和了几分："李鱼，你不认得高阳，那可认得我吗？"

李鱼长长一个大揖，恭声道："草民李鱼，见过太子殿下！"

高阳刚刚平息下去的心气儿又起来了，指着李鱼道："哈！你不认得我，为什么认得我大哥？"

李鱼一脸无奈："公主殿下，既然已经知道了你的身份，在下又岂能还不知道太子殿下的身份？那不是脸盲，那是白痴了。再说，方才罗将军、宋将军把东宫两率的名号喊得震天响，在下又不是聋子。"

李承乾笑道："好啦好啦，小高阳，不要难为人家。"

李鱼忙又转向太子："草民多谢太子殿下救命之恩！"

李承乾把马鞭微微一扬，道："普天之下，莫非王土。率土之滨，莫非王臣。这本是孤分内之事，何必言谢！"

李承乾说着，目光炯然，盯着李鱼。

李鱼心头灵光一闪，暗道："太子这话里有话啊，莫非有招揽之意？"

李鱼心头揣测着，忙含糊应道："草民性命，全因太子而得保全。恩重如山，草民当然是记在心里了。"

李鱼这番话，李承乾那边自然另有一番解读，哈哈一笑，容颜大悦。

李承乾身为太子，对李鱼纵有招揽之意，此时也断然没有倒屣相迎的道理，便把马鞭又一扬，吩咐那千牛备身杨元芳道："此间事，惹出偌大的阵仗，须得报与长安县知道，你带李鱼一干人等前去！"

李承乾说罢，一提马缰，向前行去。

罗霸道举刀高呼道："护送太子回宫！"

左右清道率官兵重新集结仪仗，护送太子离开，经过李鱼身旁时，罗霸道和纥干承基向他点了点头。

高阳总觉得与李鱼见面时别有一番情趣，与他对话，也比与宫中那些阴柔气浓重、从不敢顶撞她一句的死太监得趣儿，见太子走了，心中颇为不舍，但她实也没有留下的理由，只好用马鞭点了点李鱼，便策马追她大哥去了。

这里东宫人马一走，那千牛备身杨元芳便凑到了李鱼面前，打个哈哈，抱拳道："本官一莽撞人，今日错判，险些误杀好人，实在冒失了。这位兄弟，切莫见怪。"

李鱼心若烛明，面上自然不会说破，微微一笑，道："不敢不敢，草民岂敢当得杨将军一礼。幸未酿成大错，已是幸甚。此去长安县，还请杨将军做个公道，免生枝节。我们这些平头百姓，可是最怕见官的。"

杨元芳拍胸脯道："这事包在我身上。虽然这里动刀动枪的，闹得阵仗颇大，但既有太子吩咐，再有本将军做证，足下定可顺利结案的。只是……"

杨千牛扭头瞧了眼他那些兵丁，抱歉地道："各位兄弟，今日杨某拉你们出来，本是为了一醉方休。奈何闹出这档子事来，奉太子口谕，咱得先往长安县里一行，怕是不能……奈何……"

众官兵固然失望，这时也只好纷纷拱手："杨备身尽管前去，咱们改日再聚也是一样！"

这时宇文长安眼见太平了，从那地洞里爬出来。听到这话，忙拍胸脯打包票："将军自去，这厢不用管了。这些军爷铲除贼盗，于老朽有恩，今日饮宴，小老儿负责，定叫诸位军爷满意而归！"

杨元芳一听，此人倒是个伶俐人，满意地点点头，道："你是此间店主？"

那胡人胡须一翘，欠身道："小老儿宇文长安，正是这长安大酒楼的店主！"

杨元芳听到"宇文长安"四字，面颊也是抽了一抽，点点头道："好！我这些兄弟，就交给你了！你这份人情，本将军也记在心里了。"

宇文长安眉开眼笑，这一下就省了一连番的折腾了。若不然，说不定就连酒楼都要封上一阵，等案子结了，却不知何时才有人想起来替他解封，说不定又得使钱，当下连声答应。

杨元芳便叫人收拾了所有尸体，宇文长安叫伙计将那装牛装羊的车子推来，跟扔死猪似的把尸体扔上去，片刻工夫，堆得小山一般，一连拉了四车，至于那些在此战中不幸死去的江湖游侠，却不可如此没有礼数，另弄了两辆车子，一具具摆放齐整，杨元芳便叫了十几个亲兵，再加上李鱼那班游侠好汉，押着这些车子，往长安县赶去。

　　由修真坊穿过，再往前不远，就是宫城范围了。李承乾校阅回来，自要往宫中去见父皇，交代一下此番校军的事情，接受父皇的考评。这是例行的功课，不可或缺。

　　李承乾便让两率兵马继续护送高阳公主回公主府，他这厢只引了太子亲军，往玄武门去，两下里分道而行。

　　罗霸道和纥干承基护在高阳公主左右，高阳公主骑在马上，身子放松，随着马的前行，蛮腰打浪，下巴一点一点的，就跟睡着了似的。过了半晌，突然扭头，道："宋将军，那个李鱼，怎么每次见他总少不了打打杀杀啊，他……究竟是个什么样的人？"

　　纥干承基淡淡地道："是个贱人！"

　　高阳一奇："啊？"

　　罗霸道忙打圆场，道："是个用剑的人！我们用刀，他用剑！哈哈……"

　　高阳撇了撇嘴，道："谁问你们这个啦，你们这些武人哪，满脑子转悠的就是刀枪剑戟，打打杀杀。咦，那他武功如何啊？"

　　纥干承基道："武功？嘿嘿！哈哈！哈哈哈……"

　　高阳瞪眼道："宋将军这是何意？"

　　纥干承基笑脸一收，一本正经地道："他若耍起贱来，我等不是对手！"

　　高阳大为惊羡："竟然如此厉害？"

　　纥干承基正色道："此人虽隐于市井之间，不为人知，实则贱技无双，乃是一位真正的高人。一手贱术，出神入化，登峰造极，便称他为天下第一贱客，也是实至名归！"

　　高阳公主两眼放光："哇！这么厉害？"高阳公主想了一想，眸波一漾，"那我聘他做剑术老师可好？"

　　"啊？"罗霸道和纥干承基同时一怔。

　　高阳公主兴致勃勃地道："你们的武功固然好，可惜刀沉，不好舞动，剑势轻灵，我是女孩子嘛，正适合耍剑！"

　　纥干承基干咳一声，看向罗霸道。

　　罗霸道扭脸他顾，你自己挖的坑，自己填吧！死道友，莫死贫道，无量……我的佛！

"哈哈哈哈……"

李鱼等人被杨元芳带到长安县，何善光何县令听说在他治下死了近百号人，气急败坏地蹦上了大堂，而此时消息也传到了西市。

东篱下，楼上楼，乔向荣乔大梁的签押房里传出一阵猖狂的大笑。笑声很肆意，很狂放，他不怕被人听到，他只怕旁人听不到。

乔大梁笑得无比快意，笑罢，才拍案赞道："老大送给我一个宝贝啊！"

他那忠心耿耿的大账房忧心忡忡："大梁，您还笑呢！李鱼可是……可是把赖大柱连根拔了呀！"

乔向荣睨了他一眼："那又如何？"

大账房苦着脸道："造成这么大的事情，双方可是再没转圜余地了呀！"

乔大梁乜着道："为什么要转圜？"他转向大账房，肃然道，"这跟做生意没什么两样，不敢拼，那就只能小富则安，又或随波逐流，看着是安稳了，可是稍有风浪，先倒的就是你！"乔大梁冷笑一声，抚须道，"自从王恒久向我发起挑战，我与他，就绝无转圜的余地了！就是要以雷霆手段，叫任何有所觊觎的人，都好好掂量掂量。你呀，守着那账房太久了，胆魄都小了，推开窗子，往外看吧！"

外面，楼下，赖大柱的宅邸内。

赖大柱面如土色地呆坐在石上，仿佛一个死人。

王恒久站在他对面，脸色比死人还难看。

"大梁……"赖大柱颤抖着声音，抬头看向王大梁，王恒久一直是他的幕后靠山，如今更已是他唯一的倚仗了。

"怎么可能？怎么可以！我才是掌握人脉的那个人！那个满身铜臭的乔向荣，究竟是怎么做到的？他怎么可能调得动东宫六率？"

赖大柱哭丧着脸道："大梁，不是他调动的，是太子校阅，恰由那里经过。是天在帮他们，是老天在帮他们啊！"

王恒久咬得牙关咯咯作响："运气不会一直站在他们一边的！我不甘心！我不认输！我不会就此罢休的！"

赖大柱惶惶然道："可我的人全都完了！"

王恒久冷笑道："开弓没有回头箭，现如今，咱们是不进则死！你的人完了，还有我，我把我的筹码押上去，胜败生死，在此一举！"

第二十五章
后 台

李鱼等人将至长安县衙，守卫门口的几个差官老爷正闲极无聊，扯淡打屁，远远一瞧数十豪杰，个个武勇魁梧，迈开大步向衙门奔来，又瞧见其中掺杂着十几个官兵模样的人，哪敢怠慢。

当下一个差官就擂起了大鼓，还有一个掉头就跑，撒丫子往衙门里冲，一边冲一边喊："抄家伙，快抄家伙，三班衙役戒备，快快快，出事啦！"

这一路喊去，唬得不少差役、胥吏变声变色，不明所以，纷纷跟着忙活起来。

等李鱼一行到了长安县衙门口，就见门口三个衙差，举着哨棒，战战兢兢，色厉内荏地喝道："站……站住！衙门重地，谁敢乱闯？这可是天子脚下！"

最后一声吼出来，那人都变了音了。

千牛备身杨元芳连忙越众而出，道："慢来，慢来，切勿惊慌。本将军——"

杨元芳刚说到这里，长安县令何善光已经领着大队的衙役冲了出来。

何县令到底是在京畿重地任县令的官员，见多识广，胆魄犹足，提着袍裾迈步冲出来，脚尖在半尺高的包铜门槛上重重地踢了一脚，眉头都不皱一下。

"何人大胆，冲撞县衙！"何县令站稳了脚跟，厉声喝问。

杨千牛一脸尴尬，抱拳道："这位就是长安县尊？咳！在下左千牛卫千牛备身杨元芳，今携苦主一干人等来报案的。"

何县令这才看清人群里还有官兵，登时心中暗恼，扭头瞪了那报信的差役一眼，再转向杨元芳，一脸的淡定："原来如此，衙里差役莽撞，居然误报有人冲衙，让杨将军见笑了。"

何善光咳嗽一声，再看门前几十号人，眉头一皱："这些都是苦主？"

杨元芳笑道："正是！"

何善光道："那……被告何在？"

杨元芳往旁边一闪："县尊往这儿看！"

何善光顺着他的目光一瞧，就见一排大车，车上横七竖八，也不知堆了多少人，有的腿耷拉在外面，有的手耷拉在外面，还有的脑袋悬在车栏之外，车栏下边滴滴答答还在淌血。

何县令眉毛跳了跳，不禁有点心惊。

衙前这些官兵和好汉倒是浑不在意。

何善光道："这个……这么多苦主和……被告，本官的大堂只怕装不下。苦主可有推举首领？"

杨元芳点头道："有的！有的！"杨元芳扭头道："李兄！"

李鱼从人群里走出来，何县令一看，依稀有些相识，仔细想了一想，这不就是上次被东宫送进来的那个家伙吗，怎么这回惹乱子的又是他，何县令当真气不打一处来。

何县令压了压心头火，转身说道："既如此，苦主、被告、人证，各举一首领，本官大堂问案！"

"嗵嗵嗵嗵……"鼓声再次响起，这回就比方才稳重多了。

"威——武——"堂威喊罢，何县令升堂，杨元芳、李鱼二人上了大堂，往那儿一站，脚下不丁不八，渊渟岳峙。

何县令瞪眼往下一瞧，问道："被告呢？"

李鱼道："回县尊的话，都死了。"

何县令："……"

这案子审起来甚是痛快，被告都死光了，一切由着原告和见证说了，只是李鱼聚众集会，这里需要个理由。

李鱼面不改色心不跳，只说他最近将要娶亲，外边那一大堆凶神恶煞的"苦主"都是他邀来的朋友，要帮他操办婚事，所以提前请来一聚。堂下站着的那些好汉毫不知情地就成了李鱼的"新郎团"。

只是，虽然这案子好结，官方终究不能只听他一面之词，还得现场勘察，调查左邻右舍，走上一遍程序后才能结案，因此，总得有个人留在衙门待审，此人自然非李鱼莫属。

何善光叫人录了口供，请杨千牛画押，杨千牛大笔一挥，扬长而去。

何善光又吩咐下去，叫李鱼的"新郎团"各自留下名姓，回去候审。

这时就看出李鱼向聂欢寻人的好处了，如果这些人是通过"地鼠"找的黑道亡命徒，人人身上都背着几条人命，只怕官府一查，他们逃不了，李鱼也要坐蜡。可这些游侠浪子，身份却是清白的。

他们就算手上有人命，也因对方本就是见不得光的一类人物，又或者因手段高明，不曾落下破绽，所以在官府里没有备案。这些人一一录下籍贯、身份、名字。看到陇右李家那对活宝的名字，何善光的右眼眼皮又不禁跳了跳。

陇右李家？

这是正宗的门阀高姓啊，李家子弟，跟李鱼混在一起……

何善光抬眼再看李鱼，眼神都有些不同了，难不成这李鱼其实是陇右李家的人？

应该是吧，要不然，岂能一连两次，都有太子牵涉其中，没准儿就是上次他得罪了太子，所以被送进来磨一磨他的锐气。不过，陇右李氏，太子也不好过于得罪，所以次日就让高阳殿下将他接了出去。

一定是这样！睿智的何善光何县尊迅速做出了一个合理的推论。

这时李鱼正对李伯皓、李伯轩两兄弟暗授机宜。

这两兄弟不肯走，说什么要跟李鱼有难同当，要尝尝蹲班房究竟是个什么滋味儿。

李鱼只好把二人拉到一边，低声道："你们两个夯货，留在这里陪我，有个鸟意思。我暂留下接受调查，这是咱们的好机会呀！王大梁、赖大柱那边必因此而放松了警惕，我身在此，西市那边一旦有些什么热闹，也与我全无干系，你们懂了？"

李伯皓恍然大悟，连声道："懂了懂了！"

李鱼道："就按咱们之前的计划，大胆行事！"

李伯轩大喜，道："甚好！你不在，我们兄弟俩就能发号施令了。嘿嘿，杀人放火，就是比咬文嚼字考状元好玩！"

李鱼瞪着他，忽然有些担心："要不……你们还是留下来陪我吧，由你们两个主持行动，我不放心！"

李伯皓、李伯轩两兄弟立即爽快地向他一抱拳："后会有期！"

何善光将闲人遣散，几车尸体让仵作拉去验尸，便亲自带人赶往修真坊。寻常案子还真不用他堂堂长安县尊亲自去勘访，可这回死的人实在是太多了些，由不得他不予重视。

至于李鱼，不是案犯，不能押进牢房，便安置进了班房，着两个衙役守着，考虑到他可能是陇右李家的人，又有太子的一层关系在，何县令还吩咐人准备了些茶水点心。

何县令这厢打道修真坊，李鱼坐在班房里跟两个衙役扯闲篇儿，一壶茶都喝成白水了，一个官员昂昂然地走了进来，站在班房外睥睨四顾，沉声道："何县尊可在？"

一个胥吏闻声迎出来，看见那官儿，穿着八品袍服，面目陌生，并不认得，便作揖道："本县县尊勘察去了，不知足下是？"

那八品官掸一掸袍袖，矜然道："本官司马兴风，察院来的！"

胥吏一听，肃然一惊，马上恭敬起来。

监察御史虽然只是八品小官，但手握天宪，巡按天下，那可是人见人怕的官儿，胥吏马上换了副口气，道："县尊估摸着也快回来了，御史且请二堂小坐。"

司马兴风仰着鼻孔哼了一声，又往班房里瞄了一眼，似乎奇怪李鱼这官不官、犯不犯的人物，何以如此逍遥。

司马兴风到了二堂不久，何县令就回来了，一听说察院来人，心头也是一紧，顾不上理会李鱼之事，赶紧奔二堂去见那位司马兴风。

当此时，修真坊的坊正已接受完一番调查，候县尊离去后，他马上纠集了一班坊中百姓，有老有少，有男有女，浩浩荡荡奔长安县衙而来。

王恒久王大梁站在濯缨泉旁狞笑："我王恒久经营长安十数载，我的能量，是他们难以想象的。跟我斗？哼！就算攀上了太子又怎样？一日不曾登上九五之尊的宝座，太子也得夹起尾巴来做人！"王恒久冷笑着拍拍赖大柱的肩膀，"官有官声，民有民意！老夫双管齐下，这一回要借朝廷的刀，宰了那条鱼！"

赖跃飞担心地道："有太子撑腰，只怕宰不了他！"

王恒久道："宰不了他，只要羁押他几日不得回，西市署群龙无首，也要被老夫全部灭了！便是他再回来，也是无力回天了！"

王恒久吐出一口浊气，恨恨地道："老夫不发威，他当我是病猫！殊不知，以老夫所掌握的力量，就算问鼎常老大的宝座，如今也是犹有余力！"

赖跃飞听到这里，心头咚地一跳："难不成王大梁图谋的并不是四梁首座的位子，而是……"忽然之间，赖跃飞有些后悔甘为王恒久做马前卒了。但是他现在光杆司令一个，除了紧紧抱住王恒久的大腿，还有第二条路好走吗？

东篱下，楼上楼。

乔大梁的房间。

乔向荣已然收到察院派人去了长安县以及修真坊坊正率众"为民请愿"的事情，他扭曲着面孔，冷笑着吩咐："钱能通神！还通不了几个狗官？给我用钱砸，活活砸死他们那些狗娘养的！"

何县令急急奔进二堂，察院来的御史司马兴风正襟危坐，双手扶膝，眼观鼻，鼻观心，身旁案几上摆的一杯香茗，一口未碰。

何善光稍稍调匀了一下呼吸，迈步进门，脸上立即露出和煦如春风的笑容："哈哈哈，不知是察院哪位御史大驾光临啊！何某有失远迎，恕罪，恕罪！"

司马兴风目光一转，嘴角一牵，露出几分似笑非笑的表情，向他拱拱手道："何县尊，下官司马兴风，来得冒昧，还请县尊见谅啊！"

"司马兴风？谁给你起的倒霉名字，诚心到我这里作浪是吧？"何县令腹诽着，笑道："哪里哪里，大驾光临，蓬荜生辉啊！哈哈哈哈……"

几句不咸不淡的开场白说罢，何善光便神情一肃，道："咳！却不知司马御史光临下县，有何公干啊？"

司马兴风皮笑肉不笑地道："何公过谦了，长安、万年两县，治理京畿之地，位尊责重，县尊虽为知县，却官居五品，尊贵显要，何须菲薄。只是……"司马兴风脸色一沉，"正因如此，修真坊里一日之间百余人横尸当场，下官听闻，当适时也，刀光剑影，杀声震天，贼盗不但动用了刀剑，甚而还动用了禁器：弓弩！"司马兴风双眼微微一眯，"如此举动，便是边陲小县，也是骇人听闻。天子脚下，机要中枢之地，居然出现如此一幕，下官倒要请教，长安县治下，何以出此一幕啊？"

何善光能在京县做官，又岂是易与之辈，听他一说，心里便是一跳。修真坊出事，不过是一个多时辰之前，他身为本县父母官，也才刚刚得到消息，前去勘查现场回来，这个御史耳目如此灵通？分明是有备而来。

想到这里，何善光便提了几分小心，斟酌答道："本县也是刚从现场勘察回来，死伤者确逾百人，行凶歹徒身份尚未查清，何以出此一幕，本县还不清楚，如是流匪作案，实非本县所能料及，若是治下百姓无事生非，那是本县责任，自当向朝廷请罪。"

司马兴风呵呵一笑，道："此案，县尊尚无头绪吗？"

何善光眉头一蹙，道："歹人行凶，幸有太子校阅归来，使官兵围剿。赖我天兵神勇，所有歹人当场授首，是以一时之间，无法弄清他们的来历。"

司马兴风道："这些歹人是随意劫掠还是有所针对？"

"有所针对！"

"有所针对，那苦主还不知道他们的身份？"

"本县已然问过苦主，确实不知！"

司马兴风哈哈一笑，道："百余强梁，持械行凶。而所谓的苦主，却既不知其身份，又不明其来历，这也未免太匪夷所思了吧？会不会是他有什么难言之隐呢？他是什么身份，又何以得罪了这许多凶顽呢？"

司马兴风一番话，问得何善光暗暗懊恼。不错，御史位卑而权重，他确实不愿得罪。不过司马兴风如此咄咄逼人，他比司马兴风足足高了三品，岂能不生反感。

何善光淡淡一笑："本县刚刚接案，才去现场勘察归来，于案情只有一个粗浅的了解，一些细节，尚未及询问。司马御史自察院里来，所了解的情况，竟比本县还要详细一些，当真耳目灵通啊。"

司马兴风自矜地道："身为御史，监察百官，乃朝廷耳目。若不眼观六路，耳听八方，岂不有负圣上信重？"

何善光哈哈一笑，道："那倒要请教司马御史，这百余死者，什么来历，什么身份？"

司马兴风一怔，不悦道："何县尊才是本县首长，奈何询问下官？"

何善光一摊手道："本县刚刚接案，才去现场勘问回来，尚不及询问仔细，司马御史便匆匆而来，迫不及待，试问本县该据何以告呢？"

司马兴风脸色一沉，道："如此说来，本御史不该过问了？"

何善光笑吟吟地道："察院自然有权过问，但司马御史来得也太急了些。"

司马兴风拂袖而起，厉声道："好！京师重地，数百人械斗，一日死伤过百，如此大案，足以上达天听！须得从快勘破此案。既然何县尊怪下官来得急了，那本御史便明日再来，听一听结果！"

"慢来慢来！司马御史何必来也匆匆，去也匆匆，本县正要升堂问案，司马御史不如一旁听审如何？"

司马兴风黑着脸道："下官公务繁忙，何县尊分内之事，下官就不干涉了。不过，明日下官可是要来听结果的。"他悻悻地走出几步，忽又停住，回首道，"下官来时，见班房中有一人在座，两员小吏陪同，想必就是涉案之人吧？那人茶点香茗，一应俱全，倒似来做客的一般，下官不得不怀疑，县尊大人与其是否有所关联，竟尔如此关照。这件事，下官会记在心上，若是县尊大人包庇纵容，有所徇私，呵呵，到时可别怪下官秉公弹劾！"

司马兴风说完，一甩袖子，扬长而去。

何善光哂笑一声，唾骂道："轻佻放肆，狗肚子装不下二两油的东西！"

何善光说罢，转念想想，心中却又隐隐有些不安；这司马兴风明摆着是要拿李鱼做文章了。

那么也就是说，那些死去的"被告"，定然也是大有来头的，他们背后一定有人，而且察院里也有人和他们通着信息。

何善光负着双手，在厅中来回踱了半晌，长长吸一口气，吩咐道："来啊，把李鱼给我带到二堂里来！"

门外衙差答应一声，刚要去提李鱼到二堂来，一个衙役气喘吁吁地跑进来，大声道："县尊，修……修真坊坊正率百余老幼妇孺，来……来衙门请愿了。"

何善光一怔，道："请什么愿？"

那衙役道："听他们说，那李鱼是什么街痞无赖头子来着，惯能惹是生非，修真坊因他而发生的人命案子，已不是第一回了。那些百姓人家请求县尊查清此人底细，将其严惩，以免修真坊里再生是非。"

何善光怔了一怔，忽地微笑起来，点头道："好！好！"

那报信的衙差也不知道他说什么，呆呆地看着他。

何善光笑容一敛，道："你去，叫黄县丞出面，接待一下那些百姓。记住，叫他不得呵斥，不管那些百姓说些什么，只管先应承下来，只说会报与本县知道便是！"

那报信的衙差遵命而去。

何善光眯着眼睛想了一想，又吩咐门前听用的衙差道："你去，将那李鱼移交羁押房，不得以嫌犯相待，却得约束他，没有本县命令，任何人不得释他出来！"

那衙差答应一声，一溜烟儿地去了。

何善光摸着胡须想了一想，便迈步出了二堂，绕进自家后宅，唤住一个小厮道："去，在后门备辆车，撤了幡子，一会儿我要用！"

幡子是标明车上主人身份名号的招牌，有身份有名望的人出门，都会在车上打起幡子。他要撤幡，显然是要微服出去了。那小厮答应一声，急忙去了。

何善光进了花厅，四房如花似玉的小妾正玩叶子戏，其中一个面前堆了一堆的筹码，满面红光，看来手气顺得很。

一见何县令进来，四房小妾连忙迎上来，摘帽的摘帽，解衣的解衣，有人递上手巾，有人捧上燕居之服，莺啼燕语，甚是体贴。

何县令摆一摆手，道："我马上还要出去，取套常服来。"

四个小妾瞧他脸上一丝笑模样都没有，便也不敢再与他说笑，连忙服侍他换了一袭常服，戴了一顶幞头，打扮停当，何县令便出了花厅，直奔后门而去。

京里做知县，最是磨砺性情、脾气、城府。在外县里，县令就是百里至尊，土皇帝一般。在京里，随便出来个官儿就比他大，偏偏这一亩三分地的日常又归他管，大不易呀。

何县令在京里做了两年的知县了，早练出了一副谨慎缜密的性情，那司马兴风搬出察院的威风来，却也吓不住他。司马御史前脚刚走，修真坊坊正马上又率众请愿而来，这反而提醒了他。

修真坊里死的那些人，是明刀明枪，这察院和坊里来的人，就是冷枪暗箭哪！这些人的指向，分明就是李鱼！这些人虽然跳出来了，可真正针对李鱼的人其实还没露头。

而李鱼呢，他又岂会是个毫无背景的人物，需要有人藏头遮尾背后使力？君子不立危墙之下，这两边的幕后势力没全跳到他的天平上称一称分量，比一比轻重，他何大县尊是绝不站队的。

不过，这么大的阵仗，让他稳坐钓鱼台，他也静不下心来。旁人都有后台，他堂堂京县五品知县，就没有后台？这里的事儿先晾着，先找自家后台打听打听内幕再说！

何善光何县令乘着一辆未打名幡的牛车，出了自家的后门，吱吱呀呀好一通逍遥，便东转西转地来到了裴太常的府前。

裴太常就是如今的太常寺卿裴天睿。太常寺以卿、少卿为正副长官，分别为正三品和正四品上。因为太常寺是掌管国家礼乐的所在，是朝廷甚为重视的一个衙门，所以在九卿中理所当然地居首，地位一直稳若泰山。又因太常寺管理着许多皇家事务，与皇室关系尤为密切，所以，太常寺卿乃是一位真正位高权重的高官。

何县令一张帖子递进去，片刻工夫，角门就开了，裴府下人搬开了门槛，直接让他的牛车驶了进去。车子进了裴府，何县令才下了车，轻车熟路地直奔书房。

太常寺卿裴天睿正在书房中抚琴，看到他来，只点了点头。何善光在一旁坐了，平心静气，闭目听乐，待裴天睿一曲抚罢，这才轻轻击掌，赞道："亚献的琴已然出神入化了。"

太常寺负责的事务包括各种祭祀活动，而各种祭祀活动要献三回酒，第一回由皇帝执行，是为首献。第二回就由太常寺卿负责，所以太常寺卿还有一个雅号叫亚献。

裴太常呵呵一笑，抚须道："何明府此时前来，当有要事？"

何善光连忙欠身道："正是，下官今日接了一桩案子，案情并不复杂，奈何这原告被告，背后似乎都别有用心的人在活动，下官觉得甚是蹊跷，还请亚献指点迷津。"

听他这番话，这位九卿之首的裴太常，就是他的后台了。

裴天睿淡淡一笑，道："这世间最精彩的，从来都不是能摆到台面上的东西。"裴天睿顿了一顿，又道，"不过，能让你何明府如此谨慎，恐怕这桩案子背后涉及的人，并不简单吧。"

何善光颔首道："亚献睿智，正是如此！"

当下，何善光就把整桩事件前前后后详细地说了一遍。

裴天睿眉毛动了动，道："太子只是路过吗？"

何善光道："貌似是偶然路过，可是……上一次有不明来历的黑衣人在修真坊行刺太子，当时莫名其妙地被太子送进长安县监牢的，也是这个李鱼！而第二天，高阳公主就奉太子之命又将他接了出去。"

裴天睿的神色动了一动。

何善光道："所以下官以为，太子恐怕不是偶然路过，而是预知其事，专为李鱼解围而来。"

裴天睿沉吟道："而李鱼本是作为原告到了长安县，结果察院那边却早早就派了人来，而且谈吐之间，显然是要你追究这李鱼的罪责。"

何善光道："不错！察院的人刚走，修真坊的百姓便来请愿，一呼一应，珠联璧合，要说事先没有商量，呵呵，那也太巧了些。"

裴天睿脸色凝重地道："这件事，本官完全不知晓，还得仔细打探一番才成。不过从你所言来看，这件事绝不简单。"他沉默了片刻，"上一次，有人刺杀太子，李鱼救场。这一次，有人刺杀李鱼，太子解围！这个李鱼，究竟是什么身份？在做什么事情？"

何善光道："下官已经查过，说起来，这李鱼还有官身，他是西市署的市长！"

裴天睿一呆，神情有些古怪："居然是太府寺的人？"

何善光苦笑道："正是！"

裴天睿的眼睛微微眯了起来："西市署明里归太府寺管辖，实则却是西市豪杰常剑南的地盘，这个李鱼，明里有官身，暗里却是一方市井豪雄，上边又若有若无地牵扯着当今太子，这盘棋，不太容易看清楚啊。"

何善光道："下官也是觉得棘手，所以才来请亚献指点迷津。"

裴天睿缓缓抬起头，目视着何善光道："我们假设这李鱼，是当今太子放出来兴风作浪的一个门客，那么，驱使察院和修真坊百姓的又是何人？"

何善光目光闪动，道："这个人，当然得是能跟太子掰手腕的人！"

二人目光一碰，不约而同地说道："越王李泰！"

这四个字一出口，两人的神色都谨慎起来。

片刻之后，裴天睿深深地吸了口气，道："越王年年加封，兼领州牧无数。据我所知，明年元旦，皇帝将再让他兼领左武候大将军，并授雍州牧。"

何善光脸色微微一变："雍州牧？"

裴天睿点点头："是！"

雍州即京兆，大唐都城所在，换句话说，从明年开始，这位万千宠爱集于一身的李青雀，要兼掌西京长安了。

何善光压低声音道："难不成皇帝真有易储之念？"

裴天睿睨了他一眼，微微冷笑道："你我无须站队而前程自明，所以不必冒险登船！"

何善光刚刚有些活泛的心思被裴天睿泼了一瓢冷水，登时头脑一清，忙肃然道："亚献说得是！那么……如果李鱼这桩案子，实则事涉争嫡，下官该怎么办？"

裴天睿抚着胡须，微微眯眼，沉吟片刻道："那幕后之人，既然极力撇清关系，不愿赤膊上阵，那你就当他们不存在。李鱼的案子，就当成李鱼的案子来办，你明白？"

何善光微笑起来："下官明白了，时局尚不明朗，'糊涂'一些，比精明更划算。"

裴天睿点点头："这件事，我知道了，自会去打探一番。你那里，公事公办就好！"

何善光起身一揖："下官明白该怎么做了！"

何善光也不多做停留，马上起身告辞。

裴天睿并不起身相送，只点点头，目送他离开，微微蹙眉想了一想，轻轻三击掌，侍候在门外的一个小丫鬟闻声进来，裴天睿吩咐道："备车，我要去司空府！"

司空就是当朝宰相长孙无忌。很显然，何善光的后台是太常寺卿裴天睿，而这位裴天睿裴亚献的后台，就是那位国舅爷长孙无忌了。

做官唯谨慎，李鱼这桩案子，幕后固然有人运作，也固然是有太子为之侧目，但要说他们已然插手其中，却也未必。不过，在谨慎的何县令和谨慎的裴亚献思忖之下，却是太子与争嫡的越王已然动用门下开始角力了。

所以他们虽手脚不动，但五识全开，盯着、听着、嗅着、想着、感觉着，唯恐一个不慎就卷进了风眼。

而江湖人就不会像他们一样审时度势、谋定而后动。江湖人的斗争简单粗暴，哪会瞻前顾后？尤其现在李鱼被羁押于长安县衙，临时把几十号江湖游侠的控制权交给了唯恐天下不乱的李伯皓、李伯轩两兄弟。

何善光从裴亚献府上出来，乘着牛车吱吱呀呀地还没回到长安县衙，西市里就已开始了行动，刀光剑影，就是干！

第二十六章
失 控

"各位，各位，李鱼要留在长安县接受调查，现在你们由我们哥儿俩全权指挥！"李伯皓红光满面，声震屋瓦。

说话地点是一座大酒楼，名叫"烟雨楼"！

李家大少爷觉得这个名字很江湖，所以兴冲冲地领着"新郎团"全体成员来到了这里，拍下两锭金饼子，赶走了零星的客人，把这儿包下来了。

李伯轩高声道："咱们江湖儿女，最是爽快！那些有的没的客套话儿我就不说了，李鱼礼聘大家所为何来，大家都清楚。时不我待，咱们得赶紧动起来。"

被抢了话的李伯皓很不高兴，扯扯他衣袖道："什么叫时不我待，叫他们听了还以为李鱼要完蛋呢，要是他们以为收不到钱了，不肯效力怎么办？"

李伯轩道："难得大权在握，可以大展宏图，万一李鱼出来，哪有咱们说话的余地？这还不叫时不我待？"

李伯皓一拍额头，恍然大悟，道："确实是时不我待！"

李伯皓马上站上一张几案，高声道："各位，有关礼聘之金，你们不用担心。李鱼用不了多久就能赶回来，即便是拖延久些也不打紧，我们兄弟可以代付！"

这两个二货为了享受享受"腥风血雨"的江湖感觉，都不惜替李鱼掏钱了。

那些江湖好汉纷纷道："不劳两位小郎君担心，今日我等还未曾答应受聘于李鱼小郎君，那险恶之人就对我们下手了。看那阵势，是要把我们一网打尽啊！我等江湖子弟，快意恩仇，此事岂能善罢甘休，本就要大大地闹腾一番。究竟该怎么做，你们尽管交代！"

李伯轩大喜，一竖大拇指道："这才是江湖儿女风范。好，我就直说了，咱们的对头，是西市大豪赖跃飞，在他背后，还有一个长袖善舞的王恒久，咱们要做的事，就是干掉他们！"

李伯皓道："能干掉他们，就干掉他们！干不掉他们，就干掉他们的党羽爪牙！你们擅长什么手段，就用什么手段，总而言之，言而总之，就是干他个狗娘养的！"

众豪杰一听，不禁窃窃私语起来。

所谓强龙不压地头蛇，这可不是一句虚话，地头蛇掌握着天时、地利、人和，你在人家的地盘上，吃的用的住的，全都是受人家控制的，一个不慎就得阴沟里翻船。

如今一听李鱼要对付的是西市赖大柱，还有他们只闻其名不识其人的王大梁，也难怪这些江湖好汉犹豫。

李伯轩道："怎么？怕了吗？我等江湖人，干的就是刀头舔血的买卖，何惧之有？"

李伯轩这里说得热血沸腾，大有一圆他的江湖梦的感觉，对那些已然身在江湖中的人来说，却没什么吸引力，应者寥寥。

李伯皓忙补充道："不用担心，你们可知李鱼是何人？他是西市署李市长，上头就是西市财神乔向荣，今儿这一局，明说了吧，就是狗咬狗，咬赢了大家以后荣华富贵，享用不尽，输了大不了落荒而逃，继续闯江湖去，有甚打紧？"

还是李伯皓这番话更对大家的脾胃。

众豪杰立即攘臂高呼："小郎君所言，甚有道理。你说吧，我们如何组织，如何行动，从哪里下手？"

酒店掌柜带着几个小伙计站在角落里冷汗淋漓。

一个店小二战战兢兢地道："掌……掌柜的，咱们怎么办？"

掌柜脸色难看，乜着他道："你想干吗，也要加入不成？"

那店小二吓了一跳，赶紧道："小的哪有那个本事，我是说，咱们……要不要报官啊？"

掌柜干笑道："你见过这么堂而皇之地商量如何杀人放火的吗？何况这还是天子脚下，根本不可能嘛。我估计，他们是做戏，再不然就是喝多了胡说八道，呵呵……"

那店小二不识相，小声道："掌柜的，我看他们身上鼓鼓囊囊的，可是真带着家伙呢，不像是做戏啊。那边那个，那边那个你看到了吗，袍襟上还有血呢，那总不会是鸡血鸭血吧，说不定刚刚就杀过人。要不小的这就悄悄去官府里通报一声？"

那掌柜一向是个火暴脾气，被这不开窍的伙计说得怒从心头起，恶向胆边生，额头青筋暴起，再也忍耐不住，一扭身，劈头盖脸就是一记大耳刮子，破口大骂起来："就你能！就你有本事！官府给你发薪水了啊？报案！报你爷爷个死人头！这些江湖好汉个个都是杀人不眨眼的，但有一个活着离开，咱们谁都活不了！你想死就去死，别害老子！"

那掌柜一边骂，一边抽，噼里啪啦片刻工夫就把那店小二抽成了猪头。掌柜的气咻咻地喘了几口大气，余怒未息地一转头，就见大厅里七八十号江湖好汉，人人脸色不善地看着他们，有人已经从裤腿里、袖筒里、怀襟里缓缓往外抽着兵器，那刀光明晃晃的，若隐若现的，也太骇人。

那掌柜的双腿一软，扑通一声跪在了地上："好汉饶命啊！小老儿就是个开店做生意的，断没得罪各位好汉的胆量！我们什么都没看见，什么都没听见，各位好汉爷开恩哪！"

李伯皓怔了一怔，道："幸好咱们没有提彼此的名姓，不怕他听到。一个开店做生意的寻常百姓而已，不必理会他！"

李伯轩小声道："咱们的名字，他是不知道。可刚刚咱们不止一次说过李鱼的名字。"

李伯皓道："无妨，虱子多了不怕咬，死猪不怕开水烫，反正李鱼屁股也不干净了。再说他现在官府里拘着呢，这里便闹得天翻地覆，也赖不到他的头上。"

李伯轩松了口气，道："有道理，那就放过他们吧，咱们行走江湖，行侠仗义，不去为难一个平民百姓。"

李伯皓点点头，扬声对众人道："刚刚是哪位仁兄问我如何组织，如何行动，从哪里下手来着？"

一个江湖好汉举手道："是在下！"

李伯皓欣然赞道："足下很有头脑，你叫什么名字？"

那江湖好汉："……"

李伯皓一拍脑门："是了！此地不宜通名报姓，那咱们就直接安排吧。你们看，再有最多一个时辰，西市就该闭市了，我希望大家离开这烟雨楼之后，立即分头赶赴西市，我们要做的事很简单！"李伯皓伸出一只巴掌，"尽你所能，迟滞赖跃飞和王恒久离开，直到西市闭市，咱们就在西市里下手，比坊间要方便些。等到天色一黑，大家就各自行动，能杀掉这两个人就杀掉他们，如果他们藏得深，就对付他们的手下人，把他们的人都杀光，他们也就成了褪了毛的凤凰，不堪一提了。"

"对！"李伯轩眉飞色舞，"咱们不统一组织，不统一安排，不统一下手，大家各展其能，各施本领，有什么法子就使什么法子，有什么本事就使什么本事，只要能得手就好！"

"哈哈哈，痛快！那就这么干！"人群中不少豪杰，以前受人雇用，须得完全按照人家的安排行动，骨子里其实难免还是有点受人驱使的屈辱感，此刻听李氏兄弟这奇葩的安排，顿觉快意，马上鼓掌赞同。

其实这些江湖豪杰中也不乏老成持重之辈，又或心思缜密之人，觉得李氏兄弟的做法未免有些儿戏，不过他们那喜欢冒险的性格、不愿受人拘束的习惯却也是一样的。虽然觉得李氏兄弟这番安排有些草率孟浪，却也未尝不是一种有趣的尝试，再说了，他们为人谨慎，心思缜密，也不愿被那些粗犷草莽牵累，分头行动，各凭本事，正合他们的心意，就真出了事，有这么多行动孟浪、没有心机的伙伴顶在前头，他们也更安全不是？

所以这些人只是微微一笑，并不反对。

李伯皓一见大家都很拥戴他的样子，便把大手一挥，道："好！时不我待，大家这就各自行动吧！"

众豪杰应诺一声，一哄而散，顷刻间大厅中就为之一空，只剩下李氏兄弟和站在壁角的掌柜、茶博士、店小二一帮人了。

李伯皓看看李伯轩，总觉得自己遗漏了些什么，偏偏一时想不起来。

李伯轩摸摸后脑勺，有些迟疑地道："大哥，好像有点不对啊！"

李伯皓问道："有什么不对？"

李伯轩道："咱们把人派出去了，何时动手，说了，何时收工，可没说啊！"

李伯皓一怔。

李伯轩又道："这些人这一去，接下来呢？咱们在哪儿见，怎么商量接下来的行动？"

李伯皓迟疑道："呃……这个……"

李伯轩道："这些人一旦采取行动，就得巧妙伪装自己，掩饰行藏身份了，只怕彼此之间都没人找得到他们的所在。就算咱们这时去找聂欢，他也一样没有办法把消息传递给这些人，这些人一撒出去，可就没办法找回来了呀。"

李伯皓嘴角抽动了几下。

李伯轩又道："咱们连他们的名字都不知道，用了谁都不晓得，回头人家来领钱，咱都不知道是不是咱们用的人啊！"

李伯皓目瞪口呆，兄弟俩惊怔半晌，突然一起跑出楼去。长街之上，人来人往，哪里还看得明白谁是方才从烟雨楼里出去的。

李伯轩顿足道："这下坏了，这仗怎么打，打到啥时候，打成啥模样，老子全然不知了啊！"

李伯皓牙疼似的道："最糟糕的是，这些人各行其是去了，咱们俩怎么办，没办法快意恩仇了啊！"

李伯轩摸着下巴想了想："跟我来！"

李伯轩拉着李伯皓就走，沿着长街行了一阵，看到一间裁缝铺子，拉着他一头就钻了进去。

李伯皓纳罕地道："咱们要做新衣裳吗？"

李伯轩道："既然找不到人了，那就不找了吧。咱们赶紧赶制两套衣服，换下咱们这招牌似的行头，把脸一蒙，咱们也去动手，尝尝江湖的滋味。"

李伯皓一听大喜："此计甚妙，只要不影响咱们闯荡江湖就好！"

第二十七章
追杀

近黄昏。

赖跃飞栖栖惶惶地守在王恒久的书房外，等老大"下班"。

他现在倒不是无人可用，只是除了四个贴身防卫，身边都是帮他治理地方、打点生意的手下，其中纵有些凶恶的，也只能欺负欺负良善百姓，哪有可能与江湖好汉争锋。保险起见，还是留在王大梁身边安全些。

王恒久瞧他那副样子，也不禁暗中叹气。

本来是一举歼灭李鱼一方势力的绝好机会，一旦成功，此时陷入如此窘境的就是乔向荣了，谁料太子居然巧之又巧地从那里经过，现在倒霉的变成了他们，真是世事难预料啊。

王恒久叹了口气，站起身来，赖跃飞马上如影随形。二人到了楼下的时候，王恒久道："今晚去我府上吧，咱们哥儿俩喝两杯!"

赖跃飞一听大喜，他正担心若是回了自己的家，刺客摸进来不好应付，如能去王府暂居，那是最好不过。王大梁如此善解人意，真是令赖跃飞感激涕零。

王恒久也是没有办法。赖跃飞落得如此地步，全是因为甘为他的马前卒，若此时弃之不顾，以后如何招揽他人为自己所用? 如果赖跃飞被人宰了，于他而言，是大损威风颜面的事。

此时，赖大柱签押署门前，一个挎着花篮的中年妇人正蹒跚地走过。

这明显是个乡下妇人，系着包头巾，穿着粗布衣裳，脸色黧黑中透着暗红，憨憨的模样，粗壮的身材，一边走，一边好奇地左顾右盼，一副看什么都新鲜的样子。

赖大柱门前四个佩刀的侍卫，瞧见她那副乡巴佬的样子，不禁撇了撇嘴角，不屑地仰起了下巴。

虽然他们四个也只是人下人，而且现在赖大柱府上风声鹤唳，草木皆兵，可并不妨碍他们骨子里的那种骄傲。他们可是土生土长的城里人，在他们眼中，长安城区之外，皆乡下也。

乡巴佬睁着一双懵懂的眼睛，从他们门前走过去了，因为傻傻地靠得太近，还被其中一个目高于顶的侍卫呵斥了一句，吓了一跳，兔子似的溜掉了。

旋即，四个不约而同仰起了下巴，咽喉处同时喷出了血雾。

"嗬……嗬……嗬……"四个侍卫怒凸着眼睛，想要说话，但气都从咽喉漏出去了。

他们拼命地捂着喉咙，打着转儿，把那血更加均匀地洒在了洁净平整、被无数双脚底板打磨得锃光发亮的青石板上，直到仿佛被拔去了塞子的皮囊，软软地瘫在地上。

"啊……"一个高八度的尖叫声，响自一位过路的小媳妇之口。尖叫声只喊了一半，她就捂住自己的嘴巴，一边喊着"当家的"，一边向前狂奔而去。

她那当家的正在一家店里买犁铧，听到媳妇的尖叫声，"咣"的一声丢了犁铧，连忙跑出来一看，就见媳妇正扶着一个垃圾桶，大吐特吐。这位当家的先是一怔，继而大喜，连忙冲过去道："娘子，你有啦！"

那小娘子吐得上气不接下气，一边干呕着，一边颤巍巍地抬起左手，哆哆嗦嗦地向后一指。那当家的扭头看去，就见街市之上，抱孩子的，背箩筐的，哭爹喊娘的，纷至沓来。

赖府门前，冲出六七个普通侍卫，捉着刀，又惊又怒，他们站在府门前，手里拿着刀，脸色铁青，看起来无比凶悍，受惊逃奔的百姓从他们中间穿行而过。

"是谁？是谁？滚出来！"侍卫中有人尖声大叫着，手脚止不住地哆嗦。

其中一个侍卫站在台阶上，指着门框上一处地方，颤声道："胡老大，你……你看！"

他所指处，是一片薄如纸的刀片，钉进了门框不过半寸。刀片两面有刃，刃上还有殷殷血迹，显然就是杀害那四个侍卫的凶器，类似的刀片应该至少还有三枚。

那个胡老大站得远，没有看清楚，刚想迈步过去一看究竟，突然腹部一凉，伸手一摸，满手是血，旋即剧痛才突地传来。

他瞪着刚刚尖叫着从他身前逃过去的一个普通百姓，颤巍巍地伸出手，只说了一个"你"字，就一头栽倒在地上。

他倒下的时候，看到另一个兄弟也倒下来，睁大着双眼，就在他眼前半尺之遥，那人肋下斜着向上插着一口刀，直没至柄，显然是插进了心脏。

"这个杀手的活儿，干得不干净！"胡老大咽气之前，脑海中居然荒诞地冒出这么一个想法。

前厢这里闹成了一锅粥，侧面墙上就有那老成持重、心思缜密的趁机翻过墙去，摸进了后宅。

有一人一面向内潜入，一边不屑地点评前边杀人的"战友"："杀几个侍卫有个屁用，还打草惊蛇！老子不跟他们混作一路，真是英明之举，待我找到赖跃飞，一刀结果了他，看他们如何仰视于我！"

抱着这种想法趁机潜进赖府后宅的至少有三个人。他们当然没找到赖跃飞，其中一个摸去了账房，误把大账房当成赖跃飞，兴高采烈地一刀抹了他的脖子，向旁边一个面如土色的账房伙计问了一声，才晓得白高兴了，恼怒之下，又送了那伙计一刀。

还有一个摸到濯缨泉去了，四下转悠半天，一个人影也没有，便拆了那亭子，砍了那石榴树，拿假山上的大石头狠狠地堵住了泉眼，一番泄愤之后，这才离去。

第三个摸到了花厅，只见着四个大姑娘，本着贼不走空的原则，却又扛不走大姑娘的客观情况，便放了一把火，宣告："我来过!"

王恒久乘上牛车，赖大柱自然没有与他并坐的资格，便佩了刀，与他的侍卫们护拥在牛车左右，大开中门，走了出去。

他们刚出中门，就见街上许多百姓惊呼呐喊，仓皇逃窜，惊疑间，赖大柱就见自己的府邸方向浓烟滚滚，火势燎天，正惊怔莫名，突听一声牛吼般的巨响，紧跟着就见一块石头翻滚着直上半空，一道水泉在火光中冲霄而起。

"铿!"那块大石头翻滚着从空中落下来，正砸在王恒久的车驾前面，把地面砸出一个大坑。赖大柱怔怔地看着那块大石头上两个红色的"濯缨"大字，一时间彻骨生寒。

"咔嚓！"巨石裂成了数块，"濯缨"两字四分五裂。

王恒久掀开车帘，变色道："什么情况？"

他说话的当口儿，那牛儿受惊，猛地退了两步，而在他们正前方，突然有四个行人猛地从宽袍之下掣出长刀，向他们扑过来，结果那巨石一落，把他们也吓了一跳。

受此一阻，他们的行动就慢了一拍，车把式反应极快，马上一拉牛缰绳，将车原地兜了一个圈子，就往那依旧敞开的大门赶去。与此同时，王恒久的几个侍卫也拔刀向那四个刺客冲过去。

赖大柱没有恋战，带着他的人，紧随牛车往回冲，刚冲出两步，忽觉头顶一麻，猛一抬头，就见路边一个店铺二楼窗户跳下一人，手中举着一口钢刀，刀光似匹练一般。

赖跃飞骇然之下，猛然退了一步，那人一刀劈空，"噗"一声正中牛屁股，那牛吃痛，登时变成了疯牛，原本四平八稳的步伐，刹那间比奔马还快，向着那大门内狂冲进去，大门、仪门、二门，一路不停，车中王恒久坐不稳，哎哟一声向后栽去。

大门口，赖跃飞率人与那刺客战到了一起，王恒久一念之仁，倒是给自己留了几个断后的人。

李伯皓和李伯轩加了钱，那裁缝铺掌柜加上小学徒，连师娘都用上了，终于赶制出了两套青色的劲装。

两兄弟还用边角料做了两块三角形的蒙面巾，眼睛处挖俩窟窿，就往脖子上一系，因为担心西市关门，急匆匆地赶了回来。

当他们进坊时，距闭市还有一刻钟的时间，街上已经几无行人，两边店铺的掌柜、伙计，也都在忙着上门板准备打烊。

两兄弟一身劲装，脖子上系着随时可以拉上去遮住面孔的蒙面巾，简直就差在身上写上"刺客"两个大字了。

"铿！"一个正上门板的伙计瞧见这两位仁兄的打扮，吃惊之下，沉重的门板没上进槛里，砸自己脚面上了，痛得他眼泪都下来了，却不敢叫出声来。

一个掌柜正急急忙忙地要给门户上锁，瞧见这两位仁兄大马金刀地独自走在大街上，手上一颤，那锁无论如何也对不准锁眼，好不容易"咔嚓"一声，锁上了，却锁歪了，忙又摸索钥匙，准备开锁。

李伯皓一见这般情形，暗自得意，脸上依旧保持着庄严神圣的模样，嘴唇微动，小声对李伯轩道："二弟，我总算明白人要衣装、佛要金装的道理了。你看，我们只是换了一身行头，这感觉马上就不同了。"

李伯轩深以为然，微微颔首，顾盼之间，看见一位小娘子抱着孩子，正慌慌张张地从面前走过，见他瞧来，骇得花容失色，连忙捂住了孩子嘴巴，生怕他开口发声。

"是啊大哥，你看咱们就只换了一套衣装，就有小儿止啼之效了！"

"站住！"

"不许动！"

"缴械不杀！"

六个临下班听闻坊内发生杀人命案，忙不迭跑来处理的捕快从一条巷弄里钻出来，一瞧两人这副形象，马上拔刀的拔刀，举棍的举棍，如临大敌地将他们围了起来。

"距江湖只一步之遥"的李氏双雄怔住了。

二人互相看了看，李伯轩道："大哥，怎么办？"

李伯皓一副便秘的表情，道："这……总不能杀官吧？"

李伯轩道："那怎么办？"

李伯皓把胸一挺："穿青衣劲装有错吗？"

"没有啊！"

"脖子上系着围巾怎么了？我保护嗓子，有错吗？"

"没有啊！"

"那咱们怕他何来？"

"说得对啊！"

两兄弟把剑从腰间摘下来，往地上一丢，雄赳赳气昂昂地道："我们缴械了，你们想怎么着吧？"

那捕头用脚尖把两把剑往自己身边钩了钩，松了口气，一挥手道："带走，押回衙门！"

第二十八章
煮酒

王恒久逃回自己的府邸，不一会儿，惊弓之鸟一般的赖跃飞也跌跌撞撞地冲进来，一迭声道："疯了！这个李鱼，简直就是疯子！他居然敢把事情闹这么大，他这是根本不想留有余地啊。"

王恒久冷笑一声道："根本没有回旋余地了，不是他死，就是我亡。这一点，李鱼比你看得明白！"王恒久负着手，在厅中徐徐踱步，"我西市之财，由老乔掌握。结交人脉，由我负责。要交际，得有钱，老乔取自西市的钱，每月都会拨付一定比例给我，但是自我向他发难时起，这笔钱一定指望不上了。所以……"王恒久站住脚步，盯着赖大柱，"我要战胜他，必须速战速决，拖延久了，他便可以不战而胜，而我，则一定完蛋！而你，已经与我，是一条绳上的蚂蚱，走不了我，也跑不了你，明白吗？"

赖跃飞这些年养尊处优，渐渐失去了当年的锐气，但毕竟底子还在，见识和阅历更是不可同日而语，听了王恒久这番话，他就像一口钝了的刀渐渐重新磨砺出锋。

"我明白了！"赖跃飞深深地吸了口气，"之前因我的人手被消灭殆尽，属下方寸大乱。"

王恒久道："可你越乱，死得越快！"

"是！"赖跃飞紧紧地扣住了刀柄，指节发白，"我现在还有一个人、一口刀！当年，我也只是一个人、一口刀，渐蒙上位者赏识，致有今日地位。为了性命，为了前程，赖某如今，仍可一战！"

王恒久上前两步，一只手重重地搭在了他的肩上："我把我的暗影铁卫，全部交给你，放手一搏吧！"

赖跃飞振奋地道："好！留足了守御这里的人手，其他的人——"

"不！是全部的人！"王恒久打断了他的话，"我们已经节节失利，再经不起失败了，必须集结所有的力量，务必重创对手，取得一次胜利，才能挽回军心士气！"

赖跃飞吃惊地道："可……那个疯子，敢直接冲进我的地方，又何尝不敢冲进这里，大梁身边不留护卫……"

王恒久的面容有些扭曲，冷冷地道："我虽不习武功，却也不乏胆魄勇气！这一战，我虽不能冲锋在前，身为主帅，却也决不能拖自己人的后腿，全押上去，必须得全押上去，孤注一掷！"

王恒久走到窗前，用力一推窗子，入目是残阳如血，放眼是鳞次栉比的建筑，何其壮观，何其庄重，何其恢宏，但是很不和谐地，在这画面的右下角，却有一处地方余烟袅袅。

那火已被扑灭，但烟仍袅袅升起，那不是炊烟，带不来诗情画意，体悟不到人间烟火气，那里是一片破败杂乱的所在，而在片刻之前，那里还是一片人间仙境。

王恒久盯着外面，一字一句地道："去吧！等西市的坊门一关，太阳落下西山，就开始清场！如果你成功了，明天早上太阳升起的时候……"他伸出一只手去，徐徐拂过那如画的风景，"这里，就是咱们的！"

赖跃飞道："可常老大——"

王恒久截口道："如果我成功了，常老大就绝不会对付我。他承受不了接连失去两个大梁的惨重损失！而且……"王恒久得意地一笑，"这些年来，与官面打交道的人，一向是我，而他则避居幕后，所以官面人脉这条线，其实都掌握在我的手中。我失去了他的财力支持，就失去了继续维系这条线的能力，他失去了我的效忠，这条线就会断掉，他想重新把线搭起来，得花一番大力气！可是他……"

王恒久顿了顿，后边的话没有再说出来，只道："所以，你放手去做！"

赖跃飞胸中也重新燃起了斗志，顿首道："是！"

"大梁，您看……"

"按兵不动！"财神乔向荣沉默有顷，沉沉地说了一句，"咱们的人手，充作预备队吧。"

一向优柔、喜欢瞻前顾后的大账房这回却比他急切了许多："大梁，机会难得啊，那个李鱼，也太了得，他居然真的敢做，居然不但对赖大柱直接下手，甚至想杀王大梁！赖大柱的人已经完了，只剩下王大梁的暗影铁卫，只要把他们干掉，王大梁就彻底完蛋了！大梁，当此时也，咱们应该出手相助，一举定鼎！"

大账房越说越兴奋，脸上的麻子都凸了起来。

乔向荣脸上却渐渐露出无奈的神情，摊了摊手："你以为我不想吗？问题是，李鱼用的都有哪些人，我不知道！他有什么样的行动计划，我不知道！我怎么参与啊？我若把人撒出去，连敌我都分不清楚！"

大账房怔住了，半晌才期期艾艾地道："李鱼……策划了这么至关重要的行动，他居然不向大梁通报一下行动计划，请求大梁予以配合？这……他也太自信了吧？"

长安县衙的班房里头，李鱼不再跟两个胥吏闲磨牙了，他隔着栅栏，翘首望向庭院上方的天空，晚霞如火。

李鱼暗想："我被羁于此的事情，恐乔大梁尚不知晓。不过伯皓、伯轩两兄弟把人手铺出去后，应该会去向乔大梁通报一下，请求配合。嗯……这对兄弟，平时虽然不太着调，不过毕竟是世家子，见多识广，这点事情，应该会办妥当的！"

李鱼刚想到这里，就见六七个衙役，押着两个青衣劲装人走进来。

那两个青衣人昂首挺胸，意气风发，其中一个曼声吟道："白马饰金羁，连翩西北驰。借问谁家子，幽并游侠儿。少小去乡邑，扬声沙漠垂。宿昔秉良弓，楛矢何参差。"

另一个不等他吟完，马上接口另吟一诗："名都多妖女，京洛出少年。宝剑直千金，被服丽且鲜。斗鸡东郊道，走马长楸间。驰骋未能半——"

李鱼目瞪口呆："伯皓、伯轩，你们……怎么来了？"

李伯皓、李伯轩一见李鱼，得意扬扬。

李伯皓道："我二人行侠仗义，不幸被捕！"

李伯轩慷慨激昂："死何所惧，脑袋掉了碗大个疤，二十年后又是一条好汉！"

李鱼张口结舌，转向一个班头："劳驾，请问，他们犯了何事？"

那班头道："今日西市发生命案，某等前去勘探，归来恰见这二人一身夜行装束，颈上系了蒙面巾，肋下佩剑，昂然行于街市之上，形迹可疑，是以带回询问！走！"

那班头说罢，用力一推李伯皓的肩膀，押着二人进去，二人向李鱼一抱拳，带着一脸慷慨就义的表情进去了。

李鱼呆呆地看着这两个被游侠传奇毒害至深的少年，嘴巴一张一合，跟一条出了水的鱼似的，一个字也说不出来。

那两个胥吏对视一眼，笑眯眯地走近，左边一人道："呵呵，午后的时候，足下与这两人似乎是一起来的县衙啊！"

另一人道："他们这副打扮，前往西市，意欲何为，可是足下指使啊？"

李鱼掩面"悲泣"："我不认识他们！"

乔大梁的房间，障子门轻轻拉开了，大账房蹑手蹑脚地走进来，乔向荣正背手而立，凭窗远眺。

本是看熟了的风景，也不知道他今日为何大有兴致，看个不休。

大账房轻声道："大梁，市门快关了，是不是这就离开？我今日加派了人手——"

乔大梁摆摆手："不！今晚，我要留在西市，看风景！"

大账房微微一怔，随即反应过来，忙欠身道："是！"

大账房刚要退出去，外边一声朗笑："老乔，你也未走啊，哈哈，既然如此，莫如今晚别走了，王某新得了一坛好酒，咱们秉烛夜饮，如何？"

乔向荣微微一怔，倏然回身，就见障子门处，王恒久不带一人，单手托着一坛泥封的好酒，笑眯眯地走了进来……

夜深，人静。

没有红袖，侍酒的是满面皱纹的乔大梁的大账房。

红泥小炉儿焙酒，火苗儿艳红艳红的，清亮亮的水，先是珍珠似的吐着泡泡，接着就滚沸起来。

亮银的酒壶盛了剑南烧春，放到那烧开的沸水里温着，酒香四溢。

夜间的佐酒小菜，以清淡为主：一道炖菘菜，一盘拌冬苋，一道薤白，还有一道鹦鹉菜。

前三道菜倒也常见，唯有这鹦鹉菜是刚从天竺一带传过来的。这菜也叫波斯草，实则就是菠菜，身绿嘴红，故名鹦鹉，价比肉贵。

酒筛入杯中，微呈绿色。

王恒久举杯，向乔向荣一敬。

王恒久道："乔兄，你我上一次夜中同饮，是什么时候？"

乔向荣感慨道："同席而饮的机会就多了，至于你我夜中小酌，对坐长谈，依稀想来，似乎已是十年之前。"

王恒久微笑道："正是十年之前！那时候，西市之主尚是八臂金刚曹韦陀！"

乔向荣咀嚼着鹦鹉菜，缓缓点头："不错！当时曹韦陀刚刚干掉薛晋功，上位不过一年零八个月！"

王恒久道："那时候，常老大带领三百老军，刚刚成为我西市一柱！"

乔向荣道："曹韦陀借常老大之助，除掉了薛晋功，却又担心功高震主，想除掉常老大。常老大自然不是坐以待毙的人，那时候，你和我，都还没有今日地位，欲更进一步，就得站队，而且一定要站在除旧立新的一边，才有前途！"

王恒久缓缓地道："可是，风险却也一样大。成，则权倾一方！败，则家破人亡！所以，那一夜，你我好生纠结。为了决定究竟站哪边，我们喝了一宿，聊了一宿！"

乔向荣微微闭上了眼睛，又慢慢张开，眼中露出奇怪的韵味："彼时情形，与今日何其相似！"

"不一样，不一样……"王恒久抿了口酒，脸上浮起一抹红晕，"那时候，曹韦陀上位不久，而常老大有三百铁卫，一个根基未稳，一个是下山猛虎，有得一拼。而李鱼……他有什么？"

王恒久淡淡一笑："匹夫之勇，纵万人敌，不足为惧。欲成一方霸主，须得根基雄厚，才能威慑一方。"

乔向荣道："虽然不同，也是相同！如今，常老大固然在位久矣，但是，在位也太久了！凡事有度，不够久和太久，都会产生问题！"

王恒久微微眯起眼睛："一个，是根基难稳！一个，是根基老化？"

乔向荣没有回答这个问题，继续道："并没有人挑战常老大。而你我，这一次也不是站队，而是建队！李鱼，不会是那个登上西市王宝座的人，他只是一口刀，够锋利就好！"

王恒久微笑道："这么说，今晚这壶酒，与十年前那壶酒，味道也不相同了。"

乔向荣道："不错！十年前那壶酒，煮的是眼光！今晚这壶酒，论的是英雄！"

王恒久举杯，凝视着乔向荣道："谁是英雄？"

乔向荣向黑漆漆的窗口望去，淡淡地道："天明时分，应该就见分晓了！"

王恒久也微笑起来："不错！天明时分，应该就见分晓了！"

二人举杯，微微一碰，一饮而尽。

当是时也，暗夜之中，刀光剑影，杀戮处处，鲜血溅射！

战，是真正的乱战！

乔向荣苦于难分敌我，不好派人参战，但是，有人可以！

乾隆堂里的那位女主人，傍晚时分就下了命令："有趣！弄不好，乱拳还真能打死老师傅！"

墨白焰道："那殿下的意思是？"

杨千叶道："咱们帮他一把吧，李鱼站稳脚跟，对咱们更有利！"

冯二止道："调多少人？"

杨千叶道："灞桥分舵的人，全都投进去！墨师和你，也去助战！"

墨白焰道："恐敌我难分！"

杨千叶道："无妨，和咱们混入游侠中的人联系，与之呼应，他们'在暗'，援手'在暗中暗'，如此咱们的人，也能减少些损失！"

"是！"

杨千叶这厢是如此想的，苏有道那方则另有一番道理。

"好得很哪！浑水好摸鱼，派人手，帮他一把！"

"可是，说不定乔大梁那边也会派人，再加上那些江湖游侠身份不明，暗夜之中，敌我难辨啊！"

"那有什么关系？"苏有道微笑，"只要不是咱们的人，杀错也就杀了，如果最后只剩下咱们的人，岂不是更好？"

"是！小的明白了！"

一条条街道，一条条暗巷，一家家店铺，都成了战场，都被交战双方作为袭击和反袭击的阵地！

王恒久精锐尽出，他拥有地利！

而其他势力，却拥有人和。

至于天时，对彼此各方都有利，也都不利，这时候就看各自的本事了。

今夜的西市，是真正的猎场，每一个人都是狩猎人，每一个人都是被猎杀的对象。

其中不知道将有多少人，根本看不到明天的太阳！

长安县衙，班房。

李鱼、李伯皓、李伯轩，三人并肩盘坐，外边黑漆漆一片，无星无月。

李伯皓和李伯轩只是在不合适的时间、不合适的地点，穿了一身不合适的衣裳出现而已，何善光何县尊审了一通，听了一通不着边际的话，也搞不清楚这俩人究竟有罪无罪，反正这时拘起来比放出去好，也不算囚犯，暂时羁押，听候再审！

李伯皓和李伯轩两兄弟分别坐在李鱼左右，他们那不安生的性子，只坐了一会儿就按捺不住了。

李伯皓用肩膀拱了拱李鱼："欸！别生气啦！我们哥儿俩，其实根本没跑过江湖，也不懂这江湖上的道道儿啊，哪知道穿了身劲装进西市，这就被人逮起来了。以前看勾栏里也有人光天化日穿劲装，还有那出城打猎回来的，都没事啊！"

李鱼微微蹙着眉，不知道在想什么，没理会他。

李伯轩干笑两声，道："我们知道，群龙无首，就是一盘散沙，这一仗，十有八九要败了。真要败了，你跟我们走，我们带你回陇右！"

李伯皓道："对！我去求我爹，给你个大管事的位置，你放心啦，我们陇右李家的大管事，可比在这儿当个什么西市署市长威风！"

李鱼沉着脸道："你们别吵！走？我要走，容易得很！我根本不担心我自己的前程。可是，如果这一仗败了，那些跟在我后边的人怎么办？"李鱼扫向二人，"他们，也都能抛家舍业，跟着你我远走他乡？"

李伯皓和李伯轩两兄弟都在西市署跟着李鱼做过一阵子代市丞了，那些附庸于西市署的人，尤其是原道德坊勾栏院的人，与他们接触已久，焉能无情？想到一旦靠山离开，那些人必然受到的打压，两兄弟不禁沉默了。

李鱼轻叹道："我知道，你们胡闹也罢，不懂江湖规矩也罢，其实最主要的原因是，你们是陇右李家的人，除非把这天捅出一个窟窿来，否则根本不担心退路，所以，你们所经历的一切，在你们眼中，都不外乎一个游戏。但你们可知道，你们的一个游戏，旁人是要用命来玩的？"

李伯皓、李伯轩两兄弟耷拉下了脑袋。

李鱼长长地嘘了口气，道："算了，也不用过于沮丧。你让那些人各自为战，我想，他们也玩不出什么大花样来，虽然不至于重创对手，相信他们的死伤也不大。等我出去，再重新组织吧，到时候，你们哥俩可千万别胡来了。"

"哦!"李家这对宝贝,在他们爹面前都没这么乖巧过,他们听话地点了点头。这副乖宝宝模样,要是叫那位正在家里翘首企盼两个宝贝儿子金榜题名的李老爹看见,准保羡慕嫉妒恨,五味杂陈。

没错!

孩子总是自己的好,在李老爹眼里,一对宝贝儿子除了顽皮了些,那真是天资聪颖,学富五车,这样资质绝佳的少年,如果不能高中,那一定是朝无伯乐,不识珍珠啊!

天色,渐渐地亮了。

内疚懊恼了大概有一盏茶工夫的李氏兄弟睡得仍香。

两个人本来是并头睡的,此时李伯轩已经掉了个头,头枕到了原来脚的位置,大脚丫子就戳在哥哥的鼻子底下。

李鱼蜷缩在另一角,背身向着栅栏睡着,侥幸没有受到这哥儿俩不老实的睡姿荼毒。

"嗵!嗵!嗵!"

威严肃穆的鼓声响起,震得人心尖儿颤悠。

"这大清早的,还让不让人……"李伯皓咆哮一声坐了起来,抓起"枕头"就想扔,猛然发现自己睡在班房里,手里抓的是半块青砖,这才想起自己被拘留了。

李鱼和李伯轩也醒了过来,就见一队队衙役,衣装整齐,人人佩刀,神色严肃地从班房外跑过去。络绎不绝,也不晓得究竟有多少人。

李氏兄弟顿生好奇,连忙跑到栅栏边儿,侧着脑袋向外瞧。

就见无数捕快在院中站定,伴着鼓声,何善光冠带齐整,领着县丞和法曹参军,脸色铁青、脚步匆匆地往外走,经过他们旁边时,都没往里边看上一眼。

何县尊在阶上站定,用力一挥手:"马上去西市!封锁所有门户,今日闭市,快快快!"

众捕快立即向外就走,何县尊站在廊下,高声喝道:"备马!快备马!"

一个衙役刚刚飞奔而去,又有一个衙役飞奔而来:"县尊,金吾卫、巡使、街使发函来——"

"叫他们西市里见!"何善光命令一个衙役道,"调西市左近各坊武人、不良人前往西市维持秩序,各捕虞候守在外面,闲杂人等,既不许进,也不许出!"

"遵命!"那衙役忙不迭跑开。

"吕县丞,你往雍州、刑部、大理寺、察院,分别一行,且先安抚住他们!"县丞通常没什么实权，但关键时刻却是背黑锅的最佳人选，所以吕县丞的脸色都青得发黑了，他一言不发，只是用力点了点头！

这时有人牵了三匹马来，何县令和县丞、法曹参军立即快步走过去，扳鞍上马，疯也似的往前堂冲去。

"出事了出事了，一定出大事了！"李伯轩兴奋起来，眉飞色舞地扭头向李鱼报告，瞧见李鱼沉着脸，马上压住快要跳起来的眉毛，一副臊眉耷眼的倒霉样儿。

李鱼慢慢站了起来，走到栅栏边，双手握住了栅栏，看着空空如也的天井庭院，心中只想："西市，究竟出什么事了?"

第二十九章

翻覆

天光大亮，坊间鼓声隆隆，从四面八方传来，但西市之中，却冷冷清清，寂寥一片。

原来拥塞热闹的街道，此时都是一片坦途，匆匆来去的只有捕快、衙役，还有身着军服的人，一个个行色匆匆，神色紧张。

许多店铺留有守夜的人，但此刻都是紧闭门户，没有一个人敢打开大门，只在门缝窗隙里偷偷窥视外边的动静。

一具具尸体被抬了出来，这一次不比上一次，上一次是西市大门未开，内部就派出了清理小队，不要说尸体，连血迹都洗刷得干干净净。而这一次，自然无人善后。

西市王常剑南似乎成了瞎子、聋子，事情闹到这么大，他不可能不知道，更不应该毫无表示，但是非常人行非常事，所有人都认为常老大应该站出来表个态，他偏偏就跟没事人一般，没有任何动静。

事到如今，再蠢的人也都明白了，所有的一切，常老大从一开始就知道，而且他有意纵容这一切的发生。而直到此刻，依旧还未等到常老大想要的结果，所以……他还在等。

整个西市都变成杀戮战场了，常老大究竟在等什么？

几乎人人都知道这一切的发生，是常老大纵容，但大多数人只知其然，不知其所以然，他们不明白好端端的西市帝国，常老大为什么静极思动，坐视甚至纵容自己手下的人大动干戈。

明白的，或许只有三个人——西市四大梁中的三位，除了杨思齐。

这位仁兄一心只对土石砖木感兴趣，这种事就算发生在他眼皮子底下，他也没有心思去揣摩，当然不可能明白这其中的道理。

而八柱中有些人则不免开始人心惶惶了。

东篱八柱，于福顺已死，他的位置迄今空悬。

赖跃飞基本等于半废，他苦心经营多年的嫡系死卫，全在修真坊死在了东宫六率手中，除非赖大柱想跑到阎罗殿上招旧部，否则是指望不上他们了。

至于桃依依和安如两个女汉子，她们野心不大，虽然不明白乔大梁和王大梁火并的缘由，但她们倒能处变不惊，顶多约束她们的人此时此刻切勿生事，坐观事态发展。

凌约齐、郭子墨和楚清最是慌张忙碌，他们野心也不小，一直想往上爬，同乔大梁或王大梁的关系过于密切，此时想撇清关系都不成。此时此刻，他们无法同两位大梁的任何一方取得联系。

八柱中排行第二的赖大柱平时最出风头，此时却成了丧家之犬，他们避之唯恐不及，于是，他们不约而同地想起了八柱中资历最老、排行第一，而且十年前曾是常老大三百袍泽之一的洪辰耀。

可是，洪老大跑到少华山养病去了！

此时，他们才惊觉到，洪辰耀的少华山之行并不简单，这个老东西，一定是嗅到了什么味道，所以匆忙逃出了旋涡。

这摊水究竟有多深啊？

三个人不约而同地发出了这个疑问，但是没有人能给他们解答。

清理尸体的行动仍在继续，长街上每增添一具尸体，何善光的脸色便阴沉一分。

此时，他无比羡慕万年县令杨陀。

大家同科进士，同为五品县令，长安下辖两大京县，二人各自把持半边，可为什么人家那半边就没有这么多狗皮倒灶的事儿？

此时此刻，何县令可是全然忘了他的辖境内，西市远比东市繁华，给他带来大笔税赋；有皇宫，所以每年工部拨付的基建款项远超万年县。

长安、万年，长安万年啊……

老夫的地位，只怕是不保了！

何县令仰天悲叹，心中在滴血。

这时，一个脸色苍白的捕快拖着两条滴着血的腿走过来。

那是一个人的下半身，腰部以下，只有两腿，这种在战场上都不多见的凶残场面，居然出现在西市，饶是那捕快各种奇案要案也经历得多了，还是有些承受不了。

死尸散落各处，情形各异。

大街上、庭院中、屋脊上也就算了，还有挂在树杈上的、栽在阴沟里的、泡在粪池里的、卡在某家店铺门缝里的，更有一些泡在水井里的，奔拉在某家店铺牌坊后面的，墙里一半墙外一半的，甚至还有一个手臂在十三区、尸身在东二区的……

捕快们各处搜罗着尸体，仵作则忙着记录尸体、拼装残尸，此情此景，看得何县令、巡使、街使、不良帅、武候长等大小官员面如土色。

"找些车来，把……尸体……都拉回去吧！"何县令用手帕捂着嘴巴，强压着呕吐感吩咐。

东篱下，楼上楼。

乔大梁的房间，窗子大开，乔向荣和王恒久凭窗而立，眺望长街之上尸横一片的壮观景象。

他们也看到了在官吏赶到之前，被人抬回烧去一半的府邸的赖跃飞。赖大柱昨夜真的好拼，掉了一条手臂，额头戳着一把飞刀，大腿上扎着一柄短匕，居然还没断气。

王恒久没有下楼去探望他的心腹爱将，他依然站在楼上，静静地看着。

许久，乔向荣的大账房悄悄拉开障子门，一双白袜儿的脚底板落地无声地走进来。脚步那叫一个飘逸，有种罗袜生尘、凌波微步的飘逸。

还有他那满脸的褶皱，笑得都绽放开来，就像一个新嫁娘般容光焕发、丰采自然。

"大梁！"大账房走过去，贴着乔向荣的耳朵低低耳语几句。这老货有意拿乔，偏把声音压得极低，连乔向荣侧耳去听，都得全神贯注。

直到他汇报完了，才用得意的小眼神瞟了王大梁一眼，悄悄退了出去。虽然听不到他在说什么，只这一眼，王恒久已经明白了一切。

障子门拉上了，乔向荣轻轻嘘了口气，转身看向王恒久："结束了！"

王恒久目光转向窗外长街，沉默有顷，微笑起来，轻轻地点了点头，转向乔向荣，对面而立："是啊，结束了！"

乔向荣怜悯地看着他："很不幸，你输了！"

王恒久道："胜败乃兵家常事，你不用安慰我！"

乔向荣莞尔一笑："我现在有些犹豫，该给你何种下场，才更体面呢？毕竟，兄弟一场。"

王恒久也笑了："不敢当！就算十年前，你我为了前程秉烛夜谈，共同进退的时候，我们也不是兄弟！你的好意，我心领了。"

"铿！铿！铿！"地皮在震颤，站在高高的东篱下楼上，两人感觉不到大地的震颤，但是听得到那整齐划一的脚步声。

乔向荣眉头一蹙，扭头向长街上看去，就见无数金吾卫，列阵而来，一条长街，不见尽头，戟尖无数寒光，仿佛霜雪。

乔向荣轻轻嘘了口气："这番阵仗，善后一定很麻烦！"

这时，却见那军阵到了东篱下便停住，马上一员战将，把战刀拔出，望空一举，厉声大喝："本将军巡街，抓获逃犯数人，供认西市商贾乔向荣买凶火并！来人啊，困了东篱下，生擒乔向荣！"

将士轰然应诺，当即就有一队官兵上前，砰砰砰地拍打着东篱下的大门，厉声喝道："开门！捉拿乔向荣，闲杂人等一概回避！"

乔向荣脸上的笑容凝住了。

王恒久脸上的笑容却似春花一般绽放了："到现在，才是真正的结束了！乔兄，你以为我的底牌就是我手下的暗影铁卫？"王恒久轻轻摇头，惋惜地看着乔向荣，"不是的！当然不是的！你犯的最大错误，就是错估了我的底牌！我十年经营，你以为，就只能动用察院和坊正去敲长安县的边鼓？"

王恒久望着脸色越来越难看的乔向梁，淡淡地道："钱，能通神！权，能御神！这十年，拨付给我的钱，我一分都没贪，你说，我收获的是什么？"

王恒久微笑着看向窗下，那大门已将被将士撞破，如林的枪戟，即将潮水般涌入。

王恒久缓缓地道："我现在在头痛，该给你何种下场，才更体面呢？毕竟，惺惺相惜！"

乔大梁的嘴唇翕动了一下，却什么话都没有说出来。

王恒久轻轻抬手，轻叩脑门，似乎不胜烦恼的样子。

但是，只是片刻之后，他的笑就冻结在脸上了。

眼看那大门就将被撞得四分五裂，墙头还有官兵叠了罗汉，想翻进墙来，但是突然之间，一骑绝尘，远远驰来，那人背上插着一面三角形的小红旗。

就见那快马到了将军面前，抱拳说了几句什么，接下来那金吾卫将军竟然把手一挥，厉声大喝："收兵！回营！"

说完，那将军把战刀归鞘，拨马就走，无数金吾卫潮水般来，潮水般去，竟是来也匆匆，去也匆匆，片刻工夫，一条长街，就跟狗啃过的骨头似的，一干二净！

王恒久笑不出来了，乔向荣却也没有笑，两个人错愕地看着那些金吾卫，张口结舌！

大司空府，长安县丞老吕匆匆拜辞而去，长孙无忌微微负起手来，直到吕县丞的身影消失在门口，这才转过身，看着大厅中那十二扇的巨屏。上面，是李世民亲手所作、赠给他的《威凤赋》：

有一威凤，憩翮朝阳。

晨游紫雾，夕饮玄霜。

资长风以举翰，戾天衢而远翔。

西翥则烟氛闷色，东飞则日月腾光。

化垂鹏于北裔，驯群鸟于南荒。

弭乱世而方降，膺明时而自彰……

长孙无忌淡淡一笑，自言自语道："堂堂威凤，岂能受一匹夫之辱，而甘之若饴？刘啸啸？哼！哼哼！与之为伍者，皆该万死！"

浪头很大，但要看在谁的眼里。

蚂蚁眼中的滔天巨浪，不过是世人泼出的一碗水。

世人眼中的滔天巨浪，在长孙无忌这尊大佛眼中，也不过就是举手一按的事儿。

长孙无忌是宰相，而且是宰相班中第一人。

北衙禁军少而精，归皇室直管。南衙禁军则庞大数倍，皇帝也不能直接调动，受南衙指挥，南衙指的就是宰相官署。

长孙无忌听了吕县丞原原本本的汇报，听说这件越闹越大的事件竟是源于一个自陇右来、今效忠于"大商贾"王恒久的人，名叫刘啸啸，便勾起了心头旧恨，所以淡淡地说了一句："本相接到密报，西市王恒久欺行霸市，聚众作乱，着南衙理会一下！"

宰相风范，一语尽出。

本相接到密报……

他接到了谁的密报？没有人会去问他，就算惊动了皇帝，皇帝也不会如此刨根问底，所以他说是密报，那就是密报，既然是密报，就是有含金量的消息，你得相信！

"西市王恒久欺行霸市，聚众作乱。"

这一句话，就给这个案件定了性质。首先，错肯定是王恒久一方，不用费心调查孰对孰错了，揪住王恒久一派往死里打，就是政治正确。其次，案件的层次也限制住了，是恶霸豪贾欺行霸市引发的大骚乱，这样一来事情闹得再大，性质也就那么回事。哪怕只有三个人举旗造反，那也是造反，要上报天子的，但商贾们为了争利聚众械斗，这等小事就不用皇帝操心了。

最后一句："着南衙理会一下。"

理会一下，究竟理会到什么程度，宰相大人没说，你自己领会吧！按照惯例，既然上面定了调子，被定为受打击的一方，就必须得受到秋风扫落叶一般的无情对待。

如果打压太过了，上边回头即便打你两板子，心里头对你也是中意的。执行不力，那就是不唯上命是从，你会被上司划进黑名单的。

这些官场门道，南衙将领自然也清楚。所以，当宰相大人这句话传到南衙的时候，南衙将领立即就明白自己该是什么立场了，当下不惜动用军驿快报，飞驰西市，撤回了军队。

长孙无忌言出法随，说一不二多久了？几时还受过他人羞辱，当初因为卖了幢有瑕疵的宅子给尉迟敬德，被那粗鲁军汉堵门叫骂，丢尽了脸面，一时在长安市上被人闲话好久。

长孙无忌没有因此使人去收拾那个"陇右刘啸啸"，已然是极为大度了，而今"刘啸啸"既然犯到了他的手上，焉有放过的道理？

宰相大人一句话出口，风向立即就定了。

王恒久仓皇回到自己的住处，一连写下十二道拜帖，遣人分送太仆寺、中书侍郎府、察院、左金吾卫、右千牛卫、秘书监、大理寺等官署，无一例外地，人不见，拜帖不接。

不但没人接，之前曾往长安县充当急先锋的司马兴风御史还风风火火直奔西市，当然，不是给他雪中送炭来了，而是当场指斥长安县治理不力，御下不严，竟尔闹出偌大阵仗，要求从速、从严，惩办凶手。并且继续"风闻"，听说此事罪魁祸首，乃西市"大商贾"王恒久是也。

如此一来，这位察院来的司马老爷就把自己择得一干二净了，之前往长安县去要求严惩李鱼，也只是为官严正、过于负责，风闻消息，前往督案了。

亮明了立场，司马兴风就拍拍屁股一溜烟儿地跑了，态度已经表明了，接下来多一事不如少一事，回去安分几日吧！

何善光虽然谈不上八面玲珑，长袖善舞，却也不是一个强项令，吕县丞各处溜达一圈，腿都跑细了，气喘吁吁赶来向他汇报时，他才听到长孙无忌对此事的态度。

何善光登时松了口气，有长孙无忌这句话，这件事就算闹破了天去也不用怕了，宰相大人自然会用他的袖里乾坤功夫，去补这天！

何县令马上吩咐道："如今案情，已是大明了。吕县丞，麻烦你再回衙门一趟，速速把李鱼及那李伯皓、李伯轩释放！"

吕县丞气还没喘匀，赶紧答应一声，直奔长安县衙去了。

何县令缓和了一下情绪，看了看那被盖得严严实实的一车车尸体，吩咐捕快们道："调用西市署……算了，你们叫上邻街商户和打更的人一起，速速把街巷各处洗扫干净！"

何县令说完，便转身看向巍峨静立的东篱下，沉声道："去！拘王恒久到案！"

只有四个衙役，向他一抱拳，拔足便向东篱下行去！

走向东篱下的只有四个人，西市里还有长安县马快步快、捕虞候、武侯、不良人、街使、巡使等人，若遇抗法，东篱下顷刻间就得上演一出全武行。

楼上楼，最高层。

常剑南穿着大袖，赤着双足，踩在原木的地板上，俯瞰着街上情形，许久许久，长叹一声："想不到，那李鱼真是一个福将，这件事，居然这么快就尘埃落定了。"

在他身后，站立着两个中年人，身体已有些发福，但身姿却依旧挺拔如枪，明眼人一看就知道，这两人必是百战老将出身，哪怕是有些钝了，依旧是两柄杀气逼人的刀！

其中一人沉默了一下，道："大哥觉得，还不够？"

常剑南轻轻摇头："不够，不够！须得破而后立，才能气象一新！现在只动了一个王恒久，一个赖跃飞，元气未伤，何谈破而后立？"常剑南微微蹙眉，带着忧色，看向鳞次栉比的连绵建筑，"你们应该知道，这西市之主，在我之前，就没一个人能坐稳三年。外敌、内患，觊觎这个聚宝盆的人层出不穷！直到我坐在这个位子上，十年了啊……"

常剑南缓缓道："我想留给良辰、美景一座稳如泰山的东篱下。她们还年轻，只要稳上十年，她们就成熟了，就有能力控制这里！她们，需要时间培养自己的人！"

另一个人忍不住道："大哥，两位贤侄女正当青春年少，也该为她们考虑成家了。若是挑得两个少年俊杰辅佐，岂非能替她们有所分担？"

常剑南脸上露出一丝古怪的神情，半晌才道："我的时间不多了，我没时间帮她们挑女婿，只能……先替她们打好根基。"常剑南忽然回身，望着他，"你知道我给她们留下的遗嘱是怎么写的吗？"

那个人下意识地摸了摸胸口，那里就揣着常老大半年前写下的遗书，须臾不曾离身。那人摇了摇头："属下不知！属下只负责到时候把它交到两位贤侄女手上！"

常剑南笑了笑，沉默片刻，道："还是有些遗憾，四梁八柱十六桁，倒下的太少啦！倒下的少，就还立得住！想重建，难喽！那些尾大不掉者，等我一死，难免对她们姐儿俩生出轻视之心，只能交给她们自己去扑腾了。"

两个老将听他坦然交代后事，脸上不禁露出黯然之色。

常剑南轻轻嘘了口气，道："洪辰耀那老小子，倒还懂得进退，没往里掺和。他既然没有往上爬的野心，那就让他辅佐我的女儿吧。叫人去喊一声，让他从少华山赶紧给我滚回来！"

两个老将难得地露出一丝笑意，轻轻额首："是！"

王恒久房间的屏风后面，支着一张床榻，那是王恒久平素午睡的所在，此时那榻上却躺着一个人，断了一臂，血把床榻都浸染了。他大腿上插着一柄短匕，直没至柄，最骇人的是，额头钉着一把飞刀，射入足有三寸。

但他居然还有气，也是顽强，只是身体时不时地抽搐一下，看起来受了如此严重的伤，生命力再是旺盛，也只是在缓慢地流逝而已。

王恒久望着榻上昏迷的赖跃飞，轻轻叹了口气："天不佑我，生出李鱼这样一个怪物来，我苦心经营，十年心血，尽数毁于一旦啊！"

榻前单膝跪着六个青衣人，脸上身上，也有伤痕，但看得出来，伤势皆轻，不影响行动。

头前一人道："大梁，我们护送你离开吧！"

王恒久摇头轻笑："我无处去！隐姓埋名，苟延残喘？对一个曾叱咤风云的人来说，生不如死！"

他闭了闭眼，仰起头来，看着屋顶的承尘："你们一定很奇怪，我发了什么疯，要挑起这场大阵仗来，四梁之首的名号，真就那么重要吗？我们不是江湖人，名号，没有实实在在的利益重要！"

他缓缓转身，看向六人。

六人垂首道："我们是大梁的暗影死卫，只管听命，不计其他！"

王恒久道："但你们心里，一定难免存疑，甚而不以为然。我告诉你吧，我争的，不是名！是实实在在的利！常老大，身患绝症，命不久矣……"

六个死卫霍然抬头，惊讶地看向他。

王恒久淡淡一笑："常老大没有子嗣，就算有，这西市之主的位子，也从来就不是父死子继、世袭罔替，而是能者居之！所以，他若死了，这西市王的宝座，换谁来坐呢？"

六个死卫依旧惊讶地看着他，在他们心中，天神一般镇压在上方，似乎永远都不可撼动的那个人，居然身患绝症，就快死了？

王恒久道："这件事，我知道，乔向荣知道，第五凌若也知道。只有我们三个。但第五凌若负责理财与放赈，况且一个妇人，根本无缘问鼎至尊宝座，所以有机会的，只有我和乔向荣！"

说到这里，王恒久惨然一笑："可惜，我输了！"

他默默转向依旧残喘着的赖跃飞，轻轻一叹，忽然伸手，拔出了插在赖跃飞大腿上的匕首，赖跃飞一动没动，腿上都没喷出多少血，估计也是没有多少血可流了。

王恒久虽不会武，手却很稳，将匕首对准了赖跃飞的咽喉，狠狠往下一捺，赖跃飞猛地抽搐了几下，渐渐摊开了手脚。

王恒久一寸寸地拔出匕首，慢慢把带血的匕首横在了颈上。

六个死卫骇然，身形向前一动："大梁!"

王恒久横着匕首，道："这些年，我没亏待过你们！这一次，我把所有的钱都给你们，就在榻下铁匣之中！最后，我只有一事相托，只要你们完成了，天下之大，随处逍遥，再不必受人约束!"

六人首领颤声道："大梁!"

王恒久一字一顿，恨声道："我一死，他必戒心全消，方便下手！给我杀了他，毁我梦想、坏我一生的李鱼！杀、了、他!"

图书在版编目(CIP)数据

逍遥游 . 4，西市王 / 月关著 . —杭州：浙江文艺
出版社，2022.7

ISBN 978-7-5339-6885-4

Ⅰ.①逍…　Ⅱ.①月…　Ⅲ.①长篇小说—中
国—当代　Ⅳ.①I247.5

中国版本图书馆CIP数据核字(2022)第097970号

责任编辑　周海鸣
责任印制　张丽敏
封面设计　有点态度设计工作室
营销编辑　宋佳音

逍遥游4：西市王

月关 著

出版发行	浙江文艺出版社	
地　　址	杭州市体育场路347号	
邮　　编	310006	
电　　话	0571-85176953（总编办）	
	0571-85152727（市场部）	
制　　版	杭州天一图文制作有限公司	
印　　刷	杭州杭新印务有限公司	
开　　本	710毫米×1000毫米　1/16	
字　　数	355千字	
印　　张	19.25	
插　　页	2	
版　　次	2022年7月第1版	
印　　次	2022年7月第1次印刷	
书　　号	ISBN 978-7-5339-6885-4	
定　　价	56.00元	